모산 마을

금강

①

저 혼자 부르는 영혼의 노래

제1부

금강

한만수 대하장편소설

1

글누림

1. **언어** : 충청북도 영동은 남으로는 경상북도 김천, 남서쪽으로는 전라북도 무주와 접해있
   다. 그래서 이 지역의 언어는 경북 사투리와 전라도 사투리가 혼용되어 있는 특징
   을 갖고 있다. 세월이 흐르면서 이 지역의 언어도 요즈음은 표준어에 가깝게 변화
   되어 가고 있지만, 리얼리즘을 살리기 위해 50~60년대는 토속적 사투리를 그대
   로 살렸다.
2. **시대사** : 한국 근·현대사를 사실 그대로 재현하여 주요 사건과 주요 인물을 그려냈다.
3. **물가** : 당시의 물가를 고증하여 실제적으로 적용했다.
4. **지리** : 지역과 지명은 있는 그대로 드러냈다.
5. **문화 및 풍속** : 시대적 흐름에 따라 변화하는 문화 및 풍속을 사실대로 묘사했다.

이 책 『금강』이 세상의 빛을 보기까지

이 책『금강』을 집필하겠다는 계기를 준 모티브는 '왜'라는 글자 한 자이다. 지금으로부터 12년 전의 어느 날이다. 『금강』하고는 전혀 관계가 없는 단편을 쓰고 있다가, 문득 '우리는 왜 정치인을 우리 손으로 선출해 놓고, 그 다음부터는 배척을 하는 것일까' 하는 생각 끝에 '왜'라는 단어가 떠올랐다.

민족성일까?

다른 어느 나라에서 볼 수 없는 빨리빨리 문화에서 파생되는 이기주의 일까?

지역적 문제일까?

정치에 대한 환멸에서 비롯되는 것일까?

근대사를 아우르는 정경유착의 산물일까?

나는 거의 몇 달 동안 틈이 있을 때마다 '왜'라는 단어를 안고 살았다. 그러던 어느 날 작가적 기질이 살아났다.

'왜'에 대한 해답을 뒤로 미루고 우리가 반세기를 어떻게 살아왔는지 거울을 보는 것처럼 있는 그대로 한번 써 보자는 생각이 바로 그것이다. 거울을 보지 않으면, 얼굴에 검댕이가 묻었는지, 뾰두라지가 났는지, 잘생겼는지, 못생겼는지 알 도리가 없다. 거울을 봐야 세수를 할 생각도 들고, 화장을 할 생각도 들고 그냥 쓱 문지르고 외출을 할 수도 있다.

우리가 살아 온 근대사 반세기를 거울로 들여다보는 것처럼 더듬어 보면, 그 '왜'에 대한 해답이 나올 것이다. 그 방법으로 철저한 리얼리즘에 입각하여 마치 반세기를 거울을 통해 들여다보는 것처럼 재현해 보자는 결론에 이르렀다.

이 책의 특징은 기존의 대하소설들처럼 한 주인공의 역사를 추적하지 않는다는 점이다. 비근한 예로 『토지』처럼 최참판댁 이야기도 아니고, 『한강』이나 『변경』처럼 작가적 이념이 개입되어 있지도 않고, 『혼불』처럼 양반가를 지키려는 3대의 이야기도 아니다.

『금강』은 바로 우리들의 이야기다.

전국 어디서나 쉽게 볼 수 있는 모산이라는 마을에 사는 30여 가구의 사람들이 어떻게 해방을 맞이하였고, 6 · 25에는 어떤 일이 벌어졌으며, 조개껍질 같은 초가집은 언제 슬레이트지붕에서 양옥집으로 변했고, 찬바람을 맞으며 들어가야 했던 정지가 언제 거실 한쪽을 차지하게 되었는지의 과정을 작가의 눈을 가진 카메라는 그저 쫓고만 있을 뿐이다.

여러분들은 기억하고 있을 것이다.

눈을 감고 가만히 기억해 보자. 어릴 때는 다 그저 그렇고, 똑같이 살고, 배울 만큼 배우며 한 가족처럼 지낸 동네친구들이다. 학교 다닐 때는 변변하게 말도 못하는 아이가 수천 군중 앞에서 목소리를 높이는 국회의원이 되어 있고, 공부를 제일 잘하던 누구는 전과자가 되어 감옥을 들랑거리고, 얼굴 예쁜 새침데기는 무당이 되어 있고, 회사원이, 공무원이, 장사를 하고 있는 이가 있는가 하면, 무슨 공장을 해서 크게 성공한 이도 있고, 부친의 뒤를 이어 농사를 짓거나 장사를 하는 이도 있을 것이다.

『금강』은 그 한동네 사람들이 격변의 반세기를 살아가면서 몸으로 체험하고, 눈으로 보고, 가슴으로 느끼던 1956년부터 밀레니엄시대가 열리는 2000년도까지의 정치, 경제, 사회 풍습이, 주점에 앉아 마시는 한 병의 술 가격이나, 결혼식 때 입은 양복 한 벌 가격까지 그대로 녹아 있는 소설이다. 그러한 점에서 기존의 대하소설과 뚜렷하게 차별화가 되고 있다는 점을 주지하고 싶다.

이 세상의 모든 물은 강으로 흘러가고, 강물은 바다로 흘러간다. 바다가 넓은 것은 육지보다 낮아 넓어진 것이 아니다. 이 세상의 온갖 이야기를 품고 있기 때문에 넓어질 수밖에 없다.

『금강』은 일찍이 신동엽 시인이 갑오농민전쟁을 다룬 서사시의 제목이기도 하다.

신동엽의 『금강』은 각각 2장씩인 서화, 후화를 포함해 총 30장(4,673행)으로 구성되어 있다. 갑오농민전쟁에서 우리의 민족운동의 정통성을 찾고 있는 이 시는, 농민군이 당시 내세우던 반제반봉건의 투쟁정신이 3·1 운동과 4·19 혁명으로 면면히 이어져 왔다는 역사의식을 바탕으로 쓴 것이다.

감히 민족대하소설이라고 분류를 하고 싶은 이 책 『금강』이 신동엽의 서사시 『금강』과 어떤 점이 다르고, 어떤 점의 공통분모를 다루었는지 혹은 그렇지 않은지는 현명한 독자들의 판단을 기다린다.

끝으로 이 책 후기에서 밝히게 되겠지만, 이 책의 저술 방법은 세계에서 단 한 가지 밖에 없는 방법으로 저술되었음을 밝히고 싶다.

2013년 12월 모처럼 맑은 날
충북 영동의 우거에서 한만수 씀

차례

제1부

●

저 혼자 부르는
영혼의 노래

제1장

1
9
5
6
년

봄볕 찬란한 날에

누마루에는 백양나무에 검게 옻칠을 한 난간이 있다.
난간 뒤편의 사랑방 덧문은 양쪽으로 활짝 열려 있었다.
미닫이문이 천천히 열리면서 누마루 건너편으로 이병호의 상반신이 드러났다.
이병호의 숱이 적은 머리카락은 포마드를 발라서 머리에 찰싹 달라붙어 있었다.
양쪽으로 가르마를 탄 머리카락은 검은 머리카락보다 새치가 많다.

모산 사람들의 귀에는 6백 년을 살아온 둥구나무가 한밤중에 어둠을 비질하는 소리를 그저 무시로 들려오는 바람 소리로 듣지 않는다. 동네 앞 들판을 가득 덮은 아지랑이를 종달새가 제멋대로 휘젓고 다니는 보릿고개에는 허기진 배를 움켜쥐고 큰 재를 넘어가는 노파의 한숨 소리로 듣는다.

둥구나무의 나뭇잎이 너무나 무성해서 맑은 날에도 물기가 뚝뚝 떨어지는 여름밤에 우는 소리는 비를 부르는 천둥소리로 들려오기도 하고, 밥그릇 한 개를 덜어 내기 위해서 철부지 어린 나이에 동자승으로 출가한 늙은 노승이 복고를 두드리는 소리가 되어 뼛속으로 배고프게 파고든다. 동네 앞 들판에 누런 벼가 비단결처럼 펄럭이는 가을밤에는 절구

통에 볏단을 터는 소리로 들려오고, 달이 밝은 겨울밤에 초가지붕을 들썩이며 우는 바람 소리는 보따리 하나 달랑 들고 부잣집의 식모살이를 하겠다며 가출한 딸년을 애태워하면서 구들장이 꺼져라 내쉬는 어머니의 한숨 소리로 들려온다.

모산 사람들이 잠을 자면 모르는 척 같이 잠이 들었다가, 모산 사람들이 깨어나면 시치미를 뚝 떼고 파수를 서는 둥구나무는 그래서 나무이기 전에 모산 사람이기도 하다.

새벽이 되면 앞 또랑에서 피어오른 안개는 들판을 더듬어 둥구나무 앞에서 멈춘다.

안개는 늘 둥구나무의 키를 넘지 못하고 허리를 휘어 감아서 부챗살처럼 퍼져 있는 골목으로 흘러 들어간다. 골목을 가득 채우고 제풀에 되돌아 나온 안개는 둥구나무의 가슴께에서 머물다가 감나무 가지에 앉은 까치가 새벽을 쪼아 먹기 시작하면 슬금슬금 들판으로 뒷걸음쳐 간다.

그때쯤이면 둥구나무 주변에 조개껍데기처럼 주저앉아 있는 초가집들의 방문이 처연히 열리고, 수건을 머리에 쓴 아낙네들의 잔기침 소리가 이웃집의 방문을 두들긴다. 아낙네들의 발자국이 마당의 찬 이슬을 찍어 내기 시작하면 새벽녘에 깜박 잠이 들었던 둥구나무도 조용히 깨어나 설렁이는 몸짓으로 하늘을 연다.

둥구나무는 아침만 열어 주는 것이 아니고 한 해의 시작도 제일 먼저 알려 준다.

둥구나무 가지에 밥알만한 싹이 돋기 시작하면 모산 사람들은 길게 기지개를 하며 겨울 동안 묵은 때를 털어 내며 일을 시작한다. 헛간이나 뒤안 벽에 걸려 있던 괭이며 호미, 삽이나 쟁깃날의 녹을 문질러 내고, 낡은 지게꼬리를 새것으로 교체하는가 하면, 삼태기나 바지게의 싸리나무 사이에 낀 먼지를 털어 낸다.

새로 돋아난 순이 진초록으로 늘어지기 시작하면 모를 내기 위하여 논에 물을 잡고 논둑을 손질하기 시작한다. 보리밭 이랑에는 거름을 뿌려서 비가 내리면 땅이 살찌게 만든다. 울타리 끝이나 거름 자리 빈터에는 호박을 심고, 텃밭에는 상추나 쑥갓을 심으며, 비탈밭에는 고추씨를 뿌리고, 자갈밭에는 콩씨를 놓으며 본격적으로 한 해 농사를 시작한다.

사람들은 여름날 밤을 새워 천둥이 울고 벼락이 치던 날은 동이 트기 무섭게 둥구나무 밑으로 모여든다. 밤을 새워 빗물을 들이마신 둥구나무가 행여 상처라도 입지는 않았는지 요리조리 살펴보고 난 후에야 논둑을 보러 간다.

논밭에 일을 하러 나갔다가 노을을 등에 지고 귀가하는 길에도 둥구나무를 그냥 지나치지는 않는다. 둥구나무 밑에서 객쩍은 농담을 주고받을 이가 없어도 너럭바위에 걸터앉는다. 어른 대여섯 명이 둘러앉아서 술추렴을 할 수 있을 정도로 넓고 반반한 너럭바위에 걸터앉아 들판을 바라보면서 담배 한 대를 피우고 나면 그때서야 하루 일이 완전히 끝난 기분이 들기 때문이다.

모산에서 태어난 아이들도 둥구나무를 통해서 처음으로 세상을 본다.

엄마의 등에 업혀 처음으로 바깥나들이를 하게 되면 어른 대여섯 명이 손끝을 잡고 감싸야 할 만큼 허리가 굵은 둥구나무를 보게 된다. 뿐만 아니라, 동네 앞을 가로막고 있는 둥구나무를 지나쳐야 들판이며 또랑을 가로막고 있는 방천길 너머의 자갈밭과 냇물을 보게 된다.

제법 걸음마 실력이 늘어서 아장아장 걷는 나이가 되면 둥구나무 밑에까지 걸어가서 너럭바위에 올라가 놀기 시작한다. 나이가 예닐곱 살이 되면 아이들은 어른들이 시키지 않아도 저 혼자 둥구나무에 올라가서 세상이 얼마나 넓은지 스스로 터득하게 된다. 세월이 흘러 남자아이들은 코밑에 수염이 거뭇해지고, 여자아이들은 공동우물로 물 길러 가는 것이 쑥스러워지는 나이가 되면, 그들의 마음속에 둥구나무가 자리잡기 시작한다. 그러다 어른이 되고 가족을 이루면, 모산 사람들은 시나브로 둥구나무와 한 몸이 되고 만다.

어른이 되어서 볼일을 보거나 인척의 길흉사에 참석하기 위해 잠시 출타를 하는 길에도 동네 초입에 서 있는 둥구나무 앞을 장승처럼 그냥 지나치지 않는다.

"학산 장날마다 쇠전거리 앞에서 고무신 장사를 하는 갑식이라고 있잖유, 갸가 지하고 육촌지간 아뉴. 갑식이 처가 읍내 의원에 입원을 했다고 해서 가는 질유."

"구장 말이 면사무소 강 서기가 날 좀 보자고 하는데 먼 일인지 모르겠슈."

"요새 콩 한 말이 을매씩 하는지 모르겠구먼."

"지난 장날 시세가 구백 환씩 하든 것 같드만. 메주 쓸 때도 안직 멀었는데 먼 놈의 콩 시세는 묻는 겨?"

"자식들이 날은 어떤 일이 있드라도 사친회비를 달라고 하는데, 메주 콩이라도 내다 팔아야 당최 들볶여서 못 살겠구먼."

출타를 하는 사람들이 둥구나무 밑에 앉아 있는 사람들에게 왜 자신이 밖으로 나가지 않으면 안 되었는지 이유를 말해 주는 건, 때가 되면

밥을 먹어야 하는 것처럼 당연한 일상사였다.

볼일을 보고 귀가할 때도 둥구나무 앞을 그냥 스쳐 지나가지 않는다.

외지에 나가서 본 볼일을 잘 봤으면 잘 본 대로, 못 봤으면 못 볼 수밖에 없는 이유를 너럭바위에 앉아 있는 사람에게 소상하게 설명을 하고 나서야 집으로 들어간다. 그래야 봤던 일이 마무리되었다고 생각하거나, 마무리가 되지 않은 일들은 앞으로라도 잘 풀려 나갈 것이라고 믿는다. 모산 사람들은 너럭바위에 앉아 있는 동네 사람들에게 자신의 근황을 털어놓는 것이 아니고 느티나무에게 말을 한다고 믿기 때문이다.

풋보리 냄새를 진득하게 품고 있는 들판에서 부는 바람은 따뜻했다. 햇볕도 좋았다. 바람이 불면 보리가 파도처럼 출렁거리고, 모를 내기 위해 물을 받아 놓은 논에서는 물주름이 일어났다. 은가루를 뿌려 놓은 것처럼 햇살이 반짝반짝거리다 바람이 주저앉으면 아지랑이가 피어오른다. 아직 물을 받지 않은 논에서는 쟁기질을 하고 있는 남정네들이 모락모락 피어오르는 아지랑이에 통나무 같은 하체를 묻고 있었고, 햇살은 눈이 부시도록 환해서 둥구나무 밑의 그늘은 검은색을 칠해 놓은 것처럼 그늘이 짙었다.

둥구나무의 그늘이 끝나는 지점은 울타리가 없는 박평래 집의 마당이다.

박평래는 조개껍데기를 엎어 놓은 것 같은 사랑채 마당에서 해바라기를 하는 얼굴로 면장 댁으로 향하는 골목을 바라본다. 다른 골목은 부피가 큰 갈비 한 짐을 지게에 지고는 게걸음으로 걸어 들어가야 할 만큼 좁고 협소하다. 하지만 면장 댁으로 가는 길은 달구지가 충분히 드나들

수 있을 정도로 넓었다. 넓게 뻗은 골목 끝을 가로막고 있는 것은 솟을 대문이다.

솟을대문 뒤로 완만한 경사를 이루며 올라간 비봉산은 푸른 하늘에 봉우리를 묻고 있다. 박평래는 솟을대문을 바라보던 시선을 힘없이 돌리며 곰방대를 쥔 손으로 뒷짐을 진다. 너럭바위 쪽으로 몇 걸음 걷다가 문득 고개를 돌려 보니 솟을대문 앞으로 면장 댁의 부엌데기 점순이가 촐랑촐랑 걸어오고 있는 모습이 보인다.

박평래는 들판을 흘끗 바라보고 나서 마른 입맛을 다시며 점순이가 가까이 다가오길 기다렸다. 요즘 들어서 면장 댁 출입이 뜸했다. 닷새 전에 달구지에 나락 여섯 가마니를 싣고 양산 정미소에 가서 빻아 온 이후로는 그 흔한 권련 심부름 가는 일도 없었다. 이병호가 권련 심부름을 시킬 때는 으레 풍년초 두서너 봉은 심부름 값으로 줬는데 그마저 떨어졌다. 며느리 상규네한테 풍년초 값을 달라고 손을 벌리기도 민망해서 엽연초를 문질러 피우고 있는 실정이다.

"면장 어르신이 할아부지 올라오래유."

점순이는 박평래 앞에서 걸음을 멈추지 않았다. 박평래의 몸을 빙 돌아서 온 길로 다시 올라가며 종달새처럼 쫑알거렸다.

"너는 쇠귀에 경 읽기도 아니고, 입에서 군내가 나도록 그렇게 갈쳐도 워찌 그렇게 소견이 읎냐? 내가 니 동상이냐? 아니믄 니 친구여? 할아부지한티 올라오래유가 뭐냐, 올라오래오가? 올라오시라고 해야지."

박평래는 점순이가 버르장머리 없이 말을 해도 기분은 좋았다. 눈치를 보아 하니 이제 막 정지로 들어간 상규네는 보리쌀 서너 줌을 섞은 콩나물죽을 끓이는 것 같았다. 면장 댁에 가면 적어도 쌀알이 섞인 밥을 고봉으로 먹을 수 있다. 너럭바위 쪽은 쳐다보지도 않고 군침을 흘리며 잰걸음으로 점순이 뒤를 따라갔다.

"알았슈."

점순이는 고개만 뒤로 돌려서 박평래를 향해 입술을 삐죽거려 보이고 나서 깨금발로 춤을 추듯 폴짝폴짝 걸었다.

"말만한 지지바가 조신하게 걸어댕기지 않구선⋯⋯."

폴짝폴짝 뛰어가는 점순이의 엉덩이가 제법 탱탱하다. 박평래는 저것이 벌써 열서너 살은 되었을 거라고 생각하며 발걸음도 가볍게 해죽해죽 웃으며 걸었다.

골목을 가로막고 서 있는 솟을대문은 너무 높아 보여서, 그렇지 않아도 키가 작은 박평래는 아이처럼 작아 보였다.

점순이가 행! 하고 웃으며 솟을대문 앞에서 옆으로 몸을 틀었다. 박평래는 굳게 닫혀 있는 솟을대문 앞에서 자신도 모르게 자세를 바로잡고 허리를 넙죽 숙여 절을 하고 점순이를 따라 종종걸음을 쳤다.

흙벽돌에 기와를 얹은 담벼락을 따라 스무 걸음쯤 걸어가서 모퉁이를 돌면 당집 대문처럼 작은 쪽문에 기와를 얹은 지붕이 보인다. 박평래는 바쁜 걸음으로 걸으며 쪽문을 바라본다. 점순이가 토끼처럼 쪽문 안으로 폴짝 뛰어 들어간다.

쪽문의 문지방은 허리가 휜 소나무를 그대로 사용해서 중간이 불룩하다. 반질반질하게 윤이 나도록 닳은 문지방 안으로 들어서면 양쪽으로 담장 밑에 작약 밭이 있다. 동백꽃처럼 생긴 주먹 크기의 빨갛고 흰 작약이 송이송이 매달려 있는 작약 밭 앞으로는 툇마루가 보인다.

툇마루 뒤에는 방이 두 칸 있는데 한 칸은 이동하의 외동아들인 열

살짜리 승철의 방이다. 승철은 학산에 있는 들례네 집에서 국민학교(지금의 초등학교)에 다니고 있는데, 주말이나 되어야 학산면의 부면장인 이동하나 면사무소 소사인 김생수의 자전거 뒤에 타고 집으로 온다. 옆방은 딸들이 방학 때나 집에 다니러 올 때 기거하는 방이다. 올해 중학교 일이 학년인 큰딸 애자와 둘째 딸 말자, 그리고 국민학교에 다니는 영자는 대전에서 학교를 다니고 있어서 그 방도 비어 있다.

박평래는 툇마루 앞을 돌아서 마당으로 들어간다.

앞마당의 담 가운데는 솟을대문이 우뚝 서 있다. 행랑채 옆에는 옥천댁이 아들 낳기를 기원하며 심어 놓은 석류나무 두 그루가 서 있다. 반대편의 헛간과 외양간 사이에는 대추나무도 서 있다.

박평래는 문이 활짝 열려 있는 정지 안을 슬쩍 쳐다본다. 이병호의 며느리 옥천댁이 만삭의 몸으로 무언가를 하고 있다. 어느 틈에 정지로 들어간 점순이는 아궁이 앞에 쪼그려 앉아서 불을 살피고 있다.

정지 옆은 안방이다. 안방과 마주 붙어 있는 윗방에서 'ㄱ'자로 꺾이는 지점은 대청마루, 대청마루 옆의 사랑방 앞에는 누마루가 있다. 원두막처럼 기둥을 세운 누마루 밑에 쇠죽솥이 걸려 있다.

"면장님, 지 왔구만유."

박평래는 점순이를 따라 오느라 턱까지 차 오른 숨을 고르지도 못했다. 입 안 가득 고여 있는 단침을 꿀꺽 삼킨다. 사랑방 누마루를 흘깃 바라보고 나서 두 발을 딱 붙인 자세로 섰다. 마치 절이라도 할 것처럼 두 손을 앞으로 가지런히 모으고 이병호를 불렀다.

누마루에는 백양나무에 검게 옻칠을 한 난간이 있다. 난간 뒤편의 사랑방 덧문은 양쪽으로 활짝 열려 있었다. 미닫이문이 천천히 열리면서 누마루 건너편으로 이병호의 상반신이 드러났다. 이병호의 숱이 적은 머리카락은 포마드를 발라서 머리에 찰싹 달라붙어 있었다. 양쪽으로 가르마를 탄 머리카락은 검은 머리카락보다 새치가 많다.

"왔는가? 뒷간이 차서 불렀네."

이병호는 마당에서 짤막한 그림자를 붙들고 서 있는 박평래를 바라보지도 않고 말했다.

눈앞으로 펼쳐지는 동네의 게딱지를 엎어 놓은 것 같은 초가지붕들이 한눈에 들어온다. 동네 앞에서 버티고 있는 둥구나무 뒤 들판에서 보리들이 넘실거린다. 바람이 크게 불면 푸른 보리밭에 거대한 용 한 마리가 꿈틀거리며 빠르게 달려가고 있는 것처럼 보인다. 보리를 심을 수 없는 진논에는 모심을 준비를 하고 있는 사람들이 드문드문 보인다. 들판 뒤는 또랑을 가로막고 있는 방천길이다. 방천길 너머 풀밭이 한껏 푸른색으로 다가온다. 아지랑이가 햇살을 받아서 반짝반짝거리며 하늘로 아른아른 올라가고 있다.

"바짝 서둘러서 해전에 퍼내겠슈."

뒷간이 찼다는 말은 화장실의 똥을 푸라는 말이다. 어느 틈에 미닫이문은 닫혀 있고, 이병호의 모습은 보이지 않는다. 박평래는 닫힌 문을 향해 다시 한 번 허리를 굽실거리며 인사를 하고 허리를 폈다.

"비석골 꼬치밭에 갖다 뿌려. 해전에 충분하게 끝낼 수 있겠지?"

사랑방의 미닫이문은 여전히 닫혀 있었다. 햇살을 받고 있는 사랑방 문이 팽팽하게 문살을 조이고 있다. 그 안에서 이병호의 목소리가 무겁게 흘러나왔다.

"충분합니다유."

박평래는 '암요, 똥이 기름져서 해전이믄 충분합니다요.'라는 말은 입 밖으로 내지 않았다.

"마님이 즘심부터 먹으래유."

점순이가 정지에서 나와 오리처럼 궁둥이를 뒤로 빼고 작은 목소리로 속삭였다.

"또, 또! 저눔의 지지바 쫑알거리는 말버릇 좀 보라지……."

박평래는 갑자기 시장기가 도는 것을 느끼며 마른 입맛을 다셨다. 구 부정한 허리에 뒷짐을 지고 잰걸음으로 작약 밭 앞을 돌아서 뒤안으로 들어갔다. 서늘하게 그늘이 져 있는 뒤안에는 한 해에 감을 한 동 이상 따는 감나무가 두 그루 서 있다.

"인분 푸는 일이 보통 심든 일은 아니잖유. 밥상 채려 놓았응께 즘심 부터 드시고 일을 하셔유."

박평래가 뒤안으로 오는 인기척에 옥천댁이 정지 뒷문을 열고 밖으로 나왔다. 옥천댁은 박평래 앞으로 가까이 가지 않았다. 정지문에 매달린 동그란 무쇠 손잡이를 잡은 채 조용한 목소리로 말했다.

"즘심은 츤츤이 먹어도 되는데……."

감나무 그늘이 내려앉아 있는 좁은 툇마루에 개다리소반에 점심이 차려 있다. 박평래가 밥상을 보는 순간 주책없게 배에서 꼬르락거리는 소리가 새어 나왔다. 겸연쩍어 하는 얼굴로 뒷머리를 실실 긁으며 툇마루에 걸터앉았다. 밥이며 반찬은 예상하고 있었던 것보다 푸짐하고 기름지다.

면장 댁의 밥상이 다른 집보다 푸짐하다는 걸 모산 사람 치고 모르는 사람이 없다. 농사꾼들에게 있어서 일 년 중에 가장 중요하고 바쁜 날은 모내기 날이다. 이날 점심은 어느 집이나 양곡상회에서 선금을 내오는 한이 있더라도 비린내 나는 반찬이 올라오게 마련이다. 여느 집에서 꽁치 토막이 올라오면 면장 댁은 고등어자반이 나오고, 여느 집에서 고등어자반이 나오면 면장 댁에서는 기름기가 둥둥 뜨는 돼지 고깃국이 올라온다. 오전 새참 때 주는 담배도 다른 집에서 풍년초를 한 봉씩 주면, 면장 댁에서는 두 봉씩을 주거나 권련이라고 부르는 파랑새 담배를 준다.

"짝게 먹고 짝게 싸는 것이 오래 사는 방법이여. 오래 살라믄 면장 댁 일을 안 하는 거이 좋지. 하지만 사람 사는 것이 워디 그려. 자로 잰 것츠름은 빤듯하게 살 수는 없는 거잖여. 몸이 좀 고되기는 하지만 면장 댁 일을 해야 난중에 아쉬운 부탁이라도 할 수 있잖여."

모산 사람들은 더 좋은 반찬이며 담배를 받은 것이 능사만은 아니라는 걸 알고 있었다. 온종일 해 볼 틈도 없이 일을 하면 곱절의 품삯을 받아도 시원치 않다고 불평하는 사람들도 있었다. 그러나 대부분이 이병호 땅 도지를 붙이고 있는데다, 학산 면사무소에서 부면장으로 근무를 하고 있는 이병호의 아들 이동하의 영향력을 무시할 수 없어서 힘이 들더라도 면장 댁의 일을 거부할 수가 없었다.

오늘 점심상은 다른 날과 비교할 수 없을 만큼 유난히 기름지고 풍성했다. 참기름을 번지르르하게 바른 김이 몇 장 올라온 것만 해도 황송할 지경인데 고등어자반이 한 토막이나 올라왔다. 깨를 솔솔 뿌린 볶음 멸치에 실고추를 뿌린 마늘종지 볶음하며, 직사각형으로 반듯하게 썰어놓은 배추김치에 밥은 고봉이다. 다른 날처럼 보리 한 톨 섞이지 않고 자기네들이 삼시 세 때 먹는 하얀 쌀밥을 대접에 꾹꾹 눌러 고봉으로 퍼 담았다. 그것만 해도 황송할 지경인데 반주로 막걸리를 반 주전자나 내놓았다.

박평래는 점심을 먹고 나니까 세상 부러운 것이 없었다. 산들바람에 감나무 가지가 간지럽다고 몸을 비틀면서 그늘에 뽀얀 햇살을 뿌렸다. 크윽! 배부른 트림을 하고 나니까 오후의 햇살이 나른하게 내려앉는 양지쪽에 누워 낮잠을 자고 싶었다. 하지만 밥값은 해야 한다는 생각에 엽연초를 비벼서 곰방대에 넣으며 곧장 뒷간으로 갔다.

면장 댁 사람들은 다른 집들처럼 뒤를 보고 지푸라기를 사용해서 닦아 내지 않는다. 이동하가 면사무소에서 가져오는 파지나 신문지를 이용하는 까닭에 똥을 푸기도 수월했다.

똥을 푸는 똥바가지도 행여 바가지가 깨질세라 조심스럽게 사용해야 하는 바가지가 아니다. 6 · 25 때 군인들이 쓰던 군용 철모로 만든 것이라서 힘이 있는 대로 퍼내기만 하면 됐다. 그 덕에 똥장군을 채우는 시간도 많이 걸리지 않았다. 똥이 출렁거리지 않도록 똥장군의 주둥이까지 똥물을 채운 후에는 짚단을 단단하게 묶어서 마개를 만들었다.

똥을 퍼서 뿌릴 밭도 멀지가 않았다. 면장 댁에서 비봉산 기슭을 따라서 모퉁이만 돌면 도착할 수 있는 비석골까지의 거리는 곰방대 한 대 피울 거리다.

박평래는 이마에서 흘러 눈썹에서 뚝뚝 떨어지는 땀을 손등으로 문지르며 똥지게를 고추밭둑에 받쳐 놓았다. 고추밭엔 하얀색 꽃이 점점으로 피어 있는 고추들이 무성하게 자라고 있다. 담배 한 대 피울 겨를도 없이 조심스럽게 똥장군을 내려서 똥수레에 똥을 담았다. 똥수레를 들고 밭고랑을 걸어 다니며 똥을 뿌렸다. 어느 정도 똥장군이 비었을 때는 아예 똥장군째 들고 다니면서 밭고랑에 똥을 뿌렸다.

똥수레를 들고 다니거나 똥장군을 만지다 보면 똥냄새는 제쳐 두고 손에 똥이 묻지 않을 수 없다. 그러나 천상 농사꾼인 박평래는 똥이 더럽다는 생각은 하지 않았다. 똥이 손이나 옷에 묻으면 풀밭에 쓱쓱 문지르거나, 풀을 한 줌 뜯어서 손가락 사이에 묻어 있는 똥을 닦아 내는 것으로 끝냈다.

박평래는 빈 똥장군을 지게에 얹어 놓은 후에야 비로소 풀밭에 퍼질러 앉았다. 주머니에서 쌈지를 꺼내 엽연초를 가루 내어 대통에 담으면서 눈앞으로 푸르게 펼쳐지는 솔밭을 바라본다.

이병호 소유의 산에는 다른 산과 다르게 몇 백 년은 살았음직한 소나무들이 무성하다.

소나무들 사이로 이병호 선대의 묘소가 보인다. 선대라고 해 봤자 몇 대(代)가 늘어서 있는 묘소는 아니다. 이병호의 부모인 이복만 부부와 조부모의 산소 네 기뿐이다. 네 기 모두가 원래의 자리에 산소를 썼던 것이 아니고, 다른 곳에서 이장해 온 것이다. 조부모의 산소는 후지모토로부터 전 재산을 물려받은 시기인 해방 후에 벌똥골에서 이장해 왔다. 6·25 때 죽은 부모는 '저 건너'라고 부르는 또랑 건너 야산에 임시로 묻었다가 휴전이 되고 나서 이장해 온 것이다.

조부모의 산소는 여느 집안의 시조 산소만큼이나 봉분이 크다. 산소 옆에는 5척 높이의 와비를 세워서 모르는 사람들이 보면 뼈대 있는 집안처럼 보인다. 용머리를 한 와비는 생전에 큰 벼슬을 한 사람만 세우는 비석이다. 그런데도 용머리를 한 와비에는 벼슬을 했다는 흔적은 없다. 그냥 손바닥만한 표석에 쓰는 문구처럼 '고 이말식 지묘'라는 글자만 덩그러니 써져 있을 뿐이다.

"난중에 족보를 만들게 되믄 비석을 새로 세울 겨. 그 머셔, 누가 그라는데 지난 정월에 비명횡사한 김창룡 장군 비석이 칠 척 가찹게 된다는구먼. 우리 할아부지도 김창룡 장군츠름 공산당을 때려잡지는 못했지만, 그만한 비석을 못 세울 이유가 읎지."

박평래는 지난 3월에 이병호가 산소 옆 양지쪽에 앉아서 상아 파이프에 꽂은 궐련 연기를 날리며 중얼거리던 말이 생각났다.

"그람유. 면장님이시믄 옛날로 치믄 원님이시잖유. 조부님이 훌륭하신 분이싱께 원님 손자를 두시게 된 거잖유."

박평래는 김창룡이 누군지는 정확히 알지 못했다. 둥구나무 밑에서 순배 영감과 변쌍출이 주고받는 말을 귀동냥으로 들은 상식에 의하면, 김창룡은 날아가는 새라도 떨어뜨릴 만큼 무소불위한 권력을 쥐고 있는 육군 특무대라는 곳의 대장이라는 직책을 가졌다는 것. 새벽 여섯 시쯤에 옛날 부하가 쏜 다섯 발의 총탄에 맞아 비명횡사했다는 소식을 듣고 이승만 대통령이 제일 먼저 달려왔을 만큼 각별히 총애를 받았던 서른여섯 살의 일본군 헌병 출신이라는 것. 순배 영감이 한숨을 섞어 내뱉는 말로, 일정 때 독립군들을 체포하고 고문하는 데 앞장섰던 인물이라서 하늘이 있다면 제 명대로 못 사는 것이 당연지사일 것이라는 정도이다. 그런데도 이병호의 말이 당연하다는 얼굴로 손바닥을 비비며 허리를 굽실거렸었다.

소나무들이 무성하게 서 있는 산비탈은 산자락을 한 꺼풀 벗겨 낸 것처럼 붉은 속살을 드러내고 있다. 동네 사람들이 솔잎이 쌓이기가 무섭게 땔감으로 사용하기 위해 갈퀴로 긁어 가는 까닭이다. 산소에서 자라나는 잔디들도 틈만 나면 갈퀴로 긁어 북데기를 모아 가서, 빗질을 한 것처럼 잔디들이 반듯하게 키를 세우고 있다. 산소의 북데기도 남아돌지 않을 지경이니, 이병호의 산이 아닌 곳은 골탕이며 산자락의 갈대나 억새도 남아 있을 리가 없었다. 풋나무가 한 줌 거리만 되면 여지없이 낫질을 해 버려서 비봉산은 벌겋다 못해 빨간색으로 엎드려 있다.

"소나무는 단 한 주도 건드려서는 안 되야. 만약 어떤 놈이든 소나무에 톱질을 하는 놈이 있으믄 그 즉시 쫓아와서 알려야 햐. 겁대가리를 상실한 놈은 당장 동하한테 일러서, 그날로 지서 주임이 직접 수갑을 채우러 오라고 할 모냥잉께."

"이 박평래가 모산에서 숨을 쉬는 한 면장 어르신 산에서 낫질하는 놈들은 눈을 씻고 찾아볼래도 없을 팅께 추호도 걱정하지 마셔유."

박평래는 이병호가 틈이 날 때마다 당부하던 목소리를 떠올리며 흐뭇한 얼굴로 이병호의 산소들을 바라본다. 비석골 산 주인은 비록 이병호지만 산 구석구석 자신의 손길이 닿지 않은 곳이 없었다. 모산에서 이병호한테 허락을 받지 않고 갈비를 긁어 갈 수 있고, 병이 들어서 누렇게 마른 삭정이를 마음대로 베어 갈 수 있는 유일한 신분이라는 자부심이 뿌듯하게 가슴을 짓눌렀다.

"춘셉이 아녀?"

똥장군을 서너 순배 퍼 나르고 나니까 중천에 떠 있던 해가 들녘 쪽으로 낮게 내려앉아 있었다. 박평래는 이미 똥냄새가 온몸에 배어 버린 후라서, 비봉산에서 부는 바람이 시원하기만 했다. 이마에 질끈 동여매고 있던 삼베 수건을 풀어서 땀을 닦으며 면장 댁의 쪽문을 바라보니, 김춘섭이 서 있었다. 이 시간에 김춘섭이 지게까지 지고 쪽문 앞에 서 있을 이유가 없었다. 이병호가 시킬 일이 있으면 응당 자신에게 하명할 것이라는 생각에 긴장한 얼굴로 물었다.

"독구가 쥐약을 처먹고 뒈졌다는구만유."

김춘섭이 쪽문 안을 기웃거리며 소곤거렸다.

"독구가 쥐약을 처먹다니?"

"그걸 제가 워티게 아남유. 점순이가 내려와서 독구가 쥐약을 먹고 죽었응게 어여 뒷산에 갖다 묻으라고……."

"그걸 왜 자네가 하나?"

박평래는 가슴이 철렁 내려앉았다. 독구는 이병호가 기르는 개다. 부잣집 개라서 살이 토실토실하게 찐 독구는 안면을 익혔다고 제법 꼬리를 살랑살랑 흔들며 반갑게 대해 주던 개다. 그런 독구가 어떻게 쥐약을 먹었는지는 궁금하지 않았다. 그보다는 그런 일 정도는 자신이 충분히 해낼 수 있는데도 굳이 김춘섭을 부른 이유가 궁금했다. '내가 뭘 잘못해서 이병호의 눈 밖에 났는가?' 하는 생각이 번뜩 들어서 굳은 얼굴로 물었다.

"마님이 그라시는데, 춘부장께서는 뒷간을 푸시는 중이라서 부정 탈 일을 하시면 안 된다고 하시드만유."

박평래는 동갑내기 박태수의 아버지다. 게다가 눈만 뜨면 마주 바라보이는 둥구나무 거리의 이웃에 산다. 김춘섭은 박평래가 뭘 걱정하고 있다는 걸 안다는 표정으로 말했다.

"이런…… 그라고 봉께 작은마님이 태기 중이시잖여."

박평래는 김춘섭의 말을 듣고 나서야 뒤늦게 옥천댁이 임신 중이라는 것이 생각났다. 내가 언제 이병호의 눈 밖에 났을지도 모른다는 생각에 잔뜩 긴장하고 있었냐는 얼굴로 쪽문 안을 기웃거렸다.

"지가 얼릉 들어가서 독구를 가마니로 말아서 지고 나올 팅게, 춘부장은 저쪽 산모퉁이에 가 계셔유. 재수 없게스리 큰마님이나 면장 어른 눈에 띄었다가는 엉뚱한 호통이 떨어질지도 모릉께유."

"그……그럴 리가 있었나? 하지만 정낭 각시 비위를 건드려서 좋은 거는 없었지."

박평래는 아들 같은 김춘섭의 충고성 말에 자존심이 상했다. 그러나 좋은 것이 좋은 것이라고 뒷간신이라 불리는 정낭 각시의 심기를 건드려서 좋은 점은 없다고 생각했다. 뒷간신은 집의 안전을 지켜 주는 성주신이나, 음식 맛을 관리하고 가족의 무병장수와 더 나아가서 자손의 만수무강을 기원하는 조왕신, 터를 지켜 주는 터주신이며, 집의 재물과 복을 지켜 준다는 업신과 다르게 길복보다는 흉벌을 행사하는 신이다. 이 때문에 뒷간신을 치귀라고 부르기도 한다. 이 여신은 쉰댓 자나 되는 긴 머리카락을 가지고 있으며, 매일 자기의 긴 머리카락을 늘어뜨리고 한 올 한 올 세고 있다. 누군가 갑자기 화장실 문을 열고 들어서면 깜짝 놀라 지금까지 세었던 머리카락의 숫자를 잊어버리게 되고, 이에 정낭 각시신은 화가 나서 그 사람에게 해코지를 한다고 믿었다.

이런 이유로 사람들은 뒷간에 들어서면서 '에헴, 에헴' 인기척을 세 번 하여 뒷간신에게 '나 들어가유.'라고 알리고, 볼일이 끝나면 바닥에 침을 세 번 뱉음으로써 나가는 것을 알린다. 뒷간신의 이와 같은 고약한 성격 때문에 뒷간에 볼일을 보러 드나드는 사람들은 누구나 조심스러워하고 긴장하며 무서워한다.

또한 뒷간이라는 장소는 혼자만의 호젓한 공간이다. 그렇다고 해서 몸가짐이나 생각이 흐트러지거나 경박하면 신경질적인 뒷간신의 심기를 거스르게 되고 신벌을 받게 되는데, 그것을 '주당 맞는다.'라고 한다. 주당은 뒷간신의 별칭이고 '주당 맞는다.'는 신벌이 내려졌다는 뜻인데, 주당 맞은 사람은 얼굴이 갑자기 흙빛이 되면서 혼절하게 된다.

박평래는 소싯적에 어른들한테 들은 말이 있어서 자존심이 상하기는 하지만 쪽문 안으로 자라처럼 고개를 쭉 내밀다 말고 슬그머니 돌아섰다.

비석골 고추밭으로 가는 산모퉁이를 돌아섰다. 참외 서리하는 패거리들 망보는 소년마냥 쪼그려 앉아서 쪽문을 지켜보았다. 쪽문 안으로 들어간 김춘섭은 곰방대 한 대를 피우기도 전에 가마니로 둘둘 말은 독구를 지고 밖으로 나왔다. 그 뒤를 따라 나온 점순이 년이 바가지에 담아 가지고 온 소금을 휘익휘익 뿌리며 부정을 털어 낸다.

점순이가 소금 바가지를 들고 쪽문 안으로 들어갔을 때서야 박평래는 곰방대를 입에 물고 일어섰다.

이병호의 집 안은 아무 일도 일어나지 않았다는 것처럼 조용했다. 점순이의 모습도 보이지 않았고, 옥천댁이며 보은댁의 모습도 안 보였다. 사랑방에 앉아 있을 이병호도 기침 소리 하나 내지 않아서 마당이 절간처럼 조용했다.

박평래는 독구가 죽은 것이 자기 탓이라도 되는 것처럼 발소리를 죽여서 조심스럽게 뒷간 앞으로 갔다.

뒷간을 푸는 일은 이병호 앞에서 장담했던 것처럼 앞 들판에 산그늘이 지기 시작할 즈음에 끝이 났다.

박평래는 이마에 구슬땀이 맺혀 있는 것을 느끼며, 똥장군과 똥수레며 똥바가지를 지게에 지고 동네 앞 들판 길을 걸어서 방천 너머 또랑으로 나갔다.

비봉산 계곡의 얼음이 녹은 지는 한참 지났고, 버들강아지가 활짝 피고 진달래가 꽃무덤을 이루고 있지만 냇물은 아직 차다.

박평래가 바지를 허벅지까지 동동 걷어 올리고 냇가로 들어가서 똥장군이며 똥수레와 똥바가지에 묻은 똥찌꺼기를 말끔히 씻고 나니까 어느 틈에 땅거미가 내려앉았다.

빈 똥장군을 지고 면장 댁 쪽문을 들어서니까 기다렸다는 듯이 점순이가 뒤안으로 안내를 한다.

저녁에도 점심때와 똑같이 하얀 이밥에 고등어자반이 올라온 상에 막걸리가 또 반 되나 나왔다.

박평래는 요놈을 먹고 나문 집에 가서 두 다리 쭉 뻗고 둔너 자는 일밖에 남지 않았다는 생각에 맛있게 그릇을 비웠다. 길게 트림을 하고 대통에 담배를 재고 있는데, 정지 뒷문이 삐거덕거리는 소리와 함께 옥천댁이 나왔다.

"상규 아부지두 요새 일거리가 읎어서 담배가 궁할 팅께 노나 피셔유."

옥천댁은 반나절 품삯으로 풍년초 한 봉지와 쌀 한 자루에 파랑새를 한 갑도 아닌 두 갑이나 내밀었다.

"아이구, 내비둬유! 즘심이랑 즈녁을 을매나 잘 먹었는지 솔직히 말씀드려서 담배를 피우고 싶은 생각도 읎슈."

박평래는 눈이 번쩍 뜨이는 것을 느끼면서도 뒷걸음을 쳤다. 옥천댁이 자루에 담아서 내미는 쌀은 얼핏 보아도 한 되 분량이다. 쌀 한 되면 장정이 신새벽부터 샛별이 뜰 때까지 놉을 팔고 받을 수 있는 품삯이다.

거기에다 파랑새 두 갑까지 내미니까 너무 송구스러워서 선뜻 손이 앞으로 나가지 않았다.

"언제든 내 일처럼 열심히 해 주셔서 드리는 경께 그냥 받아 둬유."

남색 한복에 하얀색 앞치마를 걸친 옥천댁은 보일 듯 말 듯한 미소를 지어 보이며 거듭 쌀자루를 내밀었다.

"아이구, 그런 말씀을 하시믄 섭하쥬. 언지는 지가 남 일처럼 했남유?"

"말이 그렇다는 거지 딴 뜻은 읎슈."

"마님이 그렇게 생각하신다면 염치 읎이 달게 받겄슈."

박평래는 더 이상 거절을 할 수가 없었다. 슬그머니 손을 내밀어 쌀자루와 담배를 받았다. 뒷걸음치려다가 문득 김춘섭의 지게에 실려 나간 독구가 생각났다. 임산부가 있는 집에서 기르던 개가 죽었으니 옥천댁의 기분이 좋을 리 없다는 생각에, 입 안에 가득 고이는 침을 꿀꺽 삼키며 다시 입을 열었다.

"그라고 이른 말씀 드려야 할지 말아야 할지 모르겄습니다만……."

"먼 말인데유?"

박평래가 말꼬리를 흐리는 것을 본 옥천댁이 부드럽게 물었다.

"저…… 독구가 쥐약을 처먹은 건 액땜을 할라고 그런 경께 맘속에 담아두지 말아유. 옛날부텀 좋은 생각은 약이 되고, 나쁜 생각은 독이 된다고 했잖유."

"지도 그렇게 생각하고 있응께 너무 걱정하지 마시고 어여 들어가유. 대근할 텐데……."

박평래의 말을 듣는 순간, 옥천댁은 가슴이 서늘해지도록 마음이 아팠다. 말 못하는 짐승이지만 아침저녁으로 밥을 줄 때마다 꼬리를 흔들며 맴을 돌기고 하고 앞발로 땅을 박박 긁으며 뒤로 물러섰다가 폴짝 뛰기도 하면서 반가워하던 모습이 눈에 선하다. 점순이로부터 독구가 어디서 먹었는지 모르지만 쥐약을 먹고 입에 게거품을 문 채 괴로워하고 있다는 말을 듣고, 안타깝고 불쌍한 마음이 들면서 독구가 보고 싶었다. 그러나 시어머니 보은댁이 부정 탈지도 모르니까 절대로 봐서는 안 된다고 말려서 독구가 죽은 걸 보지도 못했지만 기분은 몹시 안 좋았다.

육백 년을 살았다는 둥구나무의 가지가 달그림자를 그리고 있는 삼 칸짜리 초가지붕은 작년에 이엉을 하지 않아서 잿빛으로 푸석하게 주저 앉았다. 방 문짝에 구멍이 나거나 찢어진 부분에 누더기처럼 덧붙인 비료 포대 종이가 삼베 조각을 오려붙인 것처럼 보인다.

문짝은 학산에 있는 농방에서 돈을 주고 맞춘 것이 아니다. 기회가 닿을 때마다 대목들의 뒤를 따라다니며 뒷모도를 하는 김춘섭이가 어설픈 대패질로 문틀을 만든 후에 도리깨를 만들 때 사용하는 물푸레나무로 살을 만들었다. 그 탓에 세월의 무게를 견디지 못한 문짝의 사각 모서리는 움푹 들어가거나 뒤틀려서 겨울에는 한데 바람이 무시로 드나들며 방 안으로 냉기를 퍼 날랐다. 그래서 겨울이면 잠을 자기 전에 헝겊조각이나 마른 걸레 같은 걸로 뚤뚤 말아서 바람구멍을 막는 것이 일과 중의 하나다.

그 방문이 열리면서 삐죽이 박태수가 밖으로 나온다.

박태수는 검게 염색을 한 군복바지 안으로 손을 집어넣어서 사타구니 사이를 긁으며 뒷간 앞으로 간다. 헛간 옆에 붙어 있는 뒷간은 수수깡을 엮어서 황토를 바른 벽에 문짝 대신 가마니를 걸어 놓는 것이 전부다.

뒷간에 쪼그려 앉으면 비바람에 찢어지고 구멍이 숭숭 난 가마니가 앞을 가린다. 그 틈으로 아버지 박평래와 어머니인 청산댁이 기거하는 사랑채가 한눈에 들어온다. 불은 꺼져 있지만 눈코 뜰 새도 없이 바쁜 농사철이 아니라서 아직 잠들어 있을 시간은 아니다. 손님들이 올 때나 사용하는 호롱의 석유는 고사하고 관솔가지도 아끼느라 불을 끄고 있을 것이다.

사랑채 뒤로, 멀리 비봉산을 등지고 있는 면장 댁 대청마루에 켜져 있는 전등불이 보인다. 면장 댁은 학산면이나 양산면 소재지 사람들처럼 호롱불이나 남폿불을 사용하지 않고 전기를 사용한다. 옛 주인인 일본인 후지모토가 일정 때 쌀 백 섬 값을 주고 전신주를 세워 비봉산 자락을 넘어 양산에서 끌어 온 전기다.

면장 댁 담을 넘은 전등 불빛은 면장 댁 솟을대문 아래에 낮게 엎드려 있는 초가집 지붕들을 어스름하게 비추고 있다. 그 불빛을 가만히 바라보고 있으니까 옥천댁의 얼굴이 슬그머니 떠오른다.

면장 댁에 일을 하러 가서 어쩌다 얼굴이 마주치면, 귀밑을 붉히며 얼른 고개를 숙이고 외면하는 옥천댁의 얼굴에는 늘 그늘이 져 있다. 다른 아낙네들처럼 논이며 밭으로 가서 땡볕을 등에 지고 들일을 하지 않아서인지 백합처럼 얼굴이 희다. 행여 눈이라도 마주치면 눈이 부셔서 저절로 눈이 감겨져 버릴 것처럼 희고 고운 얼굴에 그늘이 져 있는 모습을 보면, 백날 마음을 조이며 걱정해야 소용없다는 걸 알면서도 가슴이 아렸다. 그래서 시간이 있을 때마다 짬짬이 올라가서 장작도 패 주고 마당의 잡초도 뽑아 준다. 비가 올 징조가 보이면 아버지 박평래를 편하게 해 드린다는 명분으로 쫓아 올라가서 비설거지라도 해 주고 나면 다소나마 마음이 편했다.

"이따 밤에 면장 댁 불 꺼지믄 또랑가로 나와. 존 일 있을 팅께."

저녁나절에 둥구나무 거리에서 만났던 김춘섭이 떠올랐다. 둥구나무 밑에서 만난 김춘섭은 면장 댁에서 기르는 독구가 저녁나절에 쥐약을 먹고 죽어서 비봉산에 파묻고 왔다면서 히죽 웃었다.

"별일이여. 소문난 잔치에 먹을 것 없다는 말은 들어 봤어도, 면장 댁 개가 끼니를 거를 리도 없는데 먼 맛으로 쥐약을 처먹었을까?"

"점순이도 이상하게 생각하는 거 가텨. 학산 들레네 집에서 식모를 사는 춘임이가 점심나절에 왔다 갔다고 하든데 그년이 암만해도 수상하다는 거여."

김춘섭이 행여 바람이라도 자기 말을 들을지 모른다는 얼굴로 소리 죽여 말했다.

"춘임이가 면장 댁에 들른 거 하고, 독구가 쥐약을 처먹은 거시 먼 상관여?"

"들레 그년이 여간 요사스러운 년인감? 옥천댁이 임신을 했잖여. 그걸 해코지할라고 먼 비방을 했는지도 모르잖여."

"사람 참 싱겁기는⋯⋯. 아! 들레가 목숨이 두 개가 아닌 이상 그런 엄청난 음모를 꾸미겄어? 면장님이나 부면장님이 알게 되믄 당장 형무소로 직빵할 낀데? 내가 그 댁에 자주 들락거려서 하는 말은 아니고, 자네도 한번 찬찬히 맘을 가다듬고 생각을 해 봐. 춘임이가 면장 댁엘 왔다믄 부면장님 심부름을 왔겄지. 들레 지가 뭐라고 감히 춘임이를 면장 댁으로 보냈겄어. 부면장님이 그 집에서 살기는 하지만 첩도 아니고 암 것도 아닌 주제에⋯⋯."

"하긴, 그 말을 듣고 보니 그렇구먼. 그람 왜 멀쩡한 개가 쥐약을 처먹었댜? 자네 말대로 개를 굶길 집도 아닌데."

"그걸 내가 워티게 알겄어? 순전히 죽은 개 맘인데."

"자네 말을 듣고 봉께 우리 같은 놈들 보릿고개에 피죽도 못 먹고 있응께 몸보신하라고 죽었을 껴. 그치?"

"그람 머여, 쥐약을 처먹고 죽은 개를 먹기라도 하자는 거여?"

"못 먹을 이유도 읎지. 요새처럼 춘궁기에 독구만한 개를 그냥 땅에 파묻어 썩혀 버리는 것도 하느님한테 큰 죄를 짓는 거여."

"듣고 봉께 그릏네."

"그람 이따 봐. 난 시방 집구석에 가서 단도를 갈아 놔야 하거든."

"그랴."

박태수는 싱긋이 웃으며 돌아서는 김춘섭의 말에 토를 달 수가 없었다. 자기 집 쪽으로 걸어가는 김춘섭의 뒷모습을 물끄러미 바라보면서 '허어! 멀쩡하던 개가 쥐약을 처먹다니.'라고 중얼거리며 집으로 돌아왔었다.

'그려, 강아지 새끼도 아니고 다 큰 개 아녀. 저울로 달믄 못 돼도 사십 근은 족히 넘을 껴.'

박태수는 김춘섭이 했던 말을 가만히 되씹어 보니까 틀린 말은 아닌 것 같았다. 양잿물을 넣은 콩을 먹고 죽은 꿩도 내장을 파내고 먹으면 아무런 지장이 없다. 하물며 꿩보다 덩치가 큰 개라서 내장을 파내면 덜 위험할 것 같았다.

사십 근은 족히 나갈 독구를 학산장에 내다 팔면 못 받아도 쌀 한 가마니 값 이상은 받을 것이다. 면장 댁에서야 쌀 한 가마니짜리 개가 쥐약을 먹고 나자빠졌다고 해도 아깝지 않겠지만, 보리죽도 귀한 요즘에 개고기를 그냥 땅에 묻어 썩히는 것은 김춘섭의 말처럼 죄가 될 것 같았다.

'오늘 밤 두 다리 뻗고 자기는 틀렸을 껴.'

박태수는 쥐약 먹고 죽은 개는 그렇다 치더라도 옥천댁이 걱정됐다. 옥천댁은 임신을 한 몸이다. 아내의 말에 의하면, 늦어도 8월 말쯤이면 출산을 한다고 했다. 출산을 앞두고 집에서 기르는 개가 죽었으니 좋은 징조는 아니다. 불길하고 무서워서 잠을 이루지 못할 것 같았다.

'이왕 뒈져 버릴 운명이라믄 좀 더 일찍 뒈지든지 난중에 뒈질 것이지 왜 해필이믄 이때 죽는댜.'

옥천댁이 기거하고 있는 안방을 한두 번 가 본 것이 아니다. 옥천댁의 남편인 이동하가 있을 때, 아이들 돌잔치며 이런저런 일을 거들고 돕기 위해 일 년에 몇 번씩은 갔었다. 부잣집의 안방이라 광장처럼 넓어 보이는 방이다. 그 넓은 안방에서 죽은 개에 대한 불안을 떨어내지 못해서 잠을 이루지 못하고 있을지도 몰랐다.

'아녀, 부잣집잉게 먼가 액땜을 하거나 방패를 했을 껴……'

박태수는 가슴속에 뜨거운 그 무엇이 무겁게 내려앉는 기분 속에서 일어섰다.

둥구나무 가지 품안에서 숨죽여 울고 있는 바깥바람은 제법 축축하다. 면장 댁 대청마루를 밝히는 불이 꺼지지 않았으면 아직 깊은 밤은 아닐 것이다. 그런데도 비봉산에서 부엉이가 우는 소리가 아련하게 들려온다. 필경 옥천댁도 부엉이 울음소리에 불안한 가슴을 문지르며 속 울음을 울고 있을지도 모를 일이었다.

둥구나무 밑 너럭바위에서 누군가 두런두런 이야기를 주고받는 소리가 들려온다.

둥구나무 가지가 바람에 흔들리면서 너럭바위에 앉아 있는 올해 열한 살의 진규 모습이 보인다. 항상 저보다 나이가 두서너 살 많은 아이들과 어울리는 진규다. 진규는 제 형인 상규 또래의 광성이와 두런두런 이야기를 하고 있다. 진규보다 몇 걸음 떨어진 자리에 앉아 등을 돌리고 앉아 있는 놈은 모산 구장인 황인술의 장남 광일이다.

열여덟 살인 광일이는 얼마 전까지만 해도 대전에 있는 잡화점에서 점원으로 근무했다. 잡화점 주인이 바뀌고 난 후 집에 내려와 있는 놈이 객지바람을 쐬었다고 담배를 뻐끔뻐끔 피우고 있다. 담배 피우고 있는 모습을 보니까 놈이 버릇없이 보이기보다는 어른처럼 보였다.

"거기, 진규 아녀?"

박태수가 진규를 부르는 목소리에 광일이가 담배를 등 뒤로 숨기며 엉거주춤 일어났다. 머뭇거리는 몸짓으로 뒤로 돌아서서 아무런 말도 없이 고개만 꾸벅해 보인다.

"불렀슈?"

진규는 마당에 서 있는 박태수를 발견하고 머쓱한 표정을 짓는다.

"낼은 핵교 안 가는 날여?"

"알았슈. 쫌 있다 들어갈 거유."

박태수는 잔기침을 하고 사랑채를 바라본다. 달이 구름을 벗어나며 댓돌 위에 있는 검정 고무신이 드러난다. 남자용과 여자용 검정 고무신 두 켤레가 달을 따라 어둠 속으로 잠겨들더니, 크윽! 큼! 하며 가래 끓는 박평래의 목소리가 새어 나온다.

박평래는 마른입을 쩍쩍 다시며 일어나 앉았다. 마당이라고 할 것도 없는 한데서 저벅거리는 발자국 소리가 들려온다. 아들 태수는 방으로 들어간 모양이다. 둥구나무 가지가 달빛을 쓸어 내는 소리에 잠깐 귀를 기울이다가 뒷문 앞으로 자리를 옮겼다.

사람이 드나드는 용도로 낸 문이라기보다, 여름에 앞뒤로 바람이 통하도록 만들어 놓은 뒷문은 봉창 문처럼 작았다. 그나마 창호지 대신 방바닥에나 바르는 시멘트 포대로 발라 놓아서 밤에는 문 앞이 벽처럼 컴컴했다.

"오늘 즈녁 나절에 면장 어른네 독구가 쥐약을 처먹고 죽었다는 말을 들었는데……."

설핏 잠이 들었던 청산댁은 박평래를 향해 돌아누우며 길게 하품을 했다.

"춘셉이가 뒷산 어디다 묻으러 갔다고 하드만."

박평래는 어둠 속을 디듬어서 담배쌈지를 끌어당겼다. 쌈지 안에 들어 있던 손바닥 크기의 곰방대를 꺼내서 곰방대 물뿌리를 잡고 대통으로 문지방을 툭툭 두들겼다.

"면장 어른이야 재수가 읎응게 집에서 키우던 개가 뒈져 나갔거니 생각하겠지만, 작은마님이 을매나 놀랐을까. 내가 알기루는 몸을 풀 날이 넉 달이나 남았을까 말깐데 말여……."

청산댁은 허리를 구부정하게 숙이고 앉아 있는 남편의 뒷모습을 바라본다. 마당 쪽의 창호지문을 투영해서 들어오는 희미한 달빛을 등으로 받고 있는 남편의 등은 왜소해 보인다. 그러나 오늘 반나절 내내 면장댁 뒷간을 푸고 나서도 끄떡없이 앉아 있는 것을 보면, 환갑을 넘긴 나이인데도 아직은 힘이 남아 있는 것 같다.

"집에서 키우던 가축을 팔아먹어도 미칠은 가슴이 횡한 벱이잖여. 및 년씩이나 키우던 개가 쥐약을 처먹고 죽어 나자빠졌응께 기분이 엄청 찜찜하겠지."

"기분이 찜찜할 정도에서 끝날 일이 아닐규. 홀몸도 아니신 분이 을매나 놀랬을까. 나이나 짝아? 올게가 서른여섯 살잉께 즉은 나이도 아니잖유. 노산이라믄 노산일 수도 있는 나이인데……."

"서른여섯 살이 머가 많은 나이여. 짝은 나이라고는 할 수 읎지만 뒷자리 걱정할 정도로 많은 나이는 아녀. 옛날에는 쉰둥이도 을매나 많았는데……."

"자식이 영 읎는 것도 아니잖유. 열여덟 아홉 살에 시집을 갔으믄 손자를 볼 나이에 자식을 낳는기 먼 자랑이라고 되려 우세스럽기만 하지."

"아를 배고 싶다고 해서 배고, 배기 싫다고 해서 안 생기는 거나? 죄다 하늘의 섭리로 이뤄지는 건데."

박평래는 어둠 속에서도 익숙하게 쌈지에 들어 있는 풍년초를 손가락으로 한 줌 꺼내서 손바닥에 올려놓았다. 평생 농사를 짓느라 굳은살이 박여 있는 손바닥으로 문질러서 담뱃가루를 부드럽게 만들어 대통에 담는다.

"당신 말대로라믄 해마다 아를 낳겠구먼."

"당신은 어째 한 마디 말을 하믄 꼭 열 마디로 토를 달게 맹그능 겨? 내 말은 아를 낳고, 안 낳고는 사람 뜻대로 되능기 아니란 말이잖여. 작은마님도 그릏지. 머가 부족해서 그 나이에 아를 낳고 싶겄어. 자식이

영 읎는 것도 아니고 딞 셋읎 짝아? 귞렇닀고 대륌 읎을 자식읎 영 읎는
것도 아니잖여."

"승철읎가 우째서 작은마님 아듀유? 혞적에알 아듀로 입적되었겠지
만, 엄연히 슈 친얎뚞가 두 눈 시퍌렇게 뜚고 멀쩡히 삎아 있는데?"

"허허! 읎 사람 슈넉을 잘못 처뚹었나? 낚듀은 볎늬죜도 못 뚹얎서 플
골읎 상접한 섞월에, 볎늬죜읎띌도 제때 처뚹웅게 간덩읎가 붞닀. 찢얎
진 거시 죌딩읎띌고 못하는 말읎 읎구멎. 읎 푞수 덕얎늬알, 으째서 승
철읎가 작은마님 아듀읎 아니란 말여. 듀례는 핏덩읎륌 작은마님한티
넘겚쀀 음뻌에 읎잖여. 핏덩읎 뚥 쌀 때부텀 읎날 읎적까지 슈읎알 옥읎
알 킀욎 읎는 엄연히 작은마님읎잖여. 옛날부텀 낮말은 새가 듣고 밀말
은 쥐가 듣는닀고 했얎. 귞 잘난 목구녘에 거믞쀄 치지 않을띌믞 귞놈의
죌딩읎부텀 조심핎알 혀."

"낎가 읎는 말을 했슈? 읎 동늬 사람뿐만 아니띌 양산읎나 학산멎 사
람듀 치고 승철읎가 듀례 자식읎띌는 거 몚륎는 사람읎 워디 있닀구."

"읎 사람 읎거 였랜만에 나 혌자 쌀밥을 포식을 했닀고 샘읎 나는가?
당신 시방 나는 쌀밥 뚹고 당신은 볎늬죜 뚹었닀고 억하심정에 한번 핎
볎자능거, 뚞여?"

"닀 늙얎 빠젞갖고 하슎 멀 한댜."

"맥 빠지게, 자꟞ 헛소늬 지껉음 겚?"

"낎가 읎는 말을 한 거는 아니잖유."

"당신 말대로 승철읎가 작은마님 친자식읎 아니띌는 거 알 만한 사람
은 죄닀 알고 있는 사싀여. 하지만 당신읎나 나, 우늬 집 식구듀은 절
대로 귞 사싀을 입 밖윌로 낮서는 안 된닀 읎거여. 만앜 당신읎 몚월 몚

일 모시에 '승철이가 작은마님 자식이 아니고 들례가 낳은 자식이더라.' 하고 떠든 사실이 해룡네 귀에라도 들어가 봐. 써 먹을 것이라고는 술국 끓이는 재주벆에 읎는 푼수떼기 해룡네는 동네방네 떠들 거고, 결국에는 면장 댁 식구들 귀에 들어가 봐. 그날부텀 우리 집 식구는 면장 댁 근처는 얼씬도 못햐, 이 등신아. 이쯤하믄 내가 시방 먼 말을 하고 있는지 확실하게 알아들었겄지?"

청산댁이 누워 있는 이불 위로 마당에서 희미한 달빛이 쏟아지고 있다. 박평래는 청산댁을 노려보던 시선을 거두고 곰방대 부리를 힘껏 빨았다. 기분 좋게 연기를 내뿜으며 지그시 눈을 감는다.

풍년초의 맛은 확실하게 그늘에 말린 엽연초와 확실하게 다르다. 엽연초는 담배를 빨아들일 때의 느낌도 시원치 않고, 담배를 피우고 난 후에는 입 안 가득 군침이 고여서 뒷맛이 밋밋하다. 그래서 담배를 피우고 난 후에는 가래침을 시원하게 뱉고 나야 개운하다. 그러나 풍년초는 담배를 빨아들이는 느낌도 순하고, 피우고 난 후에도 입 안이 개운해서 좋다.

"허긴, 옛말부터 낳은 정보다는 기른 정이 우선이라고 하는 말이 있기는 해유. 하지만 그건 당사자들 문제고, 요븐에도 작은마님이 가랭이 사이가 납짝한 걸 나믄 워칙한댜? 학산 꼬막네 말을 빌리자믄 이븐에는 하늘이 두 쪽 나는 한이 있드라도 틀림읎는 아들이라고 하기는 하지만, 점쟁이 말이 백번 다 맞는다고 볼 수도 읎는 노릇이잖유……."

"설령 지지바를 낳드라도 다 하늘의 뜻으로 받아들이고 앞에 난 승철이처럼 금이야 옥이야 얌전하게 키워야지 워쩌. 인제서 아들 못 낳는다고 친정으로 내쫓을 수도 읎는 노릇이고……."

박평래는 만약 이번에도 옥천댁이 아들을 낳는다면 불난 집에 부채질하는 꼴이 될 거라는 생각에 말꼬리를 흐렸다.

"좌우지간 개 죽은 거 땜시 부정 타지 말고 지지바를 낳든 머스마를 낳든 아무 탈이 읎어야 하는데…… 말이 나온 김에 한 마디 하자믄 머스마를 낳는대도 문제유. 당신 말대로 금이야 옥이야 키운 승철이는 졸지에 찬밥 신세가 되는 거잖유. 지지바를 낳았다가는 부면장님이나 큰마님이 쳐다보지도 않을라고 할 끼고 작은마님도 이래저래 걱정이 태산같으시겠구먼."

청산댁은 길게 하품을 하고 방문 쪽으로 돌아눕는다. 창호지 문에 길게 뻗어 나온 둥구나무 가지가 족자에 걸린 매화나무 가지처럼 투영되고 있다.

"머스마를 낳는다믄 그보다 좋은 일은 읎지. 비록 승철이가 있기는 하겠지만, 면장님 승질에 당신 며느리가 낳은 손자에게 전 재산을 물려줄라고 할 팅게."

"그라겠쥬. 그렇게 되믄 들례는 달구새끼 쫓던 개 지붕 쳐다보기 식이 되겠구먼. 들례가 시방은 주딩이를 실로 꿰매고 살고 있기는 하지만 다 믿는 구석이 있응게 그렇게 살고 있을꾸. 게다가 부면장님도 모산에는 가뭄에 콩 나듯 들르시는 행편잉게, 내가 들례 입장이래도 딴생각 먹을꾸. 면장님이나 큰마님은 나이가 차믄 저승사자를 따라가실 것이고, 어른들이 안 기시면 부면장님 입맛대로 사실 것이 불에 물을 보듯 뻔한테, 그때가 되믄 들례 그년이 나 죽었슈 하고 살지는 않을꾸."

"그 집 딸내미들은 죄다 흔신짝 취급하는구먼. 부면장님이 시방이야 한 살이라도 젊은 들례를 끼고 살지만 사위를 셋썩이나 본 생각이 틀려질 껴. 그때쯤이 되믄 들례도 시방처럼 젊은 속살을 지니고 있을 것도 아니고"

"하긴 부면장님도 작은마님이 영 싫으신 것만은 아니신 거 가튜. 님을 봐야 뽕을 딴다고, 마님 얼굴을 쳐다뵈기도 싫을 정도라믄 아가 설 리가 읎지. 그런데 한 가지 이상한 거는 점순이 말로는 말여유, 부면장님이 집에 오셔도 내우간 사이가 별로 안 좋아 뵌다고 하든데……"

"그릏게 잠이 안 오믄 짚단이라도 좀 갖다 줄까? 새내끼라도 꼬게……."

박평래는 더 이상 상대하기 싫다는 얼굴로 문 앞으로 바짝 다가가 앉았다. 문을 삐죽이 열었다. 초저녁보다 한결 차가워진 바람이 방 안으로 빨려 들어왔다. 하지만 저녁에 마신 막걸리의 취기가 남아 있어서인지 바람이 시원했다.

"접때도 증조부 제사 때문에 하룻밤 자고 갔대유. 근데 부면장님 사이 하고 작은마님 사이에 찬바람이 쌩쌩 분다고 하든데……"

"그 지지바 나이가 도대체 및 살이여? 쥔을 잘 만나서 잘 처먹고 잘 싸는 덕분에 몸띵이만 컷지 안직 어린아여. 그런 아가 하는 말을 아무 생각 읎이 듣고 소문을 냈다가는 그날로 다리몽둥이가 부러지는 줄 알고 있으믄 틀림읎을 껴. 다리몽둥이만 무사한 줄 아나? 머리끄댕이를 죄다 뽑아서 똥싯간에 처넣고 말 팅게."

"꽃샘추위가 달아났다고 하지만 안직도 바람이 약이 오르면 매운 뱁유. 날 모리 저승 갈 늙은이들츠름 감기 걸려 콜콜거리기 싫으믄 방문이나 좀 닫아유."

박평래는 아직 담배 연기가 방 안에 남아 있는데도 방문을 닫았다. 엷은 달빛이 흘러 들어오던 방 안에 금방 어둠이 차올랐다. 어둠 속에서도 익숙하게 재떨이를 끌어당겨 곰방대를 톡톡 털었다. 불이 붙은 담뱃재가 재떨이에 먼지처럼 떨어져 내리면서 매캐한 냄새가 풍겼다.

"옛날부텀 오죽하믄 말이 많으믄 과부된다는 말이 생겼을까. 우리가 이만큼이라도 끼니 걱정 덜하고 사는 것도 죄다 면장 어른 덕이여. 지발 부탁하는데 늙은 영감한테 보약 한 첩 해 주는 셈 치고 앞으로는 말 좀 애껴. 우째 생겨 처먹은 여핀네가 영감 칭찬하는 거는 금쪽같이 여기믄서, 남 말하는 거는 왜 그리 푸짐하게 인심이 존지 모르겄어."

"면장 어른 덕도 무시할 수는 읎지만, 우리 며느리 덕도 무시할 수는 읎쥬. 하도 깐깐하게 굴어서 일 년 열두 달 가 봐야 버선 한 짝 읃어 신는 날은 읎지만, 그 덕에 하루 세 끼 굶은 날은 읎응게."

"겨울 다 지나가고 꾀꼬리가 우는 봄이 왔다고 친정 나들이 할 처지도 안 되는 사람이 버선 타령하는 걸 봉께 배때지가 불러 터지겠구먼. 말이야 바른 말이지만 당신이나 나나 손자들까지 며느리가 죽으라믄 죽는 시늉이라도 해야 하능 겨. 즈녁 잘 처먹고 김새는 야기하고 싶지 않아서 더 이상 말 안 하고 이쯤만 말할 팅게 단단히 새겨들어."

박평래는 어둠 속에서 아내를 흘겨보며 볼을 실룩거렸다. 그만 잠을 자야겠다는 생각이 들었으나 얼큰하게 취기가 돌아서 그런지 쉽게 잠이 오지 않을 것 같았다. 이 시간이면 해룡네는 아직 잠을 자지 않을 것이다. 해룡네에 가서 막걸리 한 대포하고 나면 잠이 쏟아질 것 같았다. 하지만 귀찮았다. 담배나 한 대 더 피우고 자겠다고 생각하며 다시 곰방대에 불을 붙였다.

"담배 좀 작작 피워유. 오소리 잡는 것도 아니고 손바닥만한 방구석에서……."

청산댁은 어둠 속에서 면벽을 하고 앉아 있는 박평래의 등을 흘겨보고 나서 이불로 머리를 폭 덮는다.

박평래는 청산댁이야 궁시렁거리든 말든 면벽을 하고 있는 스님처럼 뒷문 앞에 정좌하고 앉아서 담배 연기를 날리며 기분 좋게 트림을 한다.

"장날이 은젠지 모르겠네. 낼은 아니고 모렌가?"

"장날 쌀 팔러 갈 일도 읎을 끼고, 사돈 따라 장 구경 갈 일도 읎을 텐데 장날은 왜 지달리능 겨?"

박평래는 돌아누운 아내가 혼잣말로 중얼거리는 소리를 들으며 대통을 댓돌 위에 톡톡 덜었다. 바람이 잘 통하는지 물뿌리를 혹 하고 분 후에 어둠 속을 더듬어 쌈지 주머니에 넣었다.

"나는 평생 장에 볼일 보러 가는 일도 읎는 사람인 줄 아는구먼. 진규가 언지부터 고무신이 빵구가 나서 비만 오믄 질퍽거린다고, '할머이, 할머이 어머한테 고무신 좀 사 주라고 햐. 비만 오믄 교실 바닥에 진흙이 흥건하게 묻어서 챙피해 죽겠단 말여.'라고 애원을 해서 묻는 말유."

"난 또 뭐라고 아! 에미가 하는 말 못 들었어?"

"언지 사 준다고 했슈?"

"떡 줄 놈은 생각도 않고 있는데 짐칫국부터 마시는구먼. 에미 승질에 '어이구 알았습니다. 담 장날에 틀림없이 사 신길께유.'라고 잘도 하겠다."

"설마 추석 때까지 그냥 신으라는 말은 아니겠지."

"에미 말은 상규하고 진규하고 같은 날 신발을 사 줬는데, 왜 상규 것은 말짱하고 진규 것만 떨어졌냐 이거여."

"그야 상규는 게을러 터져서 집구석에서 노는 걸 좋아하는 승질이지만, 진규는 산으로 또랑으로 쏘댕기기를 좋아항께 그렁 거 아뉴?"

"에미가 자식 승질을 모를까. 에미 말로는 진규 그놈이 고생 좀 해 봐야, 난중에는 신발 아까운 걸 안다능 겨."

"잘났다. 넘들한티 우세시킬라고 아주 작정을 했구먼. 새 걸 사 주기 실으믄 고무신 때우는 데 가서 몇 푼만 주믄 되능 걸 갖고 드럽게 우세를 떠는구먼. 남들이 보기에 고무신짝 하나 사 줄 형편도 안 되는 집구석으로 보이게 만들라고 아주 작정을 했나……"

"에미가 저 혼자 잘 먹고 잘 살자고 그라는 기 아닝께 그만 주둥이 닫고 일절만 햐."

"어이구…… 이절을 부르라고 해도 할 말도 읎슈. 내 새끼도 아니고 지 새끼 신발값도 아까워서 돈주머니를 풀기 싫다고 하는데, 더 이상 머라고 하겠슈."

청산댁은 한숨 섞인 목소리로 중얼거리며 누운 채로 팔짱을 끼고 웅크리고 모로 누웠다.

울타리가 없어서 한뎃집이나 마찬가지인 해룡네 집 앞을 지나서 가면 또랑을 가로막은 방천길이 나온다. 방천길 오른쪽으로는 벌똥골에서 굽이를 돌아서 학산, 양산 간 국도로 이어지는 길로 연결된다. 반대편은 옛날 당집이 있었다는 불당골로 가는 길이다.

방천길에 서서 바라보면 여름이면 개망초가 흐드러지게 피는 풀밭이 훤하게 펼쳐진다.

풀밭에서는 봄부터 가을까지 몇 마리의 염소와 소가 한가롭게 풀을 뜯어먹고 있는 걸 볼 수 있다. 학교에 갔다가 온 아이들이 꼴망태나 다래끼를 메고 와서 토끼나 돼지에게 먹일 풀을 베기도 한다. 장마철에 흙탕물이 풀밭 위에서 넘실거리면 사람들은 족대를 들고 와서, 강에서 거슬러 올라온 메기며 뱀장어에 미꾸라지, 피라미 등을 종다리에 넘치도록 잡기도 한다.

풀밭을 지나면 붉은색 역귀가 진을 치고 있는 지역이 있다. 역귀밭을 지나면 마침내 아낙네들의 빨래터인 또랑가의 넓은 자갈밭이 나온다.

자갈밭은 여름이면 아이들의 놀이터다. 또랑에서 배가 고프도록 목욕을 한 아이들이 넓적한 돌로 양쪽 귀를 막고 고개를 흔들면서 귀에 들어간 물을 빼낸다. 그러다 지치면 새파래진 입술로 자갈밭 사이로 드문드문 펼쳐지는 모래밭에 두꺼비 집을 짓고, '두껍아 두껍아, 새 집 줄게 헌 집 다오.'라고 노래를 부르며 논다.

장마 끝에는 아낙네들이 눅눅해진 이불 호청이며 군복 따위를 또랑에서 빨아 자갈밭에 널기도 하고 봄가을에는 동네 사람들이 모여서 천렵을 하기도 한다.

천렵을 하는 날이면 구장 황인술이 반장인 윤길동을 데리고 집집마다 갹출을 다닌다.

봄이면 보리 몇 되, 가을이면 쌀 한두 되씩 걷은 걸로 천렵 준비를 하는데, 비용이 마련되면 아낙네들과 남정네들이 분담해서 하는 일이 다르다.

남정네들은 아침 일찍 쇠죽솥을 지게에 지고 또랑으로 나간다. 비교적 판판한 자리를 잡아서 자갈밭에 화덕을 만들어 놓는다. 아낙네들은 돼지 뼈를 대야에 한두 시간 담아서 핏물을 우려낸 것을 가마솥에 안친

다음, 돌로 쌓은 화덕이 가득 차도록 장작을 잔뜩 집어넣어서 센 불로 보글거리는 소리가 나도록 끓인다. 그동안 남정네들 몇몇은 자갈밭에 차일을 치고 멍석을 깐다. 잔치 때나 사용하는 두레상을 멍석 가운데 여러 개 붙여 놓는 동안, 학산 양조장이나 양산 양조장에 주문한 막걸리를 실은 자전거가 나타난다. 남정네들이 해장술로 분위기를 돋우는 동안 아낙네들은 펄펄 끓는 사골 물을 버리고 물을 새로 담아서 중불로 끓이기 시작한다.

돼지머리와 사골에 붙은 고기를 젓가락으로 쿡쿡 눌러서 다 익었다 싶으면 건져 낸다. 돼지머리와 돼지 뼈에 붙은 살을 발라내는 동안 성질 급한 남정네들은 이미 취해 있기 일쑤다. 그동안 사골국은 염소젖처럼 뽀얗게 변해 있다. 거기다 작년 가을 김장 때 새끼로 엮어 말려 만든 무청 시래기를 듬뿍 집어넣는다. 파를 듬성듬성 썰어 넣은 다음에 매운 고춧가루와 된장으로 간을 해 놓으면 맛있는 돼짓국이 된다.

두레상에 떡과 과일을 비롯하여 나물 반찬과 갓 담근 김치 등이 올라오기 시작하면 동네 아이들도 삼삼오오로 짝을 지어 나타난다. 어른들이 차일 밑에서 돼지국밥을 안주 삼아 술을 마시는 동안 아이들은 또랑에 발을 담그고 배가 부르도록 돼지국밥을 먹는다. 그것도 부족해서 절편이며 과일을 손에 쥐고 땀을 줄줄 흘리며 둥구나무 거리로 향한다.

국밥에 거나하게 막걸리를 마시고 도도하게 취기가 돌면 장구가 동원되고 꽹과리 소리가 비봉산을 울린다. 장구 소리와 꽹과리 소리에 맞춰서, 중이 적삼을 입은 남정네들과 무명 저고리를 입은 아낙네들은 누가 손을 잡아끌지 않아도 어깨춤을 덩실덩실 추면서 신명을 돋우기도 한다.

여름밤이면 또랑은 동네 목욕탕으로 변한다. 벌똥골 쪽에서는 남정네들이 흙먼지로 범벅이 된 땀을 씻어 내고, 불당골 쪽인 아래쪽에서는 아낙네들이 목욕을 하면서 초저녁의 더위를 식히며 재잘재잘 수다를 떤다.

4월이라서 한밤중에 사람들이 올 리가 없다. 그런데도 또랑의 자갈밭에는 언제부터인지 모닥불이 타고 있다.

"내 평생 개장국에 수육은 어쩌다 한 번씩 맛을 잊어뻐릴만 하든 한 번씩 먹어 본 적이 있어. 하지만 개불괴기는 저승에 계신 우리 아부지도 안 잡사 봤을 껴."

모닥불의 불꽃이 사그라지고 등걸불 위에 삽날 크기의 납작한 돌이 얹어졌다. 돌이 뜨거워질 무렵에 김춘섭이 내장을 도려낸 개고기를 단도로 썰어서 얹었다. 지지직거리는 소리와 함께 금방 개고기가 익어가는 광경을 바라보고 있던 오씨가 마른입을 다시며 중얼거렸다.

"읎어서 못 먹지. 개불고기가 아니라 개회는 못 쳐 먹을까."

모산 구장 황인술이 버드나무를 분질러 만든 젓가락으로 개고기를 뒤적거리다 연기를 피해 고개를 모로 돌리며 말했다.

"그나저나 쥐약을 먹고 뒈진 개를 먹어도 괜찮을까?"

"아까 개 잡을 때는 부잣집 개라서 살집도 좋다고 침을 흘리더니, 괴기 익는 냄새가 낭께 벌써부텀 배가 부른개비구먼."

윤길동의 집은 면장 댁 솟을대문을 기준으로 오른쪽 골목 안에 있다. 김춘섭은 면장 댁의 불이 꺼진 후에, 해질녘에 파묻었던 개를 도로 파내어 가마니에 싸서 지게에 지고 내려오다 윤길동을 불러냈다. 윤길동은 개고기라는 말에 두말도 없이 따라나섰다. 짚불에 개털을 끄스르고 김춘섭이 내장을 도려낼 때 뒷모도를 해 주었다. 그랬던 윤길동의 말에 김춘섭이 비아냥거린다.

"쥐약 먹고 뒈진 개 한두 번 먹어. 언진가 순배 영감네 개도 이 시간쯤에 캐 먹었잖여. 그래도 정 찝찝하믄 짭짤한 손가락 안주 삼아 탁주나 마시든지……."

황인술이 주전자에 담긴 막걸리를 윤길동에게 따라 주며 말했다.

"순배 영감도 부를걸 그랬나?"

잠자코 앉아 있던 박태수는 동네를 바라본다. 면장 댁의 불이 꺼진지는 한참 됐다. 면장 댁의 불이 꺼진 동네는 먹칠을 해 놓은 것처럼 불빛 한 점 없어서 어디가 어딘지 분간을 할 수가 없었다. 문득 '옥천댁도 잠이 들었을까?' 하는 생각에 괜히 가슴이 울렁거린다.

"이빨이 읎어서 맷돌로 갈아 주믄 모를까, 개장국도 아닌데 드실 수 있것어?"

"그 냥반이 이빨 읎다고 괴기 사양하는 거 봤남? 괴기라믄 환장하는 영감이라서 시방이라도 소리를 하믄 맨발로 쫓아올걸……. 난 개괴기를 개장국이나 수육으로만 먹는 줄 알았었는데 돌 구이를 해 먹어도 별미네."

연기가 계속 황인술 쪽으로 몰려갔다. 하지만 삽날만한 돌판을 가운데 두고 장정 다섯 명이 둘러앉아 있어 자리를 옮길 수가 없었다. 그는 김춘섭의 말에 토를 달면서 눈살을 찌푸린 채 고기를 집는다.

"근데 워티게 독구가 쥐약을 처먹었을까?"

박태수는 옥천댁의 얼굴이 떠올라서, 한참 동안 아련한 시선으로 캄캄한 동네를 바라보다 고개를 돌렸다. 어떤 것이 익었는지 어느 것이 안 익었는지 알 수가 없었다. 그런데도 다른 사람들은 잘도 집어 먹는다. 대충 눈짐작으로 익은 것처럼 보이는 고기를 입 안에 넣었다.

"부자가 저 배부른지만 알지, 남 배곯는 사정 이해할라고 하겄어? 독구도 그짝이 났는지도 모르지. 그 어른은 우리 같은 놈도 인간으로 안 보는데 개새끼라고 대우를 해 주겄어?"

쥐약을 먹고 죽은 고기라며 찝찔해하던 윤길동은 먹을수록 입 안에서 살살 녹는 것 같았다. '이런 횡재가 있을 줄 알았다면 저녁을 굶고 기다릴걸.'이라고 생각하며 부지런히 고깃점을 주워 먹는다.

"사람 팔자 시간문제라는 말이 어른들 입이나 책에만 나오는 말이 아녀. 솔직히, 이복만이 모산 땅 중에 노란자만 다 차지할 줄 누가 알았슈. 왜정 때 후지모토의 마름질을 하다 쫓겨나니 마니 했었는데."

오씨가 들으라는 목소리로 황인술이 말했다. 이병기의 아버지인 이복만은 해방 전에 일본인 후지모토의 마름을 했었다. 약아빠지기로는 이병기 못지않은 이복만은 후지모토 모르게 도지로 받은 쌀가마니를 심심치 않게 착복했다. 후지모토가 그 사실을 어떻게 알았는지, 이복만을 쫓아내려고 했었다. 만약 이복만이 쫓겨났다면, 오씨가 마름 자리를 차지할 것이라는 소문까지 돌았었다.

"엎지른 물을 바가지에 주서 담을 수 있남? 백날 뒤집어 봐야 다 지나간 일 들춰서 뭐햐. 어서 술들이나 마셔."

황인술의 말이 씁쓰름하게 들렸는지, 오씨는 의식적으로 막걸리를 벌컥벌컥 마신다.

"구장님 말이 틀린 말은 아녀유. 그때 우리가 몇 살이었더랴?"

김춘섭이 박태수에게 물었다.

"은제를 말하능 겨?"

고기를 뒤적거리고 있던 박태수가 별 관심이 없다는 얼굴로 반문한다.

"아, 해방이 되든 해 말여."

"해방이 은제 됐드라? 오랜만에 개괴기를 먹응께 창새기가 환장을 했는지 해방이 은제 됐는지 생각도 안 나는구먼."

김춘섭이 고기를 썰어 돌판 위에 얹으며 말했다.

"단기 사천이백칠십팔년에 해방이 됐잖여. 올해가 사천이백팔십구년잉께 해방된 지 딱 십일 년 됐구먼. 그 전 해믄 십이 년 전 야기잖여. 우리가 스물니 살 때 일이구먼. 그라고 봉께 우리 상규 낳고 한 해 뒷일이니께 딱 맞구먼. 시방 상규가 열시 살이거든."

"그때가 일본놈 말로는 소화 십사년이고, 단기로는 사천이백칠십칠년이여."

오씨가 우물우물 씹던 고기를 삼키고 나서 태수의 말을 받았다.

"창세 형님은 다 잊어뻐렸다고 하드니 안직도 가슴에 맺힌 거시 있는 모양이구먼."

황인술이 연기 때문에 일어섰다가 다시 돌 위에 걸터앉으며 말했다.

"허! 아까 다 잊어뻐렸다고 했잖여. 시방 그때 일을 들춰서 떡이 생기는 것도 아니고 괴기가 생기는 것도 아닌데, 미쳤다고 맘에 두고 있어?"

"말은 그릏지만 절대로 못 잊을 껴. 암! 나라도 못 잊을 껴."

"그 말은 구장님 말이 맞아유. 이복만이 후지모토를 속여서 도조를 근 십 년 동안 백 가마니도 넘게 빼먹었다고 했잖유. 그걸 후지모토가 눈치챘다잖유. 그 사실을 학산 면사무소에서 임시 직원으로 근무하던 면장님이……."

"그때는 면장님이 아니고 면서기였담유?"

김춘섭이 개고기를 맛있게 먹으며 끼어들었다.

"그려, 그때는 면장이 머여! 임시직 직원이었지. 그래도 윗사람들한테 아부하는 기술은 대단했잖어. 좌우지간 면장님이 산업계장이든 니모돈가 너모돈가 하는 사람을 델꼬 와설랑 손이 발이 되도록 빌믄서 사정을 했다잖유. '이건 분명 음모가 있는 것이 확실하다. 내가 알고 있는 부친은 남의 것이라고는 개똥도 주서오지 않는 승격이다. 정 아부지를 못 믿으믄 내년 가실에 직접 도조를 챙겨 봐라. 만약 한 가마니라도 차이가 난다믄 자결을 하겠다.'라고 말여. 그랑께 후지모토가 산업계장인 니모도의 체민도 있고 해서 한 해만 더 두고 보자고 약속을 했으믄서도, 내심으로는 창세 형님을 마름감으로 점찍어 두었다고 했잖유. 그때만 해도 우리 동리서 보통핵교 물이라도 먹은 사람은 창세 형님벆에 읎을 때니께."

황인술은 자기 앞으로 날아오는 연기를 손으로 내저으면서도 할 말은 다 했다.

"그런 걸 보믄 면장님은 재주도 좋아. 조선 사람이믄서 일본 사람인 산업계장을 제 편으로 만들어서 후지모토를 설득한 걸 보믄 보통 재주는 아녀."

황인술 쪽으로 흘러가던 연기가 바람의 방향이 바뀌자 윤길동 쪽으로 흘러갔다. 윤길동이 황인술과 교대라도 하듯 연기를 피해서 일어났다 쪼그려 앉으며 말했다.

"두말하믄 개소리지. 세상을 잘 만나서 제우 임시 직원으로 근무를 하다 해방이 되자마자 산업계장을 하드니, 이승만이 정권을 잡응께 부면장도 건너뛰고 단박에 면장이 됐잖여. 솔직히 우리끼리 있응께 하는 말이지만 그 아부지에 그 아들이라고, 면장님도 일본놈들이 똥구녕이라도 핥으라믄 핥을 위인이잖여. 안 그려?"

황인술이 갑자기 목소리를 낮추고 은근한 목소리로 말했다.

"해방 전이야 굉장했쥬. 솔직히 후지모토 앞잽이를 함서 우리들한티 을매나 지독하게 굴었슈. 바늘로 찔러서 피 한 방울 안 나오는 건 냥반이고, 칼만 안 들었지 완전히 날강도였잖유. 오죽하믄 모산 이복만이 똥은 개도 안 먹는다는 소문이 났을까."

"못할 짓 많이 했지. 나락이 영글 때 답품 나오믄, 너무 잘 익어서 나락 알이 대추처럼 탱글탱글한 걸로만 골라서 도조를 계산했었잖여. 저울질은 돼지장사들이 울고 갈 정도잖여. 집에서 분명히 팔십 키로 한 가마를 담아 갖고 갔는데도, 이복만이가 저울질을 하믄 꼭 삼사 키로씩 모자랑게 사람 환장하고 미치고 팔짝 뛸 노릇이지. 그릏다고 칼자루 쥔 쪽은 저짝이라서 저울 눈금을 보자고 할 수 있나, 내 저울을 들고 가서 달아 보자고 할 수가 있나. 도지를 뺏길까 봐 꾹꾹 눌러 참고 있자믄, 과부하고 공쎕하고 비녀 빼 가는 놈도 이복만보다는 낫다라는 말이 절로 나올 지경이래니께."

김춘섭의 말에 이어서 황인술이 생각하기도 싫다는 얼굴로 말했다. 막걸리 한 잔을 쭉 들이켜고 나니까 봉산댁의 얼굴이 생각난다. '오랜만에 개괴기도 포식했응게 힘 좀 써 볼까.' 30대 중반의 봉산댁은 혼자 사는 과수댁이다. 오늘은 집에 가는 척하고 봉산댁 방문이나 두들겨 봐야겠다고 생각하니까 아랫도리가 은근하게 부풀어 오른다.

"목구녕이 포도청이라고 시방은 암것도 모르는 척 살아가고 있기는 하지만 참말로 못할 짓 많이 했쥬. 오죽하믄 이복만 밑에서 소작을 하느니 만주 가서 굶어 죽는다는 말이 나왔겠슈."

박태수가 불이 붙은 나뭇가지로 담뱃불을 붙이고 나서 말했다.

"실지로 밤보따리 싸서 만주로 전라도로 야반도주한 집이 및 집 되잖여. 날망에 사는 종식이랑, 춘셉이 뒷집에 살던 뚝불이 아부지, 면장 댁 아랫집에 살던 구만이가 순전히 이복만 등쌀을 못 이겨서 야반도주했잖여. 그런 거 보믄 그 냥반 6·25 때 잘 죽었어. 만약 시방까지 살았다믄 쥐약 처먹고 뒈진 개새끼도 그냥 파묻지 않고 다른 얼매라도 돈을 받고 팔았을 껴."

"만복이 아저씨 아줌마를 건들였다는 소문도 있었잖유."

김춘섭이 길게 트림을 하고 나서 황인술에게 물었다.

"그⋯⋯그려, 그기 진짠지 가짠지는 모르겄지만 그런 소문이 돌긴 도⋯⋯돌았지."

은근하게 봉산댁의 부드러운 속살을 더듬는 상상을 하고 있던 황인술이 뜨끔한 얼굴로 더듬거렸다.

"구장님 개괴기가 목구녘에 걸렸슈? 왜 갑자기 말을 더듬어유? 도둑질을 하다 들킨 사람맨치로?"

김춘섭이 별일이라는 얼굴로 물었다.

"이⋯⋯이 사람아! 더듬긴 누구 더듬는다고 그랴, 잠깐 사레가 들렸을 뿐이구먼. 좌우지간 이복만 그 인간은 사람의 탈을 쓴 짐승이나 다름없었지."

황인술은 슬그머니 말을 돌리면서 오늘 봉산댁 방문을 두들기는 건 취소해야겠다고 생각했다. 조짐도 안 좋은데다 젊은 김춘섭이니 박태수나 윤길동도 개고기를 포식했으니 집에 가서 방구들을 그냥 두지는 않을 것 같았다. 마누라를 품에 안고 한바탕 땀을 흘리고 나서 밖에 오줌이라도 누러 나왔다가 마주치기라도 하면 개망신을 당하는 건 둘째 문제다. 아내가 봉산댁의 머리카락을 죄다 뽑아 버리는 것은 물론이고, 구장 자리를 내놓아야 하는 치명적 상처를 입을 수도 있었다.

"워쩌믄 만복이는 그 소문 땜시 여길 떴을 껴. 그 소문 때문에 만복이 처가 지덜 디딜방앗간에서 목을 맨 걸 만복이 아들이 발견했잖여. 쪼끔만 늦었어도 죽었을 껴. 그런 판국이니 그 집구석에 살 수 있었겄어? 그 이튿날 새벽에 여길 뜨고 말았지. 그러고도 자식놈들이 죄다 잘 되는 걸 보믄 하느님이라는 것이 읎는 모냥여. 하느님이 있다믄 그 자손들을 벌을 줘야지 재물을 주겄어?"

오씨는 고기를 우물거리며 하늘을 바라본다. 또랑가에서 보는 밤하늘은 동네에서 보는 밤하늘과 다르다. 바람이라도 불믄 우수수 떨어질 것 같은 별들이 모래밭의 운모조각처럼 선명하게 반짝인다.

"옛말에 걸어지 삼대 안 가고 부자 삼대 못 간다고 했잖유. 그 징조로 부면장님은 아들이 읎어서 씨받이를 은었잖아유. 씨받이도 씨받이 나름이지. 그 밭에 그 씨라고, 일본 사람 집에서 식모살이를 하다가 아들까지 낳은 여자하고의 사이에 낳은 자식이 뭐가 잘 되겄슈."

김춘섭은 돌판 위에 고기를 듬뿍 올려놓는다. 불이 붙어 있는 나뭇가지를 쑤석거려서 잘 타게 만들어 놓은 것도 부족해서 손으로 부채질을 한다.

"암만. 잘 될 리가 읎겄지. 하지만 내 생전에는 면장 댁 망하는 꼴 못 볼 껴. 내 나이 쉰인데, 부면장 나이는 인제 제우 마흔 넘겼잖여."

오씨는 막걸리를 벌컥벌컥 마시고 나서 손등으로 입술을 쓰윽 닦았다. 오랜만에 포식 좀 해 보자는 얼굴로 개고기가 익었는지 안 익었는지 확인도 하지 않고 덥석 집어서 볼이 미어터져라 입 안에 밀어 넣었다.

"젠장, 어뜬 놈은 부모 잘 만나서 나보다 시 살이나 어린놈이 부면장 질을 하고, 어뜬 놈은 제우 쥐똥만한 동리 구장질이나 하고…… 동리나 커? 제우 서른 몇 가구뿐이라 봄가을로 구장수곡 걷어 봤자 출장 온 면 서기들 닭 잡아 주다 보믄 등골만 휘고……."

"그렇게 억울하믄 구장님도 선거운동 좀 해유. 부면장님이 실력이 좋아서 부면장님이 됐슈? 국회의원 선거 때하고 대통령 선거 때 두 발 벗고 맨발로 뛴 대가지."

윤길동은 취한다는 얼굴로 길게 트림을 하면서도 계속 고기를 집어 먹는다.

"선거운동 그거 아무나 하는 거 아녀. 그거 할라믄 간 쓸개 다 빼놓고 해야 햐. 지덜 족보 훔쳐 가서 골동품상에 팔아먹은 놈 앞에서도 허파 빠진 놈처럼 실실 웃어야 하능 기 선거운동이여. 우린 쫑일 굶고 땅을 파라믄 팠지 선거운동하는 체질은 아녀."

"그래도 여기 앉아 있는 사람들 중에서 선거 때가 되믄 젤로 쏠쏠하게 재미를 보는 사람은 구장님 벆에 읎슈. 구장님은 시방 신은 그 고무신도 지난 대통령 선거 때 받은 거 같은디유?"

"쓸데읎는 소리는 일절로 끝냐. 이 신발은 구장들이 수고한다고 면장님이 한 켤레씩 사 주신 거여. 그라고 나는 소신이 있는 사람이라서 암만 많이 은어먹어도 내가 꼭 찍어야 할 사람한테만 선거를 하는 사람이라는 것쯤만 알아 두면 틀림읎을 껴."

"면장이 벌써부터 신발을 돌리능 걸 봉께 선거가 가까워지고 있기는 있구먼……."

"인자 그만햐. 좋은 괴기 앞에 놓고 인간 같지도 않은 사람들 땜시 신경 쓰다 보믄 지대로 소화나 되겄어?"

오씨가 박태수의 말을 막으며 손을 내젓는다.

"형님은 개괴기 잡수고 심쓸 일이나 있슈? 우리야 집구석에 들어가서 퍼질러 자는 예핀네나 끌어안을 수 있지만……."

황인술이 나무젓가락으로 이빨 사이에 낀 고기 찌꺼기를 꺼내다 말고 오씨에게 물었다.

"지랄! 비싼 개괴기 먹고 헛심 빼는 거보담은 백 번 낫지."

"형님 노래나 한 곡 뽑아 봐. 노래하믄 오창세가 양 학산면에서 둘째 가라면 서러워할 사람이잖여."

오씨는 방이라고는 달랑 한 칸뿐인 오두막집에 살면서도 면장 댁에서나 볼 수 있는 미제 제니스 라디오가 있다. 박태수가 시간만 있으면 라디오를 끼고 사는 오씨의 옆구리를 젓가락으로 쿡 찔렀다.

"땡뀨, 땡큐. 창세 형님이 젤 좋아하는 울어라 기타 줄아 한번 불러봐유."

"남인수의 울어라 기타 줄아? 좋지, 다들 쵱히 하고 잘 들어 봐."

오씨는 김춘섭의 말에 망설이지도 않고 일어섰다. 주먹을 말아서 마이크처럼 만들어 노래를 부르기 시작한다.

"낯설은 타향 땅에 그날 밤 그 처녀가

웬일인지 나를 나를 못 잊게 하네

기타 줄에 실은 사랑 뜨내기 사랑

울어라 추억의 나의 기타여……."

오씨의 노랫소리가 바람을 타고 또랑가로 흩어져 갔다. 바람이 불지 않으면 또랑에 누운 별들이 한가롭게 떠다니다 바람이 불면 흔적도 없이 물속으로 가라앉아 버린다. 박태수가 먼저 손뼉을 치며 오씨의 노래를 따라 부르기 시작했다. 그 뒤를 이어서 김춘섭이 자갈 두 개를 들어서 딱딱딱 박자를 맞춰 가며 노래를 불렀다. 윤길동과 황인술도 우리가 언제 이병호 부자를 싸잡아 욕을 했느냐는 듯이 붉게 물든 얼굴로 노래를 부르기 시작한다. 비봉산 품안에 안겨 있는 모산은 여전히 캄캄한 암흑 속에서 고요히 잠들어 있다.

소슬바람으로 바느질을 하며

누비로 된 배냇저고리는 그저 장터나 포목점에서 무명천을 끊어다
그 뻣뻣한 재질을 지우려고 양잿물로 삶아서 천을 부드럽게 해서 만든 옷이 아니다.
자식이 장수하기를 비는 뜻에서 친정집 조부가 입던 저고리를 뜯어서
한 땀 한 땀 정성 들여 만든 저고리다. 그래서 단순한 누비천이 아니라
친정어머니의 숨결이요 따뜻한 손결과도 같은 것이다.

면장 댁의 대청마루에 전등불이 꺼지면 지붕 위에 낮게 엎드려 있던
달빛이 마당으로 미끄러져 내려온다. 달빛이 마당 위에서 바람을 따라
고고하게 춤을 추기 시작하면 기다렸다는 듯 뒷산에서 소쩍새 울음소리
가 들창문을 두들긴다.

대청마루의 불이 꺼진지 오래지만 옥천댁의 방은 불이 꺼지지 않았
다.

방 안에는 30촉짜리 알전구가 천장 가운데 매달려 있어서 대낮처럼
환했다. 옥천댁은 아랫목에 이불을 깔아 놓고 다소곳한 자세로 앉아 배
냇저고리를 만들기 위해 바느질을 한다. 바느질을 하다 갑자기 무언가
를 잃어버린 사람처럼 고개를 들어서 거울을 본다.

거울 안으로 보이는 옥천댁의 둥근 얼굴은 표정이 없다. 거울을 바라 보고 있는 눈매는 무심해 보이기도 하면서 한없이 깊어 보인다. 그 깊은 눈 안으로 들어가면 무한한 슬픔 덩어리가 묻혀 있는 것처럼 보인다.

저 얼굴이었을까?

처녀 때나 지금이나 친정이 넉넉한 살림은 아니다. 처녀 때도 얼굴 단 장을 한다고 있는 집 자식들처럼 눈썹을 그리고 얼굴에 구루무를 찍어 바르고 입술에 연지를 바르는 일은 없었다. 그 탓에 거울을 자세하게 들 여다본 적이 별로 없었다. 그래서일까, 열아홉 살에 결혼을 하고 십칠 년이라는 세월이 흘렀는데도 거울 안으로 보이는 얼굴은 처녀 때와 별 반 달라 보이지 않는다.

그람, 대체 머가 변항 겨?

옥천댁은 한참 동안이나 거울을 바라본다. 얼굴은 처녀 때와 똑같아 보이지만 눈을 깜박거리며 바라보면 처녀 때와 조금도 닮지 않은 여자 가 거울 안에 앉아 있다. 뒤안에서 바람 소리가 들리면 거울 속에 여울 이 지고, 눈매 고왔던 처녀의 얼굴은 흔적도 없이 사라져 버린다. 그 대 신 외로움에 지쳐 있는 서른 중반 여자가 앉아 있는 모습이 보인다.

변하긴 변했구먼.

옥천댁은 쓸쓸히 웃으며 다시 바느질을 하기 시작했다. 그동안 배냇 저고리를 승철이 것을 포함해서 세 벌이나 만들었다. 그래도 매번 처음 만드는 것처럼 긴장이 되고, 바느질을 하는 한 땀 한 땀에 힘이 들어가 는 것을 느낀다.

옥천댁은 첫째 딸인 애자의 배냇저고리는 만들지 않았다.

자신이 아기 때 입던 옷을 시집올 때 가져와서 장롱 깊숙이 간직했다가 꺼내 입혔던 까닭이다. 그건 친정어머니의 바람이기도 했다.

"아를 낳을 때까지 내가 신경을 써 줄 팅게 먹는 음식도 가려서 먹으라 이 말이여. 음석만 가려 먹는 것이 대수는 아녀. 맘도 좋은 맘만 먹고 있어야 햐. 그래야 착한 아들을 낳지. 괜히 시건방진 생각을 해설랑 집 안에 분란 일으킬 생각은 아예 꿈도 꾸지 말고. 내 말 무슨 뜻인지 알겄지?"

보은댁은 각별하게 옥천댁을 배려해 주며 첫 손자를 기다렸다. 손자를 낳게 되면 한 집에 4대가 살게 되는 셈이다. 그때는 동네 사람들도 무시하지 못할 것 같았다. 지금은 동네 사람들이 시아버지 이병호의 눈앞에서는 하인처럼 굽실거리지만 첫애인 애자를 임신하고 있었을 때는, 시할아버지 이복만이 후지모토의 수족과 같은 놈이라고 은근히 질시의 눈빛을 보내고 있던 시절이었다. 그러나 한 집에 4대가 살게 되면 동네 사람들이 보는 눈도 달라질 것이라는 생각에 보은댁은 가급적이면 정지 출입도 말렸다.

"동하도 삼대 독자잖여. 우리 집안은 손이 귀한 집이라 손자며느리의 책음이 막중햐. 그랑게 일절 심든 일은 하지 말고, 음석은 좋은 것만 골라 먹고, 드러운 것도 보지 말고 좋은 생각만 하고 있어야 장차 크게 될 인물을 생산할 수 있는 뱁여."

보은댁만 손자를 애타게 기다리는 것이 아니다. 보은댁의 시어머니 이원댁도 옥천댁이 증손자를 낳아 줄 것을 은근히 기대했다. 머슴들에게는 몸이 불편한 불구나 환자가 집안 출입을 하게 될 때는 반드시 먼저 자신에게 보고를 하게 해서 옥천댁과의 대면을 금지시켰다.

옥천댁은 이원댁과 보은댁의 당부가 아니더라도 어른들이 원하는 홀

룡하고 건강한 아이를 낳기 위해서 지켜야 할 것은 모두 지키겠다고 마음먹었었다. 그것은 곧 친정어머니의 당부이기도 했다.

모냥이 삐뚤어졌거나 날짐승이 쪼던 과실, 들 익었거나 철이 지나서 상한 과실, 배배 꼬이는 고딩이나 기어 다니는 까재, 말고기 같은 거는 먹지를 말고, 비늘이 읎는 생선을 먹으믄 난산을 하게 되능 겨. 엿기름과 마늘은 태를 삭이고, 개괴기를 먹으믄 애기가 벙어리가 되는 벱이여, 오리괴기나 오리알을 먹으믄 애기가 거꾸로 나오고, 생강을 먹으믄 육손이를 낳을 수 있응께 금해야 혀.

옥천댁은 임산부가 매사에 조심해야 할 것들을 말해 주던 친정어머니의 목소리를 생각할 때마다 '드디어 나도 어머니가 되는구면.'이라는 말이 절실하게 실감났다.

첫애는 시어른들의 기대에 어긋나게 딸을 낳았다.

옥천댁은 자신이 입던 옷을 첫딸인 애자가 입고 있는 모습만 봐도 가슴이 저리도록 행복했다. 친정어머니도 배냇저고리를 입고 있는 내 모습을 바라볼 때 이처럼 가슴이 저리는 행복을 맛보았을 것이라는 생각에 눈물이 주르르 흘러내렸다.

"쯔쯔, 배냇저고리 한 벌 만드는데 돈이 얼매나 들어간다구……."

보은댁이 내심으로 원하던 손자가 아닌 손녀를 낳았다고 노골적으로 핀잔 섞인 눈초리를 받는 순간 억장이 무너져 내리는 것 같았다. 누비로 된 배냇저고리는 그저 장터나 포목점에서 무명천을 끊어다 그 뻣뻣한 재질을 지우려고 양잿물로 삶아서 천을 부드럽게 해서 만든 옷이 아니다. 자식이 장수하기를 비는 뜻에서 친정집 조부가 입던 저고리를 뜯어서 한 땀 한 땀 정성 들여 만든 저고리다. 그래서 그것은 단순한 누비천이 아니라 친정어머니의 숨결이요 따뜻한 손결과도 같은 것이다. 생명이 없는 돌멩이도 만져 보고 쓰다듬어 보면 저절로 숨결이 느껴지는 법이다. 배냇저고리도 친정어머니의 손길을 생각하면 마치 살아 있는 사람처럼 저절로 따뜻해지는 천이다.

"니가 모르고 있는 모냥인데, 원래 지지바가 입던 배냇저고리를 입으믄 지지바를 낳는 벱여."

옥천댁은 당신이 원하는 손자를 낳지 않았다고 해서 친정어머니가 만든 배냇저고리를 무시하는 보은댁이 서운했으나 눈썹을 내리깔고 조용히 앉아 있을 수밖에 없었다.

보은댁이 앞장서서 앞마당에 묘목도 아닌 성목(成木)인 석류나무 두 그루와 대추나무를 심은 것은 애자의 첫돌이 지난 초봄의 어느 날이었다.

"마당에 대추나무라 색류나무를 심으믄 아들을 난다드라. 내 말이 무슨 말인지 잘 알겄지?"

대추나무는 잎사귀가 없어도 나뭇가지가 뾰족뾰족한 부분이 있어서 금방 어떤 나무라는 걸 알 수 있었다. 그러나 석류나무는 별다른 특징이 없어서 분간하기가 어렵다. 옥천댁이 석류나무 앞에서 호기심어린 표정을 짓는 모습을 보고 보은댁이 귀담아들으라는 목소리로 말했다.

"석류꽃도 보기가 참 좋아유……."

옥천댁은 손자를 염원하는 뜻으로 마당에 대추나무와 석류나무를 심었다는 점이 보이지 않는 압박감으로 다가왔다. '딸 손녀는 손주가 아닌 감유?'라고 반문하고 소리가 입 안을 가득 채웠으나 엉뚱한 말을 하고 말았다.

"넌, 하나만 알고 둘은 모르는구먼. 색류나뭉께 색류가 열려야 색류나문 게여. 색류가 열리지 않으믄 아무 나무도 아녀. 암만 종자가 좋아도 색류가 열리지 않으믄 색류나무가 아니라 이거여. 색류가 열릴라믄 워칙해야 햐. 벌이 있어야 하는 건 하늘의 이치여. 꽃이 아무리 이쁘믄 뭐햐. 꽃에 화분이 읎으면 벌이 날아올 리가 읎지. 그랑께 벌만 탓하지 말고 꽃도 열심히 화분을 만들어야 하능 겨. 무슨 말인지 알겄지?"

마당을 점령하고 있는 햇볕은 좋았다. 하지만 비봉산에서 불어오는 바람은 아직 겨울의 냉기를 품고 있었다. 옥천댁은 보은댁의 말에도 냉기가 묻어 있는 것을 느끼며 할 말을 잃어버리고 말았다.

"어머니 말씀은 이짝 귓구녕으로 듣고 이짝 귓구녕으로 흘려 보냐. 딸자식은 자식이 아닌가? 원래 옛날에 딸은 살림 밑천이라는 말도 있잖여. 우리가 나이가 많은 것도 아니잖여. 내 나이 인제 제우 스물다섯이잖여. 남들은 사십대에도 늦둥이를 난다고도 하는디 당신은 서른 살이 될라믄 앞으로도 반십 년은 남았어. 그랑께 아들은 천천히 낳아도 된다고 생각하고 걱정하지 마."

옥천댁은 마당에 석류나무와 대추나무를 심은 날 저녁에 이유를 알 수 없는 고열에 시달렸다. 꼬박 밤을 하얗게 새우도록 고열에 시달리다 보니 아침을 지을 수가 없었다. 이튿날 영동 군청에서 임시직으로 근무하고 있는 이동하가 내려왔다. 영동에서 하숙하는 이동하는 약방에서 지어 온 약봉지의 가루약을 직접 물에 타 주면서 부드럽게 위로를 했다. 옥천댁은 그때서야 이틀 동안이나 원인을 모른 채 입술이 타는 것처럼 들끓던 고열이 사라지는 것을 느꼈다.

해방되기 두 해 전에 옥천댁은 둘째를 임신했다.

보은댁은 옥천댁이 둘째를 가졌다는 것을 확인한 그다음 날 외출 채비를 차렸다.

"원래, 아들은 하늘에서 점지를 해 주는 뱁여. 나도 삼대독자인 동하를 그냥 은 기 아녀. 그렇게 암만 말고 절에 가서 치성을 드려 보자. 그기 우선 순서인 거 같응께."

옥천댁은 외출 준비를 하고는 서두르는 보은댁의 말을 거절할 수가 없었다.

보은댁은 이원댁과 함께 절에 바칠 공양미로 쌀을 다섯 가마니나 달구지에 싣게 한 다음 박평래를 앞세워 대문 밖으로 나갔다.

바람이 불 때마다 둥구나무가 노랗게 변한 나뭇잎을 무시로 털어 내는 초겨울이었다. 가을에 추수를 했다고는 하지만 모산 사람들 두지에 쌀 한 가마니 분량을 담아 둔 집이 드물었다. 대부분이 소작농이라서 수확한 벼의 절반 이상은 지주인 후지모토에게 도조로 바치고, 남은 벼마저 공짜나 다름없는 정부 고시가인 헐값에 공출미로 바친 뒤라서 제사를 지낼 쌀과 신주 단지에 모셔 둔 쌀이 전부인 세상이었기 때문이다.

"아니, 저기 다 쌀이란 말이지?"

"쌀이 아니믄 모새란 말여?"

"사내끼로 가마니를 꽁꽁 묶은 걸 보믄 틀림없는 쌀이구먼. 저 쌀을 송림사에 바친다는 거여?"

모산 사람들은 이복만과 박평래의 입을 통해서 송림사에 시주를 하러 가는 길이라는 점을 먼저 알고 있었다.

그 소문은 물결처럼 삽시간에 모산 마을을 흔들어 놓았다. 사람들은 조선 시대 때 원님 행차를 구경하는 것처럼 둥구나무 거리로 모여들어서 수군거렸다.

옥천댁은 세금을 못 내거나 공출미가 부족해서 일인 순경들에게 끌려가는 동네 사람들을 한두 번 본 것이 아니다. 그들을 볼 때마다 불쌍하다는 생각이 들었을 뿐이지 죄인처럼 보이지는 않았다. 하지만 아들을 낳기 위해서, 다른 집에서는 일 년 동안 먹을 양식을 공양미로 바치기 위해 가는 길이라고 생각하니까 죄인처럼 얼굴이 화끈거려서 고개를 들 수가 없었다.

"송림사 주지 스님이 뉘여?"

"공혜 스님이잖여."

"공혜 스님 입이 찢어지겄구먼. 쌀 다섯 가마니믄 내년 여름까지 보리쌀 귀경할 필요가 읎겠구먼."

"이럴 줄 알았으믄 난도 진작에 머리 깎고 절로 기어 들어가는 긴데."

"아무나 절에 들어가는 줄 아남? 태어날 때부터 쌀밥 먹는 놈 팔자 정해져 있듯이, 스님도 목탁을 두드려서 먹고살 팔자가 따라 줘야 하는 거여."

동네 사람들은 해룡네 집 앞에서 모두 걸음을 멈추고 더 이상 따라오지 않았다. 하지만 옥천댁은 동네 사람들이 수군거리는 소리가 발이 달려서 계속 따라오는 것 같아서 쫓기듯 걸었다.

"부처님께 열심히 기도를 하시믄 좋은 결과가 나올 게유. 자고로 지성이믄 감천이라고 했응께."

송림사의 주지 공혜 스님은 반드시 아들을 낳는다는 확답을 주지는 않았다. 그러나 보은댁은 그 말만으로도 옥천댁의 배 속에 들어 있는 태아가 아들일 거라고 확신했다.

해가 바뀌고 슬슬 일 년 농사를 준비해야 할 3월이었다.

바람은 아직 차지만 동네 사람들은 논을 갈아 엎는다, 물꼬를 판다, 거름을 뿌린다 하며 겨울 동안 웅크리고 있던 몸을 부지런히 움직이고 있을 때였다.

옥천댁의 배가 제법 불러 오는 것을 본 이복만은 일주일에 한 번씩은 젊고 빠릿빠릿한 소작인들을 은밀하게 불러서 가물치를 잡아 와라, 잉어를 잡아 와라며 명령했다. 잉어는 양산강에 가면 물고기를 잡아서 생업으로 삼는 어부들에게 보리쌀 두어 되만 주면 팔뚝만한 것을 얻어 올 수가 있다. 그러나 가물치는 차원이 다르다.

가물치라는 물고기는 저수지에서 잡을 수 있는 물고기다. 저수지도 인근에 있는 못 정도의 저수지가 아니라, 추풍령 고개가 있는 황금면의 황금저수지 정도에 가야 잡을 수 있다. 영동까지는 버스를 타고 간다 해도 영동에서 황금면은 칠십 리 길이다. 황금저수지에 간다고 해서 낚싯줄만 늘어뜨려 놓고 있으면 '그동안 날 잡으러 오길 지달렸슈.' 하고 덥석 미끼를 물 가물치도 아니다. 저수지 인근에 사는 이들에게 부탁해서 하루 이틀 밤을 자야 겨우 구할 수 있는 귀한 고기다. 그러자면 이런저런 경비로 쌀 두 말 정도는 소리 없이 허공중으로 날아간다. 만약 다른 사람이 부탁한다면 농사일을 뒤로 미뤄 두고 이삼일을 객지에서 보내야 한다는 생각에, 눈빛이 안 돌아갈 수가 없을 것이다.

그러나 이복만의 경우는 다르다. 이복만에게 밉게 보인다는 것은 이듬해 땅을 내놓아야 한다는 등식이 성립되기 때문이다. 그래서 군소리 하나 내지 못하고 조 반 보리 반을 소금으로 간해서 주먹밥으로 만들어 싸들고는 삽짝을 나설 수밖에 없는 것이 모산 사람들의 숙명이자 운명이다.

모산 사람들이 이복만 앞에서 고양이 앞의 쥐처럼 살 수밖에 없는 것은 후지모토의 마름이라는 지위 때문이다.

지주인 후지모토는 소작인들에게 땅을 도지 주는 것부터 시작해서 가을에 도조 받는 것까지 모두를 이복만에게 위임하고 있었다. 겉으로는 한국말이 서툴러서 소작인들 다루기가 힘들다는 이유를 공공연하게 떠벌렸지만, 안으로는 이복만의 악착같은 근성을 높이 사고 있어서였다.

"이상만 있으면 우리 농사는 해마다 풍년은 차려 놓은 밥상이야, 밥상!"

후지모토는 가을 도조를 다 받고 나면 인근 양산면이나 학산면 등에 은밀히 사람을 보내서 그 해의 수확량을 비교할 만큼 빈틈이 없었다. 그때마다 수량이 풍부한 양산 들판보다 항상 많은 도조를 거둬들였다는 것을 확인하고 나서는 이복만을 불러서 정종을 대접하는가 하면, 쌀 열석 이상을 시상금으로 내놓았다.

"일본이 일등 국민, 우리 한국이 이등 국민, 중국이 삼등 국민 아녀유? 이등 국민의 명예를 걸고 나락 한 톨, 한 톨까지 계산에서 받아들였쥬, 머."

이복만은 후지모토의 시상금이 아니더라도 이미 먹고살만한 양 정도의 쌀을 횡령한 뒤라서, 함지박 만하게 벌어진 입을 다물지도 않고 연신 허리를 굽실거리며 충성을 맹세했다.

모산 사람들은 추수가 끝나면, 후지모토와 이복만의 얼굴에 늦가을의 햇살 같은 미소를 가득 담아준 대가로 장리쌀을 얻기 위해 이복만의 집을 들락거리거나, 학산의 양곡상회를 향하여 힘없는 발걸음을 돌리거나,

해룡네 집에 모여서 바늘로 찔러도 피 한 방울 나오지 않을 이복만을 성토하며 막걸리를 마셨다.

동네 사람들이 인간의 탈을 쓴 개라고 욕을 하든 말든, 염라대왕이 이복만 같은 놈을 안 잡아가면 주재소에 고소를 해서 볼기를 쳐야 한다고 술안주로 삼든 말든 이복만은 하루하루가 행복했다.

흰 눈이 비봉산을 한 폭의 산수화로 만들어 놓으면 젊은 소작인들을 불러서 산토끼를 잡아 와라, 꿩을 잡아 와라, 노루를 잡아 오라고 공공연하게 지시를 했다. 소작인들은 이복만의 말이 떨어지기가 무섭게 칡 넝쿨로 올가미를 놓거나, 비상을 탄 콩을 뿌리기 위해 무릎까지 빠지는 눈길을 걸어 산으로 올라가지 않을 수 없었다. 만약 몸이 아프다는 핑계를 대거나, 신성한 산짐승을 잡으면 집안에 안 좋은 일이 생긴다며 거절한다면 가착 없이 이듬해에 도지를 내놓겠다는 배짱이나 다름없다.

"은진가도 말했지만 지지바가 입던 배냇옷을 갖고 있으믄 또 지지바를 난다고 하드라. 넌 그런 말을 못 들어 봉겨?"

출산을 석 달 앞둔 유월 어느 날, 마당에 있는 석류나무가 빨간색의 꽃을 피우고 있던 시기였을 것이다. 옥천댁은 보은댁이 넌지시 던지는 말에, 가까운 날 학산 포목점에 가서 무명을 한 필 끊어 오겠노라고 대답할 수밖에 없었다.

옥천댁은 볕이 좋은 날 점순이를 보내지 않고 직접 학산에 있는 포목점으로 갔다.

처음 배냇저고리를 입을 아이의 살은 아직 세상의 때가 묻어 있지 않다. 사람의 살이라기보다는 신의 살결처럼 조심스럽게 대해야 하는 아이의 맨살이다. 그 살에 직접 접촉을 하는 옷인 만큼 아무 천이나 사용해서는 안 된다. 깨끗한 천이어야 함은 물론이고 부드러워야 한다.

옥천댁은 누런색의 무명을 광폭으로 넉넉하게 두 필 끊었다.

그것을 햇볕이 좋고 바람이 좋은 날 양잿물로 푹푹 삶으니까 누런색이 하얗게 바랬다. 배냇저고리를 하얀 천으로 만드는 이유는 흰색은 고결·순결·순수의 상징과 함께 밝음·영원·불멸·재생 등을 상징하는 신성색(神聖色)이기 때문이다. 하얗게 바랜 무명천을 마당에서 햇볕이 가장 잘 드는 곳에 널어 바짝 말려서 손이 없는 날이 되기를 기다렸다.

옛날 사람들은 귀신이 날짜에 따라 각각 다른 방향에서 사람이 하는 일을 방해한다고 믿었다. 초하루와 이튿날은 동쪽, 사흘날과 나흘날은 남쪽, 닷샛날과 엿샛날은 서쪽, 이렛날과 여드렛날은 북쪽에 있다. 날짜로는 9·10·19·20·29·30일은 귀신이 하늘로 올라가기 때문에 손이 없다고 믿었다. 그래서 이사를 하거나 먼 길을 떠날 때, 혹은 중요한 일을 결정하거나 시행하려고 할 때는 손 없는 날과 방향을 택했다.

옥천댁은 손이 없고 볕 좋은 날을 골라서 무명을 잘 말렸다. 다시 그것을 다듬이질하고, 말리기를 여러 번 해서 명주 천처럼 부드럽게 만들었다.

"배내옷을 맨들 때는 정성이 들어가야 햐. 몸과 맴이 하나가 되어서 옷을 맨들어야 난중에 훌륭한 자식을 보게 되는 거여."

옥천댁은 친정어머니가 만들어 주었던, 이제는 자신이 체온에 이어서 애자의 체온까지 스며들어 있을 배냇저고리를 방바닥에 반듯하게 펼쳐 놓았다. 그것을 옷본 삼아서 두 번째로 태어날 아이의 배냇저고리를 만들기 시작했다.

배냇저고리는 남자들이 입는 저고리와 다르게 깃이 없다. 아이라서 목과 어깨의 경계가 불분명하기 때문이다. 깃이 없어서 '깃저고리'라고도 부르는 배냇저고리의 '배내'는 배를 뜻하는 말이라서 배를 가리는 옷이라는 뜻의 '배내옷'이라고도 부른다.

옥천댁은 정성을 깃들여 만든 저고리에 고름을 달지 않았다. 그 대신 태어날 아이가 무병장수하기를 기원하는 뜻에서 실을 일곱 가닥 길게 늘어뜨려 고름을 대신했다. 단추나 고름이 없는 대신 실로 만든 고름 대용은 허리를 감아서 고정시킬 수 있도록 한쪽을 길게 만들었다. 소매도 물빛처럼 투명한 살결에 행여 손톱으로 생채기라도 낼까 봐 손이 밖으로 드러나지 않도록 길게 늘어뜨렸다.

밤을 하얗게 새워서 배냇저고리를 만든 옥천댁은 친정어머니가 만든 배냇저고리를 버리지 않기로 했다. 오래되어서 낡았다고 걸레로 사용하게 되면 잘 크고 있는 첫째 애자에게 부정한 일이 생길지도 모른다는 생각에서였다.

꽃이 피는 봄이 지나면 새가 우는 여름이 오고, 오곡이 풍성한 가을이 지나면 온 산하가 얼어붙는 겨울이 오는 것은 자연의 섭리이다. 자연의 섭리는 꼭 자연의 법칙에만 통용되는 것이 아니라 인간들에게도 통용된다. 겨울에 꽃이 필 수 없는 것처럼, 자연의 법칙인 순리를 깨뜨리고 억지로 생을 살면 반드시 안 좋은 결과를 초래하기 마련이다. 이것을 인과응보라고 하기도 한다.

옥천댁이 만삭이 될 즈음에는 이복만의 집안은 여느 해처럼 배부르고 등 따신 겨울이 오길 기다리며 한가롭게 하루를 보내지 않았다. 계절이 징검다리처럼 가을을 건너뛰어 삽시간에 살얼음이 쨍쨍하게 얼어 있는 한겨울로 변해 버리는 일이 발생했다.

"인제 우리 집은 끝났다. 더 이상 모산 땅에서 발붙이고 살 수도 읎고, 읍내로 나가서 양곡상을 하든지, 건어물상을 하든지, 이 빌어먹을 동네에서 보따리를 쌀 수백에 읎게 됐네."

눈이 내릴 시기는 아니다. 그런데도 하늘은 금방이라도 눈을 쏟아 버릴 것처럼 잔뜩 얼어 있는 날이다. 후지모토에게 불려갔던 이복만은 발걸음도 가볍게 달려갔다가, 대문을 나올 때는 흙빛이 된 얼굴로 비틀거리더니 집에 들어오자마자 사랑방에 벌렁 나자빠졌다.

"우리가 멀쩡한 이 집을 두고 왜 읍내로 나간데유?"

며느리 보은댁과 안방에 앉아서 이런저런 세상 돌아가는 이야기를 하며 밤을 수저로 파먹고 있던 이원댁이 놀란 얼굴로 물었다.

"몰라! 몰라! 난 암것도 모르지만 우리 집안이 망한 것은 틀림읎는 사실여. 아이구, 이 일을 워쩐댜. 대관절 어뜬 놈이 일러바친 겨. 내가 좀 야박하게 군 거는 사실이지만, 다 지놈들 먹고살라고 후지모토 앞에서 개처럼 살았는데, 그런 날 배신햐! 어뜬 놈이 쑤셨는지 잡아내기만 하든 간을 갈아 마셔도 시원치 않을 껴."

"뭘 쑤셨데유? 누가 너구리굴이라도 쑤셨남유?"

"아이구! 이 여핀네야 나 시방 속에 불이 나서 죽겠응께 어여 찬물이나 한 바가지 떠와."

옥천댁은 시아버지 이병호의 사무복을 인두로 다림질하고 있다가, 사랑방에서 숨넘어갈 듯한 목소리로 악다구니를 치는 이복만의 목소리에 놀라서 밖으로 나갔다. 사랑방 안에서 이를 바득바득 갈던 이복만이 사랑방 문을 발로 차서 활짝 열었다. 저고리 고름이 뜯어져 나가도록 저고리를 활짝 열어 재끼고, 살이 디룩디룩 쪄서 임신한 암퇘지 같은 배를 손자며느리 앞에 드러내고 있다는 것도 잊어버리고 가슴을 쳤다.

"어이구, 손주며느리 앞에서 이기 먼 추태유."

이원댁이 황망한 얼굴로 저고리를 여며 줄 때서야 이복만은 사랑방 문 앞에 옥천댁이 고개를 다소곳이 숙이고 서 있는 모습을 보고 황망하게 돌아앉았다. 그러나 속이 타서 견딜 수 없다는 얼굴로 여전히 가슴을 쳐 댔다.

"어뜬 놈이 찔렀는지 몰라도, 내가 소작료를 횡령했다는 거여. 그래서 내년부터는 마름 자리를 다른 놈한테 넘긴다누만…… 어이구 이 일을 워쩐댜. 어뜬 놈인지 모르지만 내가 피 말라 죽는 꼴을 볼라고 작정을 하지 않고서야 이럴 수는 읎는 개여. 그래도 자고로 게는 가재 편이고, 팔은 안으로 굽는다고 내가 아무려면 일본놈 편을 들것어. 다들 제 놈들 정신 차리고 농사지으라고 으름장 쬐끔 논 걸 가지고 원한을 산 놈이 …… 아이구, 답답햐. 찬물로는 안 되겄다. 술 담가 놓은 거 있으면 한 바가지 퍼 와라. 어여!"

찬물 한 바가지를 벌컥벌컥 들이마시고 난 이복만은 이원댁이며, 보은댁이나 젊은 새댁인 옥천댁이 하얗게 질릴 정도로 놀랄만한 사실을 남 이야기 전해 주는 것처럼 넋 놓은 얼굴로 중얼거렸다. 그러다 나중에 생각만 해도 화가 난다는 얼굴로 바가지로 방바닥을 내려쳤다.

"어이구, 우리 집은 망했구먼."

눈을 깜박깜박거리며 이복만이 하던 말을 가만히 듣고 있던 이원댁이 바가지 깨지는 소리와 함께 뒤로 발랑 나자빠지며 두 다리를 바르르 떨었다.

"어머니, 이럴 때일수록 정신을 차려야 해유. 야! 뭐하고 있냐? 어여,

가서 술상 봐 오지 않구선……."

보은댁은 대세를 돌이킬 수 없다고 판단했다. 소작료를 횡령했다는 사실을 후지모토가 알고 이복만을 해고했다면, 모든 사실을 소상하게 알고 있는 것이라고 판단했다. 이럴 때 온 집안 식구가 초상 난 집처럼 울고불고 난리를 치면, 동네 사람들이 수군거리면서 비웃다 못해 잔치라도 벌일 것이라는 생각에 사랑방 문을 닫으라고 옥천댁에게 재촉했다.

"아부지, 지가 워티게 하든 마름 자리를 내놓지 않도록 수를 써 볼 팅게 어여 일어나서 진지 드셔유."

면사무소에서 임시 직원으로 근무하고 있는 이병호는 퇴근을 하고 나서야 상황을 파악했다. 보은댁과 마찬가지로, 위기를 슬기롭게 넘기지 못하면 모산 땅을 떠나는 것에 그치지 않고 면사무소를 그만두는 수밖에 없다는 절박한 상황 속에서도 머리를 싸매고 누워 있는 이복만을 일으켜 세웠다.

"니가 나보다 낫다는 건 학산면 사람들이 죄다 알고 있는 사실이다. 내가 암만 잘났다고 해도 농사꾼들을 다스리는 마름에 불과하지만, 너는 책상에 앉아서 펜대를 굴리는 사람이 아니더냐. 하지만 니가 암만 똑똑하고 잘났다 하드래도, 어뜬 놈이 쑤셨는지 모르지만 후지모토 그 쥐새끼 같은 놈이 별 걸 다 알고 있드라. 그 뭐셔? 학산 장터에 있는 기생집서 내가 외상으로 마신 술값을 황인술 그놈이 쌀가마니로 갖다 준 것도 알고 있드라. 그람 더 이상 말이 필요 읎는 거 아니냐?"

"기생집에 갖다 준 쌀가마니를 인술이 그놈 쌀로 갚아 줬다는 게유? 아니믄 후지모토 그 잡놈한테 가야 할 도조에서 제했다는 거유?"

이복만은 평소에도 계집이라면 나이며 용모를 가리지 않고 달려드는 성격이다. 같은 동네에서도 바람 잘 날 없을 정도로 소문을 안고 다녔다. 어느 집 과부댁에서 새벽에 나오는 모습을 봤다는 소문이며, 누구 여편네와 바람을 피웠다는 말을 들을 때마다 큰소리는 못 치고 벙어리 냉가슴 앓던 이원댁이다. 경황이 없어서 이복만이 기생집에 쌀 한 가마니를 갖다 줘야 할 정도로 기생질을 한 것은 문제 삼지도 않았다. 그보다도 후지모토에게 일러바친 장본인이 황인술 아니냐는 얼굴로 물었다.

"당신은 좀 빠져. 자고로 암탉이 울면 집안이 망한다는 말도 못 들어 봉겨? 시방 내 정신이 아닝께 자네는 좀 빠져. 설령 황인술 그놈이 꼬나 받쳤다 치더라도 증거가 있어? 인술이 그놈이 지가 잠깐 실수했슈? 하고 우리 집 마당에서 엎드려 빌 놈이여? 그랑게 지발 나 좀 살리는 셈치고 자네는 빠지게. 응, 제발 부탁함세."

이복만은 혼자 앉아서 막걸리를 서너 되나 마셨어도 목소리 하나 흔들리지 않았다. 얼굴은 술에 취해 시뻘겋게 달아올라 있었지만 이제 모든 것이 끝났다는 얼굴로 이원댁을 나무랐다.

"아부지 무슨 말씀을 하시고 싶은지 지가 잘 알았구만유. 하지만 우리 동하도 군청에 근무를 하고 있고, 지도 면사무소에 근무를 하고 있는 이상 당장 낼부터 자리를 내놓으라고는 하지 못할뀨."

"그 말은 니 말이 맞는 거 같다. 올해는 어채피 수확을 끝냈응게 연말까지만 자리를 지키고, 명년에는 딴 놈한테 일을 시킨다는 말을 하드라."

이병호의 말에 기운 없이 앉아 있던 이복만이 한줄기 희망이 보인다는 얼굴로 고개를 번쩍 들었다.

"잘 한다, 애비는 기생질이나 하고, 자식은 남부끄러운 줄도 모르고 뒤처리나 하고 다니고 참, 잘되어가는 집구석이다. 술 좋아하고 지집 좋아하는 난봉꾼 치고 얌전하게 죽는 놈 없다는 말이 왜 생겼는지 인제 알겠구먼."

적어도 올 연말까지는 마름 자리를 유지할 수 있다는 말에 다소 안정이 된 이원댁이 뒤늦게 질투 서린 얼굴로 이복만을 노려보았다.

옥천댁이 밤을 꼬박 새워서 만든 배냇저고리는 시할머니인 이원댁이나 시어머니인 보은댁이 장독대에 정화수를 떠 놓고 기도한 보람도 없이 4대 독자가 될 손자가 아닌 손녀의 몫이 되고 말았다.

그해 가을이 가기 전에 옥천댁은 둘째 딸자를 낳았다. 하지만 이원댁이나 보은댁 모두 첫째 애자를 낳았을 때처럼 실망과 절망이 뚤뚤 뭉쳐 있는 표정은 짓지 않았다. 마름 자리를 내놓느냐 마느냐 하는 중대한 기로에서 기다리던 4대 독자가 아니라고 야단법석을 떨 분위기가 아니었다. 그냥 손녀를 낳았으니까, 다음부터는 손녀를 낳지 말라는 뜻에서 이름을 딸자(末子)로 짓는 것으로 끝났다.

이복만이 위기에서 벗어난 것은 순전히 이병호의 처세술 때문이다. 이병호는 면사무소에서 산업계장으로 근무하고 있는 일본인 니모도를 영동 읍내로 데리고 가서 계집과 뭉칫돈을 안겨 줬다.

"내 체면을 봐서라도 명년 한 해만 떠맡겨 보시기 바랍니다. 그렇다고 가만히 있을 나도 아니요. 내가 알아서 행정적인 편의를 봐줄 모양이니, 어디 그렇게 한번 해 봅시다."

"좋소이다. 솔직히 내년에는 이상을 내칠 생각이었지만 산업계장님의 부탁도 있고 하니까 한 해만 더 속아 봅시다."

후지모토는 내심으로 오씨를 마름으로 앉힐 궁리를 해 놓고 있었다.

그런데도 당사자인 이복만에게 말을 하지 않은 것은 면사무소에 다니는 이병호와 군청에 다니는 이동하의 체면을 생각해서였다. 그런 판국에 산업계장까지 옆구리에 칼을 차고 와서 정중하게 부탁을 하니까 거절할 수가 없었다.

이복만은 후지모토의 배려를 하늘이 주신 기회라고 믿었다. 내년에 후지모토의 신임을 얻지 못하면 천지개벽을 해서 상전이 머슴이 되고, 머슴이 상전이 되지 않는 이상 방법이 없다고 믿었다.

"나도 인간여. 내가 억울하게 당한 만큼 날 모함한 놈들한테 복수를 할 권리가 있는 거여. 그렇다고 한동네에 뿌리를 살고 있음서 모질게 복수를 하고 싶은 생각은 읎네. 하지만 내가 억울하게 당했다는 걸 증명해 줘야 하잖여. 그렇게 내가 하는 대로 귀경만 하고 있으믄 되는 거여."

해방이 되던 해에는 하늘이 이복만을 돕기로 작정했는지 풍작이었다. 이복만은 벼 알 하나가 잣만큼이나 큰 걸 골라서 평균 삼아 전체 도조를 계산해서 할당했다. 그래도 어느 누구 하나 도리에 어긋나는 일이 아니냐며 대들지 못했다. 동네 사람들은 이복만이 다시 마름을 하게 되었다는 소문을 들었을 때부터, 내년에는 이복만이 칼만 안 들었지 강도처럼 설칠 것이라고 예상했었기 때문이다.

엎친 데 덮친 격으로 일제는 생산량의 63.8%까지 공출을 했다. 공출이라는 것은 법으로 내야 할 세금이나 다름없었다. 그 대신 충성도에 따라서 배급을 줬는데, 배급이라는 것이 한 달 양식꺼리도 안 될 만큼 적은 양이었다.

동네 사람들이 초겨울부터 풀뿌리에 밀가루를 풀어서 죽을 끓여 연명을 하든 말든, 후지모토는 기대 이상의 만족한 수확으로 이복만의 마름 자리를 일 년 더 유예시킬 수밖에 없었다.

후지모토의 조치는 이복만에게는 천지가 개벽하는 기회를 준 것이었다. 이듬해 들판에서 벼가 누렇게 익어 가기 시작하는 계절인 8월이다.

들판에는 벼가 누렇게 익어 가기 시작했고, 수확하는 일만 남은 동네 사람들은 둥구나무 거리에서 올해는 또 도조를 얼마나 내야 하나 하고 누렇게 뜬 얼굴로 한숨만 폭폭 내쉬고 있었다.

이복만의 집이라고 편할 리는 없었다. 올 한 해도 후지모토의 눈 밖으로 나지 않아야 마름 자리를 영원히 지킬 수 있다는 분위기 때문에 옥천댁이 셋째를 임신했는데도 별로 신경을 쓰지 않았다.

모산 사람들이 너나 할 것 없이 황금빛으로 출렁이는 들판을 어두운 시선으로 바라보고 있을 때 일본에서는 엄청난 일이 벌어졌다. 히로시마 나가사키에 원자폭탄이 떨어져서 수십만 명이 죽고, 나가사키 전체가 불바다가 됐다는 소문이 돌고 있었다.

그 소문은 그다음 날 한국으로 흘러들었다.

후지모토는 일본이 패망할 지도 모른다는 불안감에 저녁마다 퇴근하는 이병호를 불러들여서 전황을 살피는 한편, 하루 종일 라디오를 끼고 살았다. 불안이 현실로 급부상한 것은 8월 중순인 15일이다.

아침에 급보로, 일본 왕 히로히토가 정오에 특별 방송을 한다는 뉴스가 흘러나왔다.

후지모토는 왕의 목소리가 라디오에서 흘러나온다는 말에 정장을 하고 라디오 앞에 무릎을 꿇고 앉았다. 잔뜩 긴장한 얼굴로 왕이 울먹이는 목소리를 듣는 순간, 눈앞이 아득해지는 것을 느끼며 털썩 엎드려서 숨을 죽이고 통곡했다. 포츠담 선언이 무엇인지 정확히는 알 수가 없었으나 히로히토의 목소리는 심상치 않았다.

한참 동안 통곡을 하고 있다가 이러고 있을 때가 아니라는 생각에 머슴을 시켜서 이복만을 올라오게 했다.

"나하고 같이 학산 좀 가야겠네."

이복만은 평소와 다르게 입술이 바짝 말라 있는 후지모토가 몸이 아파서 학산에 있는 의원에 가자는 줄 알고 마구간에 있는 말을 끌어냈다.

"아닐세. 오늘은 걸어가세."

후지모토는 상황이 상황인 만큼 괜히 말을 타고 가다가 조선 사람들에게 맞아 죽을 일이 생길지도 모른다는 생각에 앞장을 섰다.

"몸이 안 좋으신 것 같은데, 말을 타고 가시는 것이……."

후지모토는 이복만의 말에는 대꾸하지 않은 채 대문을 나섰다. 이복만도 주인이 걸어가겠다는데 뒤에서 말을 끌고 갈 수가 없어서, 잽싼 걸음으로 후지모토의 뒤를 따랐다.

모산에서 학산까지 십리 길을 단걸음에 걸어 간 후지모토는 먼저 주재소로 들어갔다. 초상집의 상주들처럼 눈이 퉁퉁 부은 순사들로부터 '대일본은 절대로 패망하지 않는다.'는 말만 반복해서 들었다.

"면사무소로 가서 니모도 상을 만나 보세."

후지모토는 순사들이 입을 다물고 있지만, 일본이 패망했다는 걸 직감으로 알아채고 기정사실로 받아들였다. 그러나 확실하게 알고 싶었다. 이병호로 인해서 안면을 트고 지내는 산업계장을 만나 볼 생각으로 면사무소로 걸음을 옮겼다.

"포츠담 선언을 받아들인다는 것은 대일본 제국이 무조건 항복을 한다는 말입네. 천황이 무조건 항복을 하겠다는 말이라 이겁네. 목숨을 부지할라면 하루라도 빨리 본국으로 들어가는 수밖에 없소이다."

면사무소에서 산업계장 니모도를 만난 후지모토는 날벼락을 맞은 것 같은 기분에 휩싸였다.

포츠담 선언은 제2차 세계대전 종전 직전인 1945년 7월 26일 독일의 포츠담에서 열린 미국·영국·중국 3개국 수뇌회담의 결과로 발표된 공동선언이다. 주요 내용은, 일본에 대해서 항복을 권고하는 한편 제2차 세계대전 후에 일본을 처리하는 방안 등에 대한 논의 사항이다.

처음 선언문을 작성할 때는 미국 대통령 트루먼, 영국 총리 처칠, 중국 총통 장제스(蔣介石)가 회담에 참가했으나, 얄타 회담 때의 약속에 따라 소련이 대일 선전포고를 하게 됨에 따라 소련 공산당 서기장 스탈린도 8월에 열린 이 회담에 참가하여 발표된 선언문에 함께 서명했다.

이 선언은 모두 13개 항목으로 되어 있는데, 제1~5항인 전문(前文)은 일본의 무모한 군국주의자들이 세계 인류와 일본 국민에게 지은 죄를 뉘우치고 이 선언을 즉각 수락할 것을 요구하는 내용이다.

제6항은 군국주의의 배제, 제7항은 일본 영토의 보장점령, 제8항은 카이로선언의 실행과 일본 영토의 한정, 제9항은 일본 군대의 무장 해제, 제10항은 전쟁 범죄자의 처벌, 민주주의의 부활 강화, 언론·종교·사상의 자유 및 기본적 인권 존중의 확립, 제11항은 더 이상 전쟁을 할 수 없도록 군수산업을 금지하는 대신 평화산업 유지의 허가, 제12항은 민주주의 정부 수립과 동시에 점령군의 철수, 제13항은 일본 군대의 무조건 항복을 각각 규정했다.

특히 제8항에서는 "카이로 선언의 모든 조항은 이행되어야 하며, 일본의 주권은 혼슈(本州)·홋카이도(北海道)·규슈(九州)·시코쿠(四國)와 연

합국이 결정하는 작은 섬들에 국한될 것이다."라고 명시했다. 카이로 선언에서 결정한 것은, 한마디로 일본은 자신들이 점령하고 있는 모든 나라에서 철수하고 자국 내에 있는 몇 개의 주요 섬에서만 주권을 행사하라는 내용이다.

후지모토가 니모도의 옆자리에 앉아서 숨을 헐떡거리고 있는 시간에, 이복만은 꿈같은 이야기를 전해 듣고 있었다.

"아부지, 일본 놈들이 항복했대유. 면사무소에서 근무를 하는 일본 놈들은 죄다 본국으로 쫓겨나는 일만 남았대유. 면사무소 직원만 그른 기 아니고, 금융조합 직원 하며, 양조장, 과수원집 하며 학산에 있는 일본인들 죄다 목숨을 부지할라믄 당장 낼이라도 보따리 싸 들고 부산항으로 가야 한대유."

이복만을 면사무소 뒤안으로 데리고 간 이병호가 두 손을 꼭 잡고 전해 주는 소식에, 이게 꿈인지 생시인지 몰라서 볼때기에 멍이 새파랗게 들도록 몇 번이나 꼬집었다.

"그라믄 후지모토 그놈도 일본으로 들어간다는 말이냐?"

"여브가 있겠슈?"

"그람 땅덩어리는?"

"아부지도 참, 땅덩어리를 지게에 지고 가겠슈? 아니믄 달구지에 살고 가겠슈. 다 팔아먹고 가는 수백에 읎쥬."

"모산 놈들이 땅덩어리를 살 돈이 있을까?"

"아부지, 시방 너무 좋아서 기냥 해 보는 말씀이쥬?"

"난 도시 이기 꿈인지 생신지 몰라서 자꾸 물어보고 싶구먼."

"아부지, 인제 얼굴 고만 꼬집어유. 후지모토 그 새끼 땅은 죄다 우리 것이 될 팅께유."

"내 말이 바로 그 말 아니야. 한두 마지기도 아니고 백 마지기나 넘는 땅이 죄다 내 것이 된다는데, 너 같으믄 금방 받아들이겠냐?"

"쉿! 아부지, 너무 좋아하믄 후지모토 그 새끼가 딴 수작을 부릴지도 몰라유. 그랑께 이 일은 절대 모르는 척하고, 아부지는 가만히 계시기만 해유. 그럼 수일 내로 후지모토가 아부지를 부르셔서 청히 야기할 것이 있을 테니께유."

이병호의 예상은 한 치도 틀리지 않았다.

쫓기듯 본국으로 귀국할 수밖에 없는 후지모토로부터 모든 전답의 문서와 집문서까지 양도받았다. 그동안 후지모토 모르게 빼돌린 쌀가마니를 팔아서 모은 돈으로 구입한 전답과 집이었기에 공짜로 얻은 것이나 다름없었다.

집안이 졸지에 벼락부자가 되어 후지모토가 살던 기와집으로 이사를 하고 나니까, 비로소 이원댁과 보은댁은 옥천댁이 이번에는 반드시 아들을 낳아야 한다는 과제가 생겼다.

"옛날부터 아들은 하늘이 내린다고 했다. 우리 집안이 망해 가는 집안도 아니고, 한 해가 다르게 번창해 가는 집안에 아들을 점지해 주지 않는 거는 정성이 부족해서 그런 거 가텨. 조석으로 맘으로 기도하는 것도 중요하지만 눈으로 뵈이는 정성도 들여야 하는 벱이여."

이복만만 벼락부자가 된 것이 아니다. 이병호도 해방과 함께 임시직에서 단번에 산업계장으로 승진했다. 산업계장으로 두 달 남짓 근무하다 정년이 5년이나 남아 있는 면장을 밀어내고, 부면장이 두 눈 시퍼렇게 뜨고 있는데도 면장으로 승진을 했다. 그래도 벼락감투가 횡횡하던 시절이라서 어느 누구 하나 입도 뻥긋하지 않았다.

보은댁은 남편이 재산과 권력을 모두 가진 이상 가릴 것이 없었다. 게다가 영동군청에서 임시직으로 근무하던 아들 이동하도 정식 직원으로 채용이 됐다. 한 집안에 군청 공무원과 면의 수장이 있으니 보은댁의 코는 비봉산 정상보다 높으면 높았지 결코 낮지는 않았다.

보은댁의 비방 중 첫 번째가 학산에 있는 점쟁이 꼬막네가 구해 가지고 온 돌가루다. 돌가루는 3대를 포함해서 아들이 열다섯 명이나 된다는 집안 증조부의 비석을 징으로 깨뜨려 빻은 가루였다.

"그 머셔, 느 시아버지도 그라는데 먼 일을 하든지 큰일을 할 때는 유비무환이 최고라 하드라. 이거 비싸게 주고 구입한 보약인데 날 아침에 목욕 재개한 담에 물에 타서 먹어라. 그람 틀림읎이 아들을 낳는다고 하드라."

그것도 성이 차지 않은 보은댁은 일부러 사람을 사서 다른 마을 입구에 있는 공덕비에서 한문으로 남(男)자를 파오게 해서 그 가루를 옥천댁에게 먹였다.

온 집안이 아들 낳기를 기원했지만, 옥천댁은 세 번째도 딸을 낳고 말았다.

옥천댁이 출산하던 날 밤 보은댁은 기가 막혀 말도 나오지 않는다는 얼굴로 횅하니 밖으로 나가 버렸다.

옥천댁은 사내자식처럼 우렁차게 우는 아이를 원망하지 않았다. 아기가 원해서 태어난 것도 아니다. 어른들의 원해서 태어난 아이를 원망했다가는 훗날 잘못 될지도 모른다는 생각에, 첫째나 둘째 아이 못지않게 사랑스러운 시선으로 아이에게 초유를 먹였었다.

옥천댁은 배냇저고리를 만들다 말고 들창문을 바라본다. 바람이 불지 않을 때의 들창문은 낯설다. 통증에 시달려 오던 사람은 통증이 없을 때가 오히려 불안한 것처럼, 들창문이 낯설게 보일 때는 시간이 영원히 정지해 버린 것 같은 환각에 접어든다.

'그려, 이 세상의 그 누구도 원망 할 필요가 읎어. 내가 다른 사람을 원망하지 않는 것츠럼 그 사람들도 날 원망할 자격은 읎는 거여. 사람은 어채피 혼자 살아가야 하는 겅께.'

옥천댁은 이동하의 부재에 대해서 이병호가 화를 내는 적을 본 적이 없었다. 보은댁도 이동하의 부재를 두둔하는 편이지, 조강지처인 옥천댁을 배려하지 않았다.

옥천댁은 언제부터인지 눈에 보이지 않게 이 집안에서 자신만 배제당하고 있는 것 같은 기분을 버릴 수가 없었다. 자신이 배제당하는 것만큼 들례가 눈에 보이지 않게 이 집안에 편입되고 있는 것 같은 기분이 들었다. 그럴 때마다 절대로 그런 일이 일어나서는 안 된다고 스스로에게 채찍질을 했다.

바람소리가 들창문을 긁고 지나간 뒤에 감꽃이 떨어지는 소리가 후드득 들려온다.

옥천댁은 비로소 안심했다는 얼굴로 다시 한 땀 한 땀 바느질을 해 나가기 시작한다.

바람이 잦아들자, 누군가 들창문에 가죽으로 된 장막을 늘어뜨린 것처럼 방 안에 외로움의 물이 든 정적이 고여 온다. 외로움으로 가슴을 가득 채우고 혼자 앉아 있는 한밤의 정적은 바늘 떨어지는 소리에도 귀가 열리는 법이다.

옥천댁은 네 번째로 태어날 아이가 입을 배냇저고리를 만들다가, 조용히 고개를 들어 들창문을 바라본다.

들창문은 낮이 되면 햇살을 받아 환하지만, 밤이 되면 어둠에 젖어서 그저 까만 장벽일 뿐이다. 그런데도 들창문을 바라볼 때마다 다른 모양 다른 크기로 빠르게, 혹은 느릿하게 시야에 잡힌다.

부어라, 마셔라

이르다 아를 배면 난 죽어 버릴 껴.
한바탕 뜨거운 폭풍이 불어간 뒤였다.
서둘러 속곳을 껴입고 광목치마를 끌어내린 봉산댁이
열기가 식지 않은 얼굴로 속삭였다. 해방도 되고
전쟁도 끝난 좋은 세상에 죽긴 왜 죽어. 아를 낳으면 그만이지.

영동(永同)을 둘러싸고 있는 산들은 높지는 않지만 아기자기한 면이 있어서, 산수화의 한 폭처럼 사계절 내내 아름답다. 조선 후기의 문신 이중환도 『택리지』 '팔도 총론' 충청도 편에서 영동을 산악 지방에 있는 아름다운 지역이라면서 다음과 같이 묘사하고 있다.

'영동은 속리산과 덕유산 사이에 있다. 동쪽에는 추풍령이 있는데 덕유산에서 뻗어 나온 맥이 지나가다가 정기를 멈춘 곳이다. 비록 고개라 부르지만 실상은 평지나 다름없다. 그러므로 비록 산이 많다고 하나 심하게 거칠거나 웅장하지 않으며 또 몹시 낮거나 평평하지도 않다. 바위와 봉우리가 윤택하고 맑은 기운을 띠었으며, 시내와 산골 물은 맑고 깨끗하여 사랑할 만하며 조잡하거나 놀랄 만한 형상도 없다. 땅이 기름진

데다 물이 많으므로 물 대기가 쉬워 가뭄으로 인한 재해가 적다.'

산에는 물이 있고 길이 있는 법이다. 산 속에 있는 작은 군 소재지인 영동은 금강을 끼고 있어 물이 풍부하다. 그뿐만 아니라 추풍령이라는 높은 고개를 끼고 있어서 큰 가뭄도 없고, 홍수도 없는데다, 영동의 영(永)자를 길 영자로 쓸 만큼 길이 많다.

영동을 중심으로 사방으로 길이 뻗어 있는데, 남쪽은 경북 김천으로 가는 4번 국도다. 북쪽은 영동에서 백리 길인 대전으로 가는 방향인 옥천이다. 옥천과 김천 가는 길 사이인 동쪽으로는 경북 상주 가는 길이 있다. 그 반대편인 남서쪽은 진안, 장수, 남원으로 이어지는 길목인 무주 가는 길이다.

영동에서 무주 가는 방향으로 19번 국도를 따라서 면 삼십 리 길을 걸어가면, 삼거리가 있는 학산 면 소재지가 나온다.

첩첩산중(疊疊山中)이라는 말이 있다. 산과 산이 겹쳐 있는 가운데라는 뜻일 것이다. 첩첩산중에 있는 학산 삼거리의 남쪽에는 백화산이 버티고 있다. 동쪽으로는 대왕산이 학산 면 소재지를 부드러운 곡선을 그리며 내려다보고 있다. 동서쪽에는 옛날에 임금이 나왔다는 임산이 버티고 있다. 임산과 대왕산 사이에 있는 학산천 다리를 건너 십 리쯤 가다보면 양산이 나온다. 양산에는 금강이 흐르고 있는데 지명을 따서 양산 강, 혹은 양강이라고 부른다.

첩첩산중에 있는 학산은 면 소재지이면서도 인근에 있는 무주보다 오일장이 크고, 양산과는 비교할 수 없을 정도로 컸다. 학산장이 큰 이유는 삼거리라는 지리적 이점을 껴안고 있기 때문이다.

영동에서 도착한 학산 삼거리는 전라북도 무주·진안·장수·남원

가는 방향과, 충청남도 금산으로 가는 방향으로 갈라진다. 자연스럽게 진안이나 장수 사람들도 무주보다 장이 큰 학산장을 보러 온다. 이웃 양산이며 금산 사람들도 학산장으로 몰려들고 있는 상황이라서 학산장이 커지지 않을 수가 없다.

매월 5자와 10자가 붙은 날은 닷새마다 열리는 학산 장날이다.

장이 열리는 학산 장터를 하늘에서 내려다보면 삼베며 광목, 무명으로 된 크고 작은 차일들이 마치 천 조각을 다닥다닥 이어 붙여 장막을 커다랗게 펼쳐 놓은 것처럼 보인다.

장터에서 차일을 치지 않는 곳은, 컴컴한 새벽에 장이 열려서 이슬이 마를 무렵인 열 시쯤에 파장되는 우시장뿐이다. 우시장 입구에는 양철 지붕에 송판으로 칸막이를 해 놓은 간이식당 등이 줄지어 서 있고, 간이식당 앞에는 국밥이며 국수를 삶은 솥을 걸어 놓은 화덕이 늘어서 있다. 이른 아침부터 국수를 삶고, 국수장국을 만든다. 돼지 뼈를 넣어서 국밥용 우거지 국을 끓이느라 분주한 식당 앞에는 밀가루를 걸쭉하게 반죽해서 풀빵을 구워 파는 풀빵장수 서너 명이 앉아 있다.

시커먼 무쇠 틀에는 모두 열두 개의 국화 모양 문양이 새겨져 있다. 거기다 콩기름을 반들반들하게 칠한 다음, 주전자에 담겨 있는 밀가루 풀을 붓고 팥고물을 가운데 박아 놓으면 노릿노릿한 풀빵이 된다. 보통 십 리 이상을 걸어서 장에 오느라 부실하게 아침을 먹은 촌로 두 명이 풀빵을 오물오물 먹고 있는 등 뒤에는 채소전이 형성되어 있다.

채소전에서는 계절에 따라 상치와 배추, 무와 아욱 등 푸성귀를 비롯하여 복숭아, 자두, 살구는 물론이고 수박과 참외, 사과, 배 등 과일을 팔며, 김장철이면 김장꺼리를 판다. 채소전 앞은 어물전이다. 어물전에서는 제삿날 사용하는 마른 가오리며, 북어, 말린 문어인 피등어, 홍합에 멸치, 오징어와 함께 모내기나 이엉을 엮는 날 등 중요한 날 밥상 가운데를 차지하는 고등어자반, 명태, 꽁치, 갈치 등을 판다.

어물전 구석에는 고무신 때워 주는 것을 업으로 삼은 땜장이 몇 명이 신발 모형의 무쇠 틀이 장착된 바이스를 한두 대씩 앞에 두고 앉아 있다. 바이스 밑에는 장작을 잘게 잘라서 불을 지핀다. 무쇠를 적당한 온도로 덥혀 놓아야 고무신에 붙이는 고무조각이 찰떡처럼 잘 달라붙기 때문이다.

"상규네처럼 택택하게 사는 집안에서 머가 답답하다고 고무신을 때워 신기는지 모르겠구먼. 고무신 한 켤레에 밑천 환 하는 것도 아니고 제우……."

"봉산댁은 머가 걱정이여. 겅거니가 읎다고 투정을 부리는 서방이 있나, 아침마다 사친회비 달라고 둥구나무 거리가 떠나가도록 울고 보채는 자식이 있남? 맨 간장 한 가지만 있어도 쓱쓱 비벼 먹으면 한 끼 때우는 거고, 넘 집에 마실 갔다가 숟가락 한 개만 들고 밥상 끄트머리에 앉아도 한 끼 때우고, 넘 일해 주고 품삯 받으면 죄다 봉산댁 입으로 들어가는 돈인데, 먼 푼수를 떤다고 고무신을 때워 신는댜?"

봉산댁이 고무신 틀 앞에 쪼그려 앉아 연신 주변을 두리번거리면서 심심하단 얼굴로 하는 말에 상규네가 매운 목소리로 되받아쳤다.

"팔자 좋은 소리는 혼자 골라서 하고 있구먼. 혼자 산다고 물만 먹고 사는 걸로 아는 모냥이지. 나도 세금 낼 때 세금 내야 하고, 봄 가실로 구장 수곡은 질바닥에서 주서서 내남? 긴긴 겨울 일거리가 읎을 때는 머를 먹고살고? 날 따실 때 쌔가 빠지도록 품 일을 해서 보리쌀 가마니라도 재 놓고 한겨울 보낼라믄 고무신 한 켤레 값도 나한테는 큰돈여.”

봉산댁은 상규네하고 다투고 싶은 생각은 없었다. 그보다는 이 시간 쯤이면 장터 어딘가에 있을 황인술을 찾고 싶었다. 황인술을 만나면 짜장면 값이라도 얻어서 삼거리에 있는 태화루에서 짜장면을 먹고 싶었다. 기회가 된다면 태화루 골방에서 황인술의 살기둥 맛을 보게 될지도 모를 일이다.

“아무려면 혼자 입하고, 입이 일곱 개나 되는 집하고 사정이 같을까……”

상규네는 땜쟁이가 고무신 때운 것을 내미는 통에 입을 다물었다. 뒤꿈치 부분에 고무조각을 아교풀로 때워서 바이스로 꽉 조인 다음에 열을 받은 뒤라서 땜질이 잘된 것 같았다. 보리쌀 한 되는 벌었구먼…… 때운 자리를 이리저리 살펴보니까 앞으로 두 달은 너끈히 신을 수 있을 것 같다는 생각이 들어 배시시 웃음이 흘러나온다.

어물전을 지나면 미군부대에서 흘러나온 군복 종류와 한복, 이불 그리고 파랗고 빨갛고 노랗게 염색한 무명천 등을 파는 포목전이다. 포목전 옆으로는 바늘에서부터 머리를 빗는 참빗이나 성냥, 고무줄 등 생필품은 물론이고, 여자들이 좋아하는 크림이나 동동구루무와 박하분이며 연지 등 온갖 것을 다 파는 잡화전이 있다. 그리고 다음에는 싸전이 있다.

싸전에는 허리에 국방색 전대를 차고 있는 쌀장사들은 원형의 멍석을 깔아 놓고 쌀이며 보리쌀 등을 수북하게 비워 놓았다. 손님들이 자루를 들고 오면 원하는 대로 말이면 말, 되면 되로 쌀을 퍼서 자루에 담아 파는 것이다.

차일과 차일 사이사이는 까만색과 하얀색을 입은 사람들이 물결처럼 흘러 다니고 있다.

동네에서 땅 마지기나 있어 보릿고개 걱정을 하지 않거나 뼈대가 있는 양반 자손이라고 생각하는 이들은 대부분 갓두루마기 차림이다. 때 이른 중의 적삼 차림이거나 군복을 검게 염색한 옷을 입은 사람들은 거의가 나이가 젊거나 몸뚱이 하나로 밥을 벌어먹고 사는 사람들이다.

흔하지는 않지만 양단 치마를 곱게 차려입은 부인들이 식모를 대동하고 장을 보러 나오는 모습도 보인다. 바스락거리는 소리가 날 정도로 다림질을 한 삼베로 된 치마나 검은색 무명 치마를 입고 나온 아낙네들은 머리에 보따리를 이고 있거나, 등에 아이를 업고 있는 이들이 많다.

아이를 등에 업고 나온 아낙네들은 아이가 배가 고프다고 칭얼거리면 남정네들이 쳐다보든 말든 만만한 자리에 퍼질러 앉는다. 나이가 많고 적음을 떠나서 아이 입에 박의 속살 같은 젖통을 물리고 호기심 넘치는 눈빛으로 난전을 바라본다.

장터 외진 곳에서는 염색기술자 모산 사람 장기팔이 군용 드럼통을 절반으로 잘라 만든 솥을 화덕에 걸어 놓고 검정색 염료를 탄 물을 끓이고 있다.

"별일이여, 오늘은 즘심 먹을 시간이 되도록 개시도 못했어."

모산 사람들이 날망이라고 부르는 곳에 살고 있는 장기팔은 시뻘건 불꽃을 널름거리며 타고 있는 화덕 안에서 팔뚝 굵기의 장작 몇 개를 꺼냈다. 물을 부어서 장작에 붙은 불을 껐다. 연기와 함께 뜨거운 열기가 훅 하고 얼굴을 덮는다. 손바닥으로 연기를 날려보내며 담배쌈지를 꺼내 들고 옆에서 같은 업종으로 장사를 하는 이씨 옆으로 갔다.

"남들은 대통령 선거 핑계 삼아 먹자판인 모냥인데 우리만 쫄쫄 굶게 생겼구먼."

"그짝 동리는 워떤지 모르겄디만 우리 동리는 제우 탁배기 몇 잔에 고무신 한 컬레 읃어 신는 걸로 이번 선거는 땡인 모냥여."

"누가 대통령이 되든 빨리 끝났으믄 좋겠구먼. 그래야 우리도 장작값이라도 벌어 갈 거 아녀."

"대통령 선거하고 우리 염색하는 거 하고 먼 상관이 있는데?"

장기팔이 대통에 쌈지 담배를 쿡쿡 눌러 담다 말고 이씨를 바라본다.

"왜 상관이 읎어?"

5월 초인데도 소매가 없는 무명 조끼 차림에 밀짚모자를 쓴 이씨도 장기팔처럼 염색 꺼리도 없는데 아깝게 장작만 소비할 필요가 없다고 생각했다. 흙벽돌을 쌓아 만든 화덕 앞에 쪼그려 앉았다. 바람이 없는데다 햇볕이 좋아서 장작이 맹렬하게 타오르고 있는 화덕 앞은 뜨거웠다. 눈살을 찌푸리고 불이 붙어 있는 장작 몇 개를 꺼내서 화덕 옆으로 치웠다. 물이 담긴 군용 휘발유통을 들어서 장작에 붙어 있는 불을 대충 껐다.

"다 알고 있으믄서 딴소리하고 있구먼. 아! 표를 단 한 표라도 더 긁어모을라고, 탁배기며 고무신짝을 돌리는 판국이잖여. 이를 때 순경들이 염색을 안 한 군복을 입고 댕긴다고 군복에다 꺼먹케 먹칠을 하믄 워티게 되겠어?"

"츠, 난 또 머라고"

장기팔은 맥이 빠진다는 얼굴로 털썩 주저앉으며 튀밥전을 바라본다. 튀밥전에는 세 명이 앉아서 부지런히 튀밥 기계를 돌리고 있다. 화덕에서 나오는 연기 그름에 세 명 모두 연탄을 찍어 파는 사람들처럼 얼굴이 시커멓다. 튀밥을 튈 때마다 뒤집어 쓴 하얀 튀밥부스러기가 까치집을 지은 머리카락에 눈송이처럼 앉아 있다. 눈썹에도 튀밥부스러기가 하얗게 묻어 있다.

별일여! 하루 두 끼도 먹기 심든 판에 튀밥을 튀러 오는 이들은 대관절 워티게 사는 이들인지 모르겄구먼. 생겨 처먹은 걸 보믄 우리들하고 별로 틀려 보이지도 않는 족속들인데…….

튀밥전을 볼 때마다 아무리 머리를 굴려 봐도 풀리지 않는 수수께끼가 한 가지 있다. 요즘 같은 춘궁기에 하루 두 끼를 챙길 수 있는 것만 해도 큰 복이다. 그런데도 장날이면 장날마다 튀밥을 튀기러 오는 사람들이 있는 걸 보면 신기하고 자못 궁금하다 못해 목젖이 쩍쩍 달라붙을 지경이다.

"그라고 보믄 장씨 팔자가 상팔자여. 나 같은 놈은 여기다 목숨을 걸고 살고 있응께 당장 오늘 돈을 못 벌믄 식구들 끼니가 걱정이지만, 장씨야 안 그렇잖여. 자식 형제 죄다 서울서 돈을 벌고 있응께 달달이 다믄 얼매씩이라도 부쳐 줄 거 아녀."

장기팔처럼 튀밥전을 무심히 바라보고 있던 이씨가 혼잣말로 중얼거리듯 말했다.

"속 모르는 남들이 보믄 그렇게 생각할 수도 있겄지……."

장기팔은 담배 연기를 길게 내뿜으며 이씨 모르게 한숨을 내쉬었다. 오늘은 학산장, 내일은 양산장 모레는 영동장, 그 글피는 무주장을 돌아다니다 보면 비록 큰돈은 못 벌지만 목구멍에 풀칠하는 것은 어렵지 않다.

이것들은 밥이나 안 굶고 사는지 모르겠구먼.

먹고사는 것이야 몸뚱이가 성하니까 그럭저럭 해결한다고 하지만, 자식들 생각하면 맑은 하늘도 늘 어둡게 주저앉는다. 자식이 많은 것도 아니다. 달랑 형제뿐인 자식들이 돈을 벌어서 성공하겠다고 서울로 올라간 지 벌써 3년이 넘는다. 그런데도 무얼 해서 먹고 사는지 이렇다 할 자랑이 없다.

명절 때 한 번씩 내려오면 해마다 대답이 다르다. 어느 해는 광목을 짜는 공장에 다닌다고 하고, 어느 해는 장사 기술을 배울 욕심으로 잡화점에 취직을 했다고 하는가 하면, 연탄 배달을 한다고 대답하던 해도 있었다. 어느 해 추석에는 첫째 놈은 성냥 공장 다닌다고 하는데, 뒷간에 다녀온 둘째 놈은 철공소에서 쇠 다루는 일을 배운다고 대답할 때도 있었다. 그 대답도 자신 있게 하는 것도 아니다. 술에 물 탄 듯 물에 술 탄 듯 이 맛 저 맛도 아닌 목소리로 대답하는 걸 보면 경훈이란 놈과, 제 형 시훈이 모두 하루살이로 끼니만 챙겨 먹고 있는 것 같다. 그나마 작년부터는 고향에 내려올 차비도 없는지 편지 한 장 보내지 않고 소식도 없다. 서울 어느 하늘 밑에서 무얼 하고 있는지 모르겠지만 자식들이 빨리 자리를 잡아야 장가도 보내고 손자도 볼 텐데, 그날이 요원하기만 해서 자주 한숨이 나온다.

"좌우지간 이븐 선거 때 나는 딱 한 가지만 유심히 볼 생각이여. 염색 안 한 군복 입고 댕기는 사람들은 싹 잡아 들이겄다는 벱을 만드는 쪽에 표를 줄 겨."

"선거가 은제지?"

장기팔이 곰방대의 재를 톡톡 털어 내며 물었다.

"이달 십오일이 선거 날이잖여. 가만 있자…… 오늘이 닷새 아녀. 담 장날은 열흘, 그다음 장은 열닷새니께 딱 열흘 남았구먼."

"우리가 뽑는다고 죄다 대통령이 되는 건 아니지만, 이븐 판에는 누굴 찍을 텨?"

"머니머니 해도 먹은 놈이 물켠다고 고무신짝이라도 은어 신은 쪽에 찍어 줘야 하는 거이 도리겄지."

"누가 그라든데 민주당의 신익희가 대통령이 되야 우리 같은 것들이 심 피고 산다고 하든데……"

"나도 미칠 전에 읍내 전파사 앞에서 신익회가 연설하는 말을 들었구 먼. 내가 들어도 오장육보가 시원해지도록 자유당을 막 까드구먼. 하지 만 구관이 명관이라는 말이 있잖여. 아무려믄 대통령 경험도 읎는 초짜 하고 이승만 박사하고 같을까."

이씨는 맨입에 너무 많은 말을 했더니 아랫배가 등짝에 붙어 버린 것 처럼 배가 고팠다. 벌떡 일어나 튀밥전 앞으로 갔다. 자루에 들어 있는 옥수수튀밥을 한 줌 집어서 장기판 옆에 앉았다.

"이승만 박사는 미국서 살다 온 사람이잖여. 그 사람이 똑똑하기는 한 데 문제가 있다고 하드만. 미국 사람들하고 친해서 콩이며 밀가루랑 그 런 것들을 하도 많이 원조를 받아 와서 외려 농민들이 못 산다고 하든 데."

"하나는 알고 둘은 모르는 소리만 하고 있구먼. 미국 원조가 끊어지믄 우리나라 사람 절반은 굶어 죽는다는 말은 못 들어 봤는개비지?"

이씨는 날씨가 무덥지도 않은데 밀짚모자를 벗어서 부채질하는 시늉 을 내며 장터를 바라본다. 어깨에 '갈아 봤자 더 못 산다.', '갈아 봤자 별수 없다.'는 띠를 두른 젊은이들이 두세 명씩 짝을 지어 다니며 마분지로 말아 만든 확성기로 구호를 외치고 다닌다.

"비켜! 비켜!"

튀밥 기계를 돌리던 염씨가 허리를 구부정하게 숙이고 철사로 만든 그물 망태를 튀밥 기계에 걸며 소리친다. 튀밥이 터지기를 기다리고 있던 오륙 세 아이 몇 명이 일제히 뒤로 물러서서 손가락으로 양귀를 막고 눈을 질끈 감는다.

"오늘은 염씨 혼자 신나는 날이구먼."

튀밥 기계의 뚜껑이 열리며 펑! 하는 소리와 함께 뽀얀 연기가 염씨의 모습을 감싸 버린다. 사방팔방으로 튀어 오른 튀밥이 눈송이처럼 바닥으로 내려앉는다. 몇 걸음 물러섰던 아이들이 일제히 튀밥을 주워 먹기 시작하는 걸 본 장기팔은 때 이른 시장기를 느끼며 배를 문질렀다.

튀밥전을 덮고 있는 차일은 키가 큰 어른보다 높은 담장에 잇대어 쳐 있다.

흙 담에 기와를 얹은 담장 안에는 'ㄴ'자 형의 한옥이 있다. 학산에서 보기 드문 한옥으로 지어진 기와집은 여인숙을 겸하고 있는 '상주옥'이라는 술집이다.

상주옥의 솟을대문을 열고 들어서면 원형으로 만든 화단이 있다. 돌을 쌓아서 마당보다 어른 무릎 정도 높은 화단에는 봄의 철쭉부터 시작해서 늦가을 국화까지 계절마다 꽃이 피어난다. 화단에서 오른쪽에는 속이 깊고 바닥이 컴컴한 우물이 있다. 양철 지붕 밑에 걸려 있는 도르래를 이용해서 두레박으로 물을 푸는 우물 맛은 여름에는 차다. 그 탓에 늘 수박이나 참외 등 과일이 담겨 있는 광주리가 우물 속에 잠겨 있기 마련이다.

상주옥의 주인 모서댁은 근처 주민들이 우물을 사용할 수 있도록 이른 아침부터 밤늦게까지 대문을 열어 두었다. 상주의 모서가 고향이라는 주인의 인심이 후해서는 아니다. 사방 백 보 이내에는 우물이 없었다. 근처에 우물이 없다는 걸 알면서도 대문을 걸어 잠그고 물 단속을 할 수는 없었다. 그랬다가는 동네 사람들이 떼로 몰려와서 당장 학산을 떠나라고 난리법석을 피울 것이다. 이왕 우물을 개방할 바에는 동네 사람들한테 인심이나 얻겠다는 속셈에서였다.

화단 왼쪽으로는 절의 요사(寮舍)처럼 일자형의 한옥이 있다. 쪽마루가 딸린 다섯 개의 방은 객실이다. 일 년 중에 대목이라 할 수 있는 담배 수납 때가 되면 하루 종일 장작을 때서 뜨끈뜨끈한 객실이 모자랄 지경으로 손님이 넘쳐 난다. 하지만 평소에는 장 전날 외지에서 오는 약장사들이거나, 새벽에 장이 열리는 인삼장에 오는 떠돌이 장사꾼들이다. 무싯날에는 기생들이 방을 차지하고 있거나, 기생들과 하룻밤 만리장성을 쌓는 손님들이 이용하기도 한다.

막 정오가 지난 시간이다.

상주옥에서 제일 큰 방인 매화실 앞 들마루 밑에는 십여 켤레의 구두가 못줄로 줄을 맞춘 모처럼 반듯하게 정리되어 있다. 그 한쪽에는 옥색 고무신과 꽃무늬 고무신 두 켤레가 얌전하게 자리 잡고 있다.

정오의 햇볕을 직삼각형으로 받고 있는 격자무늬 창호지 문 안에서는 여러 사람들의 웃음소리가 간간히 새어 나온다. 가끔 여자의 웃음소리도 섞여 있다. '부면장님도, 지서장님 너무하셔. 교장 선생님은 나이를 꺼구로 잡수시는 거 가텨유.' 하는 교태 섞인 목소리가 햇살이 하얗게 내려앉아 있는 마당으로 양념처럼 흘러나오기도 했다.

정지 안에는 평소와 다르게 영수네만 있지 않았다. 오늘은 음식 솜씨가 좋아서 먹고살만한 집에서 잔치를 하거나 생일잔치 때면 빠짐없이 부르는 창래댁도 와 있다.

그녀들은 나이 차이를 떠나서 서로 하는 일이 달랐다. 신선로를 만들고 조기를 구워서 가늘게 썬 계란채에 실고추를 뿌리는 일이나, 잡채를 만들고 봄나물을 참기름과 소금으로 무치는 일은 젊은 창래댁이다. 창래댁이 만들어 놓은 쇠고기전에 볶은 참깨를 뿌리고, 파전을 붙이는 일이나, 접시를 닦고 수저에 광을 내는 일은 영수네가 맡아서 하고 있다.

매화실 안에는 학산면들의 유지들이 교자상을 가운데 두고 둥그렇게 앉아 있었다.

피나무로 상판을 만들고 소나무 다리를 한 교자상은 모두 세 개였다. 상 위에는 신선로 상이 들어오기 전에 입맛을 돋우기 위해 OB맥주 몇 병과 땅콩에 북어포를 담은 접시 등이 놓여 있다.

"부면장님이 사시는 경께 마시기는 마시지만, 대체 이 맥주 한 잔 값이 을매여, 보리쌀로 치믄 한 되 값은 넘겄지?"

"아따. 교장 선생님은 누가 교육자 아니시라고 할까 봐, 낯 뜨거운 말씀만 골라 하시고 있네유. 아무리 사람 밑에 사람 읎고, 사람 위에 사람 읎다고 하지만, 세상 사는기 어디 그류. 하다못해 개새끼도 팔자가 있어서 부잣집 개는 배불리 먹고, 똥구녁이 찢어지게 가난한 집구석 개새끼는 비루먹은 강아지마냥 빌빌 싸기 마련이잖유. 하물며 사람 아뉴. 보리죽 먹을 팔자를 안고 태어난 놈은 슬이나 추석에도 보리죽을 먹을 끼고, 괴기 반찬에 쌀밥 먹을 팔자믄 생사람들이 죽어 나자빠지는 전쟁 통에도 비싼 정종에다 닭다리를 뜯게 되는 거이지."

맥주 두어 잔을 마셨을 뿐인데도 얼굴이 수탉 벼슬처럼 빨개진 국민학교 교장 손문규의 말에 의용소방대장인 최천득이 토를 달았다.

"부모를 잘 둔 덕에 팔자가 좋아서 대낮부터 이 비싼 맥주 마시고 있드라도 공짜 술을 마시는 이유는 알고 마셔야 할 거 아녀. 부면장님 혹시 선거 끝나믄 면장님이라고 불러야 되는 거 아뉴?"

"허허! 연초조합장님은 아무리 한번 듣고 흘려들을 말이라고 해도 너무 쉽게 하시는구먼. 부면장님이 안직은 때가 안 되서 시방은 이 쪼그만 면사무소에 몸을 담고 계시지만, 장차 크게 될 인물이여. 안 그래유, 부면장님?"

수리조합장 허명구가 고개를 앞으로 길게 빼고 같은 줄에 앉아 있는 이동하에게 물었다.

"별말씀을 다 하시는구먼유. 보채지 않으셔두 이따가 오늘 귀한 시간을 축냄서 맥주를 마실 만한 이유를 다 말씀드릴 팅게, 시방은 술이나 자시고 계셔유."

이동하는 싱긋이 웃고 나서 건너편에 앉아 있는 학산 지서 주임 김치수에게 술잔을 들어 보인다.

"부면장님이야 학산을 대표하는 인물이시잖유. 더구나 춘부장이 면장을 지내셨으니께, 자식 된 도리로 최소한도로 군수는 하셔야쥬."

김치수는 이동하의 술잔에 건배하는 흉내를 해 보이고 나서 잔을 비웠다.

"부면장님이 군수로 나서시믄 꼭 당선되실 거라예. 내캉 알기루는 모산 땅 모두가 부면장님네 땅이라고 합디더. 그만한 재산에 춘부장이 면장까지 지낸 집안에서 군수가 안 나오믄 어디서 군수가 나오겠습니꺼."

김치수가 입술에 묻은 맥주 거품을 닦고 있는 사이에 모서댁은 김치수의 잔을 채워 주며 살풋 웃는 얼굴로 이동하를 바라본다.

"돈 안 들어가는 말이라고 해서 모서댁이 입에 발린 말을 해도 괜찮구먼. 어채피 오늘 술값은 내가 책음질 팅께 어여 상이나 봐 와."

이동하는 김치수와 모서댁의 말을 실웃음으로 넘겨 버렸지만 마음속은 그렇지가 않았다. 기회가 되면 부면장 자리는 헌신짝처럼 내다 버리고 국회의원이 될 생각이다. 자유당의 국회의원이 되면 군수 정도는 면사무소의 소사 부리듯 부릴 수가 있다.

국회의원 선거에 나서려면 무엇보다 돈이 있어야 한다. 그래서 아버지인 이병호가 알게 모르게 수단과 방법을 가리지 않고 선거 자금을 모으고 있는 중이다. 하지만 지금은 하찮은 것들 앞에서는 말을 아껴야 한다는 생각에 모서댁의 말을 흘려듣는 척했다.

술잔이 오고가는 사이에 옆자리에 앉은 기생들의 허벅지며 엉덩이를 더듬는 손길이 여유로워지기 시작했다.

남자들은 이동하와 비슷한 사십대인 농협조합장 남병록을 제외하면 모두가 오십이 넘은 나이다. 하지만 늦어도 한 달에 한 번 이상은 서로 얼굴을 마주 보며 술잔이라도 나누는 사이라서 새삼스럽게 체면을 차릴 필요는 없었다.

오후에 오늘 중으로 결제를 해 주어야 할 대출 건이 있는 학산 농협조합장 남병록만 눈치껏 술을 마시느라 점잔을 빼고 앉아 있고, 이동하를 제외한 다른 사람들은 한 번이라도 더 기생의 엉덩이와 허벅지를 만지고 손목을 잡고 싶어서 바쁘게 손을 움직였다.

"수리조합장님은 산삼을 자셨능개비유. 아니지 저수지에 잉어가 많다고 했응게 맨날 잉어만 고아 드셨나. 팔 심이 왜 이렇게 쎄유?"

"잉어가 아를 난 여자들 몸에 좋다는 말은 엄청 많이 들어 봤어두, 남자 보약이라는 말은 너한테 츰 들어 본다. 경화야, 너 혹시 잉어가 먹고 싶은 게여?"

"조합장님도 별 말씀을 다 하시네. 내 평생 몸을 푼 여자가 잉어를 보약으로 먹는다는 말은 들어 봤어두, 츠녀가 보약으로 잉어를 먹는다는 말은 못 들어 봤구먼."

"우체국장님은 안즉 경화 맛을 안 본 모냥이구먼. 우째서 경화가 츠녀야 츠녀긴?"

소방대장 최천득이 얼굴 표정도 바꾸지 않고 점잖은 얼굴로 끼어들었다.

"허! 그람 소방대장님은 경화 맛을 봤다는 야긴가?"

경화의 엉덩이며 허벅지를 바쁘게 만지고 있던 우체국장 김명식의 얼굴은 웃고 있지만 목소리에는 가시가 돋쳐 있었다.

"우체국장님, 소방대장님이 하시는 말씀은 경화 자가 처녀라는 말은 안직 얼라라는 뜻이지 별 뜻은 없을 낍니더. 경화 자가 말은 헤퍼도 몸은 엄청 간수를 잘하는 아입니더."

아직 술판이 끝나려면 멀었다. 이제 겨우 본격적인 술판을 앞두고 흥을 돋우기 위하여 맥주로 입가심을 하고 있는 중이다. 김명식과 최천득 때문에 판이 깨지면 안 된다는 생각에 모서댁이 얼른 끼어들었다.

"나두 다 알고 있구먼. 말이 그렇다는 말이지 머. 요렇게 이쁜 색시가 몸을 걸레처럼 굴릴 리는 읎잖여. 내 말이 틀렸는감?"

"역시 제 맘을 알아주는 분은 국장님밖에 안 계시느만유. 자, 그런 의미에서 제 술 한잔 받으셔유."

경화는 서너 번 몸을 섞은 적이 있는 최천득을 샐쭉한 눈빛으로 쳐다보고 나서 김명식에게 두 손으로 술을 따랐다.

"교장 선생님도 제 술 한잔 받으시이소"

모서댁은 가늘고 긴 손가락으로 맥주병을 들어서 손문규를 바라보며 말했다.

"모서댁 참말로 섭햐. 여기 온 지가 한 시간이 넘는다는 거 알고 있는지 모르겠구먼. 교육자 체민에 손 벌릴 수는 읎고 언지쯤 술 한잔 은어먹을랑가 목을 빼고 앉아 있었는데, 인지서야 내 차례라는 기 말이나 되는겨?"

"교장 선생님두, 처음부터 제가 술을 따라 드릴라고 안 했능교. 칸데 교장 선생님 앞에 술잔이 빌 때가 없어서, 술잔이 비기를 하마하마 하며 기다렸다 안 합니꺼."

"난 또 그른 줄도 모르고 늙었다고 차별하는 줄 알았지 머여. 흐흐흐......."

말과 다르게 아직도 얼굴이 번들번들한 손문규가 능글맞게 웃으며 술잔을 내밀었다.

"모서댁이 그렇게 말하믄 나는 섭하지. 교장 선생님만 챙기고, 나는 구석에 앉았다고 해서 찬밥인 겨?"

연초조합장인 김승수가 마른침을 꿀꺽 삼키며 헤벌쩍한 얼굴로 모서댁을 바라본다. 직접 물어보지는 않았지만, 모서댁의 나이는 갓 마흔이 넘었다고 한다. 하지만 모서댁에게서 풍기는 냄새는 이십대 초반이라는 명월이나 경화에게 비견할 바가 아니다. 술에 찌들고, 남정네의 손길에 마르고 닳은 그네들에게서 달짝지근한 호박꽃 냄새가 난다면, 남자들의 손길을 쉽게 접근시키지 않는 모서댁한테서는 잘 익은 사과 냄새가 상큼하게 난다. 옷차림새만 해도 그렇다. 그네들은 포목점에서 파는 기성 한복을 입은 탓에 입김만 불어도 치마끈이 술술 풀어질 것 같다. 하지만 맞춤 한복을 단아하게 차려입은 모서댁의 한복 끈은 삼으로 꼬아 만든 밧줄보다 질길 것처럼 보였다.

머리 모양만 봐도 보글보글 지지고 볶은 그네들의 머리에 비해서 모서댁은 얌전하게 고데를 했다. 오른쪽 앞 머리카락을 이마 쪽으로 살짝 부풀려 놓은 머리카락이 검고 자르르 윤기가 나는 데 비해 얼굴은 박의 속살처럼 희어서 감히 만지기도 어려울 정도다.

이제 막 남자들 앞에서 낯을 가리기 시작하는 숫처녀처럼 길고 가는 목과, 좁은 어깨를 손바닥으로 감싸듯 남색 저고리를 입은 모습은 인형처럼 아름답다. 젖가슴이 드러나지 않을 정도로 잘록하게 치마끈을 졸라맨 붉은색 치마는 매미 허물처럼 부풀어 있어서, 손으로 만지면 바스락거리는 소리를 내며 아스라질 것만 같다. 그 안에는 필시 눈이 부시도록 새하얀 비단으로 된 속치마를 입었을 것이다. 비단 속치마 감촉은 천이 살아 있는 것처럼 너무 얇고 부드러워서 맨살을 쓰다듬을 때보다도 더 뜨거울 것이다. 입김으로 바람만 불어도 허물어질 것 같은 속치마 안에는 다리속곳 대신 요즘 신식 여성들이 입는다는 빤스라는 것을 입었을 것이다.

"크음!"

거기까지 상상하던 김승수는 자신도 모르는 사이에 사타구니가 부풀어 오른 것이 느껴져 잔기침과 함께 술잔을 들었다.

"음식이 들어올라믄 좀 더 시간이 지나야 할 거 같은디 벌써부터 사
례가 들렸능감?"

김승수의 건너편에 앉아 있는 수리조합장 허명구가 말을 걸었다.

"상이 들어올라믄 안직 멀었는가?"

허명구의 말에 김승수가 속마음을 들켜 버린 것만 같아서 우물쭈물하
고 있는데, 이동하가 모서댁에게 물었다.

"부면장님도 우물가에서 숭늉을 찾으실 때도 다 있다 안 합니꺼. 간단
하게 닭을 잡고, 돼지고기를 볶는 일이라카믄 벌써 끝났지예. 카지만 정
식으로 떡 하니 한 상 차릴라카믄 원래 시간이 좀 걸리는 거라예."

모서댁은 고혹적인 눈빛으로 이동하를 바라보며 두 손으로 맥주병을
들었다. 엉덩이를 살짝 일으킨 자세로 이동하의 술잔에 맥주를 따랐다.
그 사이에 김승수가 엉덩이 밑을 슬쩍 주물렀다. 하지만 모서댁은 이동
하 앞이라서 눈도 깜짝하지 않고 몸도 움찔거리지 않은 자세로 태연하
게 앉았다. 대신에 김승수의 손을 깔고 앉아 은근히 힘을 주며 곁눈질을
했다. 김승수의 얼굴이 가마솥에 달달 볶은 가재처럼 벌겋게 달아오르
는 것을 보고 슬쩍 엉덩이를 들었다.

큼! 연초조합장 김승수는 얼른 손을 빼며 벌게진 얼굴로 맥주잔을 든
다.

"그람 좌로 가나 우로 가나 서울만 가믄 그만이라고, 우선 본론부터
말해야 되겠구먼!"

이동하는 본론을 끄집어내기 전에 맥주를 반 컵 정도 비웠다. 이동하
가 잔을 내려놓을 때까지 기다리고 있던 모서댁이 잘게 찢은 북어포로

돌돌 말은 땅콩을 얼른 내밀었다.

"내가 볼 때는 선거 야기를 할 거 같구면."

지서 주임 김치수가 맥주를 한 모금 마시고 나서 말을 안 해도 알 것 같다는 표정을 지었다.

"내 참, 직업은 못 속인다는 말이 틀린 말은 아니구면. 맞아유. 주임님 말씀처럼 공사에 바쁜 학산면 유지 어른들을 이 자리에 모신 것은 앞으로 열흘밖에 남지 않은 선거 때문이유."

"선거 때문에 이 자리에 모이라고 했다믄 더 이상 야기하지 않아도 되겠네. 여기 앉아 있는 분들이야 죄다 이승만 대통령 각하를 하느님처럼 생각하고 계시는 분들인데 머."

손문규가 교자상 밑으로는 옆자리의 명월이 손가락을 만지작거리면서도 얼굴 표정은 점잖게 말했다.

"교장 선생님의 말씀이 틀린 말씀은 아뉴. 하지만 시대가 시대인 만큼 감나무 밑에서 감 떨어지기만 지달리다가는 큰일 나유. 선거 날 군청 회의실에서 이승만 대통령 각하 표 셀 날만 지달리고 있을 때는 지나갔다 이거유."

이동하는 말을 끝내고 나서 가볍게 헛기침을 했다. 천천히 맥주잔을 들고 교자상 양쪽에 앉아 있는 사람들의 표정을 쓰윽 살핀다. 김치수는 수염이 없는 턱을 문지르며 괜히 천장을 쳐다본다. 그 옆에는 모서댁이 무릎을 세우고 두 손을 깍지 낀 자세로 앉아서 다소곳이 눈썹을 내리깔고 있다. 모서댁 옆에 앉아 있는 농협조합장 남병록은 불그스름하게 취기가 돈 얼굴로 건너편에 앉아 있는 손문규만 응시하고 있다. 정작 당사자인 손문규는 옆에 앉아서 부지런히 안주를 집어 먹고 있는 명월이를 만지작거리는데 정신이 팔려 있다. 명월이 오른쪽에 앉아 있는 최천득은 북어포를 잘근잘근 씹으면서 맥주병을 멀거니 바라보고 있다.

남병록 옆에 앉아 있는 우체국장 김명식은 옆에 있는 기생 경화의 허벅지를 만지고 있고, 경화 왼쪽에 앉은 수리조합장 허명구는 경화의 등을 쓰다듬고 있다.

허, 선거가 열흘밖에 안 남았는디도 죄다 맘은 콩밭에 가 있구먼.

이동하는 한심하다는 표정으로 바라보던 시선을 슬그머니 거두었다. 잔을 비우고 나서 빈 잔을 들고 옆자리에 앉아 있는 손문규를 바라보았다. 명월이와 손장난을 하느라 정신없는 손문규를 바라보던 시선을 지서 주임인 김치수에게 돌렸다. 김치수의 잔이 비어 있는 것을 보고 잔을 권했다.

"오늘 오전에 신익희가 열차를 타고 전라도로 유세를 하러 가다가, 뇌일혈인가 하는 건가 멀로 급사를 했담서. 그람 선거를 하나마나 이승만 박사님이 대통령 자리는 따 논거나 마찬가지 아닌가?"

김명식이 싱겁다는 얼굴로 반문한다.

"신익희가 살았을 때는 살아서 문제였지만, 죽었응께 죽어서 문젠규. 그저께 신익희가 한강 갱변에서 연설회를 열었잖유. 그때 간첩 같은 놈들이 및 명이나 모였나 하믄······."

"엄청났다는구먼."

김치수가 이동하에게 두 손으로 술잔을 받으면서 모두가 들으라는 목소리로 말했다.

"내가 알라고 해서 일부러 안 건 아니고, 서울 중앙우체국에 있는 친구 놈하고 통화를 하다 알게 되었는데 삼십만 명이 모였다느만유."

우체국장 김명식이 땅콩 껍질을 손가락으로 비벼 까면서 아는 척했다.

"우체국장이시니께 그 비싼 시외 즌화를 맘대로 하시능개비구먼. 맞는 말씀유. 정확히 알고 있구먼유. 치안본부에서 추정한 숫자가 삼십만이라고 했응께 그보다 많으믄 많았지 짝지는 않을 끼구먼."

"매향이는 목깡하러 간 지가 언진데 와 안직도 안 오는기가?"

모서댁이 북어포를 고추장에 찍어서 김치수의 입에 넣어 주며 혼잣말로 중얼거렸다.

"쫌만 지달리믄 올규."

손문규가 등을 쓰다듬으면 쓰다듬는 대로, 허벅지를 주물럭거리면 주물럭거리는 대로 몸을 내맡기고 있던 경화가 방문을 바라보며 말했다.

"제우, 삼십만 갖고 머가 문제랴? 더구나 신익희는 죽어 읎어졌는데……."

손문규가 경화의 손을 꽉꽉 쥐었다 놓기를 반복하다 말고, 도저히 이해할 수 없다는 얼굴로 김치수에게 시선을 돌렸다.

"교장 선생님은 하나만 알고 둘은 모르느만유. 서울시 인구가 못 돼도 백오십만 명은 될 거 아뉴. 백오십만 명 중에 삼십만 명이 한강 갱변으로 모였다믄, 그 머여. 삼오는 십옹께, 다섯 명 중에 한 명은 먹고사는 일을 때려치우고 한강 갱변으로 모였다는 야기 아뉴?"

시종일관 심각한 얼굴로 앉아 있던 농협조합장 남병록이 '내 말이 어뗘냐?'는 얼굴로 김치수와 이동하를 번갈아 쳐다본다.

"조합장님은 조합 서기 출신이라 계산하능기 우리들하고는 차원이 틀리구먼. 하지만 선거는 어린아들하고 미성년자는 안 하잖여. 한마디로 말해서 차 빼고 포 빼고 해서, 이번 대통령선거 총 유권자 수가 칠십만 삼천 명이라능겨. 그라믄 워티게 되능겨?"

남병록의 말에 고개를 끄덕이며 듣고 있던 이동하가 점잖게 말했다.

"두 명 중에 한 놈은 한강 갱변으로 끄질러 갔다는 야기 아뉴?"

"머시라? 그람 두 표 중 한 표는 죽은 신익흰가 하는 그 작자 표라능 겨?"

"설마?"

"설마가 사람 잡아 먹는다는 말 못 들어 본 겨? 부면장님도 위에서 들은 말이 있응께 하는 말씀이잖여. 안직까지 그런 것도 모르는 분이 있다믄 참말로 심각하구먼."

김치수의 말이 끝나자마자 여기저기서 흐느적거리고 있던 분위기가 금방 차갑게 주저앉았다. 슬그머니 자세를 바로잡고서 서로의 얼굴을 마주 바라보며 심각한 목소리로 얘기를 주고받았다.

"그럼 이번에는 신익흰가 하는 그 사람이 대통령이 되는 건가?"

김명식과 허명구 사이에 앉아 있던 명월이 북어포를 잘게 찢어서 고추장에 찍으며 혼잣말로 중얼거렸다.

"저……저 방정맞기가 초라니 새끼 같은 년을 봤나!"

명월의 말이 끝나자마자, 이동하는 파르르 떨며 차마 입에 담아서는 안 된 말을 지껄였다는 얼굴로 그녀를 노려보았다.

"부……부면장님, 주임님, 저……저 방정맞은 년이 주딩이를 멋대로 놀렸다 안 합니꺼. 저, 저년을 당장!"

모서댁은 차가운 분위기가 싸늘하게 얼어붙는 것을 느꼈다. 잘못하면 오늘 매상이 물거품이 되는 것은 물론이고, 재수가 없으면 불경죄로 지서 신세를 질지도 모른다는 생각에 얼른 무릎을 꿇고 앉았다. 처음에는 이동하에게 머리를 조아리다가 법을 다루는 쪽이 김치수라는 걸 알고 얼른 방향을 틀어서 고개를 조아리며 어쩔 줄 몰라 했다.

"죄송해유, 장날이라 미장원에 사람들이 밀려서……."

삽시간에 방 안 분위기가 살얼음판을 걷고 있는데, 방문이 소리 없이 열리며 매향이 들어섰다.

"어머, 부면장님도 오셨네유. 부면장님이 오셨을 줄 알았으믄 미장원에 들르지 않고 직빵으로 달려오는 건데……."

매향은 이동하 옆에 앉자마자 금방이라도 그의 가슴에 안길 것처럼 몸을 기대며 향긋한 박하분 냄새를 풍겼다.

"못난 지지바가 달밤에 삿갓 쓰고 나선다더니 꼭 그짝이구먼. 시방이 어떤 시대라고 함부러 입방정이여. 또 한 번 주둥아리를 멋대로 놀렸다가는 그때는 국물도 없을 팅께 알아서 혀."

이동하는 매향의 체취도 좋았지만 이대로 분위기를 망쳤다가는 정작 중요한 선거운동을 못 할 것 같았다. 분위기를 더 이상 험악하게 해서는 안 될 것 같아서 명월을 노려보던 시선을 슬그머니 거두었다.

"명월이 너 차후부터라도 말 조심햐. 여기 모이신 학산면 유지 어르신들 체민도 있고, 이븐이 첨이라서 이대로 넘어가겠지만, 앞으로는 그 즉시 지서로 끌고 갈 팅게."

김치수는 이동하만큼 명월의 말을 심각하게 받아들이지 않았다. 그러나 이럴 때 모서댁 앞에서 권위를 세울 필요가 있다는 생각에 무겁게 한마디 했다.

"참말로 감사합니더. 명월이 니 퍼뜩 어른들한테 잘못했다고 사과 안 하나?"

"죽을죄를 졌구만유. 지는 그런 말을 하고 싶지 않았지만, 요! 요놈의 입이 방정맞게……."

명월이 무릎을 꿇고 앉아서 자기 입을 때리는 시늉을 하며 귀염을 떨었다.

"칸데, 영수네는 점심을 준비하고 있나? 오늘이 학산 장날이라는 걸 모르고 영동까지 나가서 안주꺼리를 사 오고 있는 기가. 와 이리 늦노?"

모서댁은 이럴 때는 잠깐 자리를 피하는 것이 상책이라는 생각에 혼잣말로 중얼거리며 일어섰다.

"좌우지간 명월이 네년은 언진가 그놈의 주둥이 때문에 멍석말이 할 날이 올 껴. 그쯤만 알고 있으믄 앞으로 니가 어떻게 처신을 해야 하는지 잘 알겄지. 본론으로 들어가서 다시 시작하겄슈. 신익희가 죽었다고 해서 안심할 단계가 아니라 이거유. 왜냐하믄 민주당의 열풍이 어떤 모냥으로 전국으로 번져갈지 모르기 때문이쥬. 지 기억으로 볼 때 지난 오십이년 선거 때 각하의 전국 득표율이 칠십사 점 육프로로 알고 있슈. 그걸 표로 환산하믄 약 오백이십만 표쯤 될껴. 각하에 비해 조봉암은 백만 표도 안 되는 제우 칠십구만 표밖에 안 됐슈. 그때는 요새 말로 새발에 피밖에 안 되었지만 시방은 상황이 그때하고 틀리다 이거유. 이런 판국에 신익희가 불을 질러 놨으니 어떡하든 민심을 자유당 쪽으로 돌려놔야 된다 이거유."

"그려, 신익희가 죽었다고 해서 민주당도 죽은 거시 아니지. 안직 장면이라는 작자도 있응께."

김치수가 이동하의 말에 공감한다는 얼굴로 고개를 끄덕거리며 말했다.

"주임님이 정곡을 찌르셨구만유. 바로 그거유. 신익희가 죽었다고 해서 마냥 박수만 치고 있을 때가 아니라 이겁니다. 시방 상황이 아주 심각해유. 군청은 물론이고, 도청에서 하루가 멀다 하고 전화로 전통이 내려오는 통에 우리 면 직원들이 아주 죽겄슈. 선거 때라고 해서 업무가 없는 건 아니잖유. 요새 일 년 중에서 한참 바쁜 오월이라서 산업계는 산업계대로, 농정계는 농정계대로, 병사계는 병사계대로 할 일이 여간 많은 기 아뉴. 헌데 시국이 시국인지라 고유 업무는 죄다 뒷전으로 밀어두고 아침부터 즈녁까지 왼종일 출장을 댕기느라 죽겄슈. 밤에는 열두시까정 일을 한 지가 벌써 열흘이 넘응게 요새 같으믄 사는기 사는 것이 아니라는 거쥬. 이 자리에 앉아 계신 분들이 전부 다 알 만한 사람들이라서 툭 까놓고 야기해서 말유. 날 해가 동쪽에서 뜨지 않고 서쪽에서 뜨지 않는 이상 신익희란 놈이 대통령은 될 수 없슈. 하지만 속담에 돌다리도 두들기고 가라는 말이 있잖유. 면민 전체가 일심동체가 돼서 반드시 자유당에 표를 찍어야만 우리나라가 살게 된다 이거유. 자유당이 재집권을 해야 미국에서도 시방처럼 원조를 잘 해 줄 뿐만 아니라, 여러분들의 자리도 안전하다 이거유. 그랑께 맥읎이 맥주만 마시지 말고 여러분들께서도 존 의견이 있으믄 내셔들 봐유. 나도 날 상부에 보고를 해야 항께."

이동하는 주머니에서 한 갑에 50환씩 하는 백양 담배를 턱 꺼냈다. 담뱃갑에서 한 가치를 반쯤 빼서 담배갑째 김치수에게 내민다.

"소문에 의하믄 죽은 신익희 그 작자 첩이 열 명이라드만."

의용소방대장인 최천득은 학산에서 제일 큰 포목점을 운영하고 있다.

오늘 장날이라서 아내와 함께 전을 펴놓은 장터에 있어야 할 처지였다. 그러나 이동하로부터 상주옥으로 모이라는 말을 듣는 순간 평소 마음에 두고 있던 매향의 얼굴이 불현듯 떠올랐다. 공짜 술에 매향이 엉덩이나 주물러 주겠다는 생각으로 제일 먼저 상주옥에 도착했었다. 그러나 목욕탕에 갔다가 뒤늦게 들어온 매향이 이동하에게 착 붙어 있는 모습을 보는 순간 기분이 팍 상해서 입을 다물고 있다가 풍문으로 들은 말을 불쑥 던졌다.

"허허! 첩이 하나도 아니고 열 명씩이나 있는 놈이 억울해서 워티게 죽었을까나. 원통하고 섭섭해서 눈도 지대로 못 감고 죽었을 끼구먼……."

김명식은 이동하의 얼굴이 굳어지는 것을 보고 슬그머니 입을 다물었다. 이동하가 씨받이로 얻은 들례를 첩처럼 끼고 산다는 것이 뒤늦게 생각났기 때문이다.

"첩을 열 명을 은든 백 명을 은든 그건 지 능력잉께 이 자리에서 왈가불가할 이유는 읎지. 하지만 그런 호색한이 국회의원도 아니고 나라를 다스리는 대통령 후보로 나왔었다믄 민주당도 문제가 있다는 거지."

이동하의 얼굴이 굳어지는 것을 본 김치수가 재빠르게 두루뭉술하게 이동하를 다독거렸다.

"부면장님이 현 상황을 걱정하시는 점은 잘 알겠슈. 하지만 지 생각은 서울하고 여기하고 사정이 같다고 볼 수는 읎을 거 가튜."

남병록이 심각한 얼굴로 생각을 하다가 마침내 정리를 했다는 표정으로 입을 열었다.

"워치게 다르다능 겨? 서울 사람들은 우리나라 사람들이 아닌감?"

손문규가 어디 한번 들어나 보자는 얼굴로 반문했다.

"지가 직접 한강 갱변으로 가서 거기 모인 놈들의 면면을 살펴보지 않아서 단정을 지을 수는 읎지만 대충 감은 잡을 수 있슈. 우신, 위대하신 각하의 덕을 본 사람들은 거길 절대로 안 갔을 거 아뉴?"

"그려. 만약 그런 놈이 있다믄 당장 이 나라에서 일본 같은 데로 쫓아내 뻐려야지."

손문규가 맥주를 한 모금 마신 후에 다시 경화의 허벅지를 쓰다듬으며 고개를 끄덕거렸다.

"한마디로 말해서 공무원이나 회사원, 아니믄 잘 먹고 잘 사는 사람들은 거길 안 갔을 거라 이거쥬. 그라믄 누가 거길 갔나? 농촌에서 땅 한 쪼가리 읎이 머슴질이나 했던지, 놉 일이나 해 처먹다가 지게꾼 질이라도 해 처먹을라고 서울로 기어 올라간 놈이 태반일 거라 이거쥬."

"조합장이 먼 말을 할런지 알 것 같구먼. 계속해 보슈."

이동하가 담뱃재를 재떨이에 톡톡 털며 말했다.

방문이 열렸다. 모서댁이 음식이 다 됐다는 표정을 지으며 눈짓으로 기생들을 불렀다. 기생들은 일제히 일어나서 치맛단이 방바닥에 닿지 않도록 치마폭을 손가락으로 잡을 듯 말듯 감아올려 잡고 밖으로 나갔다.

남병록은 긴장한 얼굴로 손바닥을 말아 쥐어 가볍게 기침을 한 다음에 다시 입을 열었다.

"그랑께 그 머여, 그날 갱변에 모인 작자들 중 팔구십 프로는 촌에서 기어 올라간 작자들일 거라 이 말유. 한마디로 가진 거라고는 쥐뿔도 읎는 놈잉께 이판사판 하는 심정으로 서울 가면 때꺼리 걱정은 안 할 거

117

라는 똥배짱만 믿고 ㄲ대 올라갔을 거라 이거유. 하지만 여기 남아서 농사를 짓는 사람들은 비록 땅떼기가 읎어서 여기저기 놉으로 불려 댕김서 풀칠을 하는 형편이래도, 서울로 올라갈 배짱도 읎는 놈들 아니겠슈?"

"옳지. 우리보다 낫살이 한 개라도 적은 조합장이라 생각하는 기 현대적이구먼. 계속해 보게."

남병록이 하는 말을 가만히 듣고 있던 손문규는 자기 무릎을 찰싹 내려치면서 역시 젊은 사람이 다르다는 얼굴로 재촉을 했다.

"땅마지기라도 있는 사람들 치고 조합 돈 안 쓴 사람 드물어유. 부면장님 댁처럼 춘부장 때부터 공직에 근무하시믄서 농사를 지신 덕분에 떵떵거리며 사는 사람들 몇몇 이외는 다믄 및 만 환이라도 조합 빚을 껴안고 산다 이거유. 단순히 빚만 껴안고 사는 거시 아니라 및 사람을 제외하고는 빚 갚을 능력이 부족해서 해마다 때가 되믄 연장을 해 감서 사는 것이 오늘날 농촌의 실정이라 이거쥬. 그래서 생각해 낸 건데 말유, 조합에 들어가는 즉시 창구 직원들을 제외하고는 죄다 출장을 내보내겠슈. 그래설랑 만약 이븐 선거 때 엉뚱한 짓 하믄 논밭 전지에 압류를 넣겠다고 으름장을 놀 작정유. 그람믄 지덜이 민주당에 표 찍을 생각이나 하겠슈. 그라고 땅떼기 하나 읎는 사람들은 걱정할 필요도 읎슈. 서울로 올라갈 배짱도 읎이 나물죽이나 먹고 사는 놈들한티 고무신짝이나 안기고 탁배기 잔이나 안기믄 고맙습니다, 하고 자유당에 표를 찍어 줄 것이 눈에 불을 보듯 뻔한 이치니께유."

"남 조합장 참말로 대단하구먼. 역시 돈을 만치는 사람들은 머가 틀려도 틀려. 그려, 그라고 봉께 우리 의용소방대도 영 방법이 읎는 거는 아니구먼. 오늘 즈녁이라도 비상 소집을 해서 대원들한테 할당량을 줘야 겠어. 대원 한 명당 무조건 열 표 이상은 책임을 지라구 말유.”

남병록에 이어서 최천득이 불끈 쥔 주먹을 흔들어 보이며 장담을 했 다.

“교장 선생님도 먼가 계획이 있을 거 같은디?”

“지야 진작부터 선생들한테 교육을 시키고……”

이동하의 말에 손문규는 기다리고 있었다는 얼굴로 입을 열었다. 자 세를 바로잡고 본격적으로 말을 하려는데 방문이 열렸다.

매향이 신선로 두 개를 얹은 쟁반을 들고 와서 교자상마다 한 개씩 조심스럽게 내려놓았다. 그 뒤를 이어서 명월이 잡채와 소 갈비찜이 담 긴 쟁반을 들고 들어왔다. 명월이 물러난 다음에 경화가 육회와 간 천엽 등을 얹은 쟁반을 들고 들어왔다.

“자, 식기 전에 자시믄서 천천히 야기합시다. 맥주도 한 잔씩 하고…… ……”

이동하가 호기스럽게 좌중을 돌아다보며 호기롭게 말했다.

“교장 선생님, 이 자리에서는 암만해도 교장 선생님 심이 젤 클 거 가 튜. 선생님들이 학생들한티 집에 가서 부모들한테 이번 대통령선거는 무조건 이승만 대통령한티 투표를 해야 한다고 교육을 시키믄 그 효과 가 엄청 날 거 가튜.”

김치수가 젓가락을 세워 교자상을 탁탁 친 다음에 육회를 집어 먹으 며 손문규를 추켜세운다.

“여부가 있겠슈? 생각 같아서는 가정통신문을 등사기로 밀어서 돌리 고 싶지만, 그건 너무 노골적인 거 가텨서 학생들한티 일일이 물어보게 할 생각유. 야당끼가 있는 집구석에는 선생님들한테 지시를 해서 한 군데도 빼놓지 말고 가정방문을 보내 직접 설득을 하믄, 대가리가 돌지 않는 이상은 지 자식한테 해가 될까 봐 민주당한티 표를 던지는 학부형은 읎을뀨. 암! 옳구 말구."

손문규는 어깨를 으쓱거리며 장담을 했다.

"지도 수리조합장으로 각 동리 구장들을 모아 놓고 한 소리 할 생각이유. 당장 내년이믄 저수지 보수공사를 해야 하는데 그 돈이 워디서 나오겠슈. 자유당이 망하믄 나라가 망하는 거나 마찬가지라고 윽박지르믄 지들도 생각하는 거시 있겠쥬."

"나도 편지 배달부들한테 교육을 단단히 시켜야겠구먼. 편지를 돌릴 때마다 이승만 대통령을 찍어 주라고 말여."

김명식이 나도 할 말이 있다는 표정으로 어깨를 반듯하게 펴며 말했다.

"그란디 요븐 선거에는 탁주나 고무신짝을 안 돌리는 모냥이쥬?"

빈 쟁반을 든 기생들이 조신한 자세로 뒷걸음쳐 밖으로 나간 후였다. 최천득이 이동하를 바라보며 은근한 목소리로 물었다.

"선거에서 탁주 마시는 재미가 읎고 고무신짝 받는 재미가 읎으믄 그기 워디 선거유? 앙꼬 없는 찐빵이나 마찬가지지. 안직은 돌릴 때가 안됐고, 지대로 약발을 받게 돌릴라믄 담 장날부터 본격적으로 돌리기 시작할 거 가튜. 자, 우리의 위대하신 정신적 지도자 이승만 대통령 각하의 당선을 기원함서 건배하쥬."

이동하가 좌중을 둘러보고 난 후에 만족한 미소를 지으며 맥주잔을 불끈 들어 보였다.

"하여튼 먼 일이 있더라도 이븐에도 자유당이 정권을 잡아야 할 틴데 말여."

"허허, 소방대장님은 맨날 불만 끄러 댕깅게 노심병이 걸리셨나. 솔직히 선거는 순전히 형식 아뉴. 군청 직원들부텀 시작해서 경찰서, 하다못해 장바닥에서 튀밥을 튀기는 튀밥 장수까지 죄다 우리 편이잖유. 내 말이 틀렸슈? 어디 부면장님이 한븐 판결을 내려 봐유, 내 말이 틀렸는가 맞았는가 말유."

거나하게 취기가 오른 김승수가 수저로 교자상을 소리 나게 두들기며 이동하에게 물었다.

"민심이라는 거이 바람 부는 날 둥구나무 가지하고 똑가텨서 말여. 당최 어느 쪽으로 쏠리는지 감이 안 잡힝게 시방은 잔뜩 긴장하고 있어야 할 때구만유. 그랑게 여하간 이번에도 우리가 이겨야 이 나라가 발전할 수 있다는 점만 선전하면 될뀨. 막말로 말해서 야당 놈들이 정치에 정 자를 아는 것도 아니 잖유. 맨날 국회의사당에서 의사봉이나 낚아챌라고 공산당놈들처럼 호시탐탐 노리고 있는 것들이 야당 국회의원이잖유. 그런 놈들이 민심이 시방 워티게 흘러가고 있는지 알기 머유. 찌프차나 끌고 댕김서 모가지에 심주고 요정 출입하는 것만 알고 있지 머."

이동하가 뭐라고 말을 하기 전에 김치수가 점잖게 말했다. 일행은 하나같이 김치수의 말이 맞는다는 얼굴로 고개를 끄덕거렸다. 분위기도 심기일전해서 표를 끌어모으겠다고 작당하던 때와 다르게 착 가라앉았다.

"자! 자! 선거를 할 때는 발바닥에 땀나도록 뛰고, 술을 마실 때는 까짓것 밤을 홀딱 새우며 마셔 봅시다."

이동하가 분위기 쇄신을 위해서 큰 소리로 박수를 쳐서 밖에 있는 기생들을 불렀다. 기생들이 다시 쟁반에 담긴 음식들을 들고 왔다. 그녀들은 음식을 보기 좋게 정리해 놓은 다음 원래의 자리에 앉았다. 빈 맥주잔에 맥주를 채워 주고, 옆에 앉아 있는 손문규나 최천득 등의 입에 젓가락으로 안주를 먹여 주며 본격적인 여흥판으로 분위기를 몰고 갔다.

밖에는 여전히 햇볕이 쩽쩽하게 내려쬐고 있었다. 장터 그늘 여기저기에는 친구 따라 장 구경 나왔다가 해장술에 취한 사람들이 앉아 졸고 있거나, 지게를 눕혀 놓고 밀짚모자로 눈만 가린 채 편안하게 코를 골며 잠을 자고 있다.

"아여, 거기 아랫재 경호 아녀? 왜 멀쩡한 집을 놔두고 거기서 달구새끼츠름 졸고 있는 거여?"

"아이구, 몇 시나 됐나? 빈속에 탁배기 몇 잔을 마셨더니 깜빡 졸았구먼."

"이왕 베린 입 한잔 더 하지 머. 글치 않아도 나도 션한 탁배기 한 대 포하고 싶었던 참이거든."

경호라고 부르는 남자가 술 한잔 하자는 말에 마른입을 쩍쩍 다시며 부스스 일어섰다. 집에서 마땅히 할 일이 없어서 슬슬 장 구경이나 나왔는데, 오늘은 술 복이 있는 날이다.

황인술은 강아지며 닭이나 오리를 팔고 있는 개전에서 봉산댁을 만났다. 봉산댁은 점심을 안 먹었는지 허기진 얼굴로 사각으로 만든 철망 안에서 재롱을 떨고 있는 강아지들을 구경하고 있다.

"즘심 먹었능감?"

황인술은 주변에 동네 사람들 얼굴이 보이는지 슬쩍 둘러본다. 아는 얼굴이 없다는 판단이 드는 순간, 봉산댁의 등 뒤에서 지나가는 말처럼 물으며 삼거리 가는 길목으로 들어섰다.

"구장님은 한잔하셨나 벼."

삼거리로 향하는 길목은 모산으로 가는 길 방향이기도 하다. 모산으로 가려면 일단 삼거리로 나가거나, 실개천을 가로질러 놓은 나무다리를 건너 샛길로 가는 방법이 있다. 봉산댁도 동네 사람들 얼굴이 보이는지 곁눈질을 하면서 황인술의 뒤를 따랐다.

"나야, 장에 나오면 맨 술 먹자는 사람들뿐이지 머. 즘심 안 먹었으믄 태화루 가서 짜장면이나 한 그릇 때울 겨?"

실개천을 따라서 삼거리로 가는 좁은 길은 비어 있었다. 그런데도 황인술은 봉산댁과 어깨를 마주하고 걷지 않았다. 두 걸음 정도 앞장서서 걸으며 괜히 하늘을 쳐다본다.

"거기서 아는 사람을 만나믄?"

"내가 먼저 들어가서 뒷방에 들어가 있을 끼구먼. 봉산댁은 만약 아는 낯짝이 있으면 누굴 찾으러 온 사람맨치로 식당 안을 휘 돌아보고 그냥 나가면 될 겨. 그람 나도 십 분쯤 앉아 있다가 면서기들을 부르러 간다는 핑계로 그냥 나올 팅게. 그라고 곧장 모산으로 가다가 그릿고개에서 만나자고 내가 찐빵이라도 사 가지고 갈 모냥잉게."

그릿고개는 학산과 양산 사이에 있는 고개 이름이다. 그릿고개의 고갯마루는 눈이 펄펄 날리는 한겨울이나 비가 내리지 않는 날들은 모산이나 양산 사람들이 담배 한 가치 피울 시간 정도로 쉬어 가는 곳이다. 황인술은 이 시간에는 고갯마루가 비어 있을 것이라는 생각에 차선책까지 일러 주었다.

"찐빵만 사 오지 말고 돼지 뼈다귀 국물에 삶은 피창이라도 좀 사다 줘유?"

"아가 선 건도 아니고 먼 피창이랴?"

"아를 기다리는 거 봉께 아주 첩으로 들어앉힐 모냥이구먼. 구장님 입에서 순댓국 냄새가 낭께 갑자기 파를 송송 썰어 넣어서 푹 고운 피창이 먹고 싶구만유."

다른 사람들이 볼 때는 황인술과 봉산댁이 아무 말도 하지 않고 묵묵히 걷고 있는 것처럼 보일 것이다. 둘은 말을 할 때는 일부러 길옆으로 흐르는 실개천을 쳐다보기도 하고, 길 반대편에 내려 앉아 있는 초가지붕을 내려다보거나 구름 한 점 없는 하늘을 쳐다보았다.

멀리 삼거리가 보이자, 황인술은 빠른 걸음으로 봉산댁으로부터 벗어났다. 삼거리 정류소에는 영동으로 가는 버스를 기다리는 사람 몇몇이 보일 뿐 한가하다. 장이 파장되는 해질녘이 되어야 오고가는 사람들로 삼거리가 북적거릴 것이다. 삼거리에 있는 선술집이나 음식점들도 아직은 장 손님을 받을 시간이 아니라서 조용하다.

황인술은 단골로 드나드는 태화루로 들어갔다. 홀에는 삼거리에서 농촌 사람들이 자루나 보따리에 들고 오는 고추나 마늘, 콩이며 팥, 참깨 등을 사는 중간 상인 두 명이 짜장면을 먹고 있다.

"이따 손님 시 명이 올 낑께, 내가 부를 때까지 방문을 열지 말았으면 좋겄어."

홀 안에는 배달 일을 하는 병락이는 보이지 않고 주인인 진 사장이 카운터 뒤에서 졸고 앉아 있다. 황인술은 진 사장 앞에서 헛기침을 하며 점잖게 말했다.

"면서기들이 오시기로 했남유?"

"어뜬 아줌마하고 조합 서기들이 올 껴."

황인술은 다시 한 번 헛기침을 한 다음 주방 뒤에 있는 골방으로 들어갔다. 닫혀 있는 주방에서 짜장을 볶는 냄새가 구수하게 풍기면서 입맛이 돈다. 점심은 면사무소에서 모산을 담당하는 강 서기하고 장터 초입에 있는 정육식당에서 순댓국에 막걸리보다 두 배나 비싼 소주를 두 잔이나 마셨더니 기분이 넉넉하다. 봉산댁하고 얼른 한 번 하고 나서 짜장면에 배갈이나 한 도꾸리 먹어야겠다고 생각하며 시큼한 냄새가 고여 있는 골방 안으로 들어갔다.

낮인데도 어두컴컴한 방 가운데는 나무판자로 만든 밥상이 있다. 여섯 명 정도가 앉아 있을 정도의 직사각형 밥상 가운데는 사기로 된 재떨이 두 개가 있었다.

황인술은 아랫목에 앉으면서 재떨이를 앞으로 끌어당겼다. 파랑새 담배에 불을 붙였다. 손바닥만한 창호지 창문에서 투영되는 빛에 담배 연기가 모락모락 피어오르는 것을 바라보며 초조하게 봉산댁을 기다렸다.

봉산댁이 쫓기듯 골방으로 들어온 것은, 황인술이 아랫목에 앉아서 파랑새 한 개비를 절반쯤 피웠을 무렵이다. 봉산댁이 뒤를 살피며 방으로 들어왔다. 황인술은 벌떡 일어나서 봉산댁의 허리를 잡아 골방 안으로 낚아채며 바깥의 동정을 살폈다. 주방에서 구수한 냄새만 풍겨 올 뿐 좁고 작은 복도는 비어 있다. 얼른 문을 닫자마자 절반 정도 피우던 담배 끝을 뭉텅한 손가락 끝으로 눌러 끄고 봉산댁을 껴안았다.

"이 냥반이 누가 오믄 어쩔라고……."

봉산댁은 말은 그렇게 하면서도 밥상과 윗목 사이에 서둘러 누웠다.

"오긴 누가 온다고, 내가 쥔한테 단단히 부탁을 해 놨는디……."

황인술도 마음이 급했다. 봉산댁의 검정 물을 들인 광목치마를 끌어 올리자마자 속곳을 벗겨 내렸다. 언제 보아도 뽀얀 속살이 드러나는 순간, '으메 좋은 거!'라고 숨 가쁘게 속삭이며 배 위로 올라탔다.

한낮의 삼거리는 조용했다. 문이 활짝 열려 있는 지서 안에서도 정복을 입은 순경 한 명만이 권태로운 얼굴로 멀거니 삼거리를 바라보고 있다. 맞은편의 우체국이나 차부 상회, 장터로 가는 길목에 있는 선술집 등 모두가 정지해 있는 것처럼 정적이 흐르고 있다. 지서 뒤에서 어슬렁 거리며 나타난 개 한 마리가 미루나무에 오줌을 찍 깔기고 나서 느릿하게 지서 뒤로 돌아간다.

태화루 안에도 정적이 흐르기는 마찬가지다. 배달이 끝난 병락이는 졸음을 쫓느라 연신 하품을 해 대고 있고, 주인은 카운터에 엎드려 단잠을 자고 있다. 저녁 장사 준비를 대충 끝낸 주방장도 빈 식탁에 앉아서 면서기들이나 조합 서기들이 놓고 간 날짜 지난 신문을 한가롭게 뒤적 거리고 있다.

하늘에 떠 있는 구름마저 삼거리에 흐르고 있는 정적을 깨뜨리기 싫다는 듯 멈춰 있지만, 골방에는 뜨거운 열기가 가득 고여 있다. 봉산댁은 오랜만에 맛보는 남정네 맛에 저절로 튀어나오는 신음 소리를 억지로 참느라 손바닥으로 입을 틀어막고는 황인술이 움직이는 대로 몸을 내맡기고 있었다. 황인술은 아내와는 확실하게 다른 봉산댁의 풍만하면 서도 고운 살결을 아작아작 씹어 버릴 기세로 용을 쓰면서도, 밖으로 거친 숨소리가 새어 나가지 않도록 치통을 앓는 사람처럼 오만상을 쓰면서 하체를 굴렸다.

"이르다 아를 배면 난 죽어 버릴 껴."

한바탕 몰아치던 뜨거운 폭풍이 지나간 뒤였다. 서둘러 속곳을 껴입고 광목 치마를 끌어내린 봉산댁이 열기가 식지 않은 얼굴로 속삭였다.

"해방도 되고 전쟁도 끝난 좋은 세상에 죽긴 왜 죽어. 아를 낳으면 그만이지."

황인술은 가쁜 숨을 몰아쉬면서 피우다 만 파랑새에 불을 붙였다. 담배 연기를 기분 좋게 내뿜으며 아랫목에 점잖게 앉았다.

"과부가 아를 낳고 남세스러워서 워치게 산다?"

"시방 먼 소리를 하고 싶은 거여. 담부터 만나지 말자는 야길 하고 싶은 거여? 아니믄 우리 집에 들어와서 살고 싶다는 소리여?"

"할 때는 좋지만, 하고 나믄 걱정이 돼서 하는 소리지 먼 소리겄어."

"걱정할 필요 읎어. 만에 하나 아가 들어서게 되면 유산시키는 방법을 알고 있응께. 누가 그라는데 양잿물을 마시거나, 높은 디서 굴러 내리믄 저절로 유산이 된다고 하드만."

"츰에는 온 세상 것을 다 사 줄 것르름 큰소리치더니, 인제 겁이 나는 모냥이구먼."

"겁을 내긴 누가 낸다고 하능 겨. 부면장도 첩을 데리고 사는데, 모산 구장 황인술은 첩을 두지 말라는 법이 대한민국 헌법에 나와 있는 거는 아니잖여. 임신이 되고 안 되고는 그짝에서 조정할 일이지만, 만약 임신이 되었다 하믄 영동 읍내에 쪼꼬만 방이라도 한 칸 은어 줄 모냥잉께 걱정 놓으셔. 이 황인술이 모산 골짜기에서 구장질이나 하고 있지만 그 정도 능력은 있응께."

황인술은 봉산댁이 살고 있는 우물가의 세 칸짜리 초가집을 팔면 읍내에 전세방 한 칸 정도는 얻을 수 있을 거라는 계산에서 자신 있게 말했다.

"그 말 참말이지?"

"속아만 살아 왔나. 안직 즘심 전잉께 짜장면 시켜 줄까? 난 강 서기하고 즘심 먹었응께 탕수육 안주 삼아 빼갈이나 한 도꾸리 해야겄구먼. 아무리 냄새나는 골방이지만 실큰 재미 보고 나서 달랑 짜장 한 그릇만 팔아 줄 수는 없는 노릇이잖여."

"오랜만에 탕수육인가 하는 거 맛 좀 보겄구먼."

봉산댁은 싫지 않다는 표정으로 말을 하며 비녀를 빼서 입에 물고 흐트러진 머리카락을 손가락으로 다듬는다.

태평세월

우리찌리니게 하는 말이지만 그 대단하다고 하던 신익희가
호남선 열차 안에서 급사하지 않고 대통령에 당선됐다고 쳐.
민주당에서는 선거기간 내내 고무신은커녕 탁주 한 잔
대접하는 일 읎었잖여. 신익희가 대통령이 됐다고 해서
한 장 토막이나 술타령을 할 수 있겠냐 이 말이여?

어둠이 걷히려면 아직 두어 시간 더 기다려야 한다.

그런데도 박태수는 길게 하품을 하며 밖으로 나갔다. 아직은 새벽바
람이 차다. 갑자기 찬바람을 맞으니까 몸이 진저리를 친다. 방에서 머리
위에 건성으로 얹고 나왔던 카키색 군용 털모자를 눌러썼다. 귀마개는
동여매지 않고 미제 야전잠바의 지퍼를 목까지 끌어올렸다.

'날 한번 좋겄구먼. 바람이 읎는 걸 봉게 참깨 씨 뿌리기는 참 좋겄
어.'

박태수는 별들이 총총하게 박혀 있는 하늘을 쓰윽 쳐다보고 나서 뒤
안으로 들어간다.

뒤안에는 부피만 부풀려서 엉성하게 묶은 북데기 다발이 쌓여 있었

다. 북데기 다발을 옆으로 밀어젖히니까 알맞은 크기로 쪼개서 차곡차곡 쟁여 놓은 장작더미가 나타났다. 일삼아서 시오 리나 떨어진 큰 재 넘어 범골에서 참나무를 베어 만든 장작이다.

범골은 왜정 때만 해도 범이 나올 정도로 숲이 울창한 곳이다. 그곳은 동네 근처와 다르게 숲이 울창한 만큼 나무가 많다. 산 소유도 군유림이어서 산감의 감시도 느슨하다. 하지만 나무를 해 오기에는 거리가 멀다. 평지 시오 리 길도 아니다. 범골을 지나서 비봉산을 넘은 다음에, 다시 고개 높이만 해도 근 오리나 되는 큰 재를 넘어서 범골까지 가기란 맨 몸으로 그냥 걸어가기도 힘든 거리다. 그래서 그곳까지 나무를 하러 가는 사람은 모산에서 몇 되지 않는다. 그나마 장작으로 내다 팔 나무를 하러 가는 사람은 젊은 층에서는 박태수와 김춘섭뿐이다.

골목에서 개 짖는 소리가 들리는가 했더니 김춘섭의 집에서 두런거리는 소리가 들려온다. 김춘섭이 일어나서 아내 철용네와 함께 지게에 장작을 얹고 있는 것 같았다.

'서른너이에다, 서른여덟이니, 마흔이요 마흔두 개에다 마흔너이니 마흔여섯이고, 마흔여덟이니 쉬인이요……'

박태수의 귀는 김춘섭의 집 헛간에 가 있지만 마음속으로는 계속 숫자를 셌다. 장작을 산 사람들 중에서 어떤 이들은 장작을 일일이 세어 보기도 한다. 그런 경우에 대비해서 한 짐을 한 강다리로 정해 놓고 숫자를 세는 것이다. 한 강다리인 백 개에서 한두 개가 많은 경우는 말이 없지만, 부족한 경우는 꼭 말을 한다. 그런 경우는 난감하다. 다음 날 부족분 한두 개를 들고 그 집을 찾아가기도 민망하려니와, 일부러 한두 개씩 부족하게 지고 왔을 거라고 생각할지도 모른다는 생각이 들기 때문이다.

장작의 크기는 나무를 자를 때 톱자루로 크기를 쟀기 때문에 크기는 모두 똑같다. 장작 한 개의 무게도 저울로 달아 보지는 않았지만 오랜 경험 덕분에 모두 비슷했다. 허리를 굽혀 가며 바쁘게 지게에 장작을 얹었더니 두껍게 입은 옷 안이 더웠다. 하지만 지퍼를 열면 감기 걸릴 확률이 높다. 얼굴이 시뻘겋게 달아오르는 것을 느끼며 지게꼬리로 장작을 단단히 묶었다.

박태수는 한쪽 무릎은 땅에 대고 한쪽 무릎은 세운 자세에서 지게 멜빵을 어깨에 꼈다. 지게 작대기를 창처럼 양손으로 잡아서 땅을 짚고 끄응 하며 불끈 힘을 쓴다. 지게 멜빵이 어깨를 무겁게 파고드는 느낌 속에서 지게 목발이 공중으로 가뿐히 치솟는 느낌이 든다.

박태수는 뒤안을 나와서 둥구나무 밑으로 걸어가며 김춘섭의 집을 바라본다. 김춘섭이 지게 앞에서 지게꼬리를 지게 새장에 잡아매고 있는 모습이 보인다. 철용네가 팔짱을 끼고 김춘섭을 바라보고 있는 모습이 방 안에서 빠져나오는 희미한 호롱불빛에 어스름하게 보인다.

모산서 학산까지는 넉넉한 십 리 길이다. 어른이 쉬지 않고 걸어가면 한 시간이 걸리는 거리이기도 하다. 장작을 지고 가면 서둘러도 한 시간 반은 걸린다. 그때쯤이면 새벽이 희뿌연 하게 밝아 올 것이다. 시간은 확인해 보지 않았지만 담배 한 대를 피우고 출발해도 늦지는 않을 것 같았다.

박태수는 둥구나무 밑에서 걸음을 멈춘다. 지게를 벗어서 지게 작대기로 받쳐 놓은 다음에 너럭바위에 걸터앉는다. 바람 한 줄기가 보리밭에서 달려와 둥구나무 가지를 흔든다. 장작을 빠르게 지게에 얹느라 몸이 더워져 있어서 바람이 시원했다. 김춘섭이 지게 앞에 무릎을 꿇고 앉는 모습이 보인다. 철용네가 지게 뒤로 가서 장작 짐을 받쳐 주는 모습이 정겨워 보인다.

김춘섭은 아내의 배웅을 받으며 둥구나무 그늘 밑으로 들어갔다. 박태수 옆에 지게를 받쳐 놓고 너럭바위에 앉았다. 집에서는 쌈지 담배를 피우고, 학산에 갈 때는 파랑새를 피우는 박태수가 야전잠바 주머니에서 담배를 꺼낸다. 혼자 피우려다 김춘섭과 시선이 마주치자 한 개비를 내밀었다.

"오늘이 메칠여?"

김춘섭은 박태수가 건네주는 담배를 받아서 입에 물고 하늘을 바라본다. 장작을 지게에 얹기 전만 해도 하늘에 별이 총총하게 박혀 있었다. 어느 틈에 뿌연 구름이 하늘을 뒤덮고 있고, 몇 개의 별들만 희미하게 보일 뿐이었다.

"양력으로 날이 학산 장잉께 아흐레가 맞을 껴"

"오늘까지는 사친회비를 꼭 줘야 하는데 큰일 났구먼."

"대통령 선거기간 동안은 사친회비 독촉을 안 한다고 하드니 말짱 빈말이여. 선거권도 없는 학상들한티 맨날 이승만을 찍어야 된다고 노래를 부름서도 부쩍 독촉을 하는 거 가텨."

"그 집 아들들은 사친회비 다 줬겄지? 상규 엄마가 빈틈없는 사람잉께 어련하겄어."

"안직 안 준거 가텨. 어지 아침에만 해도 상규놈이 사친회비 안 주믄 학교 때려치우겄다며 징징 거리던 걸. 우리 집은 위티게 된 것이 꺼구로여. 진규는 여태껏 뭘 안 준다고 징징거리는 꼴을 단 한 번도 못 봤어.

그란데 큰 자식인 상규놈은 사 학년짜리 지 동생 보기도 부끄럽지도 않은지 툭 하믄 눈물 타령이랑께."

"질질 짜는 자식 탓하기 전에 지때 사친회비를 못 주는 부모 잘못이 크지 뭐."

"요새 사친회비가 대체 얼마여? 난 이날 이때까지 자식들한테 내 주머니에서 돈 끄내 줘 본 적이 없어서 큰놈이 육 학년이 되도록 안직도 사친회비가 얼맨지도 몰라."

박태수는 담배 연기를 길게 내뿜으며 자신의 집을 바라본다. 어둠속에 웅크리고 있는 안채와 옆구리를 맞대고 있는 사랑채가 있다. 부모님이 기거하는 사랑채 맞은편에 뒷간과 헛간이 붙어 있는 초가가 한눈에 들어온다.

"자네 식구야 똑소리 나는 사람잉께 자네가 집안 살림 거둘 필요는 읎겄지. 우리 집 식구는 물러 터져서 돈이 들어오믄 들어오는 대로 써 재끼고, 읎으믄 읎는 대로 곰탱이처럼 참고 있응께 그기 문제지."

김춘섭은 담배가 손가락 마디 한 개 정도 남았을 때 일어섰다. 담배를 입에 물고 지게를 졌다.

"돈이라는 기 쓰라고 있는 거지. 집구석에 모셔만 두는 기 돈이라믄 그기 돈이여. 상전이지."

박태수도 담배를 입에 물고 지게를 졌다. 집 뒤안에서 지게를 졌을 때보다 한결 가벼워진 느낌을 받으며 허리를 숙이고 천천히 걷기 시작한다.

"요새 이 동리서 배 뚜드리며 살 만한 집이 이 집벆에 읎을 껴."

앞서가는 김춘섭이 동네 어귀에 있는 해룡네 집 앞에 도착했을 때였다. 지게 작대기를 수평으로 눕혀서 양손으로 가슴에 품고 나가다가 불이 꺼져 있는 해룡네 집을 가리켰다.

"메뚜기도 한철이라는 말이 있잖여. 해룡네도 선거 때 대목 봐야지 언지 대목 볼 껴."

박태수는 울타리도 없이 한뎃집인 해룡네 집 앞을 지나서 방천길에 도착했다

국도로 가는 진입로 쪽으로 들어선 박태수와 김춘섭은 아무런 말을 하지 않고 묵묵히 걷기 시작한다. 모산에서 산 밑으로 나 있는 길을 걸어 학산 양산간 국도까지 가는 거리는 반 오 리다. 도로 폭이 달구지 두 대가 겨우 비켜 갈만 한 정도밖에 되지 않아서 나란히 가다가 자칫 실수하면 넘어지기 십상이다. 또랑에서 불어오는 바람이 차다. 머리카락이 날릴 정도로 부는 바람을 맞으며 묵묵히 걷다 보면 국도가 나올 것이다. 그때까지는 앞서가는 사람의 장딴지만 쳐다보면서 걸어가야 한다.

벌똥골 앞에서 길이 타원형으로 굽어지면서 또랑 바람은 더 이상 불지 않았다. 길 왼쪽의 산자락 밑은 보또랑이다. 보또랑은 국도를 통과하여 금강 상류인 양산강까지 이어진다.

보또랑은 키가 큰 어른들이 뒤로 두어 걸음 물러섰다가 훌쩍 뛰어넘을 수 있을 정도로 좁다. 좁은 도랑이지만 비가 많이 오는 장마 때나 태풍 때는 강물에 사는 메기며 잉어, 쏘가리에 눈치, 모래무지 등 강고기가 거슬러 올라오기도 한다.

작년 8월 10일경이다. 18호 태풍이 물러간 뒤에 해룡이가 두 평 남짓한 웅덩이에서 짚단만한 잉어를 건져 올렸었다. 보또랑은 물이 빠져나가면 군데군데 웅덩이를 제외하고는 바닥이 보일 정도로 낮게 물이 흐

른다. 그 탓에 태풍이 물러간 뒤로 수많은 사람들이 웅덩이 옆을 지나쳤지만 잉어를 발견하지 못했다. 부평초라는 개구리밥 밑에서 숨 쉬고 있는 잉어를 썩은 집단으로 여겨 버렸던 까닭이다.

"머셔? 해룡이가 짚단만한 잉어를 잡았단 말여?"

사람들이 여덟 달 반, 혹은 반편이로 여기는 해룡이 그렇게 큰 잉어를 잡았다는 말을 얼른 믿으려 하지 않았다.

"벌똥골 보또랑에서 잡았댜."

사람들은 석 자가 넘는 잉어를 벌똥골 앞 보또랑에서 잡았다는 말에 두 번 놀랐다. 모산에서 국도로 가는 길목에 있는 벌똥골은 상여집이 있는 곳이다. 비봉산의 한 줄기가 톱날처럼 튀어나온 부분 앞의 보또랑에 무릎 깊이의 웅덩이가 있다는 걸 모르는 사람이 없다. 하지만 그 작은 웅덩이에 짚단만한 웅덩이가 있다는 것은 쉽게 상상할 수가 없다.

"내 말을 못 믿겠으믄 시방 면장 댁으로 가 봐. 면장 댁 마님이 며느리한테 과 멕인다고 쌀 두 말 값 주고 사갔응게."

"면장 댁 마님이 잉어를 사갔다믄 진짜 개비구먼. 근데 그 큰 잉어가 딴 사람 눈에는 뵈지 않고 해필 해룡이 눈에만 보였을까? 해룡이는 눈깔이 짝짝이라서 좋은 편도 아닌데……."

"갸가 원래 가끔 가다 반 미친놈처럼 쓸데없이 여기저길 뛰어댕기는 놈이잖여. 벌똥골 앞을 뛰어가다가 보또랑에 고무신짝을 빠뜨렸나 벼."

"옳지, 고무신짝을 건지러 갔다가 잉어를 봤나 보구먼. 쌀 두 말이믄 도대체 을매여, 상품이 아닌 중급으로 천팔백 환씩만 잡아도 삼천육백 환. 탁주를 팔아서 삼천팔백 환을 팔라믄 대관절 몇 말을 팔아야 하는 거여. 탁주 한 섬 값이 삼천 환잉게. 탁주 한 말이믄 삼백 환, 한 말 팔아서 이문이 얼매여. 많아야 백 환 벌까말까 같던디, 석 달 열흘을 팔아도 그 돈 벌기 힘들었구면."

해룡이가 잉어를 잡았다는 소문을 들은 사람들은 그때서야 소문이 진짜라는 것을 알고 부럽다는 목소리로 혀를 찼다. 그다음부터 장마가 지거나 비가 많이 와서 강물이 올라오믄 만사를 재껴 두고 보또랑을 뒤지는 사람들이 많아졌다.

길 반대쪽은 길과 비슷한 높이는 밭이고 낮은 지역은 논이다. 모산 앞들이 거의가 이병호의 논이듯이 국도로 가는 길가에 있는 논도 대부분 이병호의 논이다.

"날이 하루가 다르게 풀리는 모냥여. 어저께만 해도 땀이 이렇게 나지는 않았는데……."

국도에 있는 다리 앞에 도착한 김춘섭은 풀숲 위에서 지게를 내려놓고 지게 작대기로 받쳤다. 이마를 질끈 동여매고 있던 수건을 벗어서 얼굴과 목의 땀을 닦으며 어둠에 싸여 있는 그릿고개 쪽을 바라본다. 지금부터 고갯마루까지는 계속 오르막이다. 평지보다 갑절 이상 힘이 든 거리지만, 고개를 일단 넘기만 하면 내리막이라 수월하게 갈 수 있다는 좋은 점도 있다.

"면장 댁은 언지 보리를 타작한다능 겨?"

박태수도 지게를 풀숲에 받쳐 놓았다. 털모자를 벗었더니 시원한 바람이 불어온다. 입 안에 가득 고여 있는 침을 모아서 한껏 뱉어 버리며 늘 하던 대로 돌 위에 앉는다.

"그걸 왜 자네가 묻나. 내가 자네한테 물어야 되는 거 아녀?"

이병호가 놉을 얻을 때는 1순위가 박태수 가족이라는 점을 알고 있는 김춘섭이 주머니에서 쌈지를 꺼내며 반문했다.

"대통령 선거가 끝난 담에 보리타작을 한다는 말을 들은 거 같은 것 같기는 한데, 정확히는 미칠인지 헷갈리는구면."

"선거가 언진데?"

김춘섭은 신문지 조각에다 쌈지 안에 들어 있던 풍년초를 익숙하게 말아서 입에 물었다. 박태수가 파랑새에 불을 붙이고 난 성냥불을 건네준다. 김춘섭은 종이 타는 냄새를 느끼며, 담배를 싼 신문지에 붙은 불을 흔들어 끈다.

"요새 수시로 구장한테 공짜 술 은어 마시믄서 정신은 딴 데 가 있었는개비구면. 아니믄 새복에 마나님하고 맨살로 맷돌을 돌리고 나왔나, 왜 이리 정신이 읎댜. 아! 양력으로 보름날이 선겅께 그날은 딴 데 가지 말고 틀림읎이 선거를 해야 한다고 구장이 귓구녘에 딱지가 앉도록 노래를 불렀잖여."

"박태수가 면장 댁 보리타작하는 날짜 모르는 거하고, 내가 선거하는 날 깜박한 거하고 개찐또찐이지 머. 내가 듣기로는 해룡네에서 탁배기 한잔하다가 면사무소 소사로 근무하는 김씨한티 들었는데 이 달 스무닷새부텀 한다는 거 가텨."

"난 스무하룬지 알았더니 스무닷새구면."

"나보담 확실하게 알고 있는 사람이 왜 묻능 겨?"

"면장 댁 타작 끝나믄 모심을 때까지 별로 할 일이 읎잖여. 학산 배 목수 뒷모도나 따라댕겨 볼까 해서 묻는 말이지 머."

신문지로 말은 담배는 권련인 파랑새보다 두 배 이상 빨리 피운다. 김춘섭은 침이 묻은 봉초 담배꽁초를 길가 논으로 던져 버리고 일어섰다.

해뜨기 전에 학산에 도착하려면 슬슬 출발해야 한다는 생각에 지게 앞에서 멜빵을 메고 무릎을 꿇고 앉으며 크음! 하고 미리부터 힘을 쓴다.

"면장님 하시는 말씀이 올해 나락 타작만 하고는 일절 농사를 짓지 않는다능 겨."

박태수는 담배를 입에 물고 지게를 졌다. 하늘은 아직 열릴 기미가 보이지 않는다. 어둠 속에 잠겨 있는 그릿고개를 넘어야 날이 희뿌연 하게 밝아 올 것 같았다.

"가을 뻐꾸기 우는 소리 그만햐. 그 냥반은 환갑이 지났는데도 기력이 좋구먼. 한 해도 거르지 않고 그 노래를 부르는구먼."

"이븐에는 진짜 가텨. 상규 어머가 봉께 구장이 그 비싼 쇠괴기를 두 근이나 끊어 갖고 요리조리 눈치를 살피믄서 그 집으로 들어가드랴."

"구장이 쇠괴기를 들고 갔는지 똥을 신문지에 싸 들고 갔는지, 상규 어머가 워티게 안댜?"

"구장 승질에 뭔가 싸들고 면장님 댁에 들어가는 걸 봉께 궁금해서 견딜 수가 없드랴. 그래서 점순이한티 살짝 물어본 모냥여. 구장이 싸 들고 간 거시 머냐고 말여."

"구장이 쇠괴기를 두 근씩이나 끊어 갖고 들어갔다믄 이븐에는 진짜 같은디?"

김춘섭은 박태수가 옆으로 나란히 오길 기다리며 보폭을 줄였다. 뒤에서 따라오다가 옆으로 와서 걷는 박태수의 얼굴을 바라보며 마른 침을 꿀꺽 삼켰다. 학산에는 정육점이 두 군데 있는데, 모두 쇠고기를 팔지 않는다. 명절 때나 두 집에서 소 한 마리를 잡을 뿐이다. 그렇다면 영동읍에 가서 쇠고기를 사 왔다는 말이 된다. 다른 이도 아니고 구장인 황인술이 차비를 들여가며 읍에까지 가서 쇠고기를 사 올 정도라면 이번에는 이병호가 땅을 내놓을 거라고 확신하고 있는 것 같았다.

"아부지도 언뜻 그 말을 했던 거 가텨."

길이 가파른 경사로 이어지고 있었다. 박태수는 한 걸음 한 걸음 힘을 주어 걸으면서 둥구나무 앞에 있는 이병호의 논을 그려 본다.

둥구나무 앞에 있는 논은 한 배미가 일곱 마지기고 해룡네 집 뒤에 것은 서 마지기다. 논이 너무 커서 모를 심을 때는 하루 열 명의 놉을 얻어도 부족하다. 하지만 온 식구가 아침저녁으로 뒷간에 갈 필요 없이 오줌만 갈겨도 소출이 늘어나는 문전옥답이다. 문제는 현재 도지로 붙이고 있는 땅만 해도 여기저기 있는 것을 합하면 모산에서 제일 많은 열 마지기나 된다는 점이다. 자신에게는 더 이상 돌아올 땅이 없을 거라고 믿으면서도 한편으로는 은근히 욕심나기도 한다. 자고로 땅이 많아서 농사 못 짓는다는 말을 들어 본 적이 없기 때문이다.

"자네 아부지는 시방 짓고 있는 땅만 해도 적잖으니께 강 건너 불 귀경하는 듯하시겄지. 시방 면장 어른이 손수 농사를 짓고 있는 땅이 을매나 되지? 내가 알기루는 둥구나무 앞에 있는 일곱 마지기하고 해룡네 집 뒤에 서 마지기짜리가 전부인 거 같던데……."

갑자기 이병호에게 존칭을 쓰는 김춘섭도 가파른 고갯길이 힘들지 않았다. 모산 사람들 중에서 혼자 살고 있는 오씨라든지 농사를 지을 노동력이 부족한 몇 집을 제외하면, 이병호에게 도조를 내지 않는 사람은 드물다. 김춘섭도 샘골에 있는 논 세 마지기를 붙이고 있는 중이다. 샘골에 있는 물이 있는 진논이라서 가뭄 걱정이 없는 대신 보리를 심을 수 없다는 단점이 있다. 둥구나무 거리에 있는 열 마지기는 문전옥답인

139

데다 보리를 심을 수 있는 건답이다. 이병호의 환심을 사서 그 땅만 도지로 얻을 수 있다면 자식들 사친회비 때문에 아침마다 부모자식 간에 눈물 짜는 일은 없을 것 같았다.

"잘 알고 있구먼. 밭뙈기를 빼놓고 논은 둥구나무 거리에 있는 일곱 마지기짜리하고 해룡네 집 뒤에 있는 서 마지기가 전부여. 내가 생각해 볼 때도 이븐에는 진짜로 땅을 내놓을 모냥여. 면장님 근력이 항상 청춘은 아니잖여. 옛말이 쌀농사는 여든여덟 번 땀을 흘려야 한다고 하잖여. 아무리 놉을 읃어서 짓는 농사라고 해도 쥔이 근력이 약하믄 농사에서 손 뗄 수뻑에 읎잖여."

박태수는 어두워서 고갯마루가 보이지 않았지만 조금만 더 걸어가면 고갯마루에 도착한다는 것을 알고 있었다. 길옆으로 보이는 집채만 한 바위며, 해마다 참외 농사를 짓는 참외밭의 원두막이나 한아름이나 되는 노송 두 그루가 서 있는 지점 등이 이정표 역할을 해 주고 있기 때문이다. 고갯마루를 지척에 두고 있을 때마다 백날이면 백날 생각나는 것은 이쯤에서 쉬고 싶다는 것이다. 하지만 지게질이 아니더라도 고갯길에서 쉬면 더 힘든 법이라서 무릎 관절이 금방이라도 무너져 내릴 것처럼 힘이 들어도 계속 올라갈 수밖에 없었다.

"그 말을 듣고 봉께 면장 어른 환갑날 츰으로 둥구나무 거리 논을 내놓겠다는 말이 나온 거 같구먼."

"그려, 그해 칠월인가 휴전협정인가가 뭔가 됐잖여. 그래서 전쟁도 끝났응게 앞으로는 편히 사시겠다고 하믄서 그 말이 나왔을 껴."

"삼시번이라고 시 번이나 거짓말을 하시지는 않겄구먼. 어쩨? 자네도 둥구나무 거리 논 부쳐 볼 생각이 있능 겨?"

김춘섭은 이마에 맺힌 땀이 눈썹으로 흘러내리는 것을 느꼈다. 팔짱을 낀 자세로 지게 작대기를 들고 있던 손으로 땀을 닦으며 고개를 들었다. 어렴풋하게 고갯마루가 보인다. 고갯마루에 올라가면 쉬는 지점이 있다. 생각 같아서는 고갯마루에 도착해서 지게를 내려놓고 쉬면서 초근초근하게 묻고 싶었다. 하지만 마음이 급해서 자신도 모르게 묻고 말았다.

"나라고 욕심이 읎을까. 하지만 벼룩도 낯짝이 있다고 열 마지기나 부치고 있는 판국에 둥구나무 거리 땅까지 달라는 말이 안 나와서 참고 있는 게지."

"그래도 우리 동리서 면장님이 젤로 믿는 사람이 자네 춘부장이잖여. 딴 사람도 아니고 자네 춘부장이 논을 부쳐 먹고 싶다는 말을 끄내시믄 안 될 것도 읎지. 그릏다고 노동력이 읎는 것도 아니잖여. 노동력이라믄 우리 동리서 젤 택택하잖여. 춘부장도 똥장군 지고 다니시는 걸 보믄 나락 가만닌들 못 지고 다니실까. 게다가 자네 마누라는 을매나 억척인가?"

"그 논을 부쳐 먹으라고 하믄 못 부쳐 먹을 이유는 읎지. 거리가 먼 곳도 아니고 우리 집 마당이나 한 가지나 마찬가징게, 장구 치고 북 치고 놀믄서도 부쳐 먹을 수 있지. 하지만 임자가 줘야 부쳐 먹든지 지져 먹든지 볶아 먹든지 할 거 아녀."

그릿고개는 양쪽의 산과 산 간격이 좁아서 컴컴했다. 그러나 박태수는 어둠 속을 다니는 고양이처럼 능숙하게 산비탈 쪽으로 간다. 길 양쪽의 산비탈에는 무릎 높이로 땅을 편편하게 다듬어 놓은 자리가 있다. 모산이나 양산에 사는 아낙네들은 보따리를 올려놓고 쉬고, 지게를 지고 가는 남정네들은 지게를 받쳐 놓는 곳이다. 평지보다 높아서 그곳에 지게를 받치면 다시 지게를 질 때 한결 수월하기 때문이다. 박태수는 지게를 받치고 돌아섰다. 어둠 속으로 길 건너편에서 김춘섭이 지게를 받치고 있는 모습이 어렴풋하게 보인다.

"장작 팔고 나서 탁배기 한잔할 텨?"

"안직은 공짜 술 마다할 나이는 아녀. 허지만 오늘 하루만 살고 날 죽을 사람도 아닌데 식전부터 뭔 술을 산다는 겨?"

박태수는 야전잠바의 지퍼를 열었다. 아직은 산마루에 부는 새벽바람이 시원할 때는 아니다. 하지만 무거운 장작을 지고 올라왔더니 몸이 땀에 흠뻑 젖어서 시원했다. 털모자로 부채질하는 흉내를 내며 산비탈에 걸터앉아서 학산 가는 쪽의 비탈길을 내려다본다.

"탁주 한 되 값 삼십 환 애낀다고 부자 되는 것도 아니잖여."

"그 말은 틀린 말은 아니지만 장작을 뒷산에서 해 오능 기 아니잖여. 새벽바람부터 그 먼 범골까지 가서 달그림자 밟으믄서 갈빗대가 휘도록 나무를 해 와도 꼴 난 삼백 환벆에 못 받잖여. 그렇게 심들게 번 돈으로 삼십 환짜리 탁주 한 되 사 먹는다는 기 먼지 씁쓸하잖여. 괜히 손해 보는 거 같은 기분이 든단 말여."

"감기 고뿔도 아까워서 남 안 주는 마누라에 그 남편이구먼. 난 범골에서 나무해 올 때 춤추면서 해 왔는 줄 아남? 긴히 할 말이 있어서 탁주 한잔하자고 하능겨께 잔말 말고 장작 파는 대로 목구녕 쫌 축이자고"

김춘섭도 허리가 휘도록 힘들게 번 돈으로 보리쌀을 사는 것도 아니고, 막걸리 잔 속에 담그고 싶지는 않았다. 하지만 이병호한테 병작을 부탁하려면 박태수가 다리를 놓는 것이 유리하다는 걸 생각하면 막걸리 한 되 값이 대수가 아니다.

양력으로는 오월 보름이다.

보름이라면 달이 밝아서 둥구나무 밑에 앉아 있으면 바람이 일렁거릴 때마다 흔들리는 나뭇가지에 환한 달빛이 어두운 땅바닥에 돗자리를 까는 광경을 볼 수 있을 것이다. 그러나 음력으로는 4월 6일이라서 둥구나무 밑에는 초저녁의 대나무 밭 같은 어둠이 내려앉았다. 그래도 둥구나무 밑에 모여 있는 동네 사람들의 얼굴은 어둡지가 않았다. 하나같이 저녁나절에 들판을 휘어잡고 있던 노을처럼 얼굴이 붉게 물들어 있다.

둥구나무 밑에는 술을 마실 줄 아는 남정네들이며 아낙들이 모두 나와서 끼리끼리 앉아서 양철 양동이에 부어 놓은 막걸리를 마음껏 퍼마시고 있었다. 제법 머리가 굵은 열대여섯 살 먹은 사내애들도 눈치껏 주전자로 막걸리를 퍼가다, 저녁마다 모이는 골방이 미어터져라 모여 앉아서 눈이 따갑도록 담배를 피우며 술잔을 돌렸다.

동네 개들도 총출동해서 코를 벌름거리며 사람들 사이를 오가다 바닥에 버려진 뼈다귀를 횡재 삼아 주워 먹기도 했다.

시간이 흐를수록 분위기는 부어라 마셔라 하는 식으로 흘러갔다.

사람들은 특별나게 우습지도 않은 말에도 배꼽을 잡고 웃어 재끼는가 하면 괜히 장난을 걸기도 하고, 땅바닥에 퍼질러 앉아 찢어지게 가난한 나날 중에서도 뼈아픈 경험들을 무용담처럼 털어놓느라 입에 거품을 물기도 했다.

"이렇게 술 마시다 집에서 쫓기나는 거 아닌지 모르겠어."

"별걱정을 다하는구면. 이른 날 맘 놓고 안 마시믄 언지 또 마신댜."

아낙네들은 둥구나무 그늘이 아니고 해룡네 집 앞에 멍석을 깔고 둘러앉아 있다. 그네들은 코앞에 있는 해룡네 집을 수시로 들락거리면서 술이며 술국을 퍼왔다. 처음에는 조신하게 술을 마시는 분위기였다. 그러나 언제부터인지 치마폭을 달랑 끌어올려 허리춤에 감아올린 몸짓으로 남정네들이 쳐다보든 말든 막걸리 잔을 비워 댔다.

"술은 얼매든지 있응께 걱정 마셔유."

분위기가 흥청망청하는 쪽으로 흘러갈수록 집과 둥구나무 밑을 바쁘게 오가도 힘든 줄도 모르고 신이 나 하는 사람은 해룡네였다.

해룡네는 선거철 들어서 하루 평균 매상이 거의 두 배 이상은 뛰었다. 평소에는 아침나절에 학산 양조장에서 자전거로 막걸리를 배달하는 천수가 한 말짜리 한 통을 내려놓고 가는 것이 전부였다. 그러던 것이 선거를 열흘 앞두고 나서는 하루에 두 말이 아니면, 서 말까지 팔았다. 그 탓에 오전에는 아침만 먹으면 종종거리며 학산으로 가서 술국을 끓이는 데 들어가는 돼지비계라든지 두부, 콩나물, 다시 멸치 등을 사 나르느라 바빴다. 어느 때는 일찍 술이 떨어져서 해거름에 해룡이를 보내 반 말짜리 술통을 새끼로 묶어서 등에 지고 오게 하기도 했다.

둥구나무 밑에서 명당자리라 할 수 있는 너럭바위에는 동네에서 나이가 제일 많은 칠순의 순배 영감과 육십대 초반인 변쌍출이며 박평래 등이 앉아서 술을 마시고 있다.

"요새 같으믄 살 만햐. 오늘이 벌써 미칠째여? 지난 장날 즈녁부터 시작했응께 딱 닷새째구면."

"왜 아니랴. 선거가 읎었으믄 요새츠름 심든 날에 보리죽이라도 지대

로 먹었겄어? 대통령 선거 땜시 즈녁마다 돼지괴기 국이다, 그 비싼 동
탯국에 탁주를 취하도록 마실 수 있응께 요새만 같으믄 살 만한 세상이
지."

너럭바위 반대편에는 가마니를 펼쳐 놓고 윤길동과 김춘섭이 마주 앉
아서 술잔을 주고받았다.

"제기랄! 우리 아부지 어머 살았을 때는 왜 선거가 읎었는지 몰라. 내
가 알기루는 부모님 평생 생전에 요새츠름 연짱 한 장 도막이나 술타령
한 적은 읎었을 껴."

"그걸 말이라고 햐. 그때는 왜정 땡께 팔자 좋게 술이 머여. 요새처럼
보리타작이 끝나기 전에는 보리죽은커녕 나물죽도 지대로 못 드셨을
껴."

"그라고 보믄 요새 세상 참말로 살 만한 세상여. 아! 톡 깨놓고 야기
해서 대통령이 누가 되든 무슨 상관이여. 구관이 명관이라고, 이승만이
새로 대통령이 된 거나 마찬가지라고 헝께 우리가 이 밤중까지 팔자 좋
게 술잔이라도 기울 수 있는 거잖여."

김춘섭의 등 뒤로 들판의 보리밭이 보인다. 윤길동은 신문지로 만 봉
초를 피우면서 노릇노릇해 지고 있는 보리밭을 바라본다.

한 배미가 일곱 마지기가 되는 이병호의 논에는 제법 통통하게 살이
오른 보리가 미어터지도록 자라고 있다. 부자는 똥을 누고 있어도 돈이
들어온다고, 문전옥답은 다른 논보다 소출도 훨씬 많다. 곡식은 농민의
발자국 소리를 들으며 크는 법이라서, 잡초 한 포기를 뽑아도 더 뽑고
거름이 되는 개똥 한 삽을 뿌려도 더 뿌릴 수 있는 까닭이다.

"내가 하고 싶은 말이 바로 그 말이여. 우리찌리니께 하는 말이지만,

그 대단하다고 하던 신익희가 호남선 열차 안에서 급사하지 않고 대통령에 당선됐다고 쳐. 민주당에서는 선거기간 내내 고무신은커녕 탁주한 잔 대접하는 일 읎었잖어. 신익희가 대통령이 됐다고 해서 한 장 토막이나 술타령을 할 수 있었겄냐, 이 말이여?"

"춘셉이 자네는 술 마시다 뒷간 댕겨 왔나? 뜬금읎이 신익희가 대통령이 된다니……? 신익희가 살아 있다고 해도 워치게 대통령이 된다는거여. 내 생각으로는 신익희가 살아 있었다고 해도 우리 동리에서 신익회한테 표를 줄 사람은 한 명도 읎을 껴. 당장 우리 향숙이도 지덜 선생님이 그라는데 이승만 대통령을 안 찍으믄 우리나라가 망한다고 떠드는 판국잉께."

"농협조합에서는 이승만 대통령이 떨어지믄 대출 연장도 안 된다고하간 하드만."

"학교 선생이다, 농협 직원들, 하다못해 편지 배달부들까지 이승만을찍어야 한다고 한목소리를 내는 마당에 신익희가 열 번 살아 있어도 되겄어?"

"소문이 깡통이구먼. 죽은 신익희의 관을 들고 서울역에서 내링게 먼일이 있었는지 알기나 하능 겨? 사람들이 죽은 신익희 관이라도 본다고을매나 많이 모여들었는지 굉장했다는 겨. 신문에서 두 명이 죽고 스물및 명이 다쳤다고 났다. 구속된 사람도 칠백및 명이나 됐다는 걸 보믄굉장했던가 벼."

김춘섭은 술잔을 비워 내고 해룡네 집 쪽을 바라본다. 술 주전자를 들고 나오는 해룡이는 춤을 추듯 양쪽 어깨를 좌우로 흔들며 걸어오고 있다. 초저녁에 바가지 가득 퍼마신 술이 덜 깬 것 같았다.

"자! 자! 죽은 신익희가 살아올 리는 읎응께 술이나 마셔. 춘셉이 자네는 날 새벽에 나무 팔러 갈라믄 그만 마셔야 되는 거 아녀?"

황인술이 들고 다니는 주전자로 윤길동에게 술을 따라 주며 말했다. 황인술은 주전자를 들고 다니면서 일일이 한 잔씩 따라 주고 있는 중이다. 한 잔 주고 한 잔 받아 마시다 보니 어느새 취해 버렸다. 하지만 기분 좋은 날이다. 학산에 사는 자유당 면 책임자인 문기출에게 그동안 현금으로 받아서 동네 사람들에게 술을 사 준다는 명분으로 흥청망청 쓴 돈만 해도 이만 환이 넘었다. 그런데다 오늘은 당선 축하 회식비조로 만 환이나 받았다. 동네 사람들 모두 떡이 되도록 마셔도 오천 환이면 충분하다. 나머지 오천 환은 고스란히 남았다고 생각하니까, 아무리 술을 마셔도 취하지가 않았다.

"구장님, 내가 이까짓 탁주 몇 잔에 취하믄 김춘셉이 아녀유. 오늘 같은 날 배 터지도록 술을 안 마시믄 언제 마신다고 날 나무 팔러 갈 걱정을 한대유?"

"우리츠름 아는 거 읎고 무식하게 농사나 짓고 사는 놈들이 팔자 좋게 날 걱정하믄서 살 수 있대유? 당장 오늘 하루 먹고사는 것도 힘든데?"

황인술이 따라 준 술을 단숨에 비워 버린 윤길동이 술잔을 김춘섭에게 돌리며 말했다.

"지달려 봐. 이승만 대통령이 우리츠름 농사꾼들도 잘 먹고 잘 사는 세상을 맨들어 준다고 했응께."

황인술은 비틀거리는 몸짓으로 김춘섭의 잔에 넘치도록 술을 따라 주었다.

"맞아유. 날 당장 먹을 끼니가 읎드래도 희망을 안고 살아야지. 희망이 읎으믄 죽은 목숨하고 머가 다르겠슈."

"그려, 우리가 언지는 배 뚜드리믄서 살았남? 있으믄 있는 대로 없으믄 읎는 대로 살았지."

윤길동은 술에 취하니까 몸이 몹시 더웠다. 저고리 고름을 풀어 재꼈다. 겨드랑이로 파고드는 바람이 시원했다. 막걸리를 잔뜩 마셔서 맹꽁이처럼 볼록해진 배를 두들기며 기분 좋게 말했다.

접시꽃 사랑

공수를 내려주는 최영 장군의 말에 의하면,
옥천댁은 이번에 반드시 아들을 출산한다.
그래서 아들을 유산시키게 할 목적으로 면장 댁에서 기르는 개를 죽였다.
그런데도 아무런 효과가 없다. 어쩌면 옥천댁이 품고 있는
아이의 운명이 들례의 운명을 짓누르고 있기 때문인지도 모른다.

학산은 면 소재지답게 국도 양쪽에서 포목점과 어물전, 쌀집 등 가게를 하는 사람들이 살고 있었다. 국도를 벗어난 장터에는 선술집이나 성주옥처럼 술과 음식을 파는 집들이 자리 잡고 있다.

장터를 벗어난 지역에 사는 사람들은 학산에 있는 면사무소나, 농협조합, 우체국 등 직장에 다니는 소수의 사람들을 제외하고는 농업에 종사하고 있다.

농사를 짓는 사람들이 사는 집은 거의가 초가집이다. 마당 한쪽에는 헛간이나 외양간이 있고, 가마니나 판자로 얼키설키 얽어 놓은 화장실이 있기 마련이다. 그나마 싸리나무 울타리라도 있는 집은 그럭저럭 마당 형태를 이루고 있으나, 울타리가 없어서 방문을 열면 바로 한데이기

일쑤다. 면사무소든 농협이나 무슨 직장에 다니는 사람들이 사는 집은 비록 셋방일망정 기와를 얹은 집이거나 마당에 해바라기며 봉선화 같은 꽃들이 서 있기도 하다.

들례가 사는 집도 주변의 초가지붕과 차별성 있게 양철을 얹은 일본식 건물이다.

일자형으로 된 양철집의 벽에는 횟가루를 바르고 창틀에는 밤색 페인트를 칠해 놓아서, 모르는 사람들은 일반 학교의 사택이나 지서 관사로 짐작할 정도다. 그래서 양철 대문을 열고 마당으로 들어선 사람들은 괜히 주눅이 들어서 한때는 일본인 다나카의 집에서 식모로 일을 하다 첩으로 들어앉은 이력에, 국밥집 심부름꾼으로 일을 하던 들례 앞에서 말을 가리게 된다. 거기에다 부면장인 이동하라도 있는 날이면, 들례를 사모님이라고 부르는 데 주저하지 않았다.

들례네 집 마당은 이웃에 있는 집들보다 두 배 이상이 넓었다. 이웃들은 작은 마당에도 귀퉁이에 그때그때 금방 뜯어먹을 수 있는 상치며 쑥갓에 오이며 고추 몇 그루를 심었다. 어떤 집은 집에서 나오는 푸성귀 쓰레기며 정지 아궁이에서 나오는 재 등을 모아 두는 거름간이 구석을 차지하고 있기도 하다. 그러나 들례의 집은 이웃들과 다르게 마당 가운데 성주옥처럼 화단이 조성되어 있었다.

작년 이맘때만 해도 화단은 잡초 한 포기 없이, 제비꽃에 나리꽃이며 봉선화 방울꽃들이 저 잘난 듯 피어 있었다. 그러던 것이 올해는 폐가 마당에 있는 화단처럼 잡초가 수북하다. 들례가 작년에 옥천댁이 임신을 했다는 소식을 듣고 나서부터, 금지옥엽 키우던 화초들을 못된 계모 전처 자식 미워하듯 했기 때문이다.

땅은 인간이 돌보지 않아도 저 혼자 살아가는 방법을 알고 있으며, 틈만 있으면 인간으로부터 벗어나 자연으로 회기하고 싶어 하는 본능이 있다. 그것이 곧 자연의 법칙이다. 학교 관사나 지서장 관사 못지않게 번듯한 집 앞의 마당이라고 해서 자연의 법칙이 적용되지 않는 것은 아니다. 잡초가 무성한 화단에서는 인간이 심은 꽃향기가 더 이상 나지 않았다. 무성하게 자란 잡초들 틈에서 억지로 꽃을 피운 봉선화나 제비꽃이 초라하게 서 있을 뿐이었다.

들례는 안방과 건넛방 사이에 있는 대청마루에 앉아서 꼬막네가 오기를 기다리고 있었다.

'이 여핀네가 왜 여즉 안 끄질러 오능 겨……'

양력으로 칠월이 되려면 아직 열흘이나 남았다. 그런데도 오후의 날씨가 여름 못지않게 무더웠다. 들례는 생각나면 한 번씩 맥없이 부채질을 하면서 마른 입술을 자주 혀로 핥았다.

'내가 그동안 갖다 바친 것이 을매나 되는데, 이것이……'

양철 대문 바깥에서 노란 나비 한 마리가 날아들어 왔다. 화단 잡초 사이에 숨어 있는 봉선화에 앉을 듯 말 듯 살랑거리다가 도로 담 너머로 팔랑팔랑 날아가 버린다.

'저놈의 하잘것없는 나비까지 날 읊신여기는 거는 아닐 테지……'

마당에 화단이 있어서 벌 나비가 날아드는 것은 당연한 일이다. 들례는 벌써 도착했어야 할 꼬막네가 모습을 보이지 않아서 화가 났다. 그래서 하찮은 미물에 불과한 나비가 봉선화 꽃에 앉지 않고 그냥 희롱만 하고 가는 것도 마치 자신을 무시하는 것 같은 생각이 들어서, 가슴 저 밑에서부터 치밀어 오르는 분노에 입술을 깨물었다.

'아니지, 필경 먼 일인가 있을 테지. 그랑게 춘임이 그년도 얼릉 오지 못하고 꼬막네를 기다리고 있을 껴. 아니지……. 꼬막네가 먼 일이 있으믄 춘임이라도 *끄*대와야 되는 거 아닌가? 이년이 요새 얼굴에 뽀얗게 꽃이 피는 기 바람나서 그런 긴가? 아녀……. 바람난 년이 밤마실을 안 갈 리는 읎잖여. 밤마실을 통 안 가는 걸 보믄 바람난 것은 아니잖여. 그나저나 이년은 왜 안즉 안 *끄*대오는 겨.'

오늘은 뒷동산에 있는 오포 대에서 12시를 알리는 사이렌 소리를 들으면서 점심을 먹었다.

점심을 먹자마자 설거지를 끝낸 춘임이 년을 손에 묻은 물기를 닦을 사이도 없이 꼬막네에게 보냈다. 모산의 큰집에서 기르던 독구가 죽은 지 두 달이 가까워지는데도 아무런 소식이 없는 걸 보면, 별다른 효과가 없다는 조바심 때문이다.

꼬막네가 오면 좀 더 확실한 비방을 쓰리라 마음을 단단히 먹고 있는데도 춘임이 년은 물론이고 꼬막네까지 모습을 드러내지 않았다. 꼬막네의 집이 먼 곳도 아니다. 농협조합 뒤에 있는 날망까지는 한겨울밤 폭설 속에서 걸어간다 해도 이십 분이면 닿을 만한 거리다. 설령 꼬막네가 없으면 춘임이가 되돌아와도 열 번은 왔을 만한 시간인데, 아직도 감감 소식이라서 속이 탔다.

설마 이것이…… 아녀. 부면장님도 재수 읎이 개새끼가 죽었다고 말씀하셨잖여. 영 효과가 읎지는 않을 껴…….

들례는 앉은 자리에서 옥색치마폭을 팩 *끄*집어올리면서 새치름한 눈빛으로 화단에 피어 있는 접시꽃을 바라본다. 잡초 사이에서 간신히 꽃대를 올린 접시꽃은 강아지풀이며 뚝새풀, 털이 송송한 개비름 사이에 오포 대처럼 우뚝 솟아 있었다. 마음속이 찰흙을 착착 이겨 놓은 것처럼 답답해서일까…… 옥천댁의 출산 날짜가 가까워지고 있어서일까……. 작년 이맘때만 해도 꽃잎에 툭툭 불거진 줄기가 이동하를 향한 사랑의 증표 같아서 마냥 아름답기만 하던 꽃이다.

그러나 오늘은 제비꽃의 빨갛고 넓은 꽃잎이 울타리 밖에서 천대받고 있는 늙은 첩의 치맛자락으로 보이고, 누렇게 색이 바래 떨어지는 목련 꽃잎처럼 추잡스럽기만 하다.

'대관절 이것이 왜 안 오는 거여. 쫓아가 볼 수도 읎고, 환장하겠구먼 ……'

들례는 답답하고 초조한 기분 같아서는 한달음에 날망으로 뛰어가고 싶었다. 춘임이 년은 신당 구석에 쪼그리고 앉아서 점을 치러 온 사람의 인생 굴곡을 시간 가는 줄 모르고 듣고 있을지도 모를 일이다. 그도 아니면 주책없는 것이 심부름 간 이유를 까맣게 잊고, 굿 채비를 하고 있는 꼬막네를 도와서 문종이를 오려 열두 대왕의 혼령을 만들고 있을지도 모를 일이다. 생각이 거기까지 미치자 단숨에 날망으로 뛰어올라가 보고 싶었다.

그러나 마음만 그렇지 마음대로 몸을 움직일 수 있는 처지도 못 된다. 특별한 일이 없으면 외출을 삼가라는 이동하의 엄명을 떠나서, 대낮부터 꼬막네 집에 앉아 있는 것을 다른 여자들이 봐서 좋을 것이 없었다. 남의 말을 잘 퍼뜨리는 아낙네들의 눈에 사로잡혔다가는, 봉양하는 부모가 있거나 커 가는 자식이 있어서 점을 보려고 꼬막네 집을 기웃거릴 거라고 생각하지는 않을 것이다. 제 분수도 모르는 년이 옥천댁을 제치고 팔자를 고쳐 볼 욕심으로 무당집을 들락거린다는 소문이 날 수도 있는 노릇이다.

대문 밖으로 살랑살랑 날아갔던 노랑나비가 다시 펄럭펄럭 날아들어왔다. 노랑나비는 곧장 접시꽃의 노란색 수술에 앉는다. 빨간색 꽃잎 안에서 날개를 착 접고 있는 노랑나비가 노랑 저고리처럼 보인다.

키가 작은 꼬막네가 춘임이의 뒤를 따라서 강아지처럼 쫄랑쫄랑 따라 들어왔다.

들례는 꼬막네를 보는 순간, 지금까지 참고 있던 화가 봄눈처럼 녹아드는 것을 느꼈다. 벌떡 일어서서 춘임에게 대문 단속부터 하라고 시킨 다음에 안방으로 들어갔다.

"왜 인자 왔느냐고 묻지는 않겄어. 면장님한테 들키믄 목숨이 살아남을지도 모르는디도, 춘임이를 시켜서 모산 큰댁 독구를 죽였어도 말짱 헛일이라는 말도 않겄어. 모산 형님이 멀쩡하다믄 아를 낳는 것은 기정 사실. 인제 발등에 불이 떨어졌응께, 어여 비책을 말해 봐."

들례는 귀한 설탕을 시원한 물에 타서 꼬막네에게 대접했다. 꼬막네가 설탕물을 마시는 동안 더 이상 기다릴 수 없다는 목소리로 말했다.

"먼 비책을 말하라는 거여?"

"시방 내가 먼 말을 묻는지 모른다는 거여?"

"부면장 댁 개를 죽이는 일은 감쪽같이 해 왔잖여. 춘임이가 그냥 들러서 쥐약을 놓은 것도 아니고, 부면장님 심부름으로 잉어를 갖다 주러 가는 길에 쥐약을 놓고 왔응께 누가 알것어. 만약 춘임이가 쥐약 놓는 것을 밝혀 낼 사람이 있다믄, 당장 오늘부터 그분을 신어머니로 뫼시지. 암 뫼시고말고……."

꼬막네는 급할 것이 없다는 얼굴로 천천히 설탕물을 마신다. 겉으로는 태연한 척하지만 마음속은 혼란스럽기만 하다. 공수를 내려주는 최영 장군의 말에 의하면, 옥천댁은 이번에 반드시 아들을 출산한다. 그래서 아들을 유산시키게 할 목적으로 면장 댁에서 기르는 개를 죽였다. 그런데도 아무런 효과가 없다. 어쩌면 옥천댁이 품고 있는 아이의 운명이 들례의 운명을 짓누르고 있기 때문인지도 모른다.

이런 경우에는 아무런 방법이 없다. 그렇다고 해서 들례에게 더 이상 방법이 없으니 포기하라고 말할 수도 없는 노릇이다. 무언가 다시 비책을 제시하기는 해야 한다. 춘임이가 집에 찾아왔을 때부터 묘안을 짜 봐도 들례가 찍소리 하지 못할 묘안이 떠오르지 않아서 능장을 부렸다.

"내 말은 그기 아니잖여. 독구를 죽인 거는 춘임이하고 꼬막네만 입을 다물믄 쥐도 새도 모르는 일잉게 그릏다고 쳐. 꼬막네 말대로 옥천댁이 이번에 낳는 아가 틀림없는 머스마라믄 하루라도 빨리 대책을 마련해야 하잖여. 내가 시방 하고 싶은 말은 그 비방을 내놓으란 말여."

들례는 꼬막네로부터 옥천댁이 아들을 낳을 것이라는 말을 듣고 몇 번이나 비방을 했었다. 이동하 모르게 쌀 두 가마니짜리 굿을 두 번 했고, 둥구나무 거리에 짚으로 옥천댁의 인형을 만들어 가늘게 꼰 새끼줄로 목을 매서 파묻어 놓기도 했다. 얼마 전에는 면장 댁에서 기르는 개가 죽으면 옥천댁이 유산할 거라는 말에 춘임을 시켜서 쥐약을 놓아 개를 죽였다. 그런데도 모산으로부터 아무런 소식이 들려오지 않아서 속이 바짝바짝 탔다. 꼬막네에게 바짝 붙어 앉으면서 답답해서 견딜 수 없다는 얼굴로 채근을 했다.

"방법이 영 읎는 거는 아니지."

꼬막네는 들례의 얼굴을 빤히 쳐다본다. 들례는 꼬막네의 눈동자가 일직선으로 서 있는 것 같은 느낌 속에 주춤 뒤로 물러나 앉았다. 꼬막네는 속으로 회심의 미소를 지으며 눈을 감았다.

"그기 뭔 방법이여?"

들례는 물에 빠진 사람이 지푸라기라도 잡는 심정으로 간절하게 물었다.

"요새 부자들은 설탕물을 자주 타 마신다든데 다 이유가 있었구만. 난 시방까지 설탕물을 탄 찬물이 수박화채보다 더 달다는 걸 츰 알았구먼. 대관절 이 설탕 한 포에 얼매씩이나 하는 거여? 누구한테 들은 적이 있는데, 한 근에 백 환이 넘는다고 하든데."

꼬막네는 들례를 더 초조하게 만들어 놓을 필요가 있었다. 그릇에 남은 설탕물을 마지막 한 방울까지 핥아먹으며 딴청을 피웠다.

"우리가 이런 걸 사먹을 팔자나 되남. 부면장님께서 군수님한테 선물하시겠다고 대전까지 가셔서 미제 설탕 열댓 근 사 오신 거여."

"으메, 그람 이게 미제라는 거여? 미제는 똥도 좋다는 말이 실감나는구먼. 간사한 게 사람 주둥이라고 하드만 한 근에 백 환짜리 설탕잉께 확실히 맛이 다르구먼. 하긴 아무리 미제가 비싸다고 해도 맛이 우리거나 똑같으믄 사람들이 미제를 찾을 이유도 읎겠지. 머가 틀려도 틀링께 미제를 찾는 것이 아니겄어?"

"한 대접 더 타 줄까?"

들례가 금방이라도 밖에 있는 춘임이를 불러 설탕물을 타 오게 하겠다는 표정으로 물었다.

"설탕물이 달아서 좋기는 하지만 배가 불러서 많이 못 먹는 흠이 있기는 햐. 하지만 집에서 귀한 손님 올 때 한 대접씩 대접하믄 참 좋겠구먼. 그치만 나 같은 이들한테는 사치품이겠네. 손님 읊으믄 보리죽도 감사하다고 먹는 주제에 설탕물이 가당키나 하겄어?"

꼬막네는 빈 대접을 일부러 개다리소반 위에 턱 소리가 나도록 올려놓는다. 눈치가 없어도 어느 정도껏이다. 이렇게 눈치 없는 여자는 첨 본다는 얼굴로 입술을 실룩거린다.

"내 증신 좀 봐. 그렇지 않아도 꼬막네가 오믄 준다고 한 근 싸 놓은 기 있는데, 그걸 워디다 뒀드라?"

들례는 뒤늦게 꼬막네의 의중을 눈치채고 서둘러 일어섰다. 마음속으로는 '만약 이번에도 효과가 없으면 내가 가만히 있는가 봐라.'라고 노려보면서 벽장문을 열었다. 벽장 안에는 푸대 종이에 설탕을 한 근씩 싸둔 것이 있다. 그중에서 한 뭉치를 꺼내서 꼬막네 앞으로 내밀었다.

"국산도 아니고 귀한 미제 설탕을 이렇게 많이 주믄 워칙 한다?"

"우리 집에 설탕만 있는 기 아녀. 꼬막네가 내 말만 잘 들어준다믄 미제 구리무도 한 통 줄 수 있어. 그렇게 어여 비방을 야기해 봐. 대관절 워칙 하믄 옥천댁이 유산을 할 수 있는 거여?"

"이건 참말로 어려운 일인데, 할 수 있을지 모르겠어."

꼬막네는 뒤늦게 옥천댁을 비방할 묘책을 생각해 냈다. 하지만 뜸을 들일 필요가 있다는 생각에 여운을 남겼다.

"승질 급한 년은 읊는 아도 떨어지겄구먼. 자꾸 사람 애간장만 태우지 말고 어여 말을 해 봐. 말을 해 봐야, 내가 어려운지 쉬운지 알 거 아녀."

"그란데 미제 구리무가 우리 같은 이들한테도 효과가 있는지 모르겠어. 내 나이 벌써 마흔다섯이라 여간해서 화장발이 안 받는단 말여."

"아따, 참말로 사람 애간장을 태워도 너무하구먼. 아까 미제는 똥도 좋다고 할 때는 은제고, 미제 화장품이 얼굴에 맞니 안 맞니 하믄서 사람 피를 말리는 거여. 미제가 왜 좋은지 알어? 미제 화장품에는 은가루가 들어가서 좋다는 겨. 칠십 노인네도 화장발을 받는다믄 더 이상 말이 필요읎지 머. 그랑께 어여 비방을 야기해 봐. 내가 틀림읎이 미제 구리무 한 통을 줄 팅께."

"시방부텀 내 말 똑똑히 들어 봐. 지난번에 면장 댁 개를 죽인 거는 잘한 짓여."

"흥, 잘했으믄 뭐햐. 효과가 하나도 읎었는데……"

들례는 새삼스럽게 춘임이가 면장 댁에 쥐약을 놓고 올 때까지 가슴 조이며 기다렸던 때가 떠올라서 콧방귀를 뀐다.

"내 말 똑똑히 들어야 햐. 어떤 일이든 쉽게 성사되는 벱이 읎는 벱여. 하지만 가랑비에 옷 젖는다고 옥천댁도 시방쯤은 속병이 들었을 거여. 겉으로는 멀쩡해 보여도 속에는 골병이 들었을 거란 말일씨."

"허긴 우리가 한두 번 비방을 쓴 것이 아닝께 그럴 만도 하겠구만. 대관절 워칙 해야 옥천댁이 유산을 할 수 있다능 겨?"

"내가 볼 때는 앞으로 유산되는 것은 심이 들었어."

꼬막네가 단정 짓듯 말하고 들례를 노려본다. 들례도 얼굴을 피하지도 않고 마주 노려본다. 보통 여자 같았으면 슬그머니 고개를 돌리거나 눈꺼풀을 내리까는 것이 보통이다. 세모꼴로 서 있는 눈빛을 볼 때마다 들례의 몸에도 신이 있다는 걸 알 수 있다. 똑똑한 신이라면 들례는 벌써 마당에 오방기를 꽂을 팔자다. 그렇다고 맹탕 허주신도 아니다. 어느 정도는 기가 있는 신이라서 들례의 몸 상태에 따라서 들쑥날쑥거리며 붙어 있는 신인 것 같았다.

'허긴, 신이 들리지 않았으면 근본도 모르는 주제에 부면장의 첩이 될 수 있을 거라고 기를 쓰지도 못할 거여.'

들례가 신이 들었다고 해서 두려울 것은 없다. 오히려 겁이 없으니, 비방이라면 물불을 가리지 않고 말을 들어서 데리고 놀기가 쉬울 뿐이었다.

"유산이 심들다면 아를 낳을 수밖에 읎다는 거여? 그것도 지지바가 아니라 머스마를?"

"워칙하겠어. 최영 장군님이 그렇게 말씀을 하시는데……."

"그람 시방까지 쌀을 멫 가마니나 들여서 비방을 한 거는 죄다 헛지랄이란 말여? 그기 말이나 된다고 생각하능 겨? 내가 사내라면 니나노 집에 가서 상 뚜들기고 기생 껴안고 뒹굴 폭이라고 치기나 하지. 멀쩡히 두 눈뜨고 앉아서 멫 가마니 쌀을 까먹고도 등신처럼 맹하니 앉아 있으라믄 내가 가만있을 거 가텨?"

"허어! 무엄하게 헛지랄이라니. 안직 아가리가 살아 있는 걸 봉게 이 집구석에서도 당장이라도 다리몽댕이가 부러진 몸으로 쫓겨나고 싶어서 발악을 하는구먼."

"내 말은 그기 아니잖여……. 옥천댁이 아들을 낳는다면 비방을 쓰고 싶어도 더 이상 필요가 읎고, 옥천댁이 아들을 낳는다믄 나는 이 집구석에서 보따리 하나 들고 쫓겨나는 건 시간문젠데 먼 말을 못 하겄어. 내 말이 기분 나쁘게 들렸다믄 대나가나 승질만 내지 말고, 내가 알아듣도록 대답을 해 보란 말여."

들례는 더 이상 옥천댁을 형님이라고 부르고 싶지가 않았다. 옥천댁이 아들을 낳는 순간, 내 인생은 절벽 아래로 추락하는 일만 남았다는 생각에 절박한 목소리로 말했다.

"우짜믄 이 지랄로 속이 좁을까. 시방부텀 내 말을 똑똑하게 들어 보란 말여. 손바닥도 마주 처야 소리가 나는 뱁여. 유산을 할라면 옥천댁이 부지런하게 움직여야 유산을 할 가망이 있다는 말일시. 즉 최영 장군님이 아무리 영험한 힘을 가졌다고 하드라도 유산을 할 기미가 있어야한다는 거여. 행여 유산할게 비 샴가에도 안 가는 사람한테 백날 유산해 달라고 빌면 무슨 소용이 있겠어? 물에 빠져 죽을깨비 접시 물도 안 마시는 사람한테 물에 빠져 죽으라고 기도를 해 봐야 아무 소용이 없단말일시."

"그람 인제 내가 할 일은 아들을 낳게 해달라고 삼신할무니한테 비는일뽂에 안 남았다는 말이구먼."

"허허, 내가 아까 머라고 했남? 분명히 비방이 있다고 하지 않았남?"

"그……그랬지. 그람 아가 낳자마자 죽게 하는 방법이라도 있남?"

"그런 능력은 읎어도 달달 봉사로 맨들 힘은 있지."

"달달 봉사라믄 그 머여, 눈 뜬 봉사로 맨들 수 있다는 거여. 만약 그 릏게만 되믄 우리 승철이한티는 더 잘된 일이 되는 거잖여. 달달 봉사도자식은 자식잉께 멕여 살릴라믄 순전히 우리 승철이가 있어야 항께. 안그려?"

"쯔쯔……. 인제서야 내가 먼 말을 하고 있는지 알아채렸구먼. 머스마를 낳지 않는 것보담 더 잘된 일이 될 껴. 우짜믄 승철이가 들례를 어머이로 모신다고 나서도 부면장님이 승낙을 하실지도 모를 일이지. 아무리 조강지처라 하드라도 달달 봉사를 낳은 여자보담은 집안의 대를 이어 갈 사대 독자를 낳은 여자를 천대하겠어?"

"아이구 어매! 이 일을 워쩐다. 만약 그릏게만 된다믄 쌀 열 가마니를 더 내준다고 해도 하나도 안 아깝구먼. 쌀 열 가마니가 문제가 아니지. 땅이라도 및 마지기 줄 수도 있어. 내 말 무슨 뜻인지 알겄지?"

들례는 꼬막네의 말에 금방이라도 이동하의 첩이라도 된 것처럼 엉덩이를 들썩거리며 흥분했다.

"허긴, 면장 댁의 며느리가 된다믄 논 및 마지기가 대술까. 하지만 그릏게 되기는 쉽지가 않을 껴. 개를 죽이는 건 쥐약 처바른 멸치만 주믄 끝나지만 옥천댁의 방에 못질을 하는 건 명분이 읎잖여."

"오……옥천댁 방에 못을 박다니? 그기 먼 말이여?"

"산모 방에 삼칠 일 안에 못질을 하믄 어린아 눈이 먼다는 말 못 들어 봉겨?"

"드……들어 보기는 했지만, 누가 그 방에 들어가서 못질을 한다? 괭이 꼬리에 방울 다는 거이 낫지."

"그래서 방법은 있기는 한데 어렵다고 하는 말이잖여."

꼬막네는 할 말은 다 했다는 얼굴로 말을 끝내고 나서 설탕을 싼 푸대 종이를 만지작거린다.

"하지만, 방법이 영 읎지는 않을 껴. 사람이 하는 일인데 뭐를 못 하겄어. 암, 반드시 방법이 있겄지."

들례는 포기하고 싶지가 않았다. 옥천댁이 오늘 당장 출산을 하는 것도 아니다. 시일이 남아 있으니, 식음을 전폐하고 방법을 찾으면 그럴듯한 묘안을 찾아낼 것이라는 생각에 차갑게 웃었다.

정오를 넘긴 해가 따가운 햇살로 변해 창문을 통해 복도를 환하게 비추고 있다.

그 햇볕 안으로 낡은 실오라기를 토막 내어 놓은 것 같은 먼지가 무수하게 떠다닌다. 쉬는 시간에 복도를 가득 메운 아이들이 뛰어다니며 나무로 된 바닥을 쿵쿵 울려 놓은 탓이다.

긴 복도를 걸어가는 정 선생이 신은 슬리퍼는 낡은 구두의 앞부분만 남겨 놓고 뒷부분을 오려 낸 것이다. 그 탓에 걸음을 옮길 때마다 구두 굽이 복도를 때리는 소리가 말발굽처럼 뚜걱뚜걱 울린다.

정 선생이 걸음을 멈추고 문을 연 교실은 삼 학년 교실이다.

정 선생이 교실 문을 여는 순간 왁자지껄하던 교실 안이 갑자기 찬물을 끼얹은 듯 조용해졌다.

교실에는 책상이 없었다. 사 학년이 되어야 책상에 앉아서 공부를 할 수 있는 까닭이다. 마룻바닥에 양반다리를 하고 앉아 있는 아이들의 연령층도 다양했다. 제 나이대로 입학을 해서 열 살인데도 코흘리개가 있는가 하면, 늦게 입학을 해서 열세 살짜리 여학생도 있었다. 제법 앞가슴이 봉긋하게 솟은 단발머리 여학생은 맨 뒤에 앉아서 멀뚱멀뚱한 눈으로 정 선생을 바라본다. 앞쪽에 앉아 있는 아이들은 뒷줄에 앉은 아이들보다 다섯 살이 어린 아이도 있다. 아이들은 나이가 많고 적은 것이나, 덩치가 크고 작은 것을 떠나서 닭장 안에 있는 병아리들처럼 또랑또랑한 눈망울로 정 선생을 바라본다.

"에, 시방부터 이름을 부르는 학생들은 자리에서 일어서기 바란다. 아! 이승철. 이승철 너는 사친회비 일 년치 다 냈지?"

정 선생은 앞에서 두 번째 줄에 앉아 있는 승철을 바라본다. 승철은 앞쪽에 앉을 만큼 덩치가 작은 편은 아니다. 잘사는 집 외동아들답게 잘 먹고 잘 노는 탓에 오히려 바로 뒷자리에 앉은 아이보다 덩치도 크고 키도 컸다. 승철을 그 자리에 앉힌 것은 칠판이 가장 잘 보이는 자리이고, 승철이와 말을 주고받기 편한 위치이기 때문이다.

"네."

승철은 자랑스럽게 대답을 하고 주변을 둘러본다. 60여 명의 학생들이 모두 자기를 쳐다보고 있다. 하나같이 부러움과 시샘이 뒤섞인 눈빛이다.

한 달에 이백 환이나 되는 사친회비는 결코 작은 돈이 아니다. 사친회비를 제때 낸 기억이 없어서 학교에 갈 때마다 '학교에 다녀오겠습니다.'라는 말 대신에 '사친회비 안 주믄 학교 안 갈 껴.'라는 말이 먼저 나오는 아이들이 승철을 바라보는 얼굴은 부럽다 못해 절망으로 얼룩져 있었다. 승철은 그런 눈빛에 익숙해진 얼굴로 어깨를 으쓱거리며 정 선생을 바라본다.

"아버님은 잘 계시지?"

"네!"

60여 명의 아이들은 남자와 여자가 절반씩 섞여 있다. 여자아이들은 대부분 단발머리를 하고 있고, 남자아이들은 까까머리다. 그나마 머리 깎을 때가 지나서 밤송이처럼 자란 아이들이 대부분이다. 그중에서 승철은 앞머리만 조금 길게 놔두고 옆머리와 뒷머리는 짧게 치켜 올린 상고머리를 했다. 반에서 유일하게 상고머리를 한 학생답게 정 선생이 묻는 말에 큰 소리로 대답한다.

"선생님이 안부를 물으시더라고 꼭 전해라. 알겠지?"

"네!"

승철은 자랑스러운 얼굴로 대답을 한 후, 옆자리의 철준을 바라본다. 철준은 정 선생의 얼굴을 똑바로 쳐다보지 못하고 귀밑까지 빨갛게 물든 얼굴을 푹 숙이고 있다.

"넌 좋겄다. 사친회비를 다 냈응께."

철준은 보나마나 정 선생이 사친회비를 안 낸 아이들 이름을 부를 거라고 생각했다. 선생님의 기분이 좋으면 그냥 내일까지 꼭 내라는 말만 할 것이다. 그러나 기분이 안 좋으면 귀가 떨어져 나갈 정도로 아프게 귀를 잡아당기거나, 골이 울리도록 군밤을 줄지도 모를 일이다. 그걸 생각하면 겁이 나서 정 선생을 똑바로 쳐다볼 수가 없었다.

"너도 니덜 아부지한테 사친회비 달라고 햐."

"츠! 맨날 달라고 해도 안 주는데 워칙 햐."

"거기 떠든 아, 누구여? 손들어 봐."

철준은 정 선생의 화가 난 목소리에 고개를 벌떡 들었다. 정 선생이 노려보는 시선을 마주 보지 못하고 주변을 두리번거린다. 모든 아이들의 시선이 자신에게 와 있는 것을 느끼는 순간 가슴이 벌렁벌렁 뛰기 시작했다.

"김철준 너지? 너 이 새끼, 이 앞으로 나와. 너, 사친회비도 안 낸 놈이지?"

"안 떠들었는디……."

"니가 안 떠들었으믄 누가 떠등 겨. 빨리 안 나와?"

정 선생은 맨 앞줄에 앉은 아이들 앞으로 갔다. 뒷자리에서 뒷머리를 긁으며 빨개진 얼굴로 일어서는 철준은 까까머리에다 누렇게 낡은 무명 저고리에 무릎까지 내려오는 무명 잠방이를 입었다. 정 선생은 키가 커서 팔도 길었다. 긴 팔을 쭉 뻗어서 고개를 푹 숙이고 있는 철준의 귀를 야멸치게 잡아서 비틀며 앞으로 끌어당겼다.

"아! 아!"

철준은 귀가 떨어져 나가 버릴 듯한 고통에 얼굴을 정 선생의 반대 방향으로 눕힌 자세로 질질 끌려 나갔다.

"새끼, 사친회비도 지때 못 내는 놈이 선생님이 말씀하시는데 떠들어!"

정 선생은 학생들이 보는 앞에서 본때를 보여 줄 필요가 있다고 생각했다. 철준의 귀가 닭 벼슬처럼 빨개질 때까지 마구잡이로 비틀었다.

"서……선생님 잘못했슈. 하……한 번만 용서해 주셔유."

철준은 자신이 무엇을 잘못했는지도 몰랐다. 그저 이럴 때는 무조건 용서를 빌어야 한다고 생각했다. 그래야 귀가 떨어져 나가 버릴 것 같은 고통에서 벗어날 수 있다는 생각에 닭똥 같은 눈물을 흘리며 무조건 용서를 빌었다.

"싸가지 없는 놈 같으니라고. 바깥에 나가서 손들고 있어."

정 선생은 얼굴에 눈물범벅이 된 철준의 뒤통수를 손바닥으로 딱 소리가 나도록 후려갈기고 나서 복도를 손짓했다.

"네……."

철준은 고통으로부터 해방된다는 안도감에 정 선생의 말이 떨어지자마자 뛰어서 복도로 나갔다.

'아파 죽겠네, 씨…….'

텅 비어 있는 복도에는 무거운 긴장이 흐르고 있었다. 철준은 정 선생이 구체적으로 시키지도 않았는데도 무릎을 꿇고 앉아서 두 손을 번쩍

들었다. 정 선생의 폭력으로부터 완전히 벗어났다는 생각이 들면서 새삼스럽게 통증이 되살아났다. 주르르 흘러내린 눈물을 출입문 쪽을 흘 낏 바라보며 옷소매로 닦았다.

'어머, 때문이여. 어머가 사친회비를 제때 줬어도……'

철준은 슬그머니 억울하다는 생각이 들었다. 그 많은 아이들 중에서 떠든 아이들이 한두 명이 아닐 것이다. 그런데도 자신만 귀가 떨어져 나 가 버리는 것 같은 고통을 당한 것이 억울한 것은 아니다. 철용네가 제 때 사친회비를 주었다면 그 정도 떠들었다고 해서 불려 나가지는 않을 것이라는 점이 억울했다. 그렇다고 철용네한테 사친회비를 달라고 하지 않은 것도 아니다.

오늘 아침만 해도 그렇다.

철준은 보리밥 한 그릇을 게 눈 감추듯 비워 버리고 책보를 챙겼다. 책이라고 해 봤자 삼 학년이라 국어, 산수, 자연, 사회, 음악 책 등이 모 두 얇아서, 책보가 육 학년인 철용의 절반 정도밖에 되지 않았다. 책보 를 어깨에 단단히 비껴 멘 다음 철용이를 바라본다. 철용이 학교 갈 준 비가 다 됐으면 어서 본격적으로 시작을 하라고 눈짓을 보낸다. 철준이 보다 한 살 많은 철재는 지붕 위에 닭 쳐다보는 개처럼 철준이를 바라 본다.

"오늘은 아침이 일찍인 모냥이구먼."

철용네는 막내 영숙이 수저를 놓기는 기다리며 빈 그릇을 챙겼다. 철 용, 철재, 철준 삼형제가 학교 갈 생각을 하지 않고 멀건이 앉아 있는 모 습을 보고 이유를 알 만하다는 얼굴로 입을 열었다.

"어머, 선생님이 그라는데 오늘까지 사친회비 안 낼꺼믄 아싸리 학교

오지 말랴."

"그놈의 핵교는 돈 있는 아들만 댕기는 핵교인 모냥이지? 오늘은 그냥 가. 니덜 아부지 새벽같이 오늘 놉 일 나가셨구먼. 품삯 받아 오믄 그걸로 줄 팅게."

"품삯 을매나 받아 오는데?"

철준이 눈빛을 반짝거리며 물었다.

"쌀 한 되 값이나 안 받아 오겄냐?"

"어머, 그람 그거 나 줘. 우리 반에서 사친회비 안 낸 사람은 나 혼자뿐에 읎단 말여."

철용이가 나는 사친회비 같은 거하고 상관없다는 얼굴로 뒷전에 앉아서 딴짓을 하고 있다가 재빠르게 끼어들었다.

"너는 어티게 생겨 처먹었길래, 나이를 꺼굴로 먹는 것도 아닐 텐데 나이가 어린 철재만도 못하냐. 쌀 한 되 값이라고 해 봤자 제우 철준이 사친회비 주고 나믄 돈 백 환 남는데 동생한티 양보는 못 하고……."

"내가 말을 안 해서 그릏지 사정이 급해서 동생한테 양보를 하고 자시고 할 때가 아니란 말여."

철용은 철준을 끌어당겨서 자기 뒤에 앉히고 철용네한테 바짝 붙어 앉으며 울상을 지었다.

"나도 오늘까지 사친회비 안 내믄 학교 오지 말라고 했단 말여."

제삼자처럼 방관하고 있던 둘째 철재가 잘못하면 내일도 사친회비를 못 받아가겠다는 얼굴로 끼어들었다.

"육 학년인데 사친회비 안 내믄 퇴학이라도 시킨다냐?"

철용네가 철재의 말을 무시해 버리고 그럴 리가 없다는 얼굴로 철용이에게 물었다.

"학교 나오지 말라고 하는 것이 퇴학시킨다는 말하고 머가 틀려. 하지만 나는 그기 아니고 내일 특별활동 시간에 졸업 앨범에 들어갈 사진을 찍는다고 했단 말이여. 내일까지 사친회비 안 내는 사람은 사진 못 찍는다고 했다는데, 안 급하게 생겼어?"

"니가 급하긴 급하구먼. 하지만 워칙 하냐 돈은 삼백 환뺵에 안 생기고 사친회비는 육백 환을 내야하고…… 옳지, 이라믄 되겠구나. 이 에미는 배운 것도 읎고 가진 것도 읎다 보니께 무식해서, 아무 생각 읎이 자식들을 내질러서 니덜을 이 고생시키고 있응께, 날 잡아먹어라."

철용네는 영숙이 먹고 난 밥그릇을 들었다. 그릇에 붙어 있는 보리밥 풀을 수저로 박박 긁어 먹으며 말했다.

"누가 어머 잡아먹는다고 했어? 사친회비 달라고 했지."

철용네의 말에 갑자기 말문이 막혀 버린 철용이 우물쭈물하고 있을 때였다. 철용이 뒤로 물러나 앉았던 철준이 눈물을 뚝뚝 흘리며 말했다.

"사친회비를 주고 싶어도 돈이 읎응께 워칙 하겄냐. 이 에미가 죽을 수뺵에 없잖여."

"죽긴 왜 죽어? 진규네 엄마한테 돈을 꿔 오믄 되잖아."

침울한 얼굴로 앉아 있던 철재가 볼멘 목소리로 말했다.

"어이구, 그 집에서 돈을 꿔 오니 황소가 바늘구멍으로 들어가길 지댈리는 거시 났지. 진규는 사친회비 냈다냐?"

"아니."

철재가 괜히 말했다는 표정으로 대답했다.

"그 봐라. 그 집에는 돈을 짱아치 담아 두고도 자식 사친회비도 지때 안 주는 집여. 그런 집에 가서 우리 아들 사친회비 주게 돈 좀 꿔달라고 하믄 '여기 있슈'. 하고 얼른 내주겄다. 그랑께 오늘은 그냥 가라. 낭은 이 어머가 워티게 하든지 틀림읎이 사친회비를 줄 팅게. 철준아. 알았지?"

"어머는 맨날 낭 준댜. 낭도 안 주믄 나 그때는 참말로 학교 안 댕길 팅게 알어서 햐."

철용이 더 이상 버텨 봐야 소용없다는 얼굴로 일어섰다. 철용의 눈치를 보고 있던 철재도 일어섰다. 철진은 두 형이 일어서는 모습을 물끄러미 바라보며 그냥 앉아 있었다.

"철준아, 너는 틀림읎이 낭 줄 팅게 어여 가."

"참말이지?"

철준은 철용네가 속삭이는 말에 두 형을 바라본다. 침울한 얼굴로 서 있는 두 형을 바라보던 시선을 철용네에게로 옮기며 눈물이 묻어 있는 눈가를 문지른다.

삼형제는 보리밥일망정 배가 부르게 먹었다. 그러나 사친회비 문제로 철용네와 실랑이를 하느라 그새 배가 다 꺼져 버린 기분이다. 하나같이 기운 없는 얼굴로 밖으로 나갔다.

학산에 있는 국민학교까지는 십 리 길이다. 모산에 사는 아이들은 일단 둥구나무 밑으로 모두 모였다. 그곳에서 국도까지는 삼삼오오로 뭉쳐서 가지만, 국도에서부터는 일렬로 줄을 지어서 학교까지 가야 한다.

철준이는 고무신 코로 땅을 툭툭 차면서 둥구나무 밑으로 갔다. 형들과 너럭바위에 앉아 있는데, 박태수네 집 방문이 덜컥 열린다. 책보를 든 상규가 후다닥 뛰어나와서 얼른 고무신짝을 들고 도망을 친다. 그 뒤에 상규네가 바짝 말린 수숫대로 만든 빗자루를 움켜쥐고 따라 나왔다.

"야, 이 호랭이 물어갈 놈아! 이 에미가 돈을 두고도 안 주냐. 저런 놈을 호랭이가 안 물어가고 머하는지 몰라! 야 이놈아! 핵교 당기기 싫으믄 이 참에 그만둬 버리고 지게 지고 범골 가서 나무나 해 와. 다른 집 장남들은 지가 앞장서서 지 동생을 다독거려 준다는디, 우리 집은 위티게 돌아가는 판국인지. 짝은놈은 생전 사친회비 달라고 하는 벱이 읎는디, 큰놈이 먼첨 아침마다 지랄이니 내가 누굴 믿고 살었어. 야 이놈아! 니놈도 낯짝이 있다믄 남부끄러운 줄 알고 빨리 핵교나 끄대 가."

상규네는 빗자루를 흔들면서 둥구나무 거리가 떠나가도록 입에 거품을 물었다. 그 뒤로 진규가 창피해서 죽겠다는 얼굴로 우거지상을 쓰며 방에서 나온다. 방문이 활짝 열려 있는 방 안에는 일곱 살인 인자가 올해 돌이 지난 인숙이를 보고 있다.

"안 가! 그저께는 어지 꼭 준다고 하고, 어지께가 됭게 오늘 꼭 준다고 하고……. 오늘 됭게 또 낼 준다고 하고, 맨날 그짓말만 하고 있잖아."

상규는 양손에 고무신을 한 짝씩 들고 턱 버티고 서서 상규네를 노려본다.

"형아! 어머가 돈이 읎다고 하잖여. 그렁께 그냥 가자. 오늘 또 지각하겄어."

"저, 저것 봐라. 동상이 형 노릇하고 있구먼. 나 시방 면장님 댁에 얼릉 올라가 봐야 항게 빨리 학교나 가. 내일은 세상이 두 쪽 나는 한이 있드라도 줄 팅게."

상규는 더 버텨 봤자 소용이 없다는 얼굴로 고무신짝을 바닥에 내팽

개친다. 한 짝씩 발에 꿰며 원망스러운 표정으로 상규네를 노려본다.

"형아, 딴 아들이 다 보고 있잖여. 그랑게 어여 가자, 응?"

진규는 둥구나무 거리를 쳐다본다. 둥구나무 거리에는 동네 아이들이 나와 있었다. 골목 안에서 빨간색 란도셀 가방을 맨 향숙이 나오고 있다. 진규는 윤길동의 외동딸인 향숙이를 보는 순간 빨개진 얼굴로 상규를 잡아끈다.

"빨리 학교 안 갈 껴?"

육 학년인 향숙이는 다른 여학생들처럼 단발머리를 하지 않았다. 머리를 양 갈래로 길게 따고 분홍색 리본을 예쁘게 단 향숙은 모산에서 유일하게 란도셀 가방을 메고 다닌다. 비록 국산이기는 하지만 란도셀 가방을 맨 향숙이 상규를 빤히 쳐다보며 말한다.

"갈 껴. 씨……."

향숙은 모산에서뿐만 아니라 학산 국민학교에서도 소문이 나 있을 정도로 예쁘다. 상규는 향숙이 빤히 쳐다보는 눈빛에 얼른 눈물을 훔치고 떨어지지 않는 발걸음을 돌린다.

둥구나무 아래 모여 있는 육 학년들인 철용이, 상규 광성이의 얼굴에는 모두 눈물을 훔친 자국이 있다. 향숙이 혼자만 해맑은 얼굴로 동생뻘 되는 아이들에게 일렬로 줄을 서라고 했다.

'어머들은 죄다 그짓말쟁이들이여.'

철준은 육 학년들이 시키는 대로 맨 앞에 섰다. 내일은 사친회비를 꼭 줄 것 같은 예감이 들기는 했지만 마음은 한없이 무겁기만 했다. 그러나 무거운 마음은 오래가지 못했다. 삼 학년이라 키도 제일 작은데, 뒤에서 오고 있는 형들이나 누나뻘들이 빨리 가라고 재촉하는 통에 정신없이 걸어야 했던 까닭이다.

"김철준! 너 시방 졸고 있는 거여?"

철준은 교실 문이 털커덩거리면서 열리는 소리를 듣지 못했다. 약속을 지키지 않은 철용네를 원망하느라 복도 건너편 창문 밖에 우뚝 서 있는 전나무를 물끄러미 바라보고 있었다.

"야! 아……안 잤슈."

철준은 정 선생이 군밤을 때렸을 때야, 아픔을 느낄 겨를도 없이 깜짝 놀란 얼굴로 더듬거렸다.

"너, 낼은 틀림없이 사친회비 내야 혀. 알았지?"

정 선생은 한심하다는 얼굴로 군밤을 때린 자리를 문지르고 있는 철준을 바라보다 돌아섰다.

"네……."

철준은 정 선생의 뒤에서 기어들어가는 목소리로 대답을 하고 일어섰다. 한참동안 무릎을 꿇고 앉았더니 다리가 너무 저려서 일어설 수가 없었다. 얼른 손가락에 침을 묻혀서 얼굴과 코에 연달아 찍어 발랐다.

교실에서 나온 승철은 얼굴을 찡그리고 엉거주춤 서 있는 철준을 바라본다. 토요일 날 모산에 가면 가끔 또랑에 가서 고기를 같이 잡기도 하고, 둥구나무 거리에서 마부리를 치기도 한다. 하지만 여기는 학산이다. 철준이 아니더라도 같이 놀 아이들이 많다는 생각에, 시선이 마주치는 순간 이내 시선을 돌리고는 밖으로 나간다.

"나, 아이스께끼 사 먹을 건데 따라갈 사람……."

승철의 뒤를 이어 따라 나온 아이들이 금방 승철을 에워쌌다. 승철은 호랑이가 그려져 있는 정품 란도셀 가방을 메고 있고, 다른 아이들은 모두 책보를 허리에 묶었거나 등에 걸치고 있었다. 승철이 어깨를 으쓱거리며 거들먹거렸다.

"승철아, 나도 너 따라가믄 아이스께끼 한 번만 빨게 해 줄 텨?"

"생각해 보고……."

승철이는 앞장서서 어깨를 반듯하게 세우고 걸었다.

"승철아, 가방 인 줘. 내가 들고 갈 팅께."

"이승철, 너 마부리 줄까?"

승철을 따라가는 아이들은 승철의 환심을 사기 위해 앞다투어 한마디씩 하며 복도를 우르르 빠져나간다.

"승철아……."

철준은 아이스께끼라는 말에 갑자기 입 안에서 군침이 돈다. 작년인가……? 아니면 학교에 다니기 전인 재작년에 형들의 운동회 날 막대 아이스께끼를 먹어 본 적이 있다. 이가 아리도록 차가우면서도 입술을 핥고 가는, 목젖을 적실 때의 그 황홀한 단맛이 갑자기 되살아났다. 승철이에게 잘만 보이면 그 황홀한 맛을 다시 한 번 음미할 수 있다는 생각에 어깨에 대각선으로 멘 책보를 질끈 동여매고 입술을 깨물고 뛰었다.

발밑으로 보이는 세상

내 말 똑똑히 들어 둬. 세상은 인제 우리 세상여.
여기 앉아 있는 이병호 손바닥 안에 세상이 들어 있단 말일시.
그까짓 쇠꼬기가 아니라 소를 잡아와도
내가 논을 주고 싶어야 주고,
안 주고 싶으믄 안 줘도 되는 세상이란 말여.

이병호가 직접 경작을 하는 논에 모내기를 하는 날이다.

6월 하순의 하늘은 맑았고 바람도 잔잔했다. 모내기는 둥구나무와 인접해 있는 열 마지기 논부터 시작이 됐다.

오늘 중으로 모를 내야 할 분량은 열 마지기나 돼서 놉을 얻은 숫자가 스무 명이 넘었다. 마을 전체 가구 수가 삼십여 가구밖에 안 되는데 스무 명이 넘게 동원되니까 동네는 조용했다. 놉으로 뽑히지 않은 사람들도 괜히 일손이 잡히지 않아서 자기 일을 접어 두고 이병호의 논으로 몰려들었다.

모내기 판에서는 할 일이 많다. 모판에서 모도 쪄야 하고, 찐 모를 심기 좋도록 논으로 나르는 일도 해야 한다. 논이 작으면 논둑에 서서 여기저기 던져 주면 그만이지만 이병호의 논은 그렇지가 않았다. 한 배미가 일곱 마지기나 되는 논이라서 못단을 들고 논 안으로 들어가야 한다. 질퍽거리는 논에서 수시로 달려드는 거머리를 잡아 가며 못단을 여기저기 던져두는 일도 크게 도와주는 일이다.

나이가 많은 노인들은 모를 심어 나간 자리를 살펴보며 모가 채 땅에 박히지 않아서 물에 둥둥 떠 있는 뜬 모를 찾아서 다시 깊숙이 박아 두는 일을 주로 한다. 원래 밭일을 할 때보다 무논에서 일을 할 때가 더 갈증이 많이 나는 법이다. 갈증 나는 사람들을 위해 막걸리나 물이 들어 있는 주전자를 들고 심부름하는 것도 나이가 많은 축이나 여자들이 거든다.

"못줄 넘어가!"

"거기 게으름 피는 이가 뉘여! 해 지기 전에 끝낼라믄 팍팍 꽂아!"

"거기 뉘 어머여. 자고로 쇠말뚝은 짚게 박고 모는 얕게 심으랐다. 모를 너머 짚이 심은 거 가텨."

"배가 출출한디 탁주 좀 어여 좀 갖고 와."

못줄잡이는 박평래와 홀애비 오씨다. 못줄잡이는 언뜻 보기에는 한가하게 논둑에 서서 못줄만 팅겨주고 있는 것처럼 보인다. 그러나 해전에 모를 심고, 못 심고는 못줄잡이 눈썰미와 손놀림이 얼마나 재빠르냐 그렇지 못하느냐에 달려 있다. 모를 내는 사람들의 동작을 유심히 살피고 있다가 모를 다 심었다 하면 재빠르게 못줄을 옮겨야 한다. 또 쉬지 않고 독려를 하고 객소리로 농담을 해 가며 모내는 사람들이 덜 힘들게 해 주는 것도 못줄잡이들의 역할이다. 그 탓에 못줄잡이는 모를 내는 사람들보다 일당을 반절이나 많게 쳐주는 것이 관례다.

"이놈의 논은 너무 커서 매냥 제자리걸음을 하고 있는 거 가텨."

게으른 이들은 못줄이 몇 줄 넘어가기만 하면 습관적으로 뒤를 바라본다. 굉장히 열심히 모를 심은 것 같은데도 모를 심어 나온 면적은 손바닥만 하고, 물이 찰랑거리고 있는 남은 부분은 저수지처럼 넓어 보이기만 하다.

"먼놈의 *끄*머리가 이리 많댜."

"*끄*머리도 오늘 면장 댁에서 쌀밥 먹는다는 걸 아능개 벼."

"아따, 그놈의 *끄*머리가 수놈잉개 벼. 이쁜 철용이네한티만 달려드는 걸 봉께."

"으머, 아침부터 멀 잘못 먹었길래 저 지랄로 숭악한 소리를 한댜."

모를 심는 일이 다른 농사보다 노동의 강도가 심하다. 하루 종일 가만히 서 있는 것만 해도 보통 힘이 든 것이 아니다. 모를 꽂을 때마다 허리를 구십도 각도로 폈다가 일어서기를 하루 종일 반복하고 나서 저녁에 집에 들어가면 온몸의 뼈마디가 쑤시지 않고 결리지 않은 곳이 없다. 게다가 바닥이 진흙이어서 뒷걸음 칠 때마다 진흙 속에 파묻혀 있는 발을 빼서 옮기는 것도 쉬운 일은 아니다. 그래서 모를 심는 사람들은 잠시나마 힘든 것을 잊어버리려고 씨알머리도 없는 말을 계속 주고받았다.

"자, 빨리빨리 서둘러. 즘심 먹기 전에 언간히 심어 놔야 해전에 끝날팅께 빨랑빨랑 꽂으란 말여."

중간에서 모를 심는 황인술이 모두 들으라는 목소리로 크게 말했다.

"시방 뉘 논에 모내는 거여. 내가 알기루는 면장님 댁 모내는 거 같은디."

황인술의 말이 끝나자마자 아낙 한 명이 옆사람에게 별일도 다 있다는 얼굴로 물었다.

"구장잉게 하는 말이겄지."

"구장이믄 동리에서나 구장이지, 논에서도 구장인가?"

"허허! 사람들이 먼 말이 그렇게 많아. 구장 된 도리로 이왕이믄 빨리 끝내고 또랑에서 씻고 집에 가서 두 다리 뻗고 편히 쉬자는 뜻에서 한 말인데……."

김춘섭이 황인술이 들으라는 목소리로 빈정거렸다. 그는 그저께 학산에 사는 배 목수로부터 오늘 뒷모도를 해달라는 연락을 받았었다. 일당으로 치나 대우로 치나 모내기보다 목수 뒷모도가 훨씬 유리하다. 땡볕에서 모를 심느라 손가락이 부러지는 듯한 아픔을 견뎌 낼 필요도 없다. 설렁설렁 뒷모도를 해 주는 일인데도 일당이 곱절인 쌀 두 되다. 담배도 파랑새가 두 갑이다. 새참으로 비싼 짜장면에 탕수육을 주는 집도 있다. 황인술이 이병호의 집만 들락거리지 않았어도, 지금쯤 고량주에 탕수육을 먹고 있을 지도 모른다. 이 모든 것이 황인술이 이병호의 집을 들락거리고 있다는 위기감 때문이라는 걸 생각하면 은근히 화가 치밀었다.

"거기, 시방 말한 사람 춘셉이 목소리 같은디. 춘셉이 그라는 기 아녀. 내가 언지 틀린 말 하는 거 봤남?"

"그람 내가 틀린 말을 했다능 규?"

김춘섭은 마치 경매장에서 경매사가 손을 흔들며 숫자를 세듯이 빠르게 일곱 포기를 파바박 심었다. 허리를 벌떡 일으키고 황인술 쪽을 바라본다. 모두들 허리를 숙이고 모를 내고 있는 가운데로 군복을 입은 황인술의 모습이 보인다. 황인술도 아직 허리를 펴지 않았다.

"난 아무런 사심 읎이 말을 했는데, 내 말에 된장을 바르는 것츠름 들렁께 하는 말이잖어."

황인술이 뒤늦게 허리를 폈다. 이미 많은 사람들이 허리를 펴고 뒷걸음치고 있어서 김춘섭의 모습이 보이지 않는다. 허리를 앞으로 빼서 밀짚모자를 쓴 김춘섭을 바라보며 말했다.

"구장님 말이 개고기유 된장을 바르게?"

못줄이 뒤로 넘어왔다. 김춘섭은 황인술을 바라볼 사이도 없이 허리를 숙여서 빠르게 모를 꽂았다. 옆에서 모를 꽂고 있는 날망집이 심을 자리까지 두 포기 심어 주고 난 다음 허리를 펴고 황인술을 바라본다. 하나를 보면 열을 알 수 있다. 모도 제대로 못 심는 작자가 욕심만 많아서 열 마지기를 차지하려고 이병호에게 갖은 아첨을 다 하고 있는 눈치다. 그 결과 논을 부치기로 어느 정도 내정이 된 것 같았다. 그렇지 않으면 자기 논에 모를 내는 것처럼 거드름을 피우지는 않을 것이다.

"거기 뉘여. 고 앞에 있는 모가 떴잖어. 그거마저 심어. 그라고 상의할 일이 있으믄 이따 즘심 먹으믄서 하기로 하고 시방은 빨리빨리 모나 심어. 얼매나 급한 일인지는 모르겠지만 모 심으믄서 상의하다 해전에 어림도 읎었어."

박평래가 못줄을 뒤로 넘기면서 황인술과 김춘섭이 들으라는 목소리로 말했다.

"구장 말도 맞고, 춘섭이 말도 맞응께 더 이상 엉뚱한 데 심쓰지 말고 모내는 데나 심쓰셔. 헛심키다 보믄 더 힘든 법잉께."

박평래의 말이 끝나자마자 오씨도 거들었다.

황인술은 다른 사람들은 모두 가만히 있는데 나이도 어린 김춘섭이 말꼬리를 잡고 늘어지는 이유를 알 것 같았다. 놈도 소문 없이 이병호를 찾아간 것 같았다. 이병호한테 뭔 말인지 들은 말이 있어서 비아냥거릴 거라는 생각에 슬그머니 말꼬리를 감추는데, 뒷모쟁이를 하는 해룡이 실실 웃으면서 등 뒤로 못단을 던졌다.

"헛심을 키다니. 난 그저 한마디 했을 뿐이지. 별 다른 뜻은 읎슈…….. 앗, 차거! 거 사람을 보고 못단을 던져야지. 방딩이 바로 밑으로 못단을 든지믄 나보고 워티게 해달라는 거여."

황인술은 못단이 떨어지는 소리와 함께 물이 튀겨서 엉덩이를 적시는 감촉에 벌컥 화를 냈다.

"워매! 시방 구장님이 뭐라고 하시능 겨?"

"못 들었남. 해룡이가 방딩이를 건들였댜."

황인술은 아낙네들이 킥킥거리는 말을 듣고 나서야 뒤를 돌아다봤다. 술을 마셔서 얼굴이 홍시처럼 붉어진 해룡이 웃는 얼굴로 서 있다. 바지를 한쪽만 걷어 올리고 다른 한쪽은 논물에 푹 담근 자세로 천진하게 웃는 해룡을 혼내 봤자 자신만 우세라는 생각에 고개를 돌리고 말았다.

"날망집 아줌마 옆에서 모 못 내겄구만. 오늘 왜 이리 심이 읎어. 딴 날은 손이 뵈지 않도록 모를 내드니."

김춘섭도 처음부터 황인술과 말싸움을 하고 싶은 생각은 없어서 말을 돌렸다. 논 문제로 이병호를 몇 번이나 찾아갔었다. 그때마다 좀 더 두고 보자며 확답을 미루는 이병호의 말 속에 황인술이 있을 거라는 예감 때문에 자신도 모르게 시비를 걸었을 뿐이었다.

"어저! 어저!"

못줄 뒤에는 이병호네 암소와 다른 동네에서 빌려온 황소가 논바닥을 휘젓고 다니고 있다. 박태수가 모는 이병호의 소는 멍에에 봇줄이 매달려 있고, 끝에는 써레가 매달려 있다. 홑바지를 허벅지까지 둥둥 걷어 올린 데다 앞섶을 활짝 열어 재친 무명 적삼 사이로 대리석처럼 단단해 보이는 박태수의 구릿빛 가슴이 그대로 드러났다.

이른 아침부터 마신 막걸리에 붉게 노을이 진 얼굴로 목청껏 황소를 몰 때마다 둥구나무가 움찔거리는 것 같았다. 그럴 수밖에 없는 이유는, 써레질은 힘이 약하면 하지 못하기 때문이다. 써레 위에 'ㄷ'자를 엎어 놓은 것 같은 형상의 '찍게발'이라고 부르는 손잡이가 달려 있다. 찍게 발을 힘껏 눌러야 박달나무로 된 써레 이빨이 바닥 깊숙이 박혀서 쟁깃 밥을 잘게 부술 수 있기 때문이다. 그래서 찍게발을 누르는 힘이 없으면 여덟 개의 이빨이 달려 있는 써레 위에 무거운 돌을 얹었거나 어린아이를 태우기도 한다.

박태수가 박달나무로 만든 써레의 날카로운 이빨로 쟁깃밥을 잘게 부 쉬 놓으면 물속의 바닥에 굴곡이 남는다. 쟁깃밥이라는 말은 쟁기로 논 을 갈아엎었을 때 쟁깃날 모양으로 생긴 흙덩이를 말한다. 쟁깃밥을 잘 게 부쉬 놓지 않으면 깊은 곳에는 모 허리가 물속에 잠기게 되고, 높은 곳에는 모가 뜨게 된다. 그런 현상을 방지하기 위하여 황소의 멍에에 넓 고 무거운 송판을 달아서 바닥을 편편하게 하는 작업이 번지 끌기다.

"이랴, 이랴!"

번지 끌기는 윤길동이 하고 있었다. 윤길동은 다른 어느 때보다 소를 모질게 몰았다. 평지도 아닌 진흙탕이라서 소가 빠르게 갈 수는 없었다. 그런데도 고삐를 힘껏 잡아당기기도 하고, 고삐로 소의 허리를 찰싹찰 싹 휘갈기며 재촉을 했다.

'그려, 춘셉이나 구장은 모를 내게 하고 나한티는 번지를 끌라고 하는 것도 다 이유가 있을 껴. 솔직히 춘셉이 저놈은 농사에는 취미가 없는 놈이잖어. 틈만 나면 기술을 배우겠다고 목수 뒤나 쫄쫄 따라 댕기는 놈한테 땅을 줄 리는 만무하지. 그라고 구장한테 땅을 줬다가는 여리 빼먹고 저리 빼먹느라고 도조도 제대로 못 받을 껴. 사람 부리는 데는 도가 튼 면장님이 설마 간에 붙었다 쓸개에 붙었다 하는 구장 승질 모를까……'

윤길동은 땀투성이가 되어 소를 몰면서도 마음은 비봉산 기슭에 있는 이병호의 집에 가 있었다. 누구보다 열심히 일을 하고 있는 모습을 이병호가 쌍안경으로 지켜보고 있을 것이라는 생각에서였다.

둥구나무 쪽 논둑에는 한 말짜리 통술이 세 개나 있었다. 막걸리가 담긴 양철 양동이 안에는 오늘 처음으로 사용하는 새 바가지가 둥둥 떠 있다. 양동이 옆에는 안주로 먹는 열무김치와 파전이며 호박전에 멸치볶음이 든 접시가 싸리나무로 만든 채반에 담겨 있다.

너럭바위에 앉아 있는 순배 영감과 변쌍출의 사이에는 막걸리를 한 되 정도나 담을 정도의 크기인 바가지가 있다. 바가지 안에 떠 있는 표주박은 실바람에도 천천히 맴을 돌고 있다. 밭고랑처럼 주름이 진 얼굴에 빨갛게 혈색이 도는 순배 영감은 표주박으로 막걸리를 서너 수저 될 정도로 살짝 떴다. 두어 모금 꿀꺽꿀꺽 마신 후에 손바닥으로 입술을 쓱 닦고 넉넉한 표정으로 모내기 판을 바라본다.

놉들이 일렬로 늘어서서 어깨에 어깨를 마주 대고 모를 심는 뒤로 박태수와 윤길동이 소를 몰고 있다. 모쟁이 노릇을 하는 아낙네 세 명이 모판과 논을 부지런히 오가며 못단을 옮겨 주고 있는 모습이 보인다.

뒷모쟁이를 하는 아낙네들은 모쟁이들이 던져 놓은 못단을 모내는 사람들 뒤로 옮겨 주고 있다. 넓은 논 구석에는 왜가리 두 마리가 한가롭게 개구리를 잡아먹고 있다.

"너나 할 거 읎이 죄다 정신읎이 모를 내는구먼. 저 인원이믄 해전에 충분히 끝낼 수 있을 것도 같은데 말여."

기분이 넉넉해진 순배 영감이 손가락으로 왼쪽 무릎을 툭툭 치며 한가한 목소리로 말했다.

"저기 그냥 바라볼 때는 모를 내는 것츠름 뵈지만 소리읎는 전쟁유, 전쟁."

"전쟁 끝나고 휴전을 한 지가 삼 년이나 지났는데, 모를 내다 말고 먼 전쟁을 한다는 거여."

"아! 면장님이 올해만 농사를 짓고 내년 봄부텀은 논을 내놓겠다는 소문 못 들었남유?"

"작년에는 안 그랬남? 재작년에도 논을 내놓겠다고 했던 거 같던데."

"이번에는 진짜래유. 그랑께 사람들이 면장님한테 잘 보일라고 오줌 놓고 뭐 볼 새도 읎이 용을 써가며 젖 먹은 힘까지 다 해서 모를 내는 거 아니겠슈."

변쌍출은 바가지에 있는 막걸리를 표주박을 떠 마시고 면장 댁을 바라본다. 너럭바위에 앉아서는 이병호의 사랑방이 보이지 않는다. 그러나 이병호는 사랑방 앞 누마루에 앉아서 모를 심는 광경을 지켜보고 있을 것이다. 어쩌면 몇 시까지 모를 심는지 시간을 재 보고 있을 지도 모른다고 생각하니 모를 내는 사람들이 불쌍해 보이기도 했다. 하지만 먹고 살라면 그 정도는 충분히 감수하는 수밖에 없다고 생각하니, 나이가 든 것이 서럽기도 했다. 자신도 오씨 정도의 나이만 되어도 멀거니 앉아서 구경만 하고 있지는 않을 것 같아서였다.

"사람 사는 기 모두 전쟁이지 머. 저! 저……해룡이 좀 보라지. 논에서 아주 뫽을 감는구면. 뫽을 감아."

논에서 뒷모쟁이를 해 준다며 못단을 나르던 해룡이 엎어지는 모습이 보인다. 순배노인은 자신도 모르게 엉덩이를 들썩거리며 안타까워했다.

"우리 동리서 해룡이 팔자가 개 팔자유. 저런 팔자가 되기도 심들 겨. 보릿고개에 끼니 걱정을 하나, 가뭄이 든다고 물 걱정을 하나, 태풍이 온다고 나락 엎어질 걱정을 하나, 있으믄 먹고, 없으믄 안 먹고……. 개 는 공짜 밥 먹는 대신 밤잠 안 자고 집이나 지키지, 해룡이는 집을 지킬 필요도 읎응께 개 팔자 중에서도 상팔자여. 안 그래유?"

"암만, 이 동리서 이병호 그 냥반 팔자가 상팔자라고 하지만 해룡이 팔자 쫓아갈라믄 석 달 열흘 동안 밤잠을 안 자고 쫓아가도 못 쫓아갈 겨."

"형님이 이왕지사 말을 끄냈응께 하는 말이지만 이병호 그 냥반 팔자 핀지 을매나 됐슈? 해룡이 나이가 올해 스물한 살이잖유. 해룡이는 지 에미 배 속에서 나오자마자 상팔자가 됐응께 에누리 없는 이십일 년 동 안 상팔자로 살았잖유. 헌데 그 냥반은 을매나 됐슈?"

"그라고 봉께 제우 십 년 넘었구면."

"지 말이 바로 그 말유. 지가 형님보다 많은 세월을 살지는 않았지만 말유. 조상을 잘못 만나서 재산도 읎고, 배운 것도 읎지만……. 그려서 내 평생 남 위에 올라서지 못하고 늘상 남 밑에서 농사를 짐서 시방까 지 살아왔지만 말유. 내 배 채울라고 다른 사람 피눈물 흘리게 살아오지는 않았슈. 하지만 저 위에 사는 냥반은 우리 같은 놈 피눈물 흘리는 걸 아주 예사로 보는 거 가튜."

"야기가 길어질 거믄 술이 부족하겠네."

"술이야, 내 술은 아니지만 을매든지 있슈."

변쌍출은 바가지를 들고 일어섰다. 논둑에 있는 양동이에서 막걸리를 듬뿍 펐다. 술 바가지를 들고 일어서면서 모내기를 하고 있는 논을 바라본다. 다른 사람의 논에서 품앗이를 하거나 놉 일을 하다 보면 논둑에 앉아서 잠시 쉬며 담배를 피우거나, 물을 마시러 나오는 아낙네들이 있을 것이다. 그러나 오전 새참으로 국수를 먹고 난 후에는 어느 하나 논둑으로 걸어 나오는 사람을 못 본 것 같았다.

'저러다 죄다 몸살 나고 말거여.'

농사일 치고 힘이 들지 않은 일이 없다. 그중에서 모내기만큼 중노동은 없다. 마른 바닥도 아니고 발목이 푹푹 빠지는 진흙탕에서 하루 종일 움직여야 하는 고단함에, 손가락으로 진흙을 쿡쿡 찌르는 것도 보통 고통스러운 일이 아니다. 그래서 모를 내고 집에 들어갈 때는 다리가 휘청거리는 것은 여사다. 저녁에는 허리가 아파서 쉽게 잠이 오지도 않을 만큼 모내기는 중노동이다.

'참말로 별일여. 팔도 안으로 굽고, 가재는 게 편이라고 하든데……. 왜정 때도 아니고 같은 조선 사람 밑에서 죽을똥 말똥 일을 해야 먹고 살 수 있다는 기 말이나 되는 거여?'

변쌍출은 사람의 몸을 가지고 기계처럼 모를 심고 있는 동네 사람들이 불쌍해 보여서 쉽게 시선을 돌릴 수가 없었다.

왜정 때는 툭하면 옆구리에 긴 칼을 차고 장총을 어깨에 멘 순사들이

나섰다. 가용이라도 벌어 볼 요량으로 목화밭 이랑에 여름 배추를 심어도, 대일본제국 군인들의 군복으로 사용할 목화 품질이 나빠진다며 으름장을 놓거나 눈앞에서 불이 번쩍거리도록 뺨을 후려갈긴다. 농지세나 수리조합비를 늦게 내도 면서기는 순사를 대동하고 나타났다. 심지어 조합 돈을 늦게 갚아도 여지없이 순사가 나타나서 일본도를 흔들며 목숨을 위협했다. 하지만 그들이 요구하는 것을 들어 주겠다는 약속을 하면 얼마든지 유도리가 있었다.

그러나 이병호는 같은 조선 사람이면서도 유도리라는 것이 일체 없다. 논에서 모를 내는 사람들은 겉으로는 자유스럽게 웃고 떠들고 있지만 일정 시대보다 육체적으로는 더 힘들어 보인다.

"모내는 것 츰 보는 거여?"

"하도 기가 맥히게 모를 내고 있응게 남 일 같지 않아서 얼른 고개가 안 돌아가느만유. 아까도 말했지만 뒤에서 일인 순사들이 총칼을 들고 있어도 저렇게 죽을똥 살똥 모르게 모를 내지는 않았을 거유."

변쌍출은 남의 일이 아니라는 표정으로 논을 바라보고 있던 시선을 거둔다. 표주박으로 막걸리를 떠서 순배 영감한테 내밀며 탄식 섞인 목소리로 말했다.

"그려, 일제 때도 오줌 누러 갈 새도 읎이 모를 내지는 않았지. 옛말이 그 애비에 그 자식이라는 말이 딱 맞는 말여. 면장 춘부장 되는 이복만이도 보통은 넘었지. 마름이 머 대단한 벼슬이라고 으스대고 걸어 댕기든 모냥이야 지 나름대로 이유가 있을 테니께 그렇다고 쳐. 땅이 제 땅도 아니고 일본인 땅인데도 다 같은 조선 사람찌리 도와주지는 못할망정 동리 사람들 피를 뽑는 것도 부족해서 아주 쥐어 짰잖여. 그 머셔,

도조를 그냥 받은 것도 아니고……."

"지도 기억이 나유. 그 머서 기묘년 가뭄이 굉장했잖유. 하도 비가 안 와서 논바닥이 쩍쩍 갈라지고, 논둑에 풀이 누렇게 말라죽었었던 거 가튜. 그래도 동리 우물은 물이 펑펑 나왔었쥬. 만약 그때 우물까지 말라 버렸다믄 이 동리 아작이 나서 동리가 읎어졌을지도 몰라유. 좌우지간 그해 얼마나 농사가 흉작이었든지, 한 마지기 논에서 한 섬 반 나오믄 아주 잘 나왔다고 학산면 어디까지 소문이 날 정도였슈. 나라가 전반적으로 흉작이라서 일본놈들이 쓰보가리식 공출이라는 걸 했었잖유. 논바닥에 나락이 자라는 상태를 상·중·하로 잘라서 평당 곡식이 워티게 나올 것이라는 걸 예상해 갖고 공출 고지서를 배부했을뀨. 좌우지간 그때 도조 바치고 남은 나락은 죄다 공출로 빼앗기고 먹을 곡식이 읎어서 또랑 건너에 있는 대샷말에서 백토 파다 먹었잖유. 그때 우리 동리서 피 똥 안 싼 사람은 이복만 그 냥반들 식솔들뿌깨 읎었을뀨. 이복만이는 그 담 해부터 소작료를 아주 쓰보가리식으로 계산을 했잖유. 여하간……."

"그랬지. 쓰보가리식도 부족해서 나락 낱알이 및 개인지 일일이 세어 가지고 도조를 계산했잖여. 소문에 의하믄 후지모토는 그냥 옛날처름 오 할씩 도조를 받고 있는 줄 알았다능 겨."

변쌍출은 목이 마른 얼굴로 표주박 가득 막걸리를 뜬다. 갈증 들린 사람처럼 벌컥벌컥 마시고 난 후에 다시 말을 이어가려고 하는데, 순배 영감이 말을 막았다.

"지도 그런 소문은 들었슈. 그래서 해방 한 해 전인가, 두 해 전인가 마름을 오씨로 갈아 치울라고 한다는 소문도 돌았잖유. 그런데도 용케 짤리지도 않고 마름질을 함서 동리 우친계원들이 둥구나무에서 지사 지낼라고 비봉산에 숨겨 둔 쌀 두 가마니를 일본 순사들이 찾아낸 것도 이복만 그 냥반이 주재소에 찔렀다는 소문도 파다했잖유."

"그려. 그때 일본 순사하고 면서기들이 헛간이며 나무둥거리, 뒷간에 정지 부석까지 싹 뒤지는 판이라서 집구석에는 쌀을 숨겨 놓을 장소가 읎었지. 그려서 동리 사람들하고 고사 지낼 쌀만큼은 뺏기믄 안 된다고 상의를 해서 비봉산에 숨겼었지."

땡볕이 내려쬐고 있지만 둥구나무 밑의 바람은 서늘했다. 순배 영감은 주름투성이인 얼굴로 면장 댁을 올려다본다. 굳게 닫혀 있는 솟을대문이 한눈에 들어온다. 그 뒤 완만한 경사로 이어지는 비봉산을 회한에 찬 눈빛으로 바라보며 고개를 끄덕거린다.

"그때 먹고사는 것도 큰 문제지만 둥구나무에 지내는 고사를 한 해라도 거르믄 더 큰일이 생긴다고 해서 걱정이 이만저만이 아니었잖유."

"결국 쌀이 읎어서 일본놈들한테 배급받은 만주산 조밥을 지어서 고사를 지낼 수뵉에 읎었지. 그런 걸 보믄 하늘이 영 무심하지는 않은 거 가뎌. 그렇게 몹쓸 짓을 했응께 6·25 때 그 변을 당했지. 만약 6·25 때 그 변을 당하지 않았다믄 시방쯤 국회의원이 됐을지도 모를 껴. 해방이 되고 나서 노상 내 자식은 면장이지만 난 국회의원이 되고 말 꺼라고 큰소리치고 댕겼응께."

순배 영감은 비명에 간 자식들의 얼굴이 떠올라서 먼 들판을 바라보며 턱을 쓰다듬었다.

"모르쥬. 시방 저 세상에서 국회의원을 하고 있는지."

"죽어서 국회의원을 하믄 뭐하는가. 쌀밥 먹고 죽은 귀신보다, 나물죽을 먹어도 산 사람이 났다는 말도 못 들어 봉겨?"

"그래서 하는 말 아뉴."

변쌍출도 순배 영감의 시선을 따라서 비봉산을 바라본다. 구름 한 점 없는 비봉산은 이병호 소유의 산자락을 제외하고는 키가 일 미터도 되지 않은 잔송들뿐이다.

몇몇의 아낙네는 옥천댁이 부르지도 않았는데도 면장 댁으로 올라가서 애호박을 잘라 전을 붙인다, 아침 일찍 학산에서 떠 온 국거리용 돼지고기를 썬다, 멸치를 볶고 콩을 볶는다, 무를 토막 쳐서 고등어조림을 만든다, 우물가에서는 나물을 씻고 쌀을 씻느라 부산을 떨었다.

"먹다가 남으믄 갖고 오믄 되지만, 모지라믄 안 되니께 넉넉하게 볶아유. 찬지름 애낄라고 짜게 묻히믄 물이 켜서 물 마시러 들락거리다가 볼 일 다 보믄 외려 손해유."

옥천댁은 해산을 두어 달 앞두고 있지만 일 년 농사 중에서 가장 중요한 모심는 날이라서 쉴 수가 없었다. 보은댁이 몇 번이나 방에 들어가서 누워 있으라고 권유했지만 정지와 우물을 오가며 이것저것 분주하게 지시를 하랴, 틈틈이 일손을 도와주느라 바빴다.

정지에서는 지지고 볶고 삶느라 유월의 바람이 무덥기만 하지만 사랑방 앞 누마루는 절간처럼 시원한 바람만 불고 있었다.

누마루에는 이병호가 개다리소반을 사이에 두고 보은댁과 앉아 있었다.

개다리소반에는 편육과 애호박전에 깨강정이 간단하게 차려져 있다. 자기로 된 종지 술잔에는 막걸리가 아닌 맑은 정종이 담겨 있었다. 젓가락도 놉들이 사용하는 놋젓가락이 아니고 용무늬가 새겨져 있는 은제

젓가락이다.

"올해 논을 내놓는다고 해 놓고 또 안 내놓으믄 사람들이 욕을 바가지로 할 건데……."

보은댁 앞에는 술잔이 없었다. 이병호 앞에서 술을 따라 주며 말동무를 하고 있는 보은댁이 혼잣말로 중얼거렸다.

"누가 뭐라고 지껄이는데?"

이병호는 한산 모시 옷을 입고 있었다. 풀을 먹인 다음에 다림질을 해서 매미 허물처럼 빳빳하게 각이 져 있는 한산 모시 안으로 보이는 몸이 명태처럼 바짝 말라 있었다. 부드러운 명주 천으로 쌍안경의 렌즈를 닦으며 가소롭다는 얼굴로 보은댁을 째려본다.

"딴사람들이야 말이 없겠지만, 구장하고 춘섭이하고 윤길동이는 갖다 바친 것이 있응께. 입 다물고 있지는 않을 거 아뉴?"

"그놈들이 뭘 갖다 바쳤는데? 금송아지라도 갖다 바친 겨? 그 비싼 금송아지는 돈이 없어서 못 바쳤다 쳐. 조상 지사 지낼라고 벽장 안에 꼬불쳐 둔 놋사발이라도 갖다 바쳤나?"

"구장은 쇠괴기를 두 근씩 두 번이나 끊어 왔잖유. 그라고 춘섭이는 그 머셔, 달구 새끼로 삼계탕을 꼬아 왔고, 윤길동이는 달걀을 세 꾸러미나 들고 와서 도지를 달라고 사정을 했잖유."

"개똥같은 소리하고 앉아 있네. 요새 쇠괴기 한 근에 대관절 을매여? 쇠괴기 못 먹어서 죽은 귀신이 있는 것도 아니고……. 임자는 안직도 시방이 왜정 땐 줄 아능개 비지?"

이병호는 쌍안경 렌즈를 닦다 말고 한심하다는 얼굴로 보은댁을 바라본다.

"누가 왜정 때라고 했슈? 난 그저……."

"시방이 왜정 때가 아니고 민주주의 세상이라는 걸 알고 있다믄 아부지는 돌아가셨고, 내가 시방은 학산 면장이 아니라는 것도 알고 있겠구면."

"갑자기 일본 말을 하는 것도 아니고 중국 말을 하는 것도 아닌 거 같은데, 뭔 말을 하고 있는지 모르겠구면. 그래유…… 아버님이야 6·25 때 돌아가셨고, 당신은 학산 면장님으로 정년퇴직을 하셨잖유."

보은댁은 술잔을 든 이병호가 술 마시기를 기다리며 호리병을 들었다.

"거기까지는 아는데, 세상이 바뀐 것은 안직 헷갈리는 모냥이구면. 임자, 내 말 똑똑히 들어 둬. 요새는 민주주의 세상이여. 민주주의가 먼지나 알기나 햐? 그 머셔, 민주주의는 자본주의가 판을 치는 세상이란 말여. 내가 시방 먼 말을 하는지 알아듣겄어?"

"민주주의라는 말은 선거 유세 때마다 들어서 알겠는데, 자본주의라는 말은 먼 말유? 민주주의하고 형제지간유?"

"이런, 내가 해룡이 앞에서 문자 쓰고 있었구면. 잘 들어. 세상은 인제 우리 세상여. 여기 앉아 있는 이병호 손바닥 안에 세상이 들어 있단 말일시. 그까짓 쇠괴기가 아니라 소를 잡아 와도 내가 논을 주고 싶어야 주고, 안 주고 싶으믄 안 줘도 되는 세상이란 말여. 그랗게 헛걱정하지 말고 정 심심하믄 정지에 가서 며느리 하는 일이나 도와줘."

이병호는 술을 홀짝 마시고 나서 술잔을 내려놓았다. 편육을 씹으믄서 쌍안경을 들었다. 초점이 조절되어 있는 대물렌즈 안으로 둥구나무 거리 논이 한눈에 들어온다. 어느 누구 하나 한눈파는 사람 없이 기계처럼 착착 모를 내고 있다.

논둑에서 흙탕물에 범벅이 된 해룡이 덩실덩실 춤을 추고 있다. '놈이 취했구나.'라고 생각하며 너럭바위에 앉아 있는 순배 영감과 변쌍출에게 초점을 맞춘다.

놈들이 마시라고 갖다 놓은 막걸리를 축내고 있는 모양이었다. 괘씸하기는 하지만 못 본 척하고 넘어가기로 하고 다시 논으로 쌍안경을 옮긴다. 못줄이 중간을 넘어섰다. 모판에서 모를 찌고 있는 아낙네들이 부지런히 모만 쪄 준다면 오늘 해전에 모를 다 심을 것이라는 생각이 들어서 웃음이 나온다.

"우리가 그 사람들한티 아쉬운 소리할 거는 읎지만, 비싼 밥 먹고 욕은어 먹을 필요도 읎쥬."

보은댁은 이병호의 말이 틀리지는 않는다고 생각했다. 그러나 이만큼 먹고살면서 거짓말로 동네 사람들에게 원성을 살 필요는 없다는 생각에 이병호의 눈치를 살핀다. 포마드를 잔뜩 바른 머리카락을 머리에 착 붙이고 양쪽으로 가르마를 탄 모습에서 어딘지 모르게 후지모토의 얼굴이 그려진다.

"비싼 밥 먹고 욕 은어 먹을 필요도 읎지만 무식한 놈들에게 낚싯밥을 던져서 소출이 불어난다믄 그걸 못하는 놈이 등신이지."

이병호는 상아로 만든 흰색 파이프 구멍에 건설 담배를 꽂는다. 이빨로 파이프를 머금는 순간 묵직한 상아의 감촉이 기분 좋게 전해진다. 성냥불을 붙여서 담배 연기를 기분 좋게 빨아 들였다 내뿜으며 가늘게 뜬 눈으로 보은댁을 바라본다.

"백 마지기가 넘는 땅 중에서 제우 열 마지기 땅 소출을 늘릴라고 그짓말을 해유? 나 같으믄 그런 짓은 안 하겄슈. 먹고살 것이 읎다믄 몰라 도, 학산면에서 다 알아줄 정도로 떵떵거리고 살믄 됐지 그기 무슨 추탠 지 모르겄네. 나이나 짝아, 환갑 지나고……."

"봉황의 깊은 뜻을 참새가 워찌 알까. 이 예편네야, 둥구나무 거리에 있는 땅은 낚싯밥여, 낚싯밥. 무식한 것들이 그 땅이 낚싯밥인지도 모르 고 워칙 하믄 그 땅을 은을 수 있을까 하고 밤이슬 맞으믄서 일을 했응 께, 작년에도 전체 도조가 서른 가마니나 늘었단 말여. 인제 내 말을 알 아듣겄어. 내가 왜 비싼 밥 처먹고 그짓말을 할 수벆에 읎는지?"

"그래도 너무 욕심을 부리는 거 가튜. 밥만 먹어도 배가 부른디, 욕까 지 은어먹으믄 배가 터져 살 수가 있겄슈?"

"이러니 여편네는 밥상 들고 문지방을 넘으믄서 열두 가지 생각을 한 다는 말이 나오지. 야, 이 예편네야. 나 혼자 잘 처먹고 잘 살기로 치자 믄 미쳤다고 이 바닥에서 무식한 것들하고 말 섞으믄서 살고 있겄어. 진 작에 손 털고 도회지로 나가서 수돗물로 세수함서 편하게 살지."

"이 골짝에 살아도 맘만 편하믄 되지. 꼭 도회지로 나가야 맘이 편할 이유는 또 뭐유?"

"난중에 목돈 들어갈 일이 있어서 하는 생각잉께 임자는 굿이나 보고 떡이나 먹을 생각만 하고 있으셔."

이병호는 쌍안경으로 동네를 슬슬 살피기 시작한다. 모내기철은 강아 지 손도 빌려야 할 만큼 바쁘다. 아이들은 모두 학교에 갔고, 꼬부랑 노 인이나 거동이 불편한 사람들을 제외하고는 모두가 모를 심고 있거나 밭에 가 있어서 마을은 텅 비어 있다.

'어! 저기 뉘여……'

심심풀이로 동네 여기저기를 살피다가 다시 논으로 시선을 옮기려고 할 때였다.

봉산댁 집 옆 우물가에 누군가가 쪼그리고 앉아 있는 것이 보였다. 우물은 밑으로 파 내려간 것이 아니다. 비봉산 자락에서 흘러내려오는 수맥을 타고 자연스럽게 솟아오르는 물을 저수해서 쓰는 우물이다. 여름에는 차갑고 겨울에는 따뜻한 우물 옆에는 백 년 이상이 되었다는 향나무 두 그루가 서 있다. 일 년 내내 물이 마르지 않아서 모산 사람 모두가 사용할 수 있을 정도로 수량이 풍부하다.

저수조를 넘쳐서 흐르는 물 아래에서는 나물을 씻거나 간단한 빨래를 하기도 하고, 여름에는 남정네들이 등목을 하기도 하는 우물터다. 그곳에서 어떤 여자가 등을 보이고 쪼그려 앉아서 빨래를 하는지 나물을 씻는지는 모르지만 상체를 흔들고 있다. 상체를 흔들 때마다 엉덩이를 들썩들썩 거리는 모습이 마치 여자가 남자 위에서 요분질을 하는 자세처럼 보인다.

'가만…… 저 여자가 봉산댁 아녀?'

이병호는 호기심이 키를 세우는 것을 느끼며 조리개를 조정해서 피사체를 당겨 본다. 대물렌즈 가득 여자의 엉덩이가 들어온다. 무명 치마를 바짝 치켜 올려서 허연 허벅지가 보이는 여자가 잠깐 옆을 바라본다. 영락없는 봉산댁의 얼굴이다.

"봉산댁은 낼이 죽은 서방 지사라 부득불……."

"배때지에 지름끼가 꼈구먼. 자식새끼도 없는 과부 주제에 지 서방 지삿상은 푸짐하게 차릴 모냥인 걸 봉께?"

오늘 모를 심을 놉을 수배하고 얻은 일은 박평래가 도맡아 했다. 어제 저녁 박평래가 봉산댁의 말을 했었다. 이병호는 박평래의 말을 끊으며 가소롭다는 얼굴로 이죽거렸던 때를 떠올리며 입맛을 다신다.

"워딜, 그렇게 뚫어지게 쳐다본댜?"

"쳐다보긴 워딜 쳐다봐. 모를 잘 심고 있는지 감시를 하고 있는디."

이병호는 찔끔한 얼굴로 슬쩍 논으로 시선을 돌렸다. 논에는 땡볕이 하얗게 내려앉고 있다. 그런데도 이십여 명의 놉들은 한 사람도 게으름을 피우지 않고 열심히 모를 내고 있다.

"저기 샘가에 앉아 있는 여자가 봉산댁 아녀? 가만있어 봐……. 봉산댁의 남편 지삿날이 요샐 낀데……."

보은댁도 우물터에 쪼그려 앉아 있는 봉산댁을 봤다. 그러나 이병호처럼 요분질을 하는 모습으로 보지 않았다.

바람이 불었다. 보은댁의 머리카락 몇 올이 휘날렸으나 포마드를 잔뜩 바른 이병호의 머리카락은 흔들리는 것이 없었다. 보은댁은 이병호의 잔에 술을 따라 주고 둥구나무 거리를 내려다본다. 대부분 흰색을 입은 사람들 중에 드문드문 군복을 입었거나, 군복을 염색한 옷을 입은 사람들이 끼어 있다. 모두들 기계처럼 모를 심고 있는 모습이 지루하게 보인다.

아직 국민학교에 들어가지 않은 것으로 보이는 아이 하나가 둥구나무 거리에서 누군가를 부르는 모습이 보인다. 머리에 수건을 쓰고 저고리에 치마 밑으로 장딴지를 드러낸 여자가 손을 흔들며 어여 가라는 듯한 몸짓을 해 보이고 있다.

"애비는 지 마누라가 출산 날짜가 가까워져 오는데도 디다보지를 않네. 즈녁 때라도 면사무소로 사람을 보내야 되는 거 아닌지 모르겠네.

이번 주 반굉일날은 여하간 일이 있어도 집에 들러 보라고 말여."

보은댁이 논둑에 서 있는 아이를 물끄러미 바라보다가 생각 없이 말하며 이병호에게 시선을 돌린다. 이병호는 상아 파이프의 부리를 이빨로 지그시 물고 쌍안경을 보고 있다.

"쑥맥 같은 짓 하고 앉아 있네. 보내긴 뭘 보내……. 아들을 낳는다는 보장이 확실하게 서 있는 것도 아닌데 야단법석 떨었다가 또 지지바믄 워칙 할 터? 얌전하게 앉아 있다가 출산이나 하믄 그때 사람을 보내든 말든 하지. 지지바를 낳드라도 명색이 서방잉게 안 디다보겄어."

이병호가 쌍안경에서 시선을 떼지 않은 채 중얼거렸다.

"이븐에는 틀림읎이 아들이래유. 며느리 꿈에 우리 집 대문으로 엄청나게 큰 황소가 뚜벅뚜벅 걸어 들어오드래유. 그 꿈을 꾸고 나서 바로 며느리가 임신을 했잖유. 꼬막네한테 물어봉게 그기 틀림읎는 손자를 볼 태몽이라는 거유."

"개 뿔나는 소리하고 앉아 있구먼. 꿈대로 된다믄 세상에 걸어지가 어디 있을까."

이병호는 옥천댁이 태몽대로 아들만 낳아 준다면 더 이상 바랄 것이 없었다. 하지만 김칫국부터 마셨다가는 부정이 탈지도 모른다는 생각에 짐짓 관심이 없는 척했다.

"꼬막네도 장담을 했슈. 만약 이번에도 손자가 아니믄 손바닥에 장을 지진다고 했다니 말 끝난 거잖유."

"꼬막네가 손바닥에 장을 지졌으면 벌써 두 번은 지졌어야지. 둘째 손녀 낳기 전부터 손바닥에 장을 지진다고 했응게."

"이번에는 참말이래유. 만약 또 딸을 낳으면 마당에 세워 놓은 대나무를 꺾어 버리겠다고 큰소리를 치길래……."

"큰소리치길래 또 쌀 한 가마니 내줬다는 말은 왜 안 하능 겨?"

이병호는 보은댁이 그다음 말을 하지 않아도 알 것 같았다. 쌍안경을 내리고 나서 슬쩍 넘겨짚으며 보은댁의 표정을 살폈다.

"사대독자 손자만 본다믄 그깐 쌀 한 가마니가 아까워유?"

"손자가 읎다믄 몰라도 엄연히 손자가 있는데, 왜 안 아까워?"

이병호도 옥천댁이 이번에 아들만 낳아 준다면 쌀 한 가마니가 아니라 열 섬을 준다고 해도 아깝지가 않았다. 승철이가 이동하를 닮았다면 은연중 친손자가 덜 그리울 텐데, 아쉽게도 들례를 빼닮은 승철이 얼굴을 볼 때마다 어딘지 모르게 가슴 한구석이 비어가는 느낌을 지울 수가 없었다.

암소

내가 술 땜시 해야 할 일을 못 한 기 있남?
아니믄 술병에 걸려서 약 사 먹은 일이 있남?
술도 피가 되고 약이 됭께 누군가 맨들었겄지.
먹고 죽으라고 맨든 건 아닐 거잖여.
저녁 잘 먹고 저녁 내내 신소리만 하고 있구먼.

모산 들판에 노을이 내려앉기 시작하면 둥구나무 밑 그늘은 동네 아이들 차지다. 작게는 이제 막 걸음마를 떼기 시작한 돌배기부터, 많게는 일찌감치 퇴비 한 짐을 거름 간에 베어다 놓은 일고여덟 먹은 소년들까지 뛰어다니거나 깨금발을 뛰며 떠드는 소리가 와글거린다.

깡통 차기를 하는 아이들의 술래는 양손으로 눈을 가린 채 둥구나무에 머리를 기대어 '무궁화 꽃이 피었습니다.'를 반복해서 외우고 있다.

아이들은 술래가 '무궁화 꽃이 피었습니다.'를 외는 동안 와르르 흩어져서 꼭꼭 숨는다.

둥구나무 위로 올라가 숨는 아이도 있다. 어떤 아이는 멀리 가지 않고 둥구나무 반대편에 숨어서 터져 나오려는 웃음을 참느라 손바닥으로 입을 막고 킥킥거린다. 어느 아이는 김춘섭의 집 앞에 있는 나무 동가리 뒤에 몸을 숨기고는 삐죽이 얼굴을 내밀며 술래의 동정을 살핀다. 또는 박태수의 집 뒷간에 숨어 손가락으로 코를 감싼 채 똥냄새를 참으며 숨었거나 헛간에 숨는 아이들도 있고, 골목 안으로 뛰어가는 아이도 있다.

마부리를 치는 아이들은 땅에 열십자로 파 놓은 구멍 앞에 쪼그리고 앉아서 심각한 표정으로 다음 코스를 노려보고 있다. 너럭바위에는 진규하고 황인술의 둘째 아들 광성이가 마주 앉아서 산딱지 따먹기를 하고 있다.

고무줄을 하는 계집아이들은 '떴다 떴다 비행기, 날아라 날아라……' 라고 합창을 하면서 일단, 이단, 삼단 하는 식으로 고무줄 높이를 무릎에서 장딴지, 허벅지, 허리 순으로 올리고 있다.

"너, 내 딱지 다 꼬를 때까지 쳐야 햐."

광성이가 화투를 치듯 딱지를 척척 쳐서 두 몫으로 나누어 엎어 놓았다. 진규 앞에 있는 딱지는 삼백 장이 넘어 보인다. 그중에서 적어도 이백오십 장은 광성이가 잃은 것이다. 광성이는 진규하고 딱지를 치면 열 번 중에 여덟 번은 잃는다. 오늘은 어떠한 일이 있어도 따겠다고 마음먹었지만 결과는 참패 쪽에 가깝다. 자신도 모르게 화가 난 목소리로 내뱉었다.

"즈녁 먹을 때까지만 할 거여. 어머가 늦게 오믄 즈녁 안 준댜."

진규는 자기보다 두 살 많은 광성이 내려놓은 딱지 몫을 노려본다. 두 몫을 잠시 노려보다가 왼쪽 몫에 삼십 장을 세서 갔다.

"그람 즈녁 먹고 와서라도 햐……히히, 대장이다."

딱지에는 이등병부터 원수까지 계급이 있다. 광성은 자기 몫의 딱지를 뒤집었다. 별 네 개인 대장 그림이 나왔다. 대장이면 이길 확률이 높다는 생각에 히죽 웃으며 진규 몫의 화투를 뒤집었다.

"헌병! 히히, 헌병이 대장까지는 이기잖여."

"씨발……!"

광성은 얼굴을 찡그리며 딱지 삼십 장을 헤아려 진규에게 건네줬다. 남은 것은 50여 장뿐이다.

"자, 인제 광성이 형이 갈 차례여."

선이 진규에게 넘어왔다. 진규는 능숙하게 딱지를 쳐서 두 몫으로 나누어 내려놓았다.

"이쪽에 열 장."

광성은 생각같아서는 남은 딱지를 모두 걸고 싶었다. 따게 되면 백 장이 되는 거고, 잃게 되면 손 털고 일어나야 한다. 그동안 잃은 것을 생각하면 오십 장을 모두 걸고 싶지만 열 장만 갔다.

"히히, 원수다!"

광성은 진규가 까 보이는 딱지를 보고 손뼉을 치며 좋아한다. 별 다섯 개인 원수는 헌병도 이기는 제일 높은 계급이라서 이긴 것이 확실하다.

"빨리 놔."

진규는 광성이에게 열 장을 헤아려 주었다. 광성이 웃는 얼굴로 딱지를 척척 쳐서 두 몫으로 나누어 놓았다.

"빨리 끝내 뻐리지 머."

진규는 광성이와 반대로 잃어버린 수의 배를 갔다. 열 장을 잃었으면 그다음에는 스무 장 가는 식이다. 두 번째 스무 장을 잃었으면 그다음에는 사십 장, 팔십 장 하는 식으로 가기 때문에 결국은 따게 되는 것이다.

이번에도 광성이 가지고 있는 딱지가 몇 장인지 가늠해 봤다. 많아야 칠 팔십 장 정도 되어 보이는 것 같았다. 잃으면 잃고, 따면 딴다는 생각으로 백 장을 갔다.

"야! 내 꺼는 전부 해 봐야 육십장 백에 안 되는데, 그렇게 많이 가믄 어틱햐."

광성이 딱지를 모두 잃어버릴지도 모른다는 생각에 화가 난 얼굴로 진규를 바라본다.

"및 장씩 가야 한다고 헌법에 정해 놓지 않았잖여."

진규는 광성이 얼굴을 바라보지도 않고 어느 쪽이 높을까 가늠을 해 본다.

"헌법에 정해 놓지는 않았지만……."

광성이는 진규의 말에 할 말이 없었다.

"그럼 내 맘대로지 머. 얼릉 까 봐."

"내가 담에 또 너하고 딱지를 치믄 니가 우리 아부지다."

광성이는 이번에 잃으면 일어서서 엉덩이를 털고 집에 가는 수밖에 없다고 생각하며, 힘없이 진규의 딱지를 재꼈다.

"히히, 소위다!"

"광성이 형아는 이등중사잖여."

광성이 진규가 건 딱지를 뒤집으며 좋아할 때였다. 진규가 얼른 광성이 몫을 뒤집어 본다. 이등중사 계급장이다. 울상이 된 광성의 얼굴을 보면서 후! 하고 휘파람을 불다가 무심코 골목 어귀를 본다. 진규는 다소곳한 자세로 걸어 나오는 향숙의 모습을 발견하고 순간 휘파람을 멈춘다.

여름이면 어느 집이나 아궁이를 사용하지 않고, 흙과 돌로 만들거나 미군 부대에서 흘러나오는 드럼통을 잘라서 만들어 파는 화덕을 사용한다. 화덕은 주로 정지 앞이나 정지 뒷문 앞에 설치한다.

상규네의 화덕은 정지 구석에 있다. 밥솥을 얹은 화덕 앞에 앉아 있던 상규네는 밥솥에서 뜸이 드는 소리를 듣고 나서 일어섰다. 솥뚜껑 위에는 화덕에서 피어오른 재가 뿌옇게 내려앉아 있다. 행주를 물에 빨아서 솥뚜껑을 말끔하게 닦았다.

'정신이 있는 사람이믄 이십 환씩이나 주고 고등어자반을 사오지는 않을 껴. 고등어만 있다고 반찬이 되는 거는 아니잖여.'

정지 안에는 등잔불이 없었다. 둥구나무 거리에 땅거미가 내려앉기 시작할 무렵이면 정지 안은 벌써 어두컴컴하다. 상규네는 화를 참느라 볼을 실룩거리며 자반고등어 한 손 중에 한 마리만 도마 위에 올려놓는다. 그것을 사등분으로 잘랐다. 몸통 하나와 대가리만 뚝배기에 집어넣고 나머지는 나중에 먹을 생각으로 소금 독에 묻었다.

'비싼 꼬춧가루 들어가, 꼬추장 들어가, 마늘은 꽁짜로 생기는 건가? 간장 한 가지만 있어도 밥 먹는 데는 지장이 없는데, 무수까지 들어가잖여. 고등어가 없어도 밥 못 먹겠다고 숟갈 내려놓는 자식들이 있는 것도 아닌데, 비싼 밥 처먹고 왜 엄한 짓만 하고 댕기는지 모르겠구먼.'

활짝 열어 놓은 정지문 밖으로 둥구나무 밑에서 뛰어노는 아이들의 목소리가 와! 와! 하는 소리로 들려온다. 무를 큼직큼직하게 토막 쳐서 뚝배기에 담았다. 고추장을 풀고 나서 파를 종종 썰고 고춧가루와 간장으로 간을 했다. 미리 까 두었던 마늘 몇 개를 칼 손잡이 끝으로 콩콩

찧어서 뚝배기에 담았다.

'언지부터 우리가 밥상에 생선 비린내를 풍기며 살았어. 제우 끼니 격정 면할까 말까 살아갔게, 세상이 동전만 하게 뵈는 모냥이지. 장작을 뒷산에서 갈비 긁듯 그냥 박박 긁어 온다고 해도 돈을 이렇게 헤프게는 쓰지 않을 꺼. 새벽밥 처먹고 그 먼 범골에서 나무 해 와, 반나절 걸려서 장작을 패, 몇 날 밑칠이고 볕에서 말려, 그걸 또 학산까지 쌔빠지게 지고 가. 그 고생을 해야 제우 돈 삼백 환을 받을 수 있는데…… 거기서 이십 환으로 이 잘난 고등어를 사고 싶은 배짱이 생기는 것을 보믄 참말로 신통방통하지.'

상규네는 화덕 앞에 쪼그려 앉는다. 부지깽이로 화덕 안에 있는 숯을 밖으로 끌어내기 시작한다. 둥구나무 아래서 한 무리의 아이들이 큰 소리로 웃으며 골목 안으로 뛰어가는 소리가 들린다. 화덕 앞으로 끌어낸 숯을 부지깽이로 탁탁 친다. 배추씨 크기의 불티들이 빨갛게 피어올라서 솥뚜껑 위에 하얀 재로 떨어진다.

'내가 싫은 소리 좀 했다고, 또 해룡네서 탁주 마시고 있는 모냥이구먼.'

정지 안에 물이 고여 오듯 시시각각으로 어둠이 차오른다. 밥상 두 개를 내려서 부뚜막에 올려놓았다. 시아버지 박평래와 시어머니 청산댁의 상은 크기는 작지만 칠이 벗겨지거나 금이 간 곳은 없다. 그러나 아이들과 박태수가 함께 먹는 밥상은 칠이 드문드문 벗겨져 나갔다. 다리가 비틀거려서 못을 박아 수리한 상에다 고춧가루를 뿌린 흔적만 있는 열무김치를 대접에 담아 내놓는다. 마당 한 귀퉁이의 쪼가리 밭에서 낫으로 베어 낸 정구지 무친 거며, 삶은 호박잎과 된장을 담은 그릇도 모두 접시가 아니고 대접이다.

'해룡네가 공짜 술을 주나? 또 외상으로 달아 놓고 처마시겠지. 좌우지간 그 인간은 밤일 잘하는 거 빼놓고는 잘 하는 것이 없는 인간이랑게.'

상규네는 정지에서 상체만 내밀고 해룡네 집을 바라본다. 헛간과 안채 사이의 공간에는 땔나무가 쌓여 있다. 겨울에는 들판에서 불어오는 바람막이 구실도 하고 정지와 가까워서 편리하다. 처마보다 높게 쌓였던 나뭇단이 푹 주저앉은 위로 해룡네 집이 보인다. 가게에 남폿불이 켜져 있는 것으로 보아 손님이 있는 것 같았다. 남편도 가게에 앉아서 쓰잘데없는 소리나 지껄이고 있을 거라고 생각하며 시부모의 밥상을 차리기 시작한다.

'이까짓 거 없어도 밥맛만 좋은데……'

화덕 앞에서 끓고 있는 뚝배기에서 고등어자반 몸통을 꺼내 시부모 밥상 위에 올려놓았다. 시부모 밥상은 반찬을 담은 그릇들도 색깔과 크기는 서로 다르지만 모두 아담한 접시들이다.

솥뚜껑을 여는 순간, 김이 확 피어오르면서 고소한 냄새가 풍긴다. 보리밥이기는 하지만 아침에 삶아 놓았던 보리쌀이어서 푹 퍼진 것이 쌀밥 못지않게 먹음직스럽다.

"상규야, 해룡네에 얼릉 가서 즈녁 다 됐다고 아부지 뫼셔 오니라."

정지와 안방 사이에는 숭늉 그릇이 드나들 정도의 작은 미닫이창이 있다. 상규네는 미닫이창을 열고 안방 안을 살펴본다. 방에 있을 줄 알았던 상규는 없고, 일곱 살짜리 인자가 막내둥이 인숙이를 돌보고 있다.

"응."

상규네는 인자가 제 상체 크기만 한 인숙이를 등에 업고 나가는 모습을 흘낏 바라보며 밥을 푸기 시작했다. 시아버지와 박태수의 밥은 고봉으로 푼다. 진규와 상규의 밥도 박태수 못지않게 수북이 담았다. 시어머니와 인자의 밥은 주걱으로 대충 다독거리며 밥을 푼다. 자신이 먹을 밥은 나물을 무칠 때 사용하는 양푼에다 가마솥 바닥을 박박 긁어서 담았다.

박평래의 방에 관솔불이 켜져 있다. 아직 초저녁이라서 창호지 문으로 투영되는 불빛이 희미하다.

"애비가 장에 갔다가 하도 싸 뵈길래 한 손 사왔대유."

상규네는 우선 밥상을 뜰팡에 올려놓았다. 방문을 연 다음 밥상을 방 안에 들여놓았다. 밥상을 방 가운데로 들고 가던 청산댁이 이게 웬 고등어냐는 표정으로 상규네를 바라본다. 상규네는 마음속에 있는 말은 하지 못하고 뒷걸음질 쳤다.

"생고등어라믄 무수 놓고 꼬치장 살살 풀어서 찌지는 거이 좋지만, 자반고등어는 적쇠에다 자글자글 꾸는 것이 맛있는 벱인데……."

"니덜이나 먹지 않구선. 우린 나물 한 가지만 있어도 족한디……."

박평래가 수저를 들다 말고 마땅치 않다는 표정으로 청산댁을 흘겨본다.

"다 드시고 나서 소리 하셔유."

상규네는 박평래와 청산댁이 하는 말을 못 들은 척하며 조심스럽게 방문을 닫았다.

박태수가 기분 좋은 얼굴로 마당으로 들어서고 있었다. 뒤에 따라오는 인자는 두 손으로 등에 업혀 있는 인숙이를 받친 채 입으로는 오징어 다리를 질겅질겅 씹고 있다.

"이기 먼 냄새여. 우리 집에서도 생선 비린내가 풍길 때도 있구먼."

박태수는 상규네가 우거지상을 하고 있든 말든 기분 좋은 표정으로 정지에 들어간다. 밥상을 불끈 들고 나오면서 너스레를 떨었다.

"상규야! 진규 데리고 와서 어여 즈녁 먹어라. 누굴 닮아 처먹은 자식 새끼들이라 저 지랄로 크는 지 모르겄어. 때가 되도 밥 처먹을 생각도 안 하고 노는 데만 증신이 읎으니 워티게 살겄어…… 공부를 저만큼 하라고 하믄 에미를 아주 때려죽일 듯이 뎀벼들겄지."

둥구나무 밑에는 어둠이 짙게 깔려있다. '깔깔깔! 철용이 니가 또 술래여.' 하는 상규의 목소리가 또렷하게 들려왔다. 상규네는 인자가 업고 있는 인숙이를 받으며 박태수를 노려봤다.

좁은 방 안에 온 식구가 밥상을 가운데 두고 방 안이 가득 차도록 둘러앉았다.

상규네는 고등어찌개 냄비 속에 있는 고등어 대가리를 떠서 박태수의 밥 위에 얹어 주었다. 자식들에게는 무 한 토막씩을 똑같이 나누어 주었다. 상규를 비롯해서 진규와 인자는 당연한 표정으로 수저를 든다.

상규네는 자신은 고등어찌개를 바라보지도 않고 호박잎에 밥을 쌌다. 된장을 처발라 뚤뚤 말아서 입 안에 처넣은 다음 우걱우걱 씹으며 인숙이에게 먹여 줄 밥을 물에 말기 시작했다.

"왜 대가리뿐여?"

"면 서기나 농협조합 서기들이 즘심 때에 맞춰 집에 들이닥치믄 비린내 나는 경거니라도 한 가지 있어야 하잖유……."

"잘난 고등어 한 손이 을매나 한다고, 이거 당신이나 먹어. 난 국물에

다 비벼 먹을 팅게."

박태수는 상규네하고 왈가왈부해 봐야 결국은 상규네 지론에 밀리고 말 것이라는 생각을 하며 고등어 대가리를 들었다. 그것을 상규네의 양푼 그릇에 던지듯 내려놓고 밥그릇을 한 손으로 가린다. 상규네가 고등어 대가리를 도로 자신의 밥에 얹을 것을 염두에 둔 행동이다.

"돈 및 푼 벌었다고 탁배기 사 마시고 싶으믄 탁배기 마시고, 고등어 비린내 맡고 싶으믄 고등어 사 오고, 권련 사 피우고 싶으믄 돈 아까운 줄 모르고 배짱 좋게 권련 사 피우믄 언지 돈 모아서 언지 인숙이까지 자식들 공부 갈킨대유?"

"옛말에 뱁새가 황새 쫓아가다가는 가랑이 찢어진다고 했어. 하루 세 끼 굶지 않고 먹고살믄 그만이지. 우리 행편에 자식들을 중핵교를 보내겄어, 아니믄 고등핵교를 보내겄어?"

박태수의 말에 상규가 보리밥을 미어터지도록 입 안에 집어넣다가 두 눈을 동그랗게 뜬다.

"왜유? 당신이나 내가 다리가 없슈, 아니믄 팔이 읎슈? 두 눈 멀쩡히 뜨고 있으믄서 자식 공부시키믄 안 된다는 벱이라도 있다는 거유?"

상규네는 고등어 대가리 중에서 살점이 있는 부분을 떼서 박태수의 손을 치우고 그의 밥 위에 얹어 준다.

"말은 쉽지 요새 중핵교 입학금이 얼맨 줄 알기나 하고 하는 소리여?"

박태수가 못 이기는 척하고 상규네가 밥 위에 얹어 준 고등어 살점을 맛있게 먹으면서 물었다.

"내가 이 골짝에서 농사나 짓고 밥이나 해 먹고 상께 아주 등신으로 보는 모낭이구면. 내가 그 요량도 안 하고 중핵교 운운하는 줄 알아유?"

"알믄 됐고"

현재까지 모산에서 중학교를 간 사람은 없다. 이동하가 지금의 영동 국민학교가 보통학교일 때 졸업을 했을 뿐이다. 요즘 크는 아이들 중에는 이동하의 첫째와 둘째 딸이 대전에서 중학교를 다닌다. 박태수는 이동하하고는 감히 비교도 할 수 없다는 생각에 더 이상 말을 하지 않았다.

"내 말을 우습게 생각하시는 모냥인데, 두고 봐유. 난 세상이 두 쪽 나는 한이 있더라도 막둥이까지 고등핵교를 보내고 말 팅게."

"능력만 된다믄이야 그보다 좋을 수는 읎지. 대관절 인숙이가 고등핵교 가믄 몇 년을 지달려야 하능 겨. 빨라도 십육 년은 지달려야 하잖여. 그때가 되믄 내 나이는 그만두고라도 상규는 서른 살이 다 되겄구먼. 상규야 넌 암만해도 니 엄마한테 고등어 은어먹기는 틀린 거 같다. 장가가서 니 식구한티나 고등어자반을 은어먹을 수삑에 읎겄다."

박태수는 고등어찌개 국물에 밥을 비벼서 우걱우걱 퍼먹고 있는 상규를 바라본다.

"어머한티 고등어자반은 못 은어먹어도 오늘처럼 무수는 은어먹을 수 있겄지."

상규는 친척이 오는 날 등 특별한 날이나 먹을 수 있는 고등어 냄새 풍기는 국물만 있어도 밥맛이 꿀맛이다.

"어머, 우리는 일하는 사람이 광성이네보다 두 명이 많잖여. 광성이네는 광성이 어머하고 아부지만 일을 하는데, 우리는 할아부지하고 할무니도 계시잖어. 집에서 일을 하는 사람이 두 배나 많은데, 왜 사는 거시 광성이 형네하고 비슷한지 모르겄어."

박태수와 상규네가 하는 말을 흘끔흘끔 엿듣고 있던 진규가 고등어찌 개 국물에 밥을 비비다가 불쑥 물었다.

"그걸 나한테 물으믄 워쩌. 잘난 아부지한테 물어봐야지."

상규네는 진규의 당돌한 말에 얼른 대답이 생각나지 않았다. 밥그릇 을 잡아당기려고 하는 인숙이를 추슬러 안으며 박태수를 바라본다.

"내 땅이 읎잖여. 땅이라고는 자갈밭이라서 콩이나 메밀밖에 심을 수 읎는 밭뙈기 하나뿐잉께, 일 할 사람이 네 명이 아니라 백 명이 있어도 뭐햐. 외려 호구 수가 많아서 보리쌀만 많이 들어가지."

"땅이 읎으믄 딴 일을 하믄 되잖여. 꼭 농사만 짓고 살라는 법은 읎는 데 우리는 땅뙈기도 읎으면서 죽자 살자 넘 농사나 짓고 살면서 고등어 는 국물만 먹고살아야 하능 겨?"

"딴 일?"

"학산으로 이사 가서 장사를 할 수도 있고, 철재 아부지처럼 목수 뒤 를 따라 댕기믄 돈을 벌 수 있는 거 아녀? 남 뒤 따라 댕김서 기술 배우 기가 싫으면 서울 같은 데로 이사 가서 공장 같은 데 취직을 하면 되잖 여."

"그놈, 참⋯⋯."

박태수는 할 말이 없었다. 자식들 앞에서 애비가 배운 것이 농사뿐이 라서 고생이 되더라도 이 짓밖에 할 수 없다는 말은 할 수가 없어 난감 하다는 얼굴로 상규네를 바라보며 혀를 찼다.

"뉘 자식인지 참말로 잘났다. 그려, 너라도 그렇게 생각하고 있으믄 우리 집에 희망이 있다. 암, 희망이 있구 말고."

"넌 희망이 있어서 참 좋겠다."

고등어가 목욕을 한 국물이기는 하지만 오랜만의 별식이다. 상규가 밥그릇에 코를 박고 정신없이 퍼먹다가 한심하다는 얼굴로 말했다.

"큰놈을 보믄 앞날이 깜깜한 기 영 희망이 영 읎고, 짝은놈을 보믄 너무 앞질러 가서 대책이 읎고……."

상규네가 인숙이에게 밥을 먹이다 말고 어이없다는 얼굴로 고개를 잘래잘래 흔들며 상규를 바라본다.

"진규야, 누가 널 부르는 거 가텨."

'그놈 참 누굴 닮았는지 참 맹랑하다.'는 얼굴로 계속 진규를 바라보고 있던 박태수가 말했다.

"뉘여……."

진규는 입 안 가득 밥을 퍼 넣고 수저를 든 채 방문을 열었다. 방에서 흘러나간 희미한 불빛 아래 둥구나무를 등지고 광성이가 서 있다.

"딱지치기 또 햐."

광성이가 이백 장은 넘어 보이는 딱지를 들어 보이며 자신만만하게 말했다.

"나, 시방 밥 먹는데……."

"둥구나무 아래서 기다릴 팅게 밥 먹자마자 나와."

"캄캄한 데서 워티게 친다는 거여?"

"우리 집 골방에서 치믄 되잖여."

"날 치믄 안 되냐? 나 밥 먹고 숙제해야 하는데……."

"따 놓고 내빼는 벱이 워디 있어. 안 칠라믄 아까 딴 거 다 돌려줘야 하능 거 아녀?"

광성이는 진규를 집으로 데리고 가서 직접 딱지 따먹기를 할 생각이 아니다. 이미 형인 광일이에게 부탁을 해 놨기 때문에 오늘 밤만큼은 승산이 있다는 생각에 어깨를 으쓱거렸다.

"내 머리 써서 딴 딱지를 돌려줄 이유가 읎응게, 또 칠 수밲에 읎겠구먼."

진규는 광성이 어디서 딱지를 구해 왔는지는 신경도 쓰지 않았다. 광성이가 가지고 있는 딱지는 못 되어도 이백 장은 넘어 보인다. 그걸 모두 따면 모으고 있는 딱지가 이천 장은 넘을 거라는 생각에 기분 좋게 대답했다.

"진규야, 나도 같이 가자. 내가 다 따 줄 팅게."

"공부를 딱지 치는 것츠름 하믄 일등은 못 해도 십 등 안에는 들 끼다. 당장 내년이믄 중핵교 갈 놈이 위칙 하믄 시험을 잘 볼까 그 궁리는 못하고, 지 동상하고 어울려서 딱지치기 할 궁리나 하고 있는 걸 봉게 한심하다 못해서 두심하구먼."

상규네가 상규를 한심하다는 얼굴로 쳐다보며 말했다.

"학산 중학교는 미달이라서 시험만 보믄 들어갈 수 있다는데 멀."

"시험만 보믄 들어갈 수 있는 핵교라서 공부하고 영 담 쌓을 작정이여?"

"사친회비만 지때 줘 봐, 핵교 가믄 맨날 사친회비 때문에 신경 쓰느라 공부가 안 되잖여."

상규는 마치 상규네가 그 말을 꺼내기를 기다렸다는 얼굴로 숨 돌릴 사이도 없이 투덜거린다.

"이놈을 기냥!"

상규네는 밥 먹을 때는 개도 안 건드린다는 말이 생각났다. 금방이라도 상규를 쥐어박을 것처럼 숟가락을 왼손으로 바꿔 들다 말고 하얗게 노려보았다.

진규는 상규하고 광성이네 집에 딱지 따먹기를 하러 나갔다. 인자는 상규네가 설거지를 할 동안 인숙이를 등에 업고 밖으로 나갔다. 또래 아이들은 달빛 아래서 고무줄놀이를 하고 있다. 인자는 늘상 그래 왔던 것처럼 부럽지도 않다는 얼굴로 고무줄놀이 하는 또래들을 멀거니 지켜보고 있다.

상규네는 설거지를 끝내고 나서 다른 날처럼 인자를 부르지 않았다. 박평래가 잠을 자다 마실 자리끼를 떠다 준 후에 뒷간에 들어가서 볼일을 봤다. 뒷간에서 나와 인숙이를 업고 있는 인자를 잠깐 바라 본 후에 안방으로 들어갔다.

"요새 암소 한 마리에 얼매씩이나 해유?"

상규네는 아이들이 여기저기 벗어 둔 옷가지를 툭툭 털어 벽에 박혀 있는 못에 걸거나, 윗목 천장에 매달아 놓은 설렁대에 걸쳐 두는 등 정리를 하면서 혼잣말로 말했다.

"그걸 내가 워티게 아나? 내가 소 장사를 하는 것도 아닌데……."

"그래도 학산에 장작 팔러 가서 해장술을 마시다가 바람결에라도 들은 소문이 있을 거 아뉴?"

"나하고 상관있는 일이라믄 옆사람찌리 귓속말로 주고받아도 환하게 들리겄지. 하지만 내 평생 소를 살 일도 읎고 팔 일도 읎잖여. 비싼 밥 먹고 나 하는 일도 바쁜데, 지덜찌리 하는 말을 들을 시간이 워디 있어……."

박태수는 심드렁한 표정으로 대답하며 적삼 주머니에서 파랑새 담배를 꺼냈다.

"소 살 일이 생길지 안 생길지는 워티게 단정을……."

상규네는 박태수가 들고 있는 파랑새 담배를 뺏은 다음 재떨이 옆에 있는 담배쌈지를 앞으로 내민다.

"머여, 그람 우리가 소를 사게 생겼다는 말여?"

박태수는 돈을 관리하는 상규네가 얼마를 가지고 있는지는 알지 못했다. 막연하게 산골짝에 있는 천수답 두어 마지기 살 정도는 모았을 거라고 짐작하고 있었다. 그런 상규네가 갑자기 소 운운하는 말에 파랑새 담배 빼앗긴 건 신경도 쓰지 않고 바쁘게 물었다.

"시방부터 내가 하는 말을 칭히 들어 봐유."

상규네가 갑자기 목소리를 착 내리까는 바람에 박태수는 봉초를 종이에 말다 말고 멀뚱한 눈으로 쳐다본다.

"면장님이 이븐 가실에는 둥구나무 거리에 있는 논을 내논다고 했다는 소문이 돌던데?"

상규네는 호롱불에 불을 붙이고 관솔가지 불은 껐다. 바늘로 호롱의 심지를 높였다. 관솔가지로 불을 밝혔을 때보다 한결 방 안이 밝아졌다. 작년에 상규가 입던 무명 홑바지를 찾아 들었다. 기장을 줄여서 올해부터 진규에게 입혀야겠다는 생각에 반짇고리를 들고 호롱불 앞에 앉는다.

"그런 소문이 있지. 하지만 그기 우리하고 먼 상관인디? 당신 설마 그 땅을 우리가 부쳤으믄 하고 쓰잘떼기없는 욕심 부리는 거는 아니었지?"

"애시당초 그런 생각이 있다믄 내가 진작에 큰마님을 찾아갔지, 당신한테 말도 끄내지 않았을규. 그렇다고 강 건너 불구경하고 있었다는 야기는 아뉴. 만약 우리가 그 논을 부칠 수만 있다믄 도합 스무 마지기를 부치게 되는 꼴이 되고, 스무 마지기를 부치믄 열 마지기는 떨어징게 딸내미들은 포기해 버리더라도……."

"시방 먼 야기를 하고 싶은 거여? 딸내미들을 포기한다니? 아직 머리에 피도 안 마른 자식들을 바깥으로 내보내기라도 하겠다는 거여?"

"조선말은 끝까지 들어 보란 말도 못 들었슈? 도지를 스무 마지기 정도 부칠 수만 있다믄 딸내미들은 안 갈치드라도 상규, 진규는 그럭저럭 고딩핵교까지는 보낼 수 있겠다는 계산이 들더라 이거유. 하지만 우리한테 열 마지기 땅이 돌아온다는 건 당신 말대로 쓰잘떼기없는 꿈같은 야기잖유. 그래서 위칙 하믄 우리 자식들을 죄다 고딩핵교까지 보낼 수 있을까 곰곰이 생각해 봤슈."

"난 소 값 운운하걸래, 그동안 나 몰래 짱아치 담가 놓은 돈이라도 있는 줄 알고 혹하니 들었더니 별소리를 다 하고 있네. 백날 생각해 봐야, 결론은 하나겄지. 뱁새가 황새 쫓아가다가는 가랑이가 찢어진다는……."

"황새가 한 걸음 뛸 때, 뱁새는 열 걸음 뛰면 충분히 승산이 있슈."

"오랜만에 고등어 대가리 한 개 주고 별 개똥같은 야기만 하고 앉아 있네. 황새가 뱁새한테 턱졌어? 친구하고 앉아 있게."

"내 말 잘 들어 봐유. 우리도 소 한 마리만 있으믄 자식들을 얼매든지 공부 갈킬 수가 있슈."

상규네는 눈짐작으로 바지 길이를 잘랐다. 말을 하면서도 바짓단 자른 부분을 실로 홀쳐 감아 나가기 시작했다.

"생각이 장하구먼. 땅이라고는 자갈밭 몇 뙈기밖에 읎는 집에서 그 비싼 소는 워틱게 사고?"

"면장님 댁 소가 있잖유."

"며……면장 댁 소라고?"

박태수는 면장 댁 소라는 말에 소나기가 억수같이 쏟아지는 날 밤, 불덩이처럼 뜨겁게 안겨들던 옥천댁의 얼굴이 떠올랐다. 꿈인가 싶으면 생시고, 생신가 싶으면 한순간의 꿈처럼 기억되는 그날이 생각나서 자신도 모르게 더듬거렸다.

"당신 왜 그렇게 놀래유?"

"아……아녀. 놀래긴 누가 놀란다고 그랴."

"내가 볼 때는 꼭 도둑질하다 들킨 사람처럼 뵈네유. 하여튼 면장님 댁 소를 외상으로 살 수 있는 기맥힌 방법이 생각났슈."

"아! 면장 댁 소가 송아지여? 송아지라믄 병작소로 내달라고 사정이라도 해 본다지만, 그 소는 다 큰 소여. 다 커서 달구지를 끌고 댕기는 소를 무슨 수로 산다능 겨?"

박태수는 어느 사이에 가슴속에 뜨겁게 들어와 앉아 있는 옥천댁의 향기를 지우려고 일부러 화를 냈다.

"지 말 안직 안 끝났응게 승질만 내지 말고 차근차근 들어 봐유. 옛말에 소 한 마리믄 놉 아홉을 은은 것과 똑같이 일을 한다고 했슈. 그 말이 먼 말이겄슈. 소 한 마리만 있으면 놉 아홉 명이 하는 일을 할 수 있다는 말하고 같잖유."

"내가 해롱이여? 그 정도도 모르게……."

박태수는 방문을 향해 돌아앉았다. 호롱불빛이 아른거리는 창호지 문에 담배 연기를 내뿜고 있는 그림자가 희미하게 비쳐진다. 그림자 뒤로 옥천댁의 얼굴이 천천히 다가온다. 소나기가 억수같이 쏟아지던 날 가

습속으로 파고들지 못해서 어깨에 깊은 손톱자국만 남기고, 터져 나오는 신음 소리를 참느라 이를 악물고 몸부림치던 옥천댁의 모습이 떠올라 온몸이 지르르 떨린다.

'꿈이었지. 필경 꿈이 틀림없어……'

입 안에 뜨거운 침이 가득 고여서 꿀꺽 소리가 나도록 침을 삼켰다.

"즈녁 배불리 잘 먹고 또 탁주 생각이 나능 규?"

상규네가 바느질을 하다 고개를 들고 물었다.

"수……술 배하고 밥 배하고 원래 틀린 겨. 원래 막걸리 한 말은 지고 가지 못해도, 배에다 담아 갈 수는 있는 법이잖여."

박태수는 제풀에 놀라서 들고 있던 담배쌈지를 떨어뜨릴 뻔했다.

"좌우지간 누가 술을 맨들었는지 몰라도 욕 엄청 많이 먹을 껴. 마누라는 워칙 하든 자식새끼들을 넘 못지않게 공부를 갈켜 볼까 이 궁리 저 궁리 하느라 밤잠을 못 자는데, 남편이라는 사람은 틈만 있으믄 술 먹을 궁리만 하고 있응께 머가 되었어."

"내가 술 땜시 해야 할 일을 못 한 기 있남? 아니믄 술병에 걸려서 약 사 먹은 일이 있남? 술도 피가 되고 약이 됭게 누군가 맨들었겠지. 먹고 죽으라고 맨든 건 아닐 거잖여. 저녁 잘 먹고 저녁 내내 신소리만 하고 있구먼. 엉뚱하게 면장 댁네 소를 외상으로 달라고 하지 않나? 술을 누가 맨들었는지 욕을 엄청 많이 먹을 거라고 신소리를 하지 않나……."

"다 생각이 있응께 하는 소리지, 누구 말대로 비싼 밥 먹고 배 꺼지라고 하는 소리는 아뉴."

"그람 면장 댁네 소가 해룡네 집에서 파는 탁주하고 같남? 소를 외상으로 달라게?"

박태수는 상규네의 얼굴을 바라보지도 않고 그때까지 들고 있던 담배
종이에 침을 발랐다. 날이 어두워졌는데도 둥구나무 밑에서 아이들이
떠들고 웃으며 노는 소리가 바람 소리에 뒤섞여서 들려왔다.

"소를 키우는 일이 밭에 상추씨 뿌리고 비 오기만 지달리는 것츠름
쉬운 일도 아니잖유. 조석으로 쇠죽 끓여 줘야지, 한 달에 한 번씩은 외
양간 쳐야지, 여름이믄 쇠똥 냄새 풍기지, 동리 파리는 죄다 모여들지.
즘잖으신 면장님 댁에 손님이라도 오시믄 그것도 문제잖유."

"집구석에 소를 키우믄서 소똥 냄새나는 거 당연한 거지. 외양간에서
소똥 냄새나는 거하고 뒷간에 앉으믄 똥냄새 나는 거하고 머가 다른디?"

박태수가 담배 연기를 뻑뻑 내뿜으면서 어디 무슨 말을 하고 싶은지
들어나 보자는 얼굴로 중얼거렸다.

"내 말 안즉 안 끝났슈. 면장님이 소똥 냄새도 맞지 않고 소를 키우는
셈도 칠 수 있는, 두 마리 토깽이를 잡을 수 있는 방법이 있다면 워치게
생각하실 거 가튜?"

상규네는 박태수가 담배 한 대를 피울 사이에 상규의 바지를 진규 바
지로 줄여 버리고, 관솔가지에 불을 붙인 다음 호롱불을 꺼 버린다. 호
롱불이 꺼지자 방문 위에 올라가 있던 어둠이 방문 중간까지 성큼 내려
온다.

"철준아! 샘가에 가서 철용이 좀 오라고 혀. 물 질러 간 놈이 학산으
로 간 것도 아니고, 호랭이한티 물려가지도 않았을 낀데 여즉 소식이 읎
다."

문 밖에서 철용네가 고함을 지르는 소리가 아무런 여과 없이 방 안으
로 들려온다. 그녀는 실패와 바늘을 반짇고리 안에다 챙기며 박태수를

바라본다. 박태수는 문을 향해 비스듬히 앉아서 어디 마음대로 지껄여 보라는 듯한 표정을 짓고 있다.

"지 생각에는 면장님 승질로 볼 때, 손도 안 대고 코 푸는 방법이 있다믄 생각해 볼 새도 읎이 결정을 내릴 거유."

"그려서?"

"방법은 간단해유. 면장님 댁에 있는 소하고 달구지를 달라고 하셔유. 돈은 일 년에 을매씩 쳐서 이삼 년 동안 갚아 준다고 하셔유."

"즈녁때 오랜만에 고등어 국물을 먹더니 증신이 나갔나? 차라리 면장님 바지 속에 있는 물건을 뵈 달라고 하믄 돈 안 드는 거니께 그게 빠르지. 그 냥반이 멀 믿고 나 같은 놈한티 그 비싼 소를 달랑 내주겠어. 요새 부릴 만한 소 한 마리에 십만 환씩 한다는데?"

"소하고 달구지를 외상으로 주신다믄, 앞으로 삼 년 동안 공짜로 일을 해 준다고 해 보셔유."

"먼 일을?"

"학산 방아 찧으러 갈 때나 소 부릴 일이 있을 때나 당신이 일당을 안 받고 공짜로 해 준다고 하믄 얼싸 좋다고 승낙하실 거유. 생각해 보셔유. 당장 외양간을 치울라믄 그냥 치워유? 놉을 은으믄 돈이 들어가잖유. 쇠죽 끓이는 건 쉬워유? 아무리 점순이가 있다고 하지만 일 년 삼백육십오일 동안 조석으로 쇠죽을 끓여 대는 것도 보통 일은 아닐뀨. 아까도 말했지만 면장님 댁 마당이 여간 깨끗한 것이 아니잖유. 외양간 냄새만 읎다믄 절간보다 깨끗할뀨. 문제는 소하고 달구지 값인데, 그건 해마다 도조를 줄 때마다 이삼 년 동안 나눠서 갚는다고 하믄 틀림읎이 낼이라도 당장 소하고 달구지를 끌고 가라고 할뀨. 솔직히 그 집에서 소 키워

217

서 돈 벌라고 하는 것도 아니잖유. 내 말이 틀렸슈?"

"그렇게 해서 소를 끌고 왔다고 쳐. 도조 때마다 소하고 달구지 값을 쳐 줄라믄 그 돈은 워디서 나오는데? 하늘에서 눈처럼 떨어지나, 가실에 둥구나무 밑에서 낙엽 끌어 모으듯 싸리비로 쓸어 모으면 되능 겨? 그럼 당장 소로 돈을 벌어야 하는데 야박하게 동리 사람들한티 돈을 받고 소를 빌려 줄 수는 읎는 노릇이잖여. 설령 돈을 받고 소를 빌려 준다고 해도 일 년 내내 일이 있는 것도 아니고……"

박태수는 상규네의 말이 그럴듯하게 들려왔다. 이병호의 성격으로 볼 때 도랑 치고 가재 잡는 일을 마다할 리는 없다. 다른 사람도 아니고 논을 열 마지기나 도지를 줄 정도로 신뢰를 받고 있는 사이다. 도랑 치고 가재 잡는 방법이 있다면 소 한 마리하고 달구지 한 대 내주지 말라는 법도 없을 것 같았다. 말만 잘하면 상규네의 말대로 소를 끌고 올 수 있을 거라는 생각에 상규네를 향해 돌아앉았다.

"달구지에다 장작을 얼매나 실을 수 있슈? 내가 알기루는 대여섯 강다리는 충분히 실을 수 있을 거 같은디."

"나무는 뒷산에서 깔쿠리로 북데기 긁어내듯 박박 긁어 오믄 되는 거여?"

박태수가 구미가 당기기는 하지만 끝까지 들어 보자는 얼굴로 말했다.

"달구지를 범골 골탕 초입까지는 끌고 갈 수는 있잖유. 그라믄 최소한 도로 두 행보는 할 수가 있슈. 솔직히 범골에서 나무를 지고 십 리 길을 걸어오는 것이 심들지, 나무를 하는 기 어려운 거는 아니잖유."

"그렇다고 쳐."

박태수는 점점 재미있어져 간다는 얼굴로 고개를 끄덕거렸다.

"당신이 두 행보를 하는 동안 철용이 아부지는 앉아서 놀믄 뭐 하겄
슈. 그릏다고 날이면 날마다 철용이 아부지 나무까지 달구지에 실어다
줄 수는 없잖유. 그랑께 똑같이 두 행보씩 하자고 그래유. 그 대신 '반
강다리를 싹으로 달라.' 고 하믄, 철용이 아부지는 십 리 길을 심들지 않
게 나무를 해오는 것도 좋은데다 반 짐이나 더 할 수 있응께 두말없이
좋다고 할 거유."

"나라도 좋다고 할껴. 그람 우리는 시방보다 한 강다리 반씩 더 해 오
는 셈이 되겄구먼."

"그라고 장날 학산 장 보러 가는 사람들을 당구지에로 태워다 주믄
다믄 얼매씩은 받을 수 있잖유."

"허! 차라리 벼룩의 간을 빼먹고 말지. 눈만 뜨믄 얼굴 마주 보고, 그
집구석 숟가락이 몇 개인지 뻔히 알믄서 돈을 받아?"

박태수가 그건 곤란하다는 얼굴로 두 눈을 치켜뜨며 말했다.

"보리 한 말 머리에 이고 장에 가서 팔아 가지고, 뭣 좀 사가지고 집
에 오믄 짝게 잡아도 반나절은 걸려유. 하지만 달구지를 타고 가믄 왕복
두 시간이믄 떡을 쳐유. 모가지가 뿌러지도록 보릿자루나 콩자루를 이
고 갈 필요도 없슈. 어깨 쭉 피고 세월아 네월아 노래 부름서 가거나 한
숨 푹 자고 나믄 도착하게 해 준다는 데야 공짜로는 심들쥬."

"그려, 달구지만 있다믄 나무해 나르기도 바쁘겄구먼. 하루에 두 강다
리 반이믄 한 장 도막이믄 열두 동가리 반. 열두 동가리 반이믄 쌀이 닷
말이여. 두 말 가웃이믄 삼천육백 환이잖여. 한 달이믄 넉넉잡아 쌀 한
가마니가 떨어진다는 말이잖여. 일 년이믄 열두 가마니, 나락으로 치자

믄 열두 섬, 논으로 치자믄 내 논 두 마지기 가웃을 부치는 꼴이 되겠구
면. 거기다 농지세가 나가나 수리조합비가 나가나 방위비가 나가나…….
순전히 알곡으로 남는 장상께 논 서 마지기 부치는 것이 안 부럽겠구면.
그라고 장날 열 명만 실어 날라도 보리쌀 한 말은 충분히 벌 수 있을 팅
께 그 벌이도 쏠쏠할 테구. 소하고 달구지를 을매나 받을지는 모르겠지
만, 이 년까지 갈 필요도 없이 한 해만 열심히 하믄 다 갚을 수 있을 껴.
그다음부터는 야지리 남는 장사 아녀. 이러다 우리 및 년 만에 떼부자
되는 거 아닌가 모르겠네."

"농사는 안 짓고 일 년 내내 장작 장사만 할 생각이구면……."

나무 장사는 나락을 베고 난 가을부터 이듬해 보리를 베기 전까지 할
수 있다. 상규네는 흥분한 박태수의 말을 바로잡지 않았다. 그래야 이병
호한테 가서 자신 있게 소를 외상으로 달라고 할 거라고 생각하며 소리
없이 웃었다.

"타작하고 나서 슬슬 시작해서 보리 필 때까지만 해도 일 년이믄 다
갚겠구면."

"내년에 당장 상규 중핵교에 가야 해유. 내가 학산 가서 슬쩍 알아봉
께 입학금하고 교복이며 책값만 해도 육만 환은 쥐고 있어야 하드만. 육
만 환이믄 쌀이 및 가마니유. 요새 쌀 한 가마니에 만팔천 환 한다고 하
데유. 그럼 세 가마니는 넘고 네 가마니는 안 되는 돈이잖유. 쌀 네 가마
니믄 도지 땅이 아니고 내 땅 한 마지기를 부쳐야 나올 돈유. 거기다가
중고딩학교는 수업료를 매달 내지 않고 석 달에 한 번씩 모아서 낸다고
하드만. 그것뿐이믄 걱정도 안 해유. 여름이믄 하복, 겨울이믄 동복 맞춰
입혀야지, 중핵교를 댕김서 수업료만 준다고 끝내는 일은 아니잖유. 체

육복에다 운동화도 사 줘야 하고, 이런저런 걸 더하믄 한 학기에 쌀 한 가마니 가웃은 우습게 들어간다고 하드만유. 그람 잡비만 해도 일 년이 믄 세 가마니네유. 당장 내년에 상규 앞으로 들어가야 할 돈이 짝게 잡아도 쌀 일곱 가마니유. 부지런히 장작 팔아서 상규 앞으로 디밀면 큰일 한 거나 마찬가지라고 생각하믄 틀림없을규."

"당신 말 들어 봉게 어뜬 일이 있어도 외상 소를 사야겠구먼."

박태수는 상규네의 말을 듣고 나니까 그동안 가장으로서 자식들한테 너무 무심하고 있었던 것 같았다. 겸연쩍게 웃으면서도 마음속으로는 이병호에게 엎드려 비는 한이 있더라도 소를 사야겠다고 생각했다.

위대한 탄생

옥천댁은 부드러운 눈빛으로 잠들어 있는 아이의 얼굴을 가만히 바라본다.
아직 어린아이라서 얼굴의 굴곡이 뚜렷하지는 않다. 하지만 자신의 얼굴을
닮은 것은 확실한 것 같았다. 설령 박태수의 얼굴을 닮았다고 해서
의심하는 사람은 없을 것이다. 그러면서도 박태수의 얼굴을 닮은 곳이 있는지
이마며, 눈썹, 눈매, 코와 입술, 턱 선을 가만히 들여다본다.

날씨가 더워지기 시작하자, 둥구나무 밑에는 이른 아침에도 사람들이
모여들었다.

부지런한 이들은 아침 먹기 전에 또랑가 풀밭에서 풀 한 망태를 베다
돼지막에 던져 주고 아침을 먹기까지 시간이 남아서, 어떤 이는 거름 한
짐을 밭에 내고 등짝에 축축하게 밴 땀을 식힐 겸 담배 한 대 피울 생각
에…… 땅 한 뙈기가 없어 거름을 낼 일도 없고, 기르는 돼지나 염소는
커녕 토끼도 없는 사람은 아내가 아침상을 차릴 때까지 어두컴컴한 방
에서 하품만 하며 무료하게 앉아 있기가 지루해서…… 그것도 이것도
아닌 사람은 남들이 둥구나무 거리에 나와 있으니까, 뒤통수를 득득 긁
거나 바지 안으로 손을 집어넣어서 사타구니를 긁으며 둥구나무 그늘

아래로 간다.

이른 아침에 둥구나무 밑으로 모여든 사람들은 누구나 할 것 없이 이런저런 이야기를 하며 시간을 보낸다. 대화는 늘 꼬리에 꼬리를 물고 늘어진다. 어떤 이가 오늘은 아침을 먹고 봄 감자를 캐러 가겠다고 말을 하면, 듣는 이들은 감자 농사가 자기 일이나 되는 것처럼 한 마디씩 부조를 한다.

"감자 캘 때 밭고랑을 완전히 까뭉개야 애기감자 하나 버리지 않고 주워 모을 수가 있는 뱁여. 대충대충 감자 줄기에 매달린 감자만 캐다 보믄 땅속에서 썩히는 감자가 더 많아."

"그 말이 맞는 말여. 작년에 학산 사는 누구는 감자를 을매나 한심하게 캤는지 모를 낼라고 써래질을 하다 봉께 물에 뜬 감자만 한 가마니 넘게 건졌다잖여."

"요새 감자 한 가마니 값이 을매나 하는 거여."

"아무리 싸도 보리 소출보다는 날 겨. 나도 내년에는 저 건너 논에 보리를 심지 말고 감자를 심어야겠어."

"자네 그 논은 물이 차서 감자를 심을 수 있는가? 감자라는 것이 원래 물하고는 상극이잖여."

"이 사람 농사 헛짓는구면. 고구마가 추진 땅에 상극인 뱁여."

"식전부터 똥 싸고 앉아 있네. 장마가 이르믄 감자 썩는 소리가 들린다는 말도 못 들어 본 모냥이구면."

"서울 가 본 놈보다, 안 가 본 놈이 더 지랄한다니게. 감자밭에 물이 차믄 썩는 건 사실이지만, 가물면 뿌리가 번식하지 않아서 소출이 읎는 뱁여."

"강원도 비탈밭이 노상 추징게 감자 농사가 잘 되는 모냥이구면. 강원도 가 본 사람 말 들어 봉께, 화전민들이 일군 밭은 맨 자갈밭이라든데 ……."

오늘 아침 먹고 감자 캐겠다는 이는 아침 먹으러 가고 없는데, 아무런 상관도 없는 이들끼리 '내 말이 맞네, 네 말이 틀리네.' 갑론을박하며 침을 튀긴다. 다른 이들은 고추밭에 화학비료 대신 퇴비를 줘도 효과가 있는지 없는지를 따지고 있다.

"죽 쒀서 개 주는 거이 낫지. 요새 비료 한 말 값하고 쌀 한 말하고 같다는데, 잘난 고추 및 근 따겠다고 그 비싼 비료를 줘?"

"비료 값이 또 올랐다고 하든데, 그기 사실이여?"

"자다가 일어나서 봉창 뚜드리고 앉아 있구면. 비료 값 오른 지가 언진데 인지 와서 묻는 거여."

"젠장, 농사 때려치우고 나도 서울역이나 남대문 가서 지게꾼이라도 해야겄어. 여섯 마지기 도지 은어서 가실에 제우 나락 열두 섬 건져서, 도조로 여섯 섬 떼고 나믄 제우 여섯 섬 남잖여. 그것만 있어도 그런대로 굶는 걸 취미 삼아 대충은 먹고 살겄어. 세금이 여간 많아. 농지수득세부텀 시작해서 물세 내야지, 구장 수곡 두어 말 떼야지, 군경원호금 내야지, 면사무소 운영비 한두 말 내야지. 우리 동리 군대 가는 청년도 읎는데 출정비 내야지. 차 띠고 포 띠다 보믄 장기판에 장기 알은 하나도 읎고 빚만 좌로 우로 치부책을 까맣게 염색하는 판에 워티게 살겄어."

"서울에서 지게꾼을 아무나 하나. 하루에 다믄 및 백 환씩이라도 수입을 낼 수 있는 자리 하나 은는데 논 두마지기 값은 줘야 한다능 겨. 것도 읎으믄 왼종일 다리품을 팔아야 십 환짜리 꿀꿀이죽 한 그릇도 사 먹기도 힘들다는데 뭐."

"젠장, 백날 야기해 봐야 배만 고프고, 빈속에 독한 담배만 피워 봤자 속만 씨리고……."

사람들은 며칠 전에 했던 말을 토씨 하나 틀리지 않게 반복해도 듣는 사람은 매양 심각하게 들어 준다. 해마다 감자를 캐면서 했던 말을 수도 없이 반복하다가 아침 먹을 때가 되면 등짝에 달라붙어 있는 배를 문지르며 투덜거린다.

"아부지, 진지 잡수시러 오시래유."

"아부지, 아침 다 됐슈."

새벽이슬이 마르고 바람이 제법 눅눅해질 무렵이면 이 골목 저 골목에서 아이들의 목소리가 들려온다. 아이들은 졸린 눈을 비비거나 바지 안에 손을 넣어서 고샅을 박박 긁으며, 혹은 밤새 참았던 오줌을 갈기며 제 애비를 부른다. 그러면 금방까지도 상대방하고 싸움이라도 할 것처럼 얼굴을 붉히고 있던 사람들도 '젠장, 밥 안 먹고 사는 방법은 읎나? 또 한 술 떠먹고 쎄가 빠지게 일이나 하러 가 볼까.'라고 중얼거리며 아이들의 뒤를 따라서 집으로 간다.

새벽안개가 초봄의 들불처럼 들판 여기저기로 옮겨 다니는 이른 아침이다.

오늘은 다른 날과 다르게 둥구나무 밑이 조용하기만 했다. 사람들도 평소보다 많게 나와 삼삼오오로 둘러서 있다. 몇몇의 남정네들은 너럭바위에 앉아 있는 순배 영감과 변쌍출을 중심으로 빙 둘러서서 이병호의 집 대문을 가끔 처다본다. 이른 아침이라서 안개 때문에 이병호의 집 솟을대문은 희미하게 보이지만 대문에 쳐 놓은 금줄은 보이지 않았다.

대문 앞에 가 본 이들의 말에 의하면 왼새끼로 거칠게 꼬은 금줄에는 분명히 빨간색 고추가 꽂혀 있지 않았다는 것이다. 대신 계집애를 상징하는 생솔가지와 숯과 함께 하얀 종이가 끼어 있다고 소곤소곤 거렸다. 성질 급한 남정네들은 그것이 계집을 상징하는 금줄이라는 것을 잘 알고 있으면서도, 직접 이병호 집 대문 앞으로 가서 몇 번이나 처다본 후에 등구나무 밑으로 하나둘 모여들고 있는 중이다.

남정네들만 있는 것이 아니다. 아침상을 차리지 않아도 되는 봉산댁이며, 해룡네, 청산댁, 자식 형제를 서울로 보내고 오매불망 소식이 오기만 기다리고 있는 장기팔의 아내 날망집도 나와 있었다.

"워칙 하믄 좋댜. 면장님이나 부면장님이 우리들한테 하는 행세를 생각하믄 야지리 딸만 낳아도 별 상관이 읎지만, 작은마님 불쌍해서 어쩔거나."

"내 말이 바로 그 말유. 그릏지 않아도 딸만 내리 셋을 낳아서 찬밥 신세를 면치 못하고 계신데 하늘도 무심하시지"

낮과 다르게 새벽바람이 차다. 봉산댁은 어머니뻘 되는 청산댁 앞에서 팔짱을 끼고 자라처럼 목을 움츠린 얼굴로 속닥거렸다.

"그러기 말여유. 어떤 집은 아들만 내리 밑을 낳는데 작은마님은 전생에 먼 죄를 지었는지 모르겄슈. 당장 요 앞의 철용이네 집만 봐도 아들만 내리 시 명씩이나 낳았잖아유. 거기다 아들 형제만 있으믄 심심할까 봐 양념으로 막내둥이는 딸내미잖유."

바람이 차기는 하지만 어깨를 바들바들 떨 정도로 춥지는 않다. 청산댁과 봉산댁이 하는 말을 가만히 듣고 있던 해룡네가 괜히 어깨를 바들바들 떨다 말고 끼어들었다.

"해룡네는 시방 먼 야기를 하고 있는 거여. 해룡네는 시방 작은마님이 아들을 못 낳은 기 꼭 작은마님이 전생에 몹쓸 죄를 지은 업이라고 하는데, 그기 말이나 되는 거여?"

청산댁이 차마 쥐어박지는 못하겠다는 얼굴로 추궁을 하듯 묻는다.

"지 말은 그기 아니고, 말이 그릏다 그거쥬. 아, 이왕 터진 말잉게 한번 해 보자믄 작은마님이 들례보다 못한 기 머가 있슈? 친정 집안이 부족해유, 아니믄 얼굴이 못해유, 배운기 부족해유? 딱 한 가지. 고놈의 아들을 못 났기 땜시로 독수공방 신세를 못 면하는 건 사실이잖유."

"해룡네, 찢어진 기 주둥아리라고 자꾸 헛소리 지껄여 될 텨?"

청산댁이 더 이상 못 들어주겠다는 얼굴로 눈 흰자위를 드러내며 노려본다.

"작은마님한테 억하심정이 있어서 하는 말이 아니고, 작은마님 신세가 너무 처량해서 하는 말이잖유."

"신세 두 번만 처량했다가는 작은마님을 해치에 집어넣고 자근자근 밟겠네 그려. 헛소리 그만 지껄이고 집에나 가 봐. 오씨하고 향숙이 아부지가 해장 술 생각이 있어서 자네 집으로 가고 있잖유."

장기팔의 아내 날망집이 더 이상 상대하기 싫다는 얼굴로 해룡네 집을 턱짓으로 가리킨다.

"탁주가 남았는가 모르겠네. 엊저녁에 봉께 한 되가 남았을까 말까였는데……."

해룡네는 날망집 말에 자기 집 쪽으로 고개를 돌렸다. 오씨와 윤길동이 나란히 서서 털렁털렁 자기 집 쪽으로 가고 있는 것이 보인다.

"우리 아들하고 춘셉이는 컴컴한 새벽에 장작지고 학산 나갔는데, 길동이하고 오씨는 식전부텀 술타령이구먼. 저렇게 팔자가 늘어졌응께 집구석은 맨날 그 모냥이지."

청산댁은 일부러 날망집이 들으라는 목소리로 중얼거렸다.

"난 이븐에는 틀림읎는 아들인 줄 알았는데……."

날망집은 자식 자랑을 하는 표정을 짓는 청산댁의 말을 무시해 버리고 말머리를 돌렸다. 서울에서 무얼 해 먹고 사는지 소식도 없는 아들 형제들의 얼굴이 울컥 떠올라서였다.

"학산 꼬막네도 장담을 했다고 하잖유. 이번에 만약 또 납작한 걸 낳게 되믄 손바닥에 장을 지진다고 말여유."

"면장님 승질에 눈 딱 감고 계시지는 않을 터고, 꼬막네 불러다 작살을 내겄구먼."

"옛날 같았으믄이야 사기죄로 주재소에 찔러도 백 번은 찔렀겄지. 하지만 세상이 변했응께 작살은 내지 못해도 더 이상 학산에서 점쟁이 노릇해 먹기는 심들겄어. 당장 부면장님이 가만기시겄어? 지서장한테 부탁을 해서라도 치도곤을 놓겄지."

"꼬막네야 주둥이 잘못 놀린 죄로 치도곤을 당하든 말든 상관이 읎지만 작은마님은 참말로 눈앞이 캄캄하시겄어."

"으이그 이럴 때 부면장님이라도 옆에 기시면 덜 서운할 틴데, 대관절 오늘이 미칠이댜?"

청산댁과 봉산댁이 하는 말을 가만히 듣고만 있던 날망집이 측은하다는 얼굴로 혀를 차며 묻는다.

"오늘이 메칠여?"

너럭바위 귀퉁이에 엉덩이를 걸치고 있는 남정네가 옆사람에게 물었다.

"오늘이 메칠인 것도 모르는 걸 봉께, 혹시 간첩 아녀?"

"날짜 흘러가는 거하고 상관읎이 살고 있응께 모를 수도 있지. 식전부텀 재수 읎게 간첩이라니?"

"아! 오늘이 중앙청 광장에서 이승만 대통령 취임식을 하는 팔월 십오일 아녀?"

"대통령 취임식 하는 거하고, 나하고 먼 상관이 있남? 내 말은 음력으로 메칠인가 하는 거여?"

"칠월 십일이 맞을 껴. 근데 그건 왜 묻는 거여?"

"영동 읍내에 사는 사춘 조카 혼례 날이 날이구먼. 젠장 잔치에 갈라믄 빈손으로 갈 수는 읎고, 돈 몇 십 환이라도 들고 가야 하는데…… 돈이라고는 먹고 죽을라고 해도 씨가 말랐응께 사람 환장하겠구먼."

"그 집도 이상하구먼. 타작이나 끝나고 잔칫날을 잡을 일이지, 해필이믄 요새처럼 궁한 시기에 날을 잡았댜."

"그걸 왜 나한테 묻는 거여. 내 사춘한티 물어야지."

그들이 주고받는 말을 바람 곁으로 듣고 있던 변쌍출이 갑자기 생각났다는 얼굴로 황인술을 찾았다.

"누굴 찾는 거여?"

"아까 구장이 눈에 보이던데?"

순배 영감이 묻는 말에 변쌍출이 여전히 주변을 두리번거리며 중얼거렸다.

229

"구장 저기 뚝불이 애비 옆에 서 있잖어. 식전부텀 구장은 왜 찾는 거여?"

"어이, 구장. 잠깐만 일루 와 보게."

변쌍출은 순배 영감이 묻는 말에 대답을 하지 않고 큰 소리로 황인술을 불렀다.

"먼 일이데유?"

"오늘이 제삼대 대통령 취임식 날 아녀."

"아따, 별걸 다 아시네. 대통령 취임식이라고 해서 누가 고무신이라도 돌린데유?"

황인술이 헛웃음 짓는 얼굴로 물었다.

"내 말이 바로 그 말이여. 우리가 표를 찍어서 당선됐응께 오늘 같은 날 탁배기 잔이라도 돌려야 되는 거 아닌감?"

"식전부텀 젊은 놈 심빠지게 하는데 선수시네. 아! 대통령은 고사하고 국회의원도 선거 끝나믄 우리하고 땡이유. 선거 때야 시도 때도 읎이 손을 내밀어 악수를 하지만, 일단 당선이 되믄 옛날 임금님 알현하기보다 심들다는 거 몰라유?"

순배 영감이 맥없이 고개를 돌리는 모습을 바라보고 있던 황인술도 핀잔어린 목소리로 내뱉으며 돌아섰다.

"이런 말 하믄 불난 집에 부채질하기가 될란지 모르겠지만 올해가 쥐띠 아녀. 누가 그라는데 쥐띠에다 칠월 생이믄 여자 팔자는 상팔자랴. 칠월이라서 온 들판에 먹을 것이 천징께 먹고사는 데는 지장 읎잖어. 문제는 작은마님이 워틱 한댜. 딸, 딸, 딸도 부족해서 딸이 한 개 더 붙었응께 시부모들이 쳐다보지도 않을라고 할 거잖어."

날망집은 안됐다는 얼굴로 길게 한숨을 내쉰다. 봉산댁과 청산댁도 날망집의 말이 맞다는 표정으로 이병호 집을 바라본다. 박평래가 고의적삼 차림으로 털래 털래 내려오는 모습이 보인다.

"저이는 벌써 및 번째나 저길 갔다 오능 겨. 내가 볼 때는 벌써 시 번짼가 되는 거 같은디?"

너럭바위에 앉아서 곰방대를 물고 있던 변쌍출이 박평래를 바라보며 혼잣말로 중얼거렸다.

"저 사람은 면장님이 죽으라믄 죽는 시능도 할 이 아녀. 시방 심정 같아서는 면장님보다 더 하믄 더 했지, 덜하지는 않을 껴. 면장님 승질에 이번에 낳은 손녀 돌 지날 때까지는 며느리 얼굴을 쳐다보지도 않을라고 할 팅게."

"면장님 승질도 보통은 넘쥬. 승질이 오죽 급했으믄 자식한테 씨받이를 은어 줬겠슈."

황인술은 좁은 어깨를 웅크리고 서 있는 봉산댁을 곁눈질로 쳐다본다. 잠을 털어 버리지 않은 얼굴이라서 오늘 따라 새롭게 보인다. 그저 콱 껴안고 방바닥에 뒹굴면서 저고리 속으로 손을 집어넣으면…… 생각만 해도 아랫도리가 불끈 일어서는 것을 느끼며 얼른 고개를 돌려, 이병호 집 앞에서 내려오고 있는 박평래를 바라본다.

"어뗘, 두 번도 부족해서 시 번씩이나 갔다 와 봉께 인제 믿어지는가?"

박평래가 너럭바위가 있는 곳으로 다가왔다. 너럭바위를 둘러싸고 있던 사람들이 말없이 길을 터 준다. 박평래가 힘없이 다가와서 너럭바위에 털썩 주저앉는 모습을 바라보며, 순배 영감이 물었다.

"작은마님이 딸을 낳았다고 해서 시 번씩이나 금줄을 보고 온 거는 아뉴."

"그람 면장 댁 대문 앞에 탁주 통이라도 있는 겨? 아니믄 금덩어리라도 숨겨 둔 겨?"

박평래와 동갑내기인 변쌍출이 묻는다.

박평래는 변쌍출의 말에 대답을 하지 않았다. 말없이 주머니에서 쌈지를 꺼냈다. 손바닥 길이만한 곰방대에 담배를 눌러 담아서 불을 붙인다. 담배 연기를 코로 길게 내뿜으며 이병호의 집 대문을 먼 시선으로 응시한다.

"암만해도 우리들보다는 맘이 틀리겄쥬. 우리들이야 그저 맘 한구석이 짠할 정도겄지만, 태수 아부지야 면장님하고 여간 가찹게 지냈슈? 섭섭하기로 치자믄 맘이 터져 나가겄쥬, 머."

"구장은 말이라도 그렇게 하는 거이 아녀. 솔직히 난 아들을 낳고 딸을 낳는 것은 순전히 하늘의 뜻이라고 봐."

"우리를 죄다 등신으로 보는 모냥이지, 여기서 그걸 모르는 사람이 있남?"

순배 영감이 너럭바위에 곰방대의 대통을 툭툭 털면서 반문한다.

"형님도 가만 봉께 세월 헛살았슈. 다른 이들 생각은 몰라도 지는 면장님이 이븐에도 손녀를 봤다고 해서 섭섭한 거는 하나두 없다고 봐유. 대를 이어갈 손자가 없는 것도 아니고, 손녀 하나 더 늘었다고 해서 밥 멕이고 옷 사 입히고 공부 갈킬 능력이 떨어지는 것도 아니잖유."

"이 사람 이거 식전부터 고차원적으로 노시네. 그려서?"

순배 영감은 어디 무슨 말을 하나 지켜나 보자는 얼굴로 박평래를 바라보고 있다. 옆에 앉아 있던 변쌍출이 피식 웃으며 반문했다.

"식전부텀 빈속에 허기지게 긴 말 할 필요는 읎고……. 요약적으루다 말을 하자믄, 그래도 이왕이믄 다홍치마라고 손자를 봤으믄 좋았을걸 하는 생각이 자꾸만 들어서 금줄을 보고 왔을 뿐유."

"나도 요약적으루다 말을 하자믄 면장님이 아무리 재산이 많다 하드라도, 대문 앞에 금줄을 거는 순간 '최소한도로 땅 열 마지기는 날아갔구먼.'이라고 생각하셨을 거라 이거여. 손자를 장가보내믄 저짝에서 혼수를 해 오겠지만, 손녀를 시집보낼라믄 이쪽에서 혼수를 해 줘야 항께 그 생각을 안 하겠어?"

"팔봉이 아부지는 더 고차원적으로 말씀을 하시는구먼. 우린 제우 '이 븐에도 손녀를 봐서 면장님이 서운하시겠구먼.'이라고까지벆에 생각 안 해 봤는데."

가소롭다는 표정으로 박평래와 변쌍출을 번갈아 보고 있던 황인술이 다른 사람들을 바라보며 피식 웃었다.

"식전부텀 넘 일 갖고 헛심 뺄 필요 읎이 다들 그만들 햐. 태수 애비 말대로 면장님이 손녀 하나 더 늘었다고 해서 멕여 살릴 능력이 읎는 것도 아니고, 작은마님이 좀 섭섭하기는 하겠지만 이왕 낳은 딸을 도로 집어넣을 수는 읎는 노릇이잖여. 그렇게 어여들 집으로 가 봐. 뜸북이 애비는 오늘 식전에는 깔 비러 안 가도 되능개비지."

순배 영감이 사람들 틈에 서 있는 키가 큰 남자를 바라보며 물었다.

"그려유. 우리가 여기 모여서 걱정한다고 세월이 되돌아가는 것도 아 닝께 그만 들어가는 거시 좋겠네유. 자! 다들 아침 먹으러 갑시다……. 아! 잠깐만! 가만히 봉께 나오실 만한 분은 죄다 나오셨구먼. 잠깐만 여기 좀 쳐다봐유."

황인술은 말을 하다 말고 너럭바위 위로 냉큼 올라섰다.

아직은 아침을 먹기에 이른 시간이다. 다른 날 같았으면 아이들이 부르러 올 때까지 시간을 보냈을 것이다. 하지만 오늘은 일찌감치 들어가는 것이 좋을 것 같다는 생각에 슬금슬금 돌아서던 사람들이 걸음을 멈췄다.

"다른 말이 아니고, 여러분들이 보시다시피 우리 동리 진입로 변에 풀이 장난이 아녀유. 본격적으로 여름이 되믄 잡풀이 무성해져서 미관상으로도 보기가 안 좋고, 풀들이 억세져서 깎아 내기도 힘이 들쥬. 그래서 드리는 말씀인데, 낼 아침을 먹고 열시부터 한 두어 시간 동안 부역 좀 해야겠슈. 그렇게 한 집에서 한 명씩은 낫이나 깔꾸리를 들고 둥구나무 밑으로 모여 줘야겠슈……"

"에! 두 번째로 드릴 말씀은 이븐에 우리 동리에 비료가 열 포 배당이 됐슈. 생각 같아서는 집집마다 한 포씩 나눠주고 싶지만 안타깝게도 열 포벆에 안 돼서 부득이 비료대 미수가 없는 집부텀 배당을 해 주고 나서 여분이 있으믄 다른 이들도 생각을 해 줄 모냥잉께, 비료가 필요한 분들은 오늘 아침을 먹는 즉시 저희 집으로 왕림해 주시기 바랍니다. 시 번째로는 식전부텀 이런 말씀을 드리기는 머 하지만 어제 면사무소에서 있었던 구장단 회의 결과를 말씀드리겠슈. 다름이 아니라 면사무소 별관 신축공사를 명년부터 시작할 계획이 서 있다고 하네유. 그래서 드리는 말씀인데 면사무소 신축공사비쪼로 우리 동리에 배당된 금액이 월매냐 하믄, 쌀 다섯 가마니라 이거유. 원래는 스무 가마니가 배정이 된 걸, 이 동리 사람인 부면장님이 심을 쓰셔서 반으로 뚝 짤라 준 것도 부족해서 또 한 븐 딱 짤라서 다섯 가마니로 확정을 했슈. 그랑께 이 문제에 대해서는 부면장님의 체민도 있고, 여기 서 있는 구장의 얼굴도 있고 함께 더 이상 왈가불가하지 않을 거라고 믿겄슈. 신축공사비를 내는 시점은 올 가실 타작이 끝난 담에 집집마다 얼매씩 할당을 하겄슈. 그리 알고 그때 가서 딴소리하시는 분이 없으시길 바랍니다."

황인술은 말을 끊고 동네 사람들의 표정을 살핀다. 다섯 가마니라는 말에 동요의 빛이 역력하다. 하지만 스무 가마니를 반에 반으로 깎았다는 말에 안도의 표정으로 바뀐다. 무식한 것들은 이래서 다루기 편하다고 생각하며, 다시 말을 이어나가기 시작한다.

"또 한 가지 마지막으로 부탁드리고 싶은 것은 솔직히 구장의 신분으로 이런 말씀을 드리기 남살스럽지만 안직도 구장 수곡을 안 내신 분들이 및 분 계셔유. 사정이야 굳이 물어보지 않아도 딱하시겄지만, 여기 서 있는 구장은 보리쌀도 아니고 달랑 알보리 두 말을 못 내는 여러분들보담은 사정이 더 딱하구만유. 지가 입 추잡스럽게 굳이 이 자리에서 어느 집이라고 말씀을 드릴 수는 읎고, 우리 집에 있는 광일이 에미한테 물어보시믄 다 알겄지만 말유. 지는 어즈께도 면사무소 회의를 나갔다가 순전히 우리 동리를 위해서 농협조합 직원들한티 즈녁을 샀슈. 탁주 한두 되 값이야 내 겟주머니 돈으로 내도 부담이 없슈. 하지만 그 사람들이 탁주에 김치쪼가리만 드시겄슈? 그래서 학산 삼거리에 있는 태화루에서 빼갈에다 탕수육을 대접했슈."

"빼갈에다 탕수육이라……. 우리 같은 이는 일 년에 한 번 구경을 할까 말깐데, 구장은 자주 먹는 모냥이지?"

변쌍출이 마른입을 다시며 중얼거렸다.

"빼갈에 탕수육이믄 돈이 얼매여?"

"아따, 쫭히 하고 구장님이 하시는 말씀 좀 들어 봐. 구장님이 시방 아침도 안 먹은 우리들을 데리고 빼갈에 탕수육 먹었다는 자랑을 할라고 하는 거는 아니잖여."

"쫭히들 하셔유. 솔직히 우리 집 형편에 탁주 한 잔도 읎어서 못 마실 형편이라는 걸 모르는 것도 아니잖유. 그런 내가 누구 말대로 빼갈에 탕수육 먹었다는 자랑한다면 미친놈이 따로 읎는 거 아니겄슈. 지도 먹기는 싫지만 명색이 구장이라는 사람이 은어먹고 댕길 수만은 읎어서 지 둥 뿌리 빠지는 줄도 모르고 사 먹는 거유. 그것도 워쩌다 일 년에 한두 번씩 대접하는 거라면 이 자리에서 입 추접하게 말도 안 해유. 그런 대접이 한 달에도 대여섯 번이고, 면 서기나 지서 순경들이 출장 올 때마다 씨암탉을 잡아 대접한 걸 더하믄 말도 못해유. 그러다 봉께 느는 것은 조합 빚이고, 죽어나는 건 우리 집 식구들유. 그런 사정을 하나부터 열까지 일일이 말해 주다 보믄 오늘 즈녁때까지 해도 시간이 부족할规. 그랑께 지발 저를 살려 주시는 셈치고, 구장 수곡을 안 내주신 분들은 금명간 저희 집으로 보리 두 말을 보내 주시길 바랍니다. 이상 끝입니다. 다들 집으로 돌아가셔서 아침 드시고, 각자 맡은 바 농사에 전념하시길 바래유."

동네 사람들은 쭈빗쭈빗한 얼굴로 황인술이 하는 말을 다 듣고 난 후에는 너나 할 것 없이 식전부터 똥 밟았다는 얼굴로 돌아선다.

"우리 동리 백미 다섯 가마가 배당되었다믄 한 집당 얼매씩 내야 하는 거여?"

"한 가마니가 열 말잉께, 쉰 말을 내야 된다는 거잖여. 한 집당 한 말이 넘게 배당이 되겠구먼.”

“젠장, 면사무소 신축하는데 왜 우리가 쌀을 내야 하는 건지 모르겠어. 면사무소가 우리한테 뭘 해 주는데?”

“해 주는 거는 읎어도 받으러 오는 거는 많잖여. 농지세부텀 시작해서 면의회 의장 상조비, 지방의회 선거비, 병무협의회비, 국민회비, 시국 대책비, 도로 유지비……. 아이구! 식전부텀 세금 명세 외울랑게 대가리 쥐나네. 좌우지간 면사무소에서 내라는 돈 잡부금 명세 외울라믄 해전에는 심들어.”

“심들믄 그만햐. 그거 다 왼다고 면사무소에서 상 주는 거 아닝게.”

“하도 심들어서 하는 소리지.”

“학산 이발소에서 들은 야긴데, 도시 사는 사람들한티는 외려 세금을 깎아 준다는데, 우리한테는 먼 일인지 갈수록 세금이 느는지 모르겠어.”

“젠장, 우리도 세금 지때 지때 낼라믄 하루빨리 지겟다리 때려 뿌시고 서울로 올라가야 하는디.”

“아무나 서울 가나? 빽도 돈도 배운 것도 읎는 무식한 것들은 죙히 농사나 짓는 거지.”

사람들은 이른 아침에 전해 들은 잡부금 공지에 어깨가 축 늘어진 얼굴로 신세타령을 하며 집으로 향했다.

안방은 어제 저녁부터 서너 시간 간격으로 장작불을 넣어서 방바닥이 후끈후끈거린다. 게다가 행여 바늘만한 바람이라도 들어올까 봐 창문이며 방문에 이불 호청을 걸어 놓아서 가만히 있어도 얼굴이며 목에 땀방울이 맺힐 정도다.

보은댁은 옥천댁에게 가문의 대를 이어갈 손자가 태어난 올해가 쥐띠 해이며, 난 시가 새벽 2시 15분이라고 정확하게 분까지 알려 주었다. 더불어 쥐가 한창 왕성하게 활동할 시간에 태어나서 장차 큰 갑부가 될 것이라고 덕담을 해 주었다.

옥천댁은 딸을 셋 낳을 동안 한 번도 해 주지 않던 보은댁의 덕담이 반갑기보다는 가슴이 아려 오면서 뜨거운 눈물이 얼굴을 타고 흘러내렸다. 열 손가락 깨물어서 안 아픈 손가락이 없다고 딸자식이라고 해서 자식 취급을 하지 않은 적은 없었다. 그런데도 보은댁은 무정하게도 딸자식들에게는 덕담 한마디 해 주지 않았다는 점이 그때는 몰랐는데 새삼스럽게 서러움으로 되살아났다.

아이를 낳고 처음으로 먹는 미역국을 '첫국밥'이라고 한다. 첫국밥은 산모와 아이의 건강을 위하여 미역국과 흰 쌀밥과 간장을 먹는데, 산모나 아이 모두 명을 길게 해달라는 염원으로 미역을 꺾지 않고 긴 것을 그대로 넣고 미역국을 끓인다.

옥천댁은 아이를 그동안 셋을 낳았지만 보은댁이 끓여 주는 첫국밥을 오늘 처음으로 먹었다. 그동안은 아이를 출산한 시간이 새벽 한 시든, 다섯 시든 모내기에 정신이 없던 초여름의 오전 나절이든 점순이를 시켰다. 그것이 여의치 않으면 청산댁이나 상규네를 불러서 첫국밥을 차리게 했다.

옥천댁은 보은댁이 직접 끓인 첫국밥을 한 수저 떠먹었다. 온갖 설움이 하나로 뭉쳐 가슴 저 밑에서 치밀어 오르는 것 같아서 눈물이 왈칵 쏟아지려 했다. 하지만 아이를 낳고 산모가 눈물을 흘리면, 장차 아이가 눈물 흘릴 일이 많아질지도 모른다는 생각에 억지로 눈물을 참고 첫국밥을 먹었다.

'봐라, 내가 머라고 항 겨. 동하 갸가 들례네 집에서 워쩔 수 읎이 있기는 하지만 속맘은 너한테 와 있능 겨. 그랑께 그때도 아를 쑥쑥 잘 낳으라고 그 비싼 잉어를 보냈지. 인재, 니가 아들까지 났응께 얼매 안 있으면 동하도 집으로 돌아올 껴. 그랑께 맘 푹 놓고 몸조리나 잘햐. 동리 사람들한티는 손녀를 봤다고 소문을 낼 참이다. 우리 손자 할아부지 말씀이 그래야 명이 길다능 겨. 그리 알고 이렛 도막은 너도 아들이라고 생각하지 말고 딸내미인 줄만 알고 있어야 하능 겨.'

하루아침에 천하를 얻은 사람의 표정이 그리할까. 보은댁은 해방이 된 이후 직접 논밭으로 나가서 일을 하지 않았을 뿐만 아니라 잘 먹고 걱정 없이 사는 탓에, 살결은 여느 동배의 여자들보다 젊어 보이기는 하다. 하지만 젊었을 때 땡볕에서 고생한 흔적은 고스란히 남아 있어서 검게 그을린 얼굴은 밭고랑처럼 주름져 있다. 그 얼굴이 기쁨을 참지 못해서 황금처럼 누렇게 번쩍번쩍 빛이 났다. 번쩍번쩍 빛이 나는 얼굴로 아직은 이름을 얻지 못한 아이를 기쁘다 못해 감격에 겨운 얼굴로 바라보면서 옥천댁에게 말했었다.

옥천댁 얼굴은 아이를 낳느라 좀 여윈 것처럼 보이기는 했지만, 방 안의 열기 때문인지 봉숭아 빛으로 물이 들어 있다.

방 안이 더운데도 곤히 잠들어 있는 아기는 밤을 꼬박 지새우며 한 땀, 한 땀 정성들여 만든 배냇저고리를 입고 곤히 잠들어 있다. 손가락으로 쿡 누르기만 하면 터져 버릴 것 같은 여리고 투명한 살결은 너무 고와서, 이 세상 사람처럼 보이지가 않고 신선의 아들처럼 보였다. 세상의 빛을 본 지 하루가 지나지 않았는데도 눈썹하며, 오뚝한 콧날에 꾹

다문 입술이 그렇게 의젓할 수가 없다.

'니가 정녕 아들이여?'

옥천댁은 배냇저고리 안으로 손을 집어넣어 본다. 살결이 너무 부드럽고 여린가 하면, 새의 가슴보다도 따뜻하다. 햇볕 좋은 날을 골라서 무명을 빨고 말려서 다듬질을 하고, 다시 빨고 말려 다듬질을 해서 비단처럼 부드러워진 기저귀 안으로는 분명 익숙하지 않은 느낌으로 전해지는 돌출기가 있다. 너무 작아서 사람의 것이라고 믿어지지 않는 고추를 만지는 순간, 처음 이동하의 손길이 젖가슴을 스쳤을 때처럼 짜르르한 전율이 일어난다.

숨이 막히도록 벅차오르는 전율 뒤에 또 눈물이 맺히려고 한다. 딸들을 임신했을 때도 똑같이 입덧을 했었고, 출산을 할 때는 똑같이 생살이 찢어지는 듯한 고통을 겪었다. 그런데도 딸들의 잠지를 만져 보았을 때는 이처럼 가슴에서 넘쳐흐르는 전율을 느껴 보지 못했다는 것이 견딜 수 없는 미안함과 죄스러움으로 살아났기 때문이다.

문을 가린 이불 호청 밖으로 해가 뜬 지 오래된 것 같은데도 밖은 괴이하리만큼 조용하다. 뒤안 감나무에는 오늘은 콩새들과 까치들이 울지 않기로 작정을 했는지 새 소리도 들리지 않는다. 문 밖이 너무나 조용해서 내가 지금 꿈을 꾸고 있는 것은 아닌지, 꿈속에서 아이를 낳은 것은 아닌지 하는 느낌이 들기도 한다. 그러나 꿈은 아니다. 아이는 배냇저고리 소매 안에 숨긴 손을 가끔 움직이면서 조용하게 잠을 자고 있다.

잠을 자고 있는 아이의 얼굴은 박태수를 닮지 않은 것 같았다. 그런데도 박태수의 얼굴이 가만히 겹쳐져 보인다.

옥천댁은 아이의 얼굴에 가만히 겹쳐지는 박태수의 얼굴을 지우려 하

지 않았다. 박태수의 얼굴이 떠오르는가 싶더니 마음속에서 소나기가
억수같이 쏟아지기 시작한다.

소나기가 억수같이 쏟아지는 그날 밤 어떡하다 박태수의 품에 안기게
되었는지를 생각하면, 몸은 불처럼 뜨거워지는데 상황은 정확히 기억나
지 않았다. 분명하게 기억나는 것은, 보은댁이 그날 밤 암소가 송아지를
낳을 것 같다면서 박태수를 행랑채에 머물게 했다는 것이다.

"열 시나 열한 시 쯤에 점순이 시켜서 탁주 한 주전자 더 들여보내.
요새 송아지 끔도 비싼데 혼자 맹하니 지달릴라믄 지루할 거잖어."

옥천댁이 저녁 설거지를 끝낸 후였는데, 보은댁이 도롱이를 쓰고 정
지 안으로 들어와서 말했다.

"알았구만유."

옥천댁은 보은댁이 쓰고 온 도롱이를 뒤집어썼다. 마당에는 대청마루
에 켜 놓은 전등 불빛으로 보이는 빗줄기가 철사 줄기처럼 마당에 내려
꽂히고 있었다. 자욱한 물안개까지 일어나서 앞이 보이지 않는 빗속을
더듬어 마당으로 내려섰다. 치마를 입은 장딴지를 흠뻑 적시면서 빗속
을 걸어 외양간 앞으로 갔다. 외양간 구석에 매달린 남포등 불빛 밑에
암소가 누워 있다. 암소는 진통이 시작되었는지, 그렇지 않아도 왕방울
만한 눈이 계란처럼 툭 불거져 있다. 진통의 고통을 참느라 개침을 질질
흘리며 씩씩거리고 있는 모습을 보니, 보은댁의 말처럼 오늘 밤 안으로
송아지를 낳을 것처럼 보였다.

옥천댁은 남포등 불빛 아래 누워 있는 소가 부럽기만 했다. 요즘 소
값이 비싸기는 하다지만 하찮은 미물에 불과하다. 미물인 소도 때가 되

면 교미를 하고 송아지를 낳는다. 하지만 옥천댁은 남편이 있으면서도 임신을 할 수가 없다는 사실이 서글프기도 하고 원망스럽기도 했다. 이동하가 학산의 들례 집에 머물기 시작하고 나서부터 이동하의 정신이 맑을 때 합궁을 해 본 적이 없었다. 저잣거리에서 몸을 함부로 돌리는 여자와 합궁을 하는 것도 아니고, 기생집의 기생과 합궁을 하는 것도 아닌데 늘 엉망으로 취했을 때만 저고리 속으로 손이 들어온다.

"아따! 오늘은 왜 이렇게 힘이 읎능 겨."

이동하가 허겁지겁 저고리를 벗기고 치마를 뒤집고 서둘러 속곳을 끌어내린 것은 애자를 낳기 전의 새신랑 적 일이다. 들례를 얻고 나서는 막상 옥천댁의 몸이 뜨거워지기 시작하면 늙은 염소처럼 저 혼자 씩씩거리다가 잠을 자겠다는 말도 없이 코를 드르렁거리며 곯아떨어지기 일쑤다.

어제 저녁만 해도 그렇다. 학산 면 소재지에 땅을 구입하는 문제로 집에 들어온 이동하는 술에 취해 있었다. 그것도 부족해서 이병호와 밤늦도록 정종을 더 마시고 안방으로 들어왔다.

"당신은 위티게 생겨 먹은 여자가 서방님이 오셨는데도 반기는 기색이 읎어. 그랑께 내가 자꾸 발길이 멀어지는 거잖여."

"취하신 거 가튜. 얼릉 주무세유."

"남편 말 알기를 개같이 알아……."

이동하는 다른 날처럼 반 억지로 옥천댁의 옷을 벗겼다. 그리고 옥천댁의 문이 채 열리기도 전에 혼자 만족을 하고 잠에 곯아떨어졌다. 옥천댁은 옷을 입으면서 허망한 눈빛으로 잠들어 있는 이동하를 바라보았다. 여름인데도 한겨울처럼 춥고 시린 가슴에 원망스러운 눈빛이 눈처럼 소

복소복 쌓여 가는 것 같았다.

'으머머! 내가, 시방 먼 생각을 하고 있는 거여.'

여자 나이 서른다섯 살이면 세상을 살 만큼 산 나이다. 무엇보다 남자의 몸을 너무나 잘 알고 있는, 육체적으로 완숙기에 이른 나이이다. 성적으로 한참 민감한 나이에 임신한 암소를 바라보면서 남편과의 합궁, 그것도 미완으로 끝난 합궁을 생각하는 사이에 얼굴이 뜨겁게 달아올랐다. 얼굴이 뜨겁게 달아오르는 것에 그치지 않고 가슴이 울렁거리며 온몸이 뜨거워지기 시작했다.

"암 걱정 말고 편히 주무셔유. 지가 한숨도 안자고 지킬 딩게."

옥천댁은 언제 등 뒤에 박태수가 와 있었는지 알지 못했다. 갑자기 빗소리가 멀어지는 것 같은 기분이 들어서 고개를 돌리려는 찰나에, 등 뒤에서 들려오는 박태수의 목소리를 듣고 깜짝 놀라며 뒷걸음을 쳤다.

낮에는 가을볕이 따갑기는 하지만 10월의 끝자락이다. 앞이 보이지 않을 정도로 쏟아지는 장대비에 밤바람마저 서늘했다. 그런데도 잠방이 차림에 적삼만 걸친 박태수의 몸은 사람의 몸이 아니라 황소처럼 우람했다. 그의 등 뒤로 마당에 장대처럼 내리꽂히는 빗소리는 빗소리가 아니었다. 이동하에게서는 볼 수 없었던 근육질의 가슴을 가진 박태수의 목소리가 자신의 전신을 우악스럽게 쓸어내리며 거칠게 뛰는 심장 소리였다. 빗줄기 저편으로 대청마루에 켜 있는 전등 불빛이 실루엣으로 희미하게 보였다. 불빛이 멀어 보여서인지 빗줄기가 대나무밭처럼 보였다. 아무도 없는 대나무밭에 박태수와 둘이 있다는 생각이 들면서 걷잡을 수 없이 가슴이 뛰었다.

"수……수고 좀 해 줘유……."

옥천댁은 박태수가 예사롭게 보이지가 않았다. 수많은 세월 동안 마음속으로 열병을 앓고 있던 남자를 외진 숲에서 우연히 만난 것 같은 기분에 사로잡혔다.

'내……내가 왜 이라능 거…….'

박태수는 뭇 남자다. 가까이해서도 안 되고, 마음에 둬서도 안 되고, 행여 길거리에서 마주쳐도 바람처럼 그냥 스쳐 지내 보낼 남자다. 그런데도 입 안의 침이 바짝 마를 정도로 심장이 두근거려서 마주 바라볼 수가 없었다. 가만히 서 있으면 박태수의 품에 빨려 들어가 버릴 것처럼 심장이 두근거리고 얼굴이 화끈거려서 도롱이를 뒤집어쓰고 빗속으로 뛰어들었다.

'아녀, 이건 아녀. 이러믄 안 되는 거여.'

옥천댁은 단걸음에 방에 들어가서도 좀처럼 마음이 진정되지 않았다. 마치, 박태수와 입술이라도 맞춘 것처럼 온몸이 덜덜 떨렸다. 이러면 안 된다고, 박태수는 그저 송아지를 받으러 온 동네 남정네 일 뿐이라고 애써 마음을 돌리려 해도 도무지 진정이 되지 않았다. 방의 불을 끄고 어서 잠을 자야 더러운 생각으로부터 벗어날 수 있다는 생각이 들었으나 불을 끌 수가 없었다. 만약 방의 불을 끄면 행랑채에 있는 박태수가 그림자처럼 들어올지도 모른다는 상상에서 벗어날 수가 없었던 것이다.

'그려, 그냥 암소만 보고 오는 거여. 그이는 절대로 안 보고 암소만 보고 오는 거여.'

얼마나 시간이 흘렀는지 모른다. 대청마루의 불이 꺼진 걸로 보아서 열 시가 넘은 시간이다. 밖에서는 여전히 비가 억수처럼 쏟아지고 있었다. 옥천댁은 얼굴 가득한 눈물을 훔치며 일어섰다. 도둑처럼 소리 나지 않게 문을 열었다. 대청에 불이 꺼진 뒤여서 사랑방에도 어둠이 깃들어 있다. 암소가 송아지를 낳았다는 박태수의 부름이 없다면, 아침까지 불이 켜지지 않을 사랑방이다.

옥천댁은 반쯤은 정신이 나간 얼굴로 도둑고양이처럼 소리 없이 막걸리 주전자를 챙겨 들었다. 여전히 비가 쏟아지고 있었다. 빗속을 뚫고 외양간 앞으로 갔다. 다행일까 불행일까……. 외양간에는 남포등만 비바람을 맞으며 외롭게 불을 밝히고 있다. 암소는 여전히 고통을 참지 못해 툭 불거진 눈으로 씩씩거리고 있다. 분명 산통을 참지 못해 씩씩거리고 있을 것이겠지만, 다른 모습으로 다가왔다. 언젠가 황소와 접을 붙일 때 허연 침을 질질 흘리고 있는 것이 떠올랐다.

"밤바람이 찬데……."

옥천댁은 갑자기 빗소리가 멎는 것을 느끼며 뒤로 돌아섰다. 언제 다가왔는지 박태수가 우람한 등으로 비를 가리며 뜨겁게 속삭이는 목소리를 듣는 순간, 다리의 힘이 한꺼번에 빠져나가는 것을 느꼈다.

"이……이라믄 안 되는데."

옥천댁은 자석에 이끌리는 것처럼 박태수의 품으로 빨려 들어갔다. 그 뒤로는 기억이 눈을 감고 돌아누워 버렸다. 어떻게 방으로 들어왔는지 정신을 차려 보니까 알몸으로 이불을 덮고 누워 있었다. 들창문 밖에서는 여전히 비바람이 흐느끼고 있었다. 옥천댁은 비바람이 흐느끼는 소리가 박태수의 거친 숨소리처럼 들려서 귀를 틀어막았다. 귀를 틀어막을수록 비바람이 흐느끼는 소리가 더 크게 들려와, 나중에는 이불을 뒤집어쓰고 꺽꺽거리며 통곡하기 시작했다.

'내 잘못이 아녀. 운명이 그렇게 짝을 지워 준 거여. 암, 절대로 내 잘

못은 아녀.'

옥천댁은 이불을 뒤집어쓴 것도 부족해서 손바닥으로 입을 틀어막고 얼마나 울었는지 기억이 나지 않았다. 점순이 대신 막걸리 주전자를 들고 외양간 앞으로 갔던 기억도 현실이 아닌 꿈처럼 살아났다. 분명하게 기억나는 것은 뜨거운 폭풍우가 온몸을 감쌌던 시간들이 꿈결처럼 흘러간 뒤에 박태수가 한 말이었다.

"미안해유⋯⋯. 이러고 싶지는 않았는데⋯⋯ 워쩌다 봉께, 나도 모르게⋯⋯. 하지만 평생 내 맘 한가운데 오늘을 간직할 수뻑에 읎을 거 같구만유."

밖에는 여전히 마당을 뚫어 버릴 것처럼 소나기가 내리꽂히고 있었다. 어둠 속에서 허겁지겁 옷을 입는 소리와 함께 컴컴한 구석에서 나지막하게 들려오던 박태수의 목소리가 되살아났을 때서야 자신이 엄청난 일을 저질렀다는 걸 깨달았다. 기억은 징검다리처럼 그 시점에서 또 끊어졌다. 기억이 이어지는 부분에는 그날 밤 황소가 집으로 들어오는 꿈 조각이 누워 있었다.

'그려, 나야 하늘 아래 둘도 읎는 죄인이라 하지만, 이 아이는 먼 죄가 있겄어. 내 운명이 이 아이를 위해 태어났는지도 모르는 일⋯⋯. 워칙하든 낳는 수뻑에 읎겄지.'

옥천댁은 한 달 후 태기를 느꼈다. 배 속에 들어 있는 아이가 이동하의 씨가 아니고 박태수의 씨라는 것을 더듬어 보는 것은 그리 어렵지가 않았다. 그렇다고 해서 낙태를 하고 싶지는 않았다. 마음대로 나들이를 갈 수 없는 신분이라서 낙태를 할 방법도 없었지만 태몽을 돌이켜 보면 아들이 분명했다. 설령 아들이 아니더라도 아이를 낳아야겠다는 결심이

서는 순간, 가슴속에서 뜨거운 강이 흐르는 것을 느꼈다. 끝이 보이지 않는 강줄기를 따라 흐르는 강물은 너무 뜨거워서 온몸이 불에 덴 듯 확확 달아오르는 것 같았다.

"너, 요새 얼굴 꼴이 왜 그러냐. 또 아가 슨 거여?"

옥천댁은 둘째, 셋째를 임신했을 때는 입덧을 하지 않았다. 그러나 이 번에는 첫딸을 낳을 때보다 더 심하게 입덧을 했다. 이유를 알 수 없이 속이 울렁거리고 메스꺼워지는 것은 보통이다. 일을 하지 않았는데도 괜히 숨이 가쁘기도 했다. 무엇보다 평소에 좋아하던 된장찌개며, 콩자 반이나 된장으로 묻힌 나물 종류는 냄새도 맡을 수가 없었다. 정신적으 로도 이동하에 대한 원망의 도가 지나쳐서 밤을 새워 속울음을 울 때가 많았다. 이동하가 자신을 멀리하지 않았다면, 소나기가 억수같이 쏟아지 는 날 밤에 마치 귀신에게라도 홀린 것처럼 박태수의 품에 안기지는 않 았을 것이라는 생각이 자꾸 들어서 우울증에 걸릴 지경이었다. 그러다 보니 몸이 부쩍 여위기 시작했다. 그런 눈치를 챈 보은댁이 눈빛을 세우 며 은근히 물었다.

"그른 거 가텨유."

"쯔쯔, 그래도 동하가 서방 노릇은 지대로 하고 있는 모양이구먼. 그 래, 이븐에는 아들일 것 같은 예감이 드냐? 아들일 거라는 태몽이라도 꿨냐, 이 말이여."

보은댁은 옥천댁의 임신 사실은 대수롭지 않게 받아들이면서도, 일말 의 기대감이 솟는다는 얼굴로 갑자기 목소리를 낮췄다.

"글씨유…… 시방 생각해 봉께 우리 집 대문이 활짝 열리믄서 황소가 뚜벅뚜벅 걸어 들어오는 꿈을 꾼 거 가튜. 황소도 보통 황소가 아니고 앞산만한 황소유. 어찌나 크든지 깜짝 놀래서 눈을 떠 봉께 꿈이지 뭐유."

"으메, 앞산만한 황소라믄 틀림없는 아들이구만. 가만있어 봐. 내가 이러고 있을 때가 아녀. 나 시방 학산 댕겨 올 팅게 어여 준비 좀 혀라. 일릉!"

보은댁은 옥천댁이 황소를 꿈속에서 봤다는 말에 두 눈이 휘둥그레지도록 놀라며 외출 준비를 서둘렀다.

"이……이븐에는 틀림없는 아들이란다. 마……만약, 이븐에도 딸이라믄 손바닥에 장을 지질 정도가 아니고 스스로 자진을 한다고 했응께 틀림없을 거여. 그……그렇게 앞으로는 심든 일은 일절하지 말고 점순이를 시키도록 혀라. 알겄지?"

보은댁은 단걸음에 학산에 있는 꼬막네한테 가서 점을 쳤다. 오는 길에 빈손으로 오지 않고 면사무소 소사로 근무하는 김생수를 시켜서 흑염소 한 마리를 끌고 왔다. 박평래를 시켜서 염소를 잡게 하는 한편, 정지에서 일을 하고 있는 옥천댁을 억지로 방으로 끌고 들어가서 이부자리를 펴 주며 흥분하다 못해 떨리는 목소리로 말했다.

"안직 괜찮아유. 아를 한두 번 배 보는 것도 아닝께 너무 걱정하지 마셔유. 하지만 너무 꼬막네 말을 믿지는 마셔유."

옥천댁은 시어머니에 대한 죄스러움과 야속한 남편에 대한 원망이 겹쳐서 눈물이 날 것 같아, 억지로 이불을 개 장롱에 넣었다.

"아녀, 만약 이븐에 딸을 낳게 된다믄 지 손바닥에 장을 지진다고 큰소리치더라. 내가 볼 때도 이븐에는 틀림없이 아들을 낳을 것 같은 생각이 든다. 그렇게 여하튼 몸조심해야 한다. 니 태몽하고 꼬막네 말대로 손자를 낳는다믄 승철이 문제는 새로 생각해 볼 문젱께."

보은댁은 옥천댁의 두 손을 잡고 밖의 동정을 살폈다. 목소리를 낮추고 옥천댁만 들으라는 목소리로 속삭였다.

"어머님, 그기 무슨 말씀이셔유? 승철이는 지 배가 아파서 낳은 아들은 아니지만 지가 밤잠 안 자며 키운, 맘으로 낳은 자식유. 설령 이븐에 아들을 낳는다고 해도 그 아는 승철이 동생유. 그건 절대 안 대유."

"승철이가 은제까지 니 품에서 자라는 어린애로만 남아 있을 줄 아냐? 시방은 철부지라 니가 어먼 줄 알고 있지만 나이가 들어 봐라. 피는 물보다 진한 벱여. 겉으로는 널 어머라고 부를지 모르겠지만, 뒤로는 들례를 찾아가서 뒤늦게 효도한다고 문지방에 불이 날 끼다."

"지도 그쯤은 알고 있슈. 주변에서 아무리 쉬쉬 해도 언진가 들례가 어머라는 걸 알게 되겠쥬. 그라고 그때는 당연히 들례를 어머로 대접을 해 줘야 한다고 생각해유. 하지만 그렇다고 해서 승철이가 저를 길러 준 은혜를 저버릴 것이라는 생각은 단 한 번도 해 보지 않았슈……."

"너, 그 말 참말로 하는 말이냐?"

"그러믄유."

"알겠다. 아를 날라믄 안직 세월이 많이 남았응께 그건 난중에 결정하기로 하고, 시방은 무조건 몸조심해야 한다. 알겄지."

"알았구만유."

옥천댁은 나중에 태몽처럼 아들을 낳는다고 해도, 승철이를 내치지는 않을 것이라고 스스로 다짐했다.

그날 낮에 이동하는 면사무소에 들른 보은댁한테 옥천댁이 임신했다는 말을 들었다. 옥천댁이 임신을 했다는 말을 듣는 순간, 처음에는 어이가 없다 못해 혼란스러웠다. 가끔 모산에 들러서 술에 취해 옥천댁을 품은 적이 없는 것은 아니다. 하지만 임신이 될 것이라고는 꿈에도 생각해 본 적이 없었다.

'이것이 필경 나를 개망신 줄라고 의도적으로 임신을 한 것이 틀림읎을 겨.'

면사무소 직원들은 거의가 이런저런 일로 담당하고 있는 동네로 출장을 가고, 호적계에만 계장하고 임시 직원 한 명이 앉아 있었다. 빈 책상들을 한참 동안 쳐다보고 있다 보니 슬그머니 화가 치밀어 오르기 시작했다. 아들은 이미 승철이 하나로 충분한데, 만약 또 딸이라도 낳게 되면 체면이 말이 아닐 것이다. 얼굴을 아는 사람들마다 딸 부잣집이라고 속으로 비웃을 것은 당연지사고, 들레 몸에서 낳은 승철이 이름도 오르내릴 것이 분명했다. 옥천댁이 그렇게 되리라는 걸 뻔히 알고 있으면서도 자신한테 망신을 주기 위해 일부러 임신을 했을 것이라는 생각에 모산에 들어가지 않았다.

"명색이 집안의 가장이라는 놈이 식구가 임신을 했다는데 꼴도 보이지 않으믄 남들이 뭐라고 하겄냐? 그랑께 오늘은 틀림읎이 집에 들르거라."

이튿날도 모산에 들어가고 싶은 생각이 없었다. 그러나 이병호가 일부러 점순이를 보냈는데도 모른 척할 수가 없어서 내키지 않는 걸음으로 모산에 들어갔다.

"당신은 배울 만큼 배운 사람이 왜 그렇게 칠칠치 못하게 행동해서 사람 체민을 땅에 떨어뜨릴라고 하능 겨?"

이동하는 마당에 들어서자마자 이병호에게 인사를 하는 둥 마는 둥한 채, 정지에 있는 옥천댁의 손을 끌고 안방으로 들어갔다. 방바닥에 앉기가 무섭게 화를 참지 못해 재떨이라도 집어던질 것 같은 표정으로 옥천댁을 다그쳤다.

"지가 칠칠치 못하게 한 행동이 머가 있다고……."

옥천댁은 이동하가 임신한 것을 의심할 것이라고는 추호도 생각하지 않았다. 그런데도 지은 죄가 있어서 말꼬리를 흐리며 이동하의 눈치를 살폈다.

"어지 낮에 어무니가 면사무소에 찾아 오셨잖여. 거기서 하시는 말씀이 당신이 아를 뱄다고 하시든데, 역부러 면사무소까지 오셔서 그냥 해보는 소리가 아닌 거 같아서 하는 말이잖여. 대체, 소나 돼지도 아니고 마흔이 다 되가는 여자가 임신을 했다는 기 말이나 되는 짓이여?"

"무슨 말씀을 그렇게 한데유? 사람잉께 이 나이에도 임신을 했지. 소나 돼지 같았으믄 임신이나 하겠슈. 그라고 당신 눈에는 내가 소나 돼지 츠름 뵀으면 좋겠슈?"

옥천댁은 이동하에게 칭찬을 받을 것이라고는 생각하지 않았었다. 그러나 최소한도로 임신을 했으니 몸조심하라는 말 정도는 들을 줄 알았다. 너무 서운해서 대들 것처럼 쏘아붙였다.

"뭘 잘했다고 딱딱거리는 거여. 할무니가 될 나이에 임신을 했으믄 쥐구멍을 찾아도 부족할 나이 아녀."

"할무니가 될 나이에 임신을 하면 그만큼 건강하다는 거 아녀유?"

"할무니가 될 나이에 임신을 항께 눈에 뵈는 것이 읎는 모냥이지. 명색이 학산면의 행정을 책음지고 있는 부면장이여. 당신이 부면장의 마누라면 부면장 체민이라는 것도 생각해 줄 줄 알아야 하는 거 아녀?"

"당신 말 참 잘했슈. 당신은 체민이라는 것이 있고, 당신 말대로 배울 만큼 배웠다는 지는 체민도 자존심도 없는 여잔 줄 아셨어유?"

"체민을 아는 여자가 그 나이에 아를 배?"

"아를 배고 안 배고가 손바닥을 폈다 오므리는 것처름 지가 맘먹은 대로 되는 거유?"

"허허! 적반하장이라고 하드니, 바로 이런 갱우를 두고 하는 말이구먼. 아! 내 나이가 시방 및 살인 줄 알기나 혀? 내 나이가 대관절 및 살이여? 불혹이라는 마흔 살이여, 마흔 살. 그라고 공직에 근무하고 있는 공인이 란 걸 모르고 하는 소리여? 백 번 말해도 싫증이 안 나는 말이지만, 내 가 명색이 학산면의 행정을 책음지고 있는 부면장의 신분이란 말여. 내 가 지나갈 때마다 사람들이 겉으로는 손가락질 안 하고, 속으로는 '저기 부면장님이 지나간다.'라고 하지 않고, '애기 아부지 지나간다.'라고 비 웃으믄 좋겄어? 그것뿐인 줄 알어. 시방 우리 집에 딸이 및이여. 다섯 손 가락에서 두 개 빠지는 스이여. 그것도 부족해서 하나를 더 부조하게 되 믄 그건 또 무슨 망신여. 시방도 딸 부잣집이라고 영동군청에까지 소문 이 났는데 또 딸을 낳는다고 생각해 보란 말여."

"공직에 근무하시는 공인이 첩을 은어유? 그라고 딸이 스이가 아니고 다섯이믄 워뗘유. 다 내 배 속에서 키워 내 배 아파 났응께, 내 딸들인 데……."

"잘났구먼. 삼천리 방방곡곡에 잘났어. 공직에 근무하는 공무원은 대 를 잇지 않아도 된다는 것이 헌법에 나와 있기라도 한 것 같구먼. 그라 고 누가 첩을 은고 싶어서 은응 겨? 당신이 딸만 내리 스이나 낭께 대를 잇기 위해서 씨받이를 은다 봉께 그릏게 된 거잖여."

"씨받이하고 첩하고 가텨유? 씨받이를 은었으믄 그걸로 끝내야지, 벌써 및 년째유?"

"좌우지간 난 몰라. 앞으로 또 지지바를 낳기만 해 봐. 그때는 내 얼굴 두 번 다시 보지 못할 줄 알믄 틀림없을 팅게."

이동하는 옥천댁이 조목조목 따지고 들자 더 이상 할 말이 없었다. 그렇다고 화가 가라앉는 것도 아니다. 무엇인가 꼬투리를 잡아서 화를 내야 하겠는데, 그것이 생각나지 않아서 휑하니 일어서서 밖으로 나갔다.

옥천댁은 밖으로 나가는 이동하를 붙잡지 않았다. 이동하가 홱 밀어붙인 미닫이 방문을 닫지도 않았다.

"못난 놈! 장차 큰일을 할 놈이 차아암 잘하고 있는 짓이다."

"무조건 승질만 낼 일은 아녀. 지성이믄 감천이라고⋯⋯."

이동하는 대청을 건너서 곧장 사랑방으로 들어갔다. 사랑방에서 이병호의 거친 목소리가 새어 나왔다. 보은댁이 이병호를 달래는 목소리도 간절하게 들려왔다.

옥천댁은 일어서서 휑하니 열려 있는 방문을 천천히 닫았다. 이동하에 대한 원망이 분노로 변하는 것을 느끼며 어떠한 일이 있더라도 아기를 낳고 말겠다고 다시 한 번 결심했었다.

아기는 옥천댁의 타는 가슴하고는 아무런 상관이 없다는 얼굴로 숨소리도 내지 않고 곤히 자고 있다. 들창문 밖에서 늘상 서성거리던 바람도 오늘 따라 아기의 잠을 깨워서는 안 된다는 듯이 숨을 죽이고 있다.

옥천댁은 부드러운 눈빛으로 잠들어 있는 아이의 얼굴을 가만히 바라본다. 아직 어린아이라서 얼굴의 굴곡이 뚜렷하지는 않다. 하지만 자신의 얼굴을 닮은 것은 확실한 것 같았다. 설령 박태수의 얼굴을 닮았다고 해서 의심하는 사람은 없을 것이다. 그러면서도 박태수의 얼굴을 닮은 곳이 있는지 이마며, 눈썹, 눈매, 코와 입술, 턱 선을 가만히 들여다본다.

아이의 얼굴은 어려서 그런지 모르지만 박태수를 닮은 곳은 하나도 없다. 안심이 되기는 하면서도, 평생 애비를 모르고 살아야 할 아이한테 너무 미안했다. 너무 미안하고 죄스러워서 또 눈물이 나오려고 했다.

촌놈

고향에 갈라믄 차비만 있다고 되는 기 아뉴.
명색이 서울서 돈을 벌고 있다는 걸 온 동리 사람들이 지다 알고 있잖유.
부모님 얼굴에 똥칠 안 할라믄 그냥 내려갈 수는 읎잖유. 옷도 한 벌씩
사 입어야지, 구두도 한 켤레씩 사 신어야지. 작년에도 못 갔응께
명년 설에 내려가게 되믄 부모님 용돈 좀 드려야 하잖유.

벼농사는 겨울 동안 얼었던 계곡의 물이 풀리고 버들가지에 푸릇한 새싹이 돋아나면 시작이 된다. 먼저 모판을 만들어야 하는데 풀을 베고 나뭇잎을 긁어모아서 논에 넣고 자근자근 밟아서 상판을 만든다. 그 위에는 겨울 동안 아궁이에서 긁어내어 뒷간 구석에 모아 두었던 재를 뿌리고 못자리 흙이 말랑말랑해지도록 물을 빼고 햇볕에 말린다.

햇볕을 받아서 따뜻한 흙에 미리 물에다 담가 싹을 틔어 놓았던 볍씨를 뿌리고 물을 가두는 것으로 파종은 끝난다. 파종이 끝났다고 해서 모가 될 때까지 마냥 노는 것은 아니다. 못자리를 관리하는 틈틈이 밑거름이 될 퇴비를 만들어야 한다. 작년에 만들어 둔 퇴비가 없으면 산으로 올라가서 이제 막 키를 세우기 시작하는 갈대며, 물기가 축축하게 배어

있는 여린 상수리나무와 싸리나무 등을 닥치는 대로 낫으로 베어다 논에 뿌려 놓는다.

풀과 풋나무로 밑거름을 한 논에 소를 부려서, 쟁기로 한 번도 아니고 세 번 갈이를 해서 흙과 풀을 잘 섞어 놓는 것으로 밑거름은 얼추 끝이 난다.

모를 심기 전에는 논둑이 출렁이도록 물을 가두고, 써레와 번지로 논바닥을 바르게 잡는다. 물을 가두어 둔 논에는 바람이 불 때마다 물주름이 일어난다. 연못이나 저수지처럼 드넓어 보이는 무논을 멀리서 바라보고 있노라면 희망이 솟아나기도 하고, 한숨이 새어 나오기도 한다. 올해는 작년보다 어쨌든 소출이 좋아서 나락을 한 섬이라도 더 빼먹을 수 있을 것이라는 생각은 희망이고, 아무리 농사를 잘 져 놓아 봐야 논 주인에게 절반은 도조로 주고, 구장 수곡이네, 면사무소 세금이네, 장리쌀 갚아야 하네…… 등등으로 곶감 타래에 매달린 곶감 빼먹듯 한 가지씩 빼다 보면 씨나락도 남지 않을 것이라는 생각은 한숨인 것이다.

굳이 눈을 감고 곰곰이 계산해 보지 않고서 뻔하도록 절망적인 답이 나오더라도 희망을 가져야 한다. 아니, 희망을 가질 수밖에 없는 것이 농민들의 심정이다. 올해도 농사를 뼈 빠지게 져 봐야 가을걷이를 하고 나서 결산해 봐야 말짱 황이라는 판단을 먼저 하면, 맥이 빠져 농사를 지을 수가 없기 때문이다. 밑거름이 어느 정도 삭아서 풀잎처럼 부드러워지면 슬슬 모내기 준비를 하는 농민들의 얼굴에는 가벼운 설렘이 수시로 바람처럼 스쳐 지나간다.

모를 심는 시기는 하지를 중심으로 해서 닷새 앞서거나 닷새 늦게 심는 것이 좋다.

품앗이 일꾼들을 불러서 모를 내고 스무 날을 전후해서 초벌매기를
한다. 이때는 벼와 벼 사이에 있는 잡초와 흙을 호미로 파 엎는다. 다시
열흘이 지난 다음에 두벌매기를 하는데, 풀을 뽑으면서 흙 고르는 일을
하는 것이다. 다시 열흘 간격으로 애벌매기를 하는 틈틈이 벼가 무릎 높
이로 자라면 피를 뽑아 주어야 한다.

벼 낟알이 차기 시작하면 참새 떼가 모여들기 시작한다. 초봄부터 정
성을 들여 가꾼 벼를 참새에게 빼앗기지 않으려면 논 위에 사방팔방으
로 새끼줄을 쳐서 빈 깡통을 매달아 놓는다.

논이 크면 새막을 만들어 놓고 열두어 살 먹은 아이들을 사서, 참새가
날아들 때마다 새끼줄을 당겨서 깡통을 흔들어 새의 접근을 막는다. 그
것도 아니면 뙈기를 쳐서 총소리를 내 새를 쫓는다. 뙈기는 볏짚으로 꼬
아 만든 굵고 가는 끈 끝에 삼나무 껍질로 꼬아서 긴 채찍처럼 만든 기
구다. 이것을 크게 돌려서 반대로 획 당겨 치면 딱! 딱! 하는 소리가 총
소리처럼 울려 퍼지는 기구다. 귀때기를 때린다는 말도 여기서 비롯된
말이 아닐까 싶다.

벼농사를 짓는 중에 새를 쫓는 일도 매우 중요한 일이어서, 낟알에 물
이 차 오르기 시작할 때부터 원두막처럼 지은 새막에서 한 달 이상 거
주해야 한다.

아침저녁 바람이 서늘해지고 하늘이 높으면 들판이 노랗게 변해 가기
시작한다. 벼를 수확할 시기이가 되는 것이다. 벼는 베어서 곧장 타작을
하는 것이 아니다. 이른 아침부터 숫돌에다 날을 시퍼렇도록 잘 간 낫으
로 벼를 베어, 일단 논에 깔아 말린다. 벼를 양손으로 잡아서 한 움큼 크
기로 볏단을 만든 다음, 볏단이 잘 마르면 등짐이나 지게로 운반하여 한

곳으로 모은다. 절구통을 옆으로 눕혀 놓고 볏단을 메어쳐서 낟알을 털어 낸다. 그런 다음 나락을 삼태기로 퍼 담아 머리 위까지 치켜 올려서 천천히 바닥으로 흘려 내린다. 그러면 반대편에서 키로 부채질을 하여 쭉정이나 티끌 북데기 같은 것을 날려 버리는데, 그러고 나면 순수한 알곡만 남는다. 마지막으로 수북하게 쌓여 있는 알곡을 가마니에 담는다.

소작인들은 볏가마니를 달구지나 지게로 지어 지주의 집에 운반해 주고, 남은 벼는 뒤주나 가마니에 담아 사람이 자지 않는 골방에 보관해 둔 다음 먹을 만큼만 물레방아를 찧거나 디딜방아로 찧어서 쌀을 만든다.

벼를 훑어 낸 짚단 중에 단단하고 실한 것으로는 지붕을 일 이엉을 만들고, 나머지는 새끼를 꼬거나 가마니를 짜는 데 사용할 목적으로 헛간에 잘 쟁여 놓는다. 또는 소 먹이나 외양간에 깔아 준다. 소에 밟혀서 소똥과 뒤섞인 거름은 다시 논에 뿌려져서 새로 자라나는 모의 영양분이 된다. 곧 벼를 심고 수확을 한다는 것은 일종의 윤회(輪回)와 같은 것이다.

논에는 벼가 자라고 있어야 한다. 벼가 자라고 있을 때는 '비록 타작을 하고 나면 빈 쭉정이만 남을망정, 저놈을 수확해서 이리저리 궁리를 하면 올 겨울은 먹고살 수 있을 테지.' 하는 희망에 먹지 않아도 배가 부르다. 그러나 벼를 베어 내고 밑둥치만 남은 논은 올 가을에도 채우지 못한 두지의 크기만큼 허망감 같은 것을 안겨 준다. 늦가을 바람이라도 성가시게 부는 날 논바닥 여기저기서 남은 북데기들이 허공으로 휘몰아치기라도 하면, 그 허망감은 쓸쓸한 비애로 다가오기도 한다.

논바닥은 비어 있지만 아직은 홑바지에 홑저고리를 입고 있어도 바깥

날씨를 견딜 만하다. 여름 네 논둑에서 살던 사람들은 고구마 밭에서 고구마를 캐고, 콩을 따거나 김장에 사용할 무며 배추밭을 돌보기 위해 손바닥만 한 밭에 매달려 있다. 그마저도 일이 없는 사람들은 가깝고 면산으로 몰려가서 아직 풋내를 품고 있는 나뭇가지를 베고 갈대를 베어서 땔나무를 하고 있다. 성질이 급한 이는 아직은 이르다 싶지만 보리밭에 거름을 내는 이들도 있다.

아이들이 학교에 가 있는 시간이다.

둥구나무 밑에서는 학교에 다니지 않은 예닐곱 살 먹은 사내아이와 계집아이 몇 명이 땅바닥에 쪼그려 앉아 땅에 금을 그어 가며 땅 따먹기를 하고 있다. 너럭바위에는 순배 영감과 변쌍출이 텅 빈 들판을 바라보며 담배를 피우고 있다.

골목 안에서 보은댁이 손자를 포대기에 싸서 업고 슬슬 걸어 나오고 있는 모습이 보였다. 순배 영감과 변쌍출은 피우던 담배를 서둘러 끄고 너럭바위에서 슬그머니 일어났다.

"즘심들 자셨슈?"

가까이 다가온 보은댁이 볼을 찡그리고 웃는 얼굴로 말을 건다.

"아, 네…… 애기가 엄청 빨리 크는 거 가튜."

순배 영감은 쓴웃음을 지으며 보은댁이 업고 있는 아이를 바라본다. 잘사는 집 손자답게 털실로 짠 모자를 쓰고 있는 아이의 검게 빛나는 눈빛이 똘망똘망하다.

"야 좀 봐유. 우리 손주라 그런지 모르지만, 맨날 바라보고 있는데도 다른 집 애기들보다 빨리빨리 크는 거 가튜. 백일 지난 지가 한 달도 안 된 거 같은디."

보은댁은 승우라고 이름을 진 손자를 동네 사람들에게 자랑하기 위해 일부러 나왔다. 어깨를 비스듬하게 눕혀 등에 업은 승우를 변쌍출에게 보여 주면서 자랑스럽게 말했다.

"어이구, 장군감이 따로 읎구먼. 난중에 크면 큰 인물이 되겠슈."

변쌍출도 순배 영감처럼 마지못해 생각에도 없는 말을 던졌다.

"음메, 애기가 작은마님 얼굴을 아주 빼다 박았구먼. 우짤까나! 이릏게 이쁜 애기가 전생에서 먼 할 일이 그릏게 많으시다고 인제 나오셨댜. 즈 엄마 나이가 한 살이라도 짝을 때 나왔으믄 젖심이라도 좋았을 건데 말여."

김춘섭의 아내 철용네가 마당에서 작대기로 콩을 털다가 일부러 보은댁 옆으로 와서 호들갑을 떨었다.

"즈 어머 젖이 남아돌아서 맨날 짜내기 바쁜데 머. 젖이 을매나 많은지 쌍둥이를 키워도 남을 껴."

보은댁은 철용네의 말이 빈정거리는 말로 들려와서, 옥천댁이 건강하다는 점을 일부러 강조했다.

순배 영감과 변쌍출은 한마디씩 했으니까 인사치레는 했다는 얼굴로 너럭바위에 앉아서 들판을 바라본다. 철용네는 삐죽 인사만 하고 갈 수가 없어서, 승우의 손을 잡고 흔들어 주며 변쌍출처럼 장차 큰 인물이 되겠다고 덕담을 했다.

"어이구, 우리 도련님 바깥나들이 나오셨구먼. 워디서 이릏게 잘생긴 도련님이 오셨을까."

집 앞에서 늘어지게 하품을 하며 빈 들판을 쳐다보던 해룡네가 설사병 걸린 사람 뒷간 찾는 걸음으로 뒤뚱뒤뚱 달려와서 승우의 얼굴을 바라보며 까꿍까꿍 해 댔다.

"해룡네는 츰 보는 모냥이지? 내가 자주 나왔었는데."

보은댁은 보는 이마다 큰 인물이 될 거고 잘생겼다는 말에 기분이 좋았다. 변쌍출에게 했던 것처럼 한쪽 어깨를 숙여서 해룡네 앞으로 승우를 내밀었다.

"참말로 똑똑하게 생겼어. 너무 똑똑하게 생겨서 즈 성을 올라타겠는걸?"

"즈 성?"

철용네의 말에 해룡네가 뜬금없다는 얼굴로 물었다.

"뉘긴 뉘여. 반굉일마다 집에 오는 승철이 있잖여."

철용네는 해룡네를 바라보지 않고 승우의 모자를 부드럽게 쓰다듬어 주며, 한쪽 입술을 벌리고 맹꽁이가 우는 소리를 냈다. 그 소리에 승우가 방긋 웃는다. 웃는 모습이 너무 예뻐서 손가락으로 볼을 살짝 누른다.

"난 또 뭐라고, 승철이는 인제 물 건너갔지 뭐. 이 도련님이 태어나기 전에 면장님 손자였지, 시방도 손잔가."

해룡네가 촐랑거리는 말에 먼 시선으로 들판을 바라보며 자랑스럽게 서 있던 보은댁이 홱 돌아다본다. 승우의 모자를 쓰다듬고 있던 철용네도 '앗, 뜨거!' 하는 얼굴로 해룡네를 바라본다. 망연한 눈빛으로 먼 하늘을 바라보고 있던 순배 영감과 변쌍출도 '이기 먼 소리여?' 하는 얼굴로 보은댁을 바라본다.

"어이구, 요 이쁜 도련님 및 년만 일찍 나왔어도 작은마님이 동지섣달 긴긴 밤 독수공방 신세로 지내는 일은 읎었을 터인데. 에미 불쌍하게 사는 줄도 모르고, 왜 이렇게 늦게 나오셨댜?"

모든 사람들의 얼굴이 무겁게 굳어 있는데 정작 해룡네의 얼굴에서는
봄바람이 살랑살랑 불고 있었다. 연신 까꿍까꿍 해 대면서 동그란 눈을
말똥말똥 뜨고 있는 승우를 웃기려고 알랑거렸다.

"아야! 할 말이 있으믄 입으로 하지, 왜 사람 방딩이를 꼬집고 야단이
댜."

보은댁의 얼굴이 무겁다 못해 차갑게 굳어지고 있는 모습을 본 철용
네가 더 이상 가만히 있지 못하고 해룡네의 엉덩이를 아프도록 꼬집었
다.

"해룡네는 먼 말을 그 따위로 한댜?"

보은댁은 괜히 승우를 업고 나왔다고 후회했다. 그렇다고 무작정 집
으로 들어갈 수는 없는 노릇이다. 시뻘겋게 달아오른 얼굴로 해룡네를
노려보았다.

"왜유? 지가 먼 틀린 말 했슈?"

뒤늦게 상황이 안 좋게 돌아가고 있다는 것을 느낀 해룡네가 철용네
를 바라보며 물었다.

"꼬추밭에 꼬추대 뽑으러 간 이가 즘심 먹을 때가 지났는데도 왜 연
즉 안 오능 겨?"

철용네는 해룡네가 묻는 말에 뭐라고 대답을 할 수가 없었다. 갑자기
바쁜 사람처럼 주변을 두리번거리며 자기 집 마당 쪽으로 총총 걸어갔
다.

"말이믄 다 하능 겨? 찢어진 거이 주둥이라고 그릏게 함부러 놀려도
되냐 이거여."

"마님, 지가 멀 잘못했남유?"

보은댁의 얼굴이 시뻘겋게 달아오르는 것을 본 해룡네는 죽을죄를 지었다는 얼굴이면서도 뭘 잘못했는지는 모르는 눈빛이다.

"됐네. 이 사람아, 지 분수도 모르고 나불거리는 사람하고 입을 섞은 내가 잘못이지."

보은댁은 해룡네 같은 것하고는 상대하기도 싫다는 얼굴로 차갑게 노려보며 돌아섰다. 포대기로 싸서 업은 승우의 엉덩이를 위로 불끈 치켜 올리며 골목 안으로 향했다.

'별 인간 같지도 않은 것한티 우세를 당했구먼. 뭐? 독수공방 신세로 지내는 일은 없을 거이다고? 그 지랄로 밝히는 년인 저야말로 동지섣달 긴긴 밤을 워티게 보낸댜? 필경 밤이면 밤마다 사내놈들을 불러들이는 맛으로 살 겨. 에이! 드런 년 같으니라구…… 하여튼 읎는 것들은 자나 깨나 눈만 뜨면 드러운 생각벆에 안 한다니께. 그 지랄로 짐승 같은 생각만 하고 있응께 사는 날들이 허구헌 날 그 지랄로 못살지……'

보은댁은 총총걸음으로 걸어가다가 걸음을 멈춘다. 뒤로 돌아서서 둥구나무 밑을 노려본다. 해룡네가 순배 영감하고 변쌍출 앞에서 손짓발짓을 해 가면서 뭐라고 떠들고 있다.

'저년이 시방 머라고 주딩이를 찢고 있는 거여. 아……아녀…… 똥이 무서워서 참나, 드러워서 참는 거지. 퉤! 재수가 읎을라고 항께……'

보은댁은 더 이상 상종할 인간이 못 된다는 생각에 홱 돌아서서 집으로 향했다.

매를 맞아도 잘못한 이유를 알고 맞으면 덜 아픈 법이다.

해룡네는 요렇게 생각해 봐도 잘 못한 말이 없었고, 저렇게 생각해 봐도 말실수한 것이 없었다. 답답해서 죽겠다는 얼굴로, 순배 영감과 변쌍출에게 내가 잘못한 것이 도대체 무엇이냐고 입에 거품이 일어나도록 물어보아도 메아리가 없다. 속 시원한 대답은커녕 미지근한 대답도 해주지 않는다. 딴전만 피우고 있는 모습이 더 답답해서 속이 터져 죽어버릴 것 같았다.

"내가 이런 꼴짝에서 술장사나 하고 있다고 사람 우습게 본 것이 틀림없어. 지들이 배 뚜드리며 산지가 을매나 됐다고…… 솔직히 말해서 술 팔아먹고 사는 나나 왜정 때만 해도 후지모토 똥구녕을 핥던 지들하고 머가 틀려. 외려 내가 정당하게 살았으면 살았지 모지란 거는 읎을 겨. 그런 인간들이 세상이 바뀌어서 먹고살만하다고 암 잘못도 읎는 사람한테 주둥이를 함부로 놀린다는 둥, 개소리를 하고 지랄여, 지랄이……."

해룡네는 순배 영감과 변쌍출마저 상대를 해 주지 않자 면장 댁을 바라보면서 입에 거품을 물었다.

"해룡네, 그만햐."

순배 영감이 해룡네의 입이 갈수록 거칠어지는 것이 민망하다는 얼굴로 점잖게 말했다.

"왜유? 냅떠유. 임금님도 읎는 데서는 욕을 한다는데 해룡네도 먼가 서운한 기 있응께 저러겠지."

변쌍출은 재미있다는 얼굴로 해룡네를 향해 돌아앉았다. 양반다리를 하고 주머니에서 쌈지를 꺼내 곰방대에 담배를 담으면서 해죽이 웃는다.

"그라고 내가 틀린 말 했슈? 자고로 입은 삐뚤어졌어도 말은 똑바로 하라고 했슈. 터진 입잉께 한마디 더 하자믄 면장님 승질에 들례한터서 은은 자식을 장손자로 받아들이겄슈? 아나 쑥떡이유. 피로 말하자믄 똑같이 부면장님 피를 이어받기는 했지만 승철이는 그 머셔, 피가 짬뽕 아뉴. 허지만 이븐에 난 아는 옥천댁이 낳응께 진짜잖유. 그람 나래도 둘째를 장손자로 받아들이지, 피가 반천뱍에 섞이지 않은 첫째를 장자로 삼겄슈. 더구나 승철이를 낳은 들레라는 여자는 근본도 모르는 여자 아뉴. 그 여자가 보은에서 술집 기생을 했는지, 다리 밑에서 굴러먹었는지 아무것도 모르잖아유. 알고 있는 것이라고는 허리에 치마 둘렀다는 것뱍에 모르는 여자 몸에서 나온 여자를 장손자로 삼겄슈. 내 말이 틀렸으믄 어디 한븐 말씀들 해 보셔유."

보은댁은 이미 솟을대문 안으로 들어가 버렸다. 텅 빈 골목을 노려보며 분이 안 풀린다는 얼굴로 쏘아붙이던 해룡네가 순배 영감과 변쌍출에게 침을 튀기며 물었다.

"요새는 밤이 부쩍 짧아진 거 가텨유."

"처서 지난지가 은젠데, 오늘이 음력으로 스무닷새여."

"그람 처서가 지난 지 꼭 한 달하고 이틀이 지났구먼유."

"지난달 처서 무렵에 장면 부통령이 총에 맞았다고 하든데, 범인을 잡았댜?"

"같은 민주당 당원인 김상붕이라는 자가 총을 쐈다는구먼. 그 뒤에 민주당 서울 성동지구장 간부인 최훈이라는 사람이 배후에 있다고 하든 거 가텨."

"누가 그라는데 지난 팔월 중앙청 광장에서 대통령 취임식 할 때 말유……. 이승만 박사가 내빈들을 소개시킴서 장면 부통령만 쏙 빼놨다잖유. 하다못해 외국에서 온 사람들도 일일이 소개를 시킴서 정작 부통령을 빼냈다는 기 말이나 되는 거유?"

"그래서 장면 부통령이 따로 성명서를 발표했다잖여. 민주주의 사회에서 일국의 대통령이라는 작자가 골목대장도 아닌 이런 법은 읎다구 말여. 그런 걸 보믄 내 생각에는 먼가 곡절이 있는 기 틀림읎어. 아무리 세상이 혼탁하다고 하지만, 자유당 당원이 총을 쐈다믄 물라도 같은 민주당끼리 그랬겄어?"

"하긴 돈만 있으믄 안 되는 것이 읎는 세상잉께 뭔 곡절이 있을 수도 있겄지."

변쌍출과 순배 영감도 이병호나 보은댁을 고은 시선으로 보지는 않았다. 욕을 하려고 치자면 해룡네 못지않게 모진 욕도 할 수 있다. 그러나 상대가 해룡네다. 해룡네 앞에서 섣부르게 혀를 놀렸다가는 언제 피 바가지 쓸지도 모른다는 생각에 대꾸를 안 하고 엉뚱한 소리만 주고받았다.

불어오는 바람에 포장이 펄럭거릴 때마다 포장마차 위에 있는 카바이드등 불빛이 금방이라도 꺼져 버릴 것처럼 위태롭게 흔들린다. 카바이드등 불빛이 홀로 희미하게 불을 밝히고 있는 판자 가운데서 무쇠 솥에 담긴 꿀꿀이죽이 소리 없이 보글보글 끓고 있다.

턱수염이 부슬부슬 난 40대 후반의 남자 주인은 국자로 꿀꿀이죽을 휘저으며 이물질로 보이는 것들을 건져내서 바닥에 버린다. 꿀꿀이죽의 원료는 미군들의 식당에서 나오는 음식 잔밥이다. 전쟁 직후에는 깡통이며 씹던 껌에 나무 조각이나 담배꽁초에 떨어진 구두며 수저 같은 것이 들어 있기도 하고 때로는 떨어진 가죽장갑 같은 것이 나오기도 했다.

그러나 언제부터인가 그 잔밥을 한국인들이 먹는다는 걸 알게 된 미군들은 가급적 쓰레기를 버리지 않았다. 그런데도 오랫동안 꿀꿀이죽 장사를 하다 보니 행여 하는 생각에 습관처럼 휘저어 보는 것이다.

"오늘은 동생이 늦는구먼."

포장마차 주인 신씨는 국자를 내려놓았다. 길게 하품을 하고 나서 귓등에 꽂아 두었던 담배꽁초에 불을 붙이고, 찬바람이 불 때마다 펄럭이는 포장 밖으로 거리를 바라본다. 요즘 들어 밤이 부쩍 길어졌다. 10시밖에 안 됐는데도 거리를 다니는 포장마차 앞을 지나가는 행인들이 많이 줄었다. 담배 연기를 길게 내뿜으며 시훈이 들으라는 목소리로 중얼거렸다.

"불광동 쪽으로 일을 나간다고 하드니 많이 늦구먼유."

시훈은 오늘 일을 나가지 못했다. 그래서 5환짜리 소(小)자 꿀꿀이죽을 주문했다. 그러나 시훈이 점심을 굶었을 것이라고 생각한 주인은 곱빼기인 10환짜리 대(大)자를, 그것도 양재기에 가득 담아 주었다. 시훈은 국물 한 방울 남기지 않고 말끔히 비웠다. 마지막에 씹은 것이 고기 조각인지 껌인지는 모른다. 질기면서도 은근히 단맛이 나는 물질이 무엇인지는 모르지만 뱉어 내고 싶지가 않았다. 껌처럼 씹으며 꿀꿀이죽이 조용히 끓고 있는 솥을 바라본다. 반 그릇 정도만 더 먹으면 포만감에 잠이 잘 올 것 같았다.

"돌아오는 구정에는 고향에 내려가야지?"

"돈이 있어야 내려가쥬. 고향에 갈라믄 차비만 있다고 되는 기 아뉴. 명색이 서울서 돈을 벌고 있다는 걸 온 동리 사람들이 지다 알고 있잖유. 부모님 얼굴에 똥칠 안 할라믄 그냥 내려갈 수는 읎잖유. 옷도 한 벌씩 사 입어야지, 구두도 한 켤레씩 사 신어야지. 작년에도 못 갔응께 명년 설에 내려가게 되믄 부모님 용돈 좀 드려야 하잖유. 그럴려면 읎어도 돈 오만 환은 있어야 할 낀데, 요새 같으믄 꿀꿀이죽 한 그릇 사먹을 돈도 심들어유."

"가만히 보면 동생은 약삭빠른 데가 있는 거 같더라고. 형은 양처럼 순해 빠지기만 순해 빠졌지 동생만큼 약지를 못해서 세상 살기 힘들겠어. 요즘 세상은 내가 살아날라면 남을 짓밟고 올라서야 하는 법이지."

"그러게유. 시방 생각해 봉께 아침에도 숭인동 사는 장씨 아저씨한테 일을 양보하지 말았어야 했던 거 가튜. 내 코가 석 자라는 것도 모르고, 지하고 성이 같은 종씨인데다 며칠 동안 일이 없었다며 통사정을 하잖유. 오늘도 일을 못 하면 온 식구가 굶어 죽을지도 모른다고 말여유. 그래서 난 독신잉게 별수 있슈. 양보를 해 줄 수백에 읎잖유. 창동에서 불난 식당 집 청소하는 일이라고 하든데, 그 일을 나갔으면 하루 잘 먹고, 하루 일당에 뫽욕비 오십 환도 덤으로 받았을 껀데……."

시훈은 입 안에서 계속 씹히는 물체가 고기가 아닌 미군들이 씹던 껌인지도 모른다고 생각하면서도 그것을 뱉어 내면 금방 배가 고파질 것 같아서 뱉어 내지를 않았다.

"목욕비 오십 환까지 받았으면 못 받아도 삼백 환은 받았겠네. 내 그럴 줄 알았지. 장씨가 며칠 동안 일을 못했는지 했는지, 자네 눈으로 확인했나?"

"확인은 안 했지만 얼굴 꼴을 봉께 말이 아니더라구유. 눈은 십 리나 들어간 것 같고, 광대뼈만 앙상한 데다 오늘 일도 못 하면 온 식구가 굶어 죽게 생겼다고 하는 통에……."

"광대뼈가 드러나도록 굶은 사람이 불난 건물 철거를 어떻게 하는데? 당장 밥부터 주는 것도 아니고 새참을 준다고 해도 열 시까지는 기다려야 하는데 무슨 힘으로 그 힘든 일을 할 수 있겠어. 방바닥에 가만히 앉아서 봉투 붙이는 일도 아니고, 불난 집 일당을 괜히 많이 쳐주는 줄 알어? 그만큼 힘 쓸 일이 많다는 거잖아."

신씨는 그럴 줄 알았다는 얼굴로 됫병짜리 소주병을 찾아들었다. 신문지를 돌돌 말아서 막은 마개를 빼고 소주 컵에 따라서 시훈에게 내민다. 안주를 하라고 꿀꿀이죽도 한 국자 퍼서 빈 그릇에 담아 주었다.

"이거 맨날 은어먹기만 해서……."

"미안한 줄 알믄 내일부터라도 맘 독하게 먹고 일 좀 해 봐. 그래야 지난 추석은 그렇다 치더라도 다음 구정 때는 번듯하게 한 벌 차려입고 고향에 내려갈 수 있을 거잖아."

"그랬쥬. 솔직히 올 추석에는 워틱하든 내려갈라고 작심을 했는데 암만 작심을 하믄 뭐 해유. 일거리가 없는데, 일거리만 있다믄 뼈가 뿌러지는 한이 있더라도 일을 하겠슈. 하지만 하루 일하믄 삼 일은 손놓고 놀아야 되는 행편이니까 맨날 하루살이 마냥 요 모냥 요 꼴로 살아갈 수뻭에 더 있겄슈."

시훈은 신씨 앞에서 젊은 놈이 대놓고 한숨을 쉴 수가 없었다. 마음속으로 길게 한숨을 쉬면서 소주잔을 들었다. 소주를 입 안에 털어 넣듯이 마시고 나서 꿀꿀이죽을 막 한 수저 뜨는데 찬바람과 함께 포장이 들먹거린다. 옆구리에 찬바람을 느끼며 수저를 들고 고개를 돌려 보니 가죽 잠바를 입은 남자가 들어온다. 이상하게 가슴이 덜렁 내려앉은 것 같아서 수저를 든 채 긴장한 얼굴로 신씨를 바라본다.

"장시훈 씨?"

검은 가죽잠바를 바라보고 있는 시훈의 반대편에서도 카키색 미제 야전점퍼를 입은 사내가 들어온다. 그중에서 먼저 들어온 사내가 시훈을 날카롭게 쏘아보며 물었다.

"그런데유?"

시훈은 꿀꿀이죽을 푼 수저를 내려놓으며 자신도 모르게 벌떡 일어서며 물었다.

"동대문 서에서 나왔는데 잠깐 갑시다."

야전점퍼가 다짜고짜 시훈의 팔짱을 끼며 차갑게 웃었다.

"도!…… 동대문 서라니?"

동대문 서라면 동대문 경찰서를 말하는 것이다. 시훈은 두 명의 사내가 형사일 거라는 생각이 드는 순간, 지은 죄도 없는데 가슴속에서 쿵소리가 나는 것 같았다. 순식간에 하얗게 질린 얼굴로 뒷걸음을 쳤다. 그러나 등 뒤로는 포장이고, 양쪽에서는 한눈에 보기에도 눈빛이 날카로운 형사들이 버티고 서 있다. 이유는 알 수 없지만 큰일 났다는 얼굴로 더듬거렸다.

"이 새끼가 다 알고 왔는데 먼 놈의 헛소리야! 얌전하게 말할 때 개소리 말고 빨리 따라 나와."

"그…… 그 사람 경찰서에 끌려갈 만한 일을 못 하는 사람인데……."

시훈이 못지않게 놀란 신씨가 입술을 달싹거리는 목소리로 말했다.

"당신도 같이 가고 싶어?"

"아…… 아닙니다. 우린 경찰서 같은 데 취미 없어요."

"그럼 가만히 있어. 괜히 승질 건드려서 포장마차 압수당하지 않으려면."

야전점퍼와 가죽잠바는 바들바들 떨고 있는 시훈의 양팔을 끼고 포장
마차 밖으로 나갔다.

포장마차 앞에는 검은색 지프가 정지해 있었다. 운전석 지붕에 빨간
색 경광등을 번쩍거리며 서 있는 지프차 안에는 또 한 명의 형사가 운
전대를 잡고 앉아 있다.

"대……대관절 왜 왜 그라능 거유?"

"이 새끼, 이거 점잖게 대해 주려니까 막 기어오르는군. 야, 이 새꺄.
죄가 없으면 그냥 풀려날 것이고, 죄가 있으면 죗값을 받으면 되는 거
지. 먼 개소리가 이렇게 많아. 또 한 번 아가리를 함부로 놀렸다가는 이
빨을 죄다 뽑아 버릴 테니까 아가리 닥쳐."

야전점퍼가 금방이라도 시훈의 면상을 갈겨 버릴 것처럼 험악한 표정
으로 말했다. 시훈은 야전점퍼의 기세에 눌려 고개를 푹 숙이고 지프차
에 올라타는 수밖에 없었다.

시훈의 뒤에 형사가 올라타자마자, 지프차가 경광등을 번쩍거리며 달
리기 시작한다. 시훈의 눈에서 이유를 알 수 없는 눈물 한 줄기가 주르
르 흘러내린다. 그러나 이내 마음을 다져 먹어야 한다고 생각했다.

'그려, 호랭이 굴에 끌려 들어가드래도 정신만 차리면 살 수 있다고
했어. 내가 먼 죄를 졌어. 형사님들이 먼가 오해를 하고 나를 끌고 가는
기 틀림읎어. 내가 아는 대로만 착실하게 대답하믄 오늘 통금 안으로 풀
려날 테지…….'

시훈은 마음을 다져 먹고 나니까 어느 정도 두려움이 가시는 것 같았
다. 그 대신 포장마차로 자신을 찾으러 올 경훈이 놀랄 것이 걱정됐다.

'아녀, 딴 사람도 아니고 경훈이가 왜 날 모르것어. 경훈이도, 내가 죄를 지을 놈이 아니라는 걸 알고 있응께 금방 나올 것으로 생각하겠지……'

어느 정도 두려움이 가시고 나니까 경훈에 대한 걱정도 가서 버렸다. 그 대신 형사들의 오해를 풀어 주려면 절대로 떨지 말고 마음을 단단히 먹고 있어야 된다고 생각했다. 하지만 마음과 다르게 바깥바람이 차가운데도 손바닥에 식은땀이 촉촉하게 배어 나오고 있었다.

형사들은 컴컴한 차 안에서 아무 말도 하지 않았다. 시훈의 양쪽에 앉아 있는 형사들이 약속이나 한 것처럼 동시에 담뱃불을 붙인다. 그들이 피우는 담배 연기가 금방 좁은 차 안에 가득 찬다. 그래도 운전을 하는 형사는 문을 열 생각 없이 동대문 쪽으로 차를 몰았다.

동대문 경찰서 1층 복도는 불이 군데군데만 켜져서인지 어두웠다. 으스스할 정도로 어두운 복도를 걸어서 구석에 있는 형사실로 들어갔다. 형사실 가운데는 장작 난로가 열기를 뿜고 있어서 열기가 가득 고여 있다.

난로 위에는 석쇠가 얹어 있었고, 듬성듬성 썬 돼지고기가 익어 가고 있다. 난로를 둘러싸고 있는 형사들이 소주잔을 들고 시뻘게진 얼굴로 형사실로 들어서는 시훈을 향해 고개를 돌린다. 얼굴이 화끈 달아오르도록 훈훈한 실내지만 분위기는 찬바람이 쌩쌩 부는 것 같아서, 시훈은 덜덜 떨며 가죽잠바를 따라갔다.

"김 형사! 그놈이 중앙상사 턴 놈이야?"

난롯가의 회전의자에 앉아 있는 뚱뚱한 형사가 물었다.

"네, 팔자 좋게 포장마차에서 꿀꿀이죽을 처먹고 있더라구요."

가죽잠바가 책상 앞에서 멈추며 의자를 끌어다 시훈이 뒤에다 놓는다. 그리고는 앉으라는 표정으로 손가락을 까딱거린 후에 난롯가로 가며 말했다.

"주……중앙상사라니, 그게 뭔 말이데유? 지는 중앙상사 들어가 본 적도 읎슈."

시훈은 중앙상사가 주류 도매업을 하는 곳이라는 것은 알고 있었다. 하지만 창고처럼 지어진 중앙상사 건물 안으로 들어가 본 적도 없고, 누가 운영하고 있는지도 알지 못했다. 그저 동네에 있는 술 도매상이라는 정도밖에 모르고 있었다. 형사들이 주고받는 말을 들어 보니까 자신이 절도범으로 끌려 온 것이 분명했다. 까닥 잘못하면 도둑으로 몰려서 억울한 감옥살이를 할지도 모른다는 생각에 의자에 주저앉으려다 벌떡 일어서며 말했다.

"개새끼! 자꾸 개소리 지껄일래?"

난롯가로 가려던 가죽잠바가 홱 돌아섰다. 시훈과 시선이 마주치는 순간, 바람처럼 주먹을 날려서 복부를 내갈겼다.

가죽잠바의 주먹이 복부를 내갈기는 순간, 시훈은 '퍽!' 하는 소리가 자신하고는 아무 상관없는 허공중에서 들려온다고 생각했다. 그와 동시에 복부가 찢어지는 것 같은 통증에 숨이 멎어 버리는 것 같았다. 두 손으로 복부를 감싸 안으며 시멘트 바닥에 털퍼덕 주저앉았다.

"이런 새끼는 뜨거운 맛을 봐야 정신을 바짝 차리고 묻는 대로 대답하는 법이지."

가죽잠바는 시훈이 비명도 지르지 못하고 주저앉는 모습을 그냥 지켜보고 있지 않았다. 미군들이 신는 군화를 신은 발로 등을 내리꽂았다.

악! 시훈은 불에 덴 것 같은 고통이 전신을 짜르르 울리는 것을 느끼며 앞으로 벌렁 나자빠졌다.

"이 새끼가 여기가 어디라고 엄살이야!"

가죽잠바가 회초리를 맞은 개구리처럼 쭉 뻗어 있는 시훈의 옆구리를 픽! 소리가 나도록 차 버렸다. 시훈은 '아이고 사람 죽어유!' 하는 비명 소리와 함께 옆으로 나뒹굴었다.

"김 형사 대충하고, 여기 와서 한잔하지."

먼저 난롯가에 가서 소주를 받아 마시고 난 군용잠바가 입 안 가득 집어넣은 돼지고기를 씹다 말고 말했다.

"엄살 피우지 말고 의자에 똑바로 앉아 있어. 또 한번 내 승질 건드렸다가는 오늘이 초상 날인 줄 알고 있으면 틀림없을 거야."

가죽잠바의 말에 삽시간에 온몸이 식은땀으로 뒤덮인 시훈은 터져 나오려는 고통의 비명 소리를 손바닥으로 틀어막으며 일어서려고 했다. 그러나 갈비뼈가 부러졌는지 숨을 제대로 쉴 수도 없었고 일어설 수도 없었다.

"너, 자꾸 내 성질 건들래?"

"자……잘못했슈."

가죽잠바가 다시 차 버리겠다는 얼굴로 노려보는 걸 본 시훈은 머뭇거리다가는 개죽음을 당할지도 모른다는 생각이 들어, 일그러진 얼굴로 고통을 참으며 간신히 일어섰다. 옆구리를 고통스럽게 부여잡고 비틀거리면서 간신히 의자에 앉았다.

시훈은 어떡하든지 정신을 바짝 차려서 여기를 빠져나가야 한다며 이를 악물었다. 숨을 쉴 때마다 옆구리를 칼로 찌르는 듯한 고통이 어느 정도 가시면서 모산에 있는 날망집의 얼굴이 떠오른다.

'엄니! 워칙 하면 좋데유……'

날망집의 걱정스러운 얼굴이 떠오르면서 뜨거운 눈물이 줄줄 흘러내린다.

"서울 가서 살라믄 정신 바짝 채리고 살아야 하능 겨. 서울에는 죄다 사기꾼들하고 도둑놈들만 모였다고 하드라. 그랗게 니들 형제들 말 이외는 콩으로 메주를 쑨다고 해도 듣지 말고 착실하게 살아야 한다."

날망집이 속삭이는 목소리가 바로 곁에서 들리는 것 같아서 가슴속에 뭉쳐 있던 설움이 온몸으로 퍼져 가며 또 눈물이 났다. 눈물을 닦을 생각도 못 하고 형사들의 눈치를 살핀다. 형사들은 무엇이 좋은지 큰 소리로 웃으면서 술잔을 돌리고 있다. 돼지고기 한 근이면 이백 환이다. 이백 환이면 10환짜리 꿀꿀이죽을 스무 그릇이나 먹을 수 있는 돈이다. 형사들은 돈이 얼마나 많은지 신문지 위에 있는 돼지고기가 대여섯 근은 넘어 보인다. 석쇠에서 돼지고기가 지글지글 익어 가고 있지만, 낯선 나라의 먼 풍경처럼 보일 뿐이다.

"좌우지간 조선 것들은 두들겨야 고분고분해진다니까."

"당연하죠. 쉽게 끝내려면 뼈다귀가 물렁물렁해질 때까지 조져 놔야 묻는 대로 술술 대답합니다."

형사들은 돼지고기를 맛있게 먹으면서 우리 안에 갇혀 있는 동물을 쳐다보는 눈빛으로 시훈을 흘끔거리기도 했다. 시훈은 그들의 말 한마디 한마디가 몽둥이가 되어서 온몸을 두들겨 패는 공포에 사로잡혔다. 스무 해를 살아오는 동안 경찰서 안에 들어와 본 것이 처음이다. 하지만 경찰들이 어떤 인물들이라는 점은 잘 알고 있었다. 순사가 호랑이보다도 더 무섭다는 말은 빈 말이 아니었다. 그들이 화가 나면 주민들을 얼마나 무자비하게 폭행하는지를 여러 번 목격했었기 때문이다.

장기팔은 학산장에서 드럼통을 걸어 놓고 염색을 하기 전에는 대장간에서 일꾼으로 일을 했다. 그래서 시훈은 풍로의 풀무질을 해 주면 점심 때 국밥을 얻어먹는 재미로, 어릴 때부터 장기팔을 따라서 학산장에 자주 다녔다. 그때 주재소에 끌려갔다가 나오는 사람들을 자주 봤다. 일단 주재소에 끌려 들어갔다가 나오면 열이면 열 모두 피투성이가 되거나, 거의 초죽음이 되어서 누군가의 부축을 받고 질질 끌려 나오기 마련이다. 어떤 노인은 놋그릇을 공출하지 않으려고 거름자리에 숨겼다가 들켜서 주재소에 끌려갔다. 그리고는 제 발로 걸어 나오지 못하고 가마니로 만든 들것에 실려 나오기도 했다.

"아부지, 저 사람은 먼 죄를 저질렀길래 다 죽어가도록 맞았대유?"

해가 질 녘이다. 대장간 일을 끝내고 우연히 주재소 앞을 지나가다가 피투성이가 된 채로, 주재소 문 밖으로 버려지는 40대 남자를 보고 물었다.

"미련해서 그렇지. 설령 지은 죄가 읎드래도 무조건 잘못했다고 살살 빌면 저 지경은 안 됐을 거여."

피투성이 남자는 죽은 것처럼 끔쩍도 안 하고 엎어져 있었다. 여기저기서 혀를 차는 소리와 함께 구경꾼들이 모여 들었다. 어디선가 몇몇의 남자들이 달려들어서 피투성이를 부축해 가는 모습을 바라보며 장기팔은 시훈의 손을 잡고 돌아섰다.

"그기 먼 말씀이데유?"

"칼을 쥔 놈이 큰소리치겠냐? 아니믄 칼 앞에 있는 놈이 큰소리를 칠 수 있겄냐?"

"그야, 당연히 칼을 들고 있는 사람이 큰소리치겄쥬."

"바로 그거여. 일본순사들은 칼을 들고 있잖어. 칼 든 놈은 지가 암만 잘못한 기 있어도 지 입으로 잘못했다고 하지 않는 벱여. 그라믄 워턱 해야겄냐? 칼 앞에 있는 사람은 잘못한 거시 읎어도 무조건 잘못했다고 빌어야 한 대라도 들 맞지. 그기 세상을 살아가는 이치라는 거여."

시훈은 열몇 살 때 장기팔에게 들었던 말들이 바로 어제 들었던 말처럼 생생하게 떠올라서 진저리를 쳤다. 돌이켜 생각해 보니 해방이 되고 나서도 순경들은 별로 변한 것이 없는 것 같았다. 여차하면 수갑을 채워 지서로 끌고 가서 의자에 앉혀 놓고 옆구리에 차고 다니는 순찰봉으로 허벅지며 어깨에 등짝을 마구잡이로 갈겨 버리는 광경을 구경해 본 적이 한두 번이 아니다. 그래서 정복을 입은 순경이 장터에 나타나면 사람들은 괜히 멀찌감치 떨어지거나, 얼굴이 마주치면 뒷머리를 실실 긁으면서 민망한 웃음을 보내며 슬슬 피하기 일쑤다.

'그려! 일단 무조건 잘못했다고 빌어 보는 거여. 일단 들 맞아야 정신을 차리고, 내가 억울하다는 점을 밝힐 수가 있잖여.'

시훈은 무서워서 고개를 돌려 형사들을 직접 바라볼 수가 없었다. 어둠이 깔려 있는 유리창에 투영되고 있는 형사들을 바라본다. 형사들은 어느 누구 하나 얼굴이 빨갛지 않은 사람이 없다. 모두들 얼큰하게 취한 얼굴로 무엇이 그리 재미있는지, 상대방의 어깨를 치기도 하면서 술을 마시거나 돼지고기를 먹고 있다.

"장시훈, 지금부터 내가 묻는 말에 똑바로 대답해. 시민증이나 도민증 가지고 있지?"

가죽잠바는 시뻘겋게 달아오른 얼굴로 의자에 앉았다. 재떨이를 찾아서 옆에 준비해 놓고 성냥개비를 부러뜨려 이빨을 쑤시는 한편, 조서용지 철을 펼치면서 물었다. 6·25 전쟁이 일어난 이후로 시·도 규칙에 따라서 만 18세가 되면 시민증이나 도민증을 발급받아야 한다. 시민증이나 도민증은 시와 도에 따라서 디자인도 다르지만, 본적과 현주소에 출생년도·직업·신장·혈액형까지 기재하게 되어 있어서 신상명세서와 비슷하다.

"아······안 갖고 있슈."

시훈은 도민증을 발급받아야 하는 시기에 고향에 가질 못했다. 하지만 도민증을 발급받지 않았다고 하면 정말로 구속이 될지도 모른다는 생각에 기어들어 가는 목소리로 대답했다.

"그럼 본적하고 현 주소가 어디야?"

시훈은 더듬거리는 목소리로 본적을 말했다. 본적을 말했다가는 고향으로 연락이 갈지도 모른다는 생각에 본적은 모른다고 하고, 현 주소는 경훈이와 살고 있는 마장동의 쪽방 주소를 말해 줬다.

"지금 몇 살이야?"

"오······올해 스무 살유."

"충청도 사투리를 쓰는 것 같은데, 시골에서 태어났나?"

"네, 어······어릴 때 시골에서 살았슈."

시훈은 더 이상 본적을 묻지 않는 것이 여간 다행스럽지가 않았다. 침을 꿀꺽 삼키며 얼른 대답했다.

"좋아. 지금부터 내가 묻는 말에 정직하게 대답해. 만약 한 마디라도 틀리면 오늘 밤 곡소리 나는 줄로 알고 있으면 틀림없을 거야. 너, 어젯

밤에 중앙상사에 들어갔었지?"

"지가 거길 왜 간데유?"

"다시 한 번 묻겠어. 어젯밤에 중앙상사 들어갔지? 거기 들어가서 오 사장 허벅지를 칼로 찌르고 금고 안의 돈 훔쳐다 어디다 숨겼어?"

"시방 뭐라고 묻는 건지 한 마디도 알아들을 수가 없슈."

"이 새끼! 이거 촌놈이라고 해서 봐줄려고 했더니 안 되겠군. 야! 이 새꺄! 너 설마 서상철이라는 남자를 모른다고 하지는 않겠지?"

"서……서상철 씨는 알고 있슈. 하지만 중앙상사는……"

시훈은 양곡상회에서 배달원으로 일을 하고 있는 서상철과는 친한 사이가 아니다. 작년 추석 무렵 양곡상회가 한참 대목일 때 며칠 임시직 배달원으로 일을 하면서 같이 지낸 적이 있다. 그 후로는 길거리에서 우연히 만나면 그냥 지나칠 수가 없어서 고개만 까닥거리며 인사를 하는 사이일 뿐이다. 그런 서상철의 이름을 왜 갑자기 거론하는지 알 수가 없다는 얼굴로 물었다.

"어이, 그 새끼. 그거 악질반동이군. 더 이상 들어 볼 필요도 없는 거 같애."

난롯가에서 누군가 가죽잠바에게 더 이상 물어볼 필요가 없다는 표정으로 말했다.

"너 오늘 곡소리 날 줄 알어!"

가죽잠바도 어차피 더 이상 심문할 필요가 없다는 얼굴로 의자에서 일어섰다. 바지 뒷주머니에서 가죽장갑을 끼고 파랗게 질려 있는 시훈의 옆으로 다가갔다.

"자……잘못했슈. 잘못했응께 한번만 용서해 주셔……"

시훈의 말이 끝나기도 전에 가죽잠바의 주먹이 먼저 가슴팍에 내리꽂혔다. 허리를 꺾는 시훈의 등 위로 군화 뒷굽이 날카롭게 내리찍히는 소리를 시작으로 무자비한 발길질이 이어졌다.

제2장

1
9
5
7
년

달그림자 아득한 밤에

내 땅이 있다고 농사를 그냥 짓나? 세금은 안 나?
당장 농지수득세만 해도 두 마지기 가웃이믄 짝게 잡아도 한 섬 반에,
수리조합비며 이러저런 세금을 더 하믄 두 섬이 넘어.
난, 태수가 면장하고 각별하게 지내는 사이라서
헐값에 소를 줬는지 알았드니 그기 아니구먼.

내일은 음력설이다.

양력으로는 이미 1월 31일이라서 새해를 넘기고 한 달째 되는 날이다. 일정 때부터 장려를 해 온 양력 설날은 공무원들이나 회사원들의 설날 이고, 농부들이나 장사꾼들에게는 일정 때나 지금이나 음력설이 진정한 설이다.

눈이라도 내릴 것처럼 잔뜩 웅크리고 있는 하늘 밑에서 지푸라기 한 아름을 품은 회오리바람이 둥구나무를 향해 서서히 다가온다. 나뭇잎을 한 잎도 남겨 놓지 않고 모두 털어 낸 둥구나무도 회오리바람에 진저리 를 치며 납작 엎드려 있는 초가지붕 굴뚝에서 피어오르는 연기들을 비 봉산 쪽으로 날려 보낸다.

남정네들은 아침을 먹기 전인데도 허연 입김을 날리며 뒷간부터 퍼내기 시작했다. 작은 설날까지 뒷간을 퍼야 할 정도로 요 며칠 정신없이 바빴던 것은 아니다. 동절기는 농한기라서 정신없이 바쁠 일도 없다. 틈틈이 가마니를 짜거나, 새끼를 꼬다 허기가 지면 고구마 꽝에 있는 고구마를 깎아 먹거나, 가까운 이웃끼리 어울려서 막걸리 내기 화투를 치면서 긴긴 밤을 보내는 것이 일과다. 그동안 날씨가 추워서 뒷간을 퍼내지 않은 것은 아니다. 뒷간을 푸지 않고 오늘까지 남겨 둔 것은 묵은똥을 새해까지 갖고 가지 않으려는 풍습에서 비롯되는 것이다.

똥냄새와 이른 아침부터 전을 붙이는 고소한 냄새가 뒤엉켜서 이상야릇한 냄새가 고여 있는 이 골목 저 골목에서 똥장군을 지게에 진 남정네들이 나타난다.

똥장군을 진 남정네들은 칼바람에 딸기코가 되어 버린 코를 벌름거리며 바쁘게 거름밭으로 향하다 이웃을 만나면 환하게 웃는다.

'어지 봉께 대전 사는 동생 내우가 내려오드만, 요새는 먹고살만하다며?'

'맨날 그릏지 머, 그래도 고향에서 농사짓는 거보다는 괜찮응개 벼. 당장 끼니 걱정은 안 한다고 하는 걸 봉께.'

'이따 만나믄 술 한잔 사라고 해야겠구먼. 객지에서 돈 좀 벌었으믄 고향 지키고 있는 형님들한티 한잔씩 사는 거시 예의 아녀?'

'그걸 말이라고 하능 겨. 글치 않아도 즘심때 해룡네에서 막걸리 한 말 내겠다고 하드만.'

오고 가는 대화는 '정월 초하루만큼이나 좋아라.'는 말이 실감 날 정도로 기름칠을 한 것처럼 매끄럽기만 하다.

뒷간의 거름을 깨끗하게 푸고 나서는 집 구석구석을 청소하며 새해를 맞을 준비를 했다. 대충 뭉쳐서 헛간에 던져두었던 새끼는 나중에 언젠가 쓸 요량으로 잘 감아서 찾기 쉬운 곳에 두고, 흙이 묻은 채로 헛간 벽에 걸려 있는 삽이며 괭이는 봉산댁 집 옆에 있는 우물가로 들고 가서 깨끗하게 씻는다. 초가지붕의 이엉이 밀려 내려와서 비가 샐 우려가 있거나, 참새들이 구멍을 파 놓은 부분은 짚으로 단단하게 쐐기를 박았다.

아침에는 한 차례 눈이라도 내릴 것 같더니 낮이 되면서 해가 보였다. 햇볕은 둥구나무를 환하게 비췄다. 귓불이 빨갛게 얼어 버리도록 찬 날씨인데도, 이 골목 저 골목에서 아이들이 뛰어나온다. 둥구나무 밑으로 모여든 아이들은 너럭바위에 토끼처럼 잽싸게 뛰어올랐다가 깡충깡충 뜀뛰기를 한다. 아이들의 뒤를 따라 나온 개들도 꼬리를 빠르게 흔들며 눈 오는 날 강아지들처럼 좋아서 어쩔 줄을 몰라 한다.

수시로 부는 바람에 둥구나무 밑은 비질을 해 놓은 절간 마당처럼 깨끗했다. 아이들은 선명하게 그림자가 내려앉는 나무 밑에서 고무줄놀이를 하기도 하고, 코가 빨개진 얼굴로 제기를 차며 놀고 있다. 곱은 손을 호호 불면서 마부리 치기를 하기도 했다.

양 볼이 빨갛게 어는 줄도 모르고 뛰어놀던 아이들은 어느 순간 갑자기 생각났다는 얼굴로 자기 집으로 뛰어간다. 정지에서는 어머니나 누나들이 전을 부친다, 육전을 만든다, 두부를 짠다 등으로 한창 정신이 없고, 아버지나 나이 찬 형들은 마당 가운데 널빤지를 갖다 놓고 떡메로 인절미를 치대느라 부산을 떨고 있다. 그 사이로 들어가서 소쿠리며 광주리에 담아 놓은 부침 한 개를 얼른 입 안에 집어넣고는 바쁘게 둥구나무 밑으로 다시 뛰어간다.

사금파리처럼 날카로운 햇빛을 반사하던 겨울 해가 넘어가고 어스름 저녁이 되자, 황인술의 집으로 남정네들이 하나둘 모여들기 시작했다.

사랑채 댓돌 위에는 컴컴해지기 전에 벗어 놓은 고무신이 가득했다. 뒤꿈치가 찢어져서 실로 꿰맨 고무신도 있고, 원래는 흰색이었으나 낡아서 재색으로 변한 고무신도 있다. 누가 신고 왔는지 모르지만 짚신도 한 켤레 섞여 있다. 싸리나무며 상수리나무를 칡넝쿨로 엮어서 세워 놓은 울타리에 매달려 있던 마른 상수리 나뭇잎 하나가 쌩하니 날아와서 댓돌 밑 마당에 떨어져 있는 고무신 안으로 들어갔다.

동그란 무쇠 문고리가 차갑게 걸려 있는 방문 안에서는 가끔 '와하하하!'거리는 남정네들의 웃음소리가 밖으로 퍼져 나온다. 그러다가 웃음소리가 잠시 줄어들면, 남정네들이 두런두런 주고받는 말소리가 무시로 찬바람이 휘젓고 가는 마당으로 새어 나온다.

윗목 구석은 수수깡으로 엮어 만든 고구마 꽝이 차지하고 있다. 그렇지 않아도 넓지 않은 방구석을 고구마 꽝이 차지하고 있어서인지, 남정네들이 술상을 앞에 놓고 빙 둘러앉아 있는 방이 더 좁아 보였다. 하지만 시멘트 포대로 마감을 하고 콩기름으로 문질러 반질반질한 방바닥은 뜨끈뜨끈했고, 어느 집 사랑방이나 있게 마련인 시렁에는 한 사람이라도 더 앉게 하려고 베개며 이불을 올려놓았다.

"매년 생각나는 건데, 나는 물론이고 이 방에 있는 사람들 죄다 참말로 올 한 해도 굶어 죽지 않고 용하게 버텼구먼."

"글씨 말여. 그런 걸 보믄 사람 목숨이라는 거시 붙어 있기는 지 몸에 붙어 있어도 임자는 따로 있나 벼. 보리꽃이 피기 전만 해도 조상 산소고 뭐고 죄다 뿌리치고 객지로 날아 버릴까, 온 식구가 양잿물을 한 사발씩 마셔 버리고 한 많은 이 세상 하직을 해 버릴까, 하고 별별 생각을 다 하다가도 이맘때가 되면 역시 살기를 잘했다는 생각이 드는 걸 보믄 말여."

"그래서 인명은 재천이라는 말이 있잖여. 아무리 고생이 되도 참고 살다 보면 명년에는 먼가 존 일이 있겄지, 하고 살아가는 것이 우리 운명이여."

"어이구, 영감님은 암것도 바랄 거 읎이 가만히 기시면 그기 바로 존 일이여유. 당장 낼이믄 나이가 일흔한 살이나 되시는 냥반이 욕심도 많구먼."

남정네들은 하나같이 햇볕에 그을리고 농사일에 찌든 얼굴인데다 방 안의 열기에 양 볼이 붉으죽죽하게 물들어 있다. 오씨가 윤길동 뒤에 앉아서 양반다리를 한 무릎을 달달 떨며 말했다.

"그려, 나 같은 이가 먼 희망이 있겄어? 이 나이에 아들을 볼라고 첩을 을을 수도 읎는 노릇이고, 가진 땅뙈기가 많아서 풍년이 들기를 기원할 필요도 읎는 겐게, 오씨 말대로 가만히 있는 거시 존 일 같구먼."

"그기 먼 말씀이대유? 후년에도 형님이 건강하게 사셔야 이 변쌍출도 하루를 맛있게 보낼 수 있슈. 그렁께 부디 후년에는 올해보다 더 건강하게 사셔야 해유. 이 변쌍출을 위해서라도 말유."

"팔봉이 아부지는 영감님이 안 계셔도 해룡네만 있으믄 되잖아유. 아침에 한 잔, 즘심때 한 잔, 즈녁때 한 잔이면 하루해가 저 혼자 바쁘게 쫓아댕길 틴데유 머."

박태수는 고구마를 얇게 썰어서 밀가루 반죽을 묻혀 지진 고구마전을 심심풀이 삼아 야금야금 뜯어먹으며 변쌍출을 바라본다.

"팔봉이는 은제 내려옹 겨? 어지 즈녁나절에 요 앞에서 봉께 삭도가지를 한 짐 단단히 해서 지게에 지고 오든 거 같든데?"

"그저께 내려왔슈. 집에 나무가 읎는 것도 아닌데, 집에 내려온 김에 나무나 한 짐 해 주고 가야 한다믄서 기어이 범골까지 가서 삭도가지를 내 짐으로는 두 짐은 넉넉하게 해 왔지 뭐유. 그 자식은 좌우지간 심쓰는 거라면 어릴 때나 시방이나 똑가텨."

변쌍출은 학산장에 갔다가 친구에게 '아까 니덜 사돈 봤구면.'이라는 표정으로 말을 하면서도 은근하게 어깨에 힘을 주었다.

"팔봉이 여즉 성냥공장에 다니쥬?"

황인술이 어깨에 힘을 주는 변쌍출을 가소롭다는 얼굴로 쳐다보며 물었다.

"시방은 일류 기술자여. 월급 받아서 먹고 산당께 서울서 그만하믄 기반 닦은 거지 머. 집이야 안직은 읎지만 은제고 사면 되는 거고"

변쌍출은 며느리도 성냥공장에 다니면서 겨우 풀칠을 하고 산다는 말은 하고 싶지가 않았다.

"그 말은 팔봉이 아부지 말이 맞는 말유. 서울 바닥에서 하늘 가리고 둔너 잘 셋방 하나만 있어도 우리 같은 놈들보다는 백배가 낫다고 하드만유."

"오씨 팔자가 위떠서? 내가 알기루는 학산면에서 오씨 팔자 따라갈 사람 읎을걸? 돈 안 벌어 온다고 잔소리를 하는 마누라가 있나, 사친회비 달라고 식전마다 골목이 떠나가도록 울어내는 자식이 있나…… 저 혼자 방 따숩고 배부르믄 세상 부러울 기 읎는 팔자잖여."

"암만, 학산면에서 미제 제니스 라디오 갖고 있는 사람들도 및 안 돼지. 당장, 우리 동리선 면장 댁하고 오씨뿐이잖여."

오씨가 한마디 하자 여기저기서 때를 만났다는 얼굴로 농담을 던졌다. 오씨는 짓궂은 농담에 만성이 되었다는 얼굴로 그때마다 해죽해죽 웃거나 뒤통수를 긁으며 '에이, 별소리를 다하는구먼.'이라며 넘겨 버렸다.

"아여 오씨, 장면 부통령 저격 사건은 워티게 되어 가는 거여? 학산 장날 소장꺼리서 얼릉 들은 말로는 장면 부통령을 저격한 범인을 잡았다고 하든데, 소상하게 야기 좀 해 봐. 우리는 학산 갈 일이 읎으면 당최 세상 돌아가는 소식을 전해 주는 이가 읎응게, 자네가 야기 좀 해 봐. 자네는 노상 라디오를 끼고 사는 사람잉게 간간히 뉴스도 들었을 거 아녀?"

순배 영감이 마침 생각났다는 얼굴로 물었다.

"장면 부통령 저격 사건이라믄 그 머셔…… 민주당 전당대회 때 총 맞았던 그 야기를 하는 거유, 시방?"

변쌍출이 막걸리를 마시다 말고 놀란 얼굴로 순배 영감에게 물었다.

"허어! 모산에서 나만 눈뜬장님으로 살고 있는지 알았드니, 나보다 더한 이도 있구먼. 아! 구월 여드렛날 부통령인 장면이 누가 쏜 총에 맞았다고 하든데, 자네는 참말로 모르는 게여?"

"영감님, 영감님처름 세상을 사시는 기 신선놀음유. 솔직히 장면이 총에 맞았든, 이승만이 총에 맞았든, 우리하고 먼 상관이 있데유? 선거 때가 지나믄 죄다 우리하고는 딴 세상에 사는 이들인데, 그래서 지는 라디오 뉴스 같은 거는 신경 안 쓰고 살아유. 맨날 비료 값 오른다, 세금이 오른다, 워디서 어떤 구장이 비료 값을 수십만 환 띠먹고 야반도주했다는 우울한 뉴스만 나오지, 우리츠름 농촌에 사는 사람들한테 먼 혜택을 준다는 뉴스는 한 번도 못 들어 봤슈."

"아따! 형님은 집에 라디오 있다고 재는 거여, 머여? 장면 부통령이 워티게 우리하고 상관이 읎다는 거여. 그라고 대통령이 총알에 맞았다믄 그게 왜 우리하고 상관이 없는 사건이여. 대통령이 칼 맞았다믄 조선 시대로 치믄 임금님이 칼에 맞았다는 거하고 똑같다는 결론인데, 임금님이 어떤 분여. 가정으로 말하믄 가장이나 마찬가지잖여. 그랑께 그만 재고 그 사건이 워티게 흘러가고 있는지 말 좀 해 봐유."

황인술은 비료 값을 떼어먹은 구장이 야반도주했다는 말에 자기 이야기를 하는 줄 알고 깜짝 놀라서 동치미 무를 씹다 말고 꿀꺽 삼켰다. 자신도 모르게 다른 이들의 눈치를 살폈다. 자신이 깜짝 놀랐다는 것을 눈치챈 사람이 없다는 걸 확인하고 나서야 핀잔 섞인 목소리로 오씨를 나무랐다.

"그라고 봉께 구장이 우리 동리 방송국이구면. 이 동리서 구장만큼 나들이를 많이 하는 이도 읎잖여. 대관절 워티게 된 거여. 범인은 잡았댜?"

"지덜끼리 쏘고, 맞고 한 걸 가지고 괜히 방송하고 신문에서 떠드는 거쥬 머."

순배 영감의 시선이 황인술에게 돌아갔다. 다른 이들보다 늦게 도착해서 술상 앞에 앉지 못하고 윤길동 등 뒤에 앉아 있던 오씨가 순배 영감의 말에 토를 달았다.

"그 머셔, 민주당 성동지구 간부인 최훈이라는 작자가 김상봉을 사주한 걸로 알고 있었는데, 그기 아니라구 하드만유. 치안국장을 하고 있는 김종원이가 시켜서 한 짓이라고 하는 거 가튜."

황인술이 오씨의 눈치를 흘끔거리며 보고 나서, 별일 아니라는 얼굴로 말했다.

"내무부 치안국장이믄 옛날말로 하믄 포도대장 아녀. 치안국장 정도믄 권력이 읎겄어, 돈이 읎겄어? 전국에 있는 경찰서장이며 지서 주임들이 빽을 쓸라고 문지방이 닳도록 들락거릴 거 아녀. 그만큼 끗발이 있으믄 됐지, 머가 부족해서 그렇게 엄청난 일을 저질렀겄어?"

황인술과 다르게 순배 영감은 장면 부통령 저격 사건의 배후가 너무 궁금했다. 정치적으로 민주당으로 편향하고 있거나, 개인적으로 일국의 부통령을 암살하려 했다는 끔찍한 사건의 배후가 궁금해서는 아니다. 단순히 변쌍출 이외는 찾아오는 사람들도 별로 없고, 집에 혼자 앉아서 따분하고 지루하게 하루하루를 보내던 중에 재미있는 놀이거리를 찾은 기분이 들 뿐이었다. 그래서 황인술이 심드렁한 표정을 짓건 말건 눈을 빛내며 물었다.

"영감님은 모산 꼴짝에 앉아 계시면서 세상 돌아가는 눈은 훤하시구먼유. 그 말씀은 맞는 말유. 서울지방검찰청 강서룡 검사가 김종원 치안국장을 심문했다고 하드만유. 하지만 알아낸 것이 하나두 읎데유. 신문에서 봉께 강 검사가 하는 말이, 치안국장이 최훈을 한 번 만난 거 같기는 한데 정확히 은제 만났는지는 기억이 안 난다고 하드만유."

"아니 땐 굴뚝에 연기 날 리 읎다고 했잖여. 치안국장 정도면 우리 같은 이들이 상상도 하지 못할 정도로 높은 사람 아녀. 그런 사람 이름이 신문에 나왔을 때야 뭔가 곡절이 있을 껴. 그라고 요새는 민주주의라고 하잖여. 6·25 때야 빨갱이들잉께 같은 조선 사람한테 총질을 했다고 치지만, 민주주의 나라에서 서로 자유당이니 민주당이니 해도 어채피 당만 다를 뿐이지 같은 나라 사람 찌리 왜 그랬을까나?"

황인술이 하는 말을 가만히 듣고 있던 변쌍출이 눈을 지그시 감고 아무래도 이해할 수 없다는 얼굴로 말했다.

"어따! 이 집 동치미는 참말로 잘 담았구먼. 국물이 왜 이렇게 선하다?"

변쌍출의 말에 순배 영감의 눈빛이 돌아가는 것을 본 박태수가 모두 들으라는 목소리로 말을 하며 화제를 바꿨다.

"팔봉이 아부지는 술도 별로 안 취하신 거 같은데 별말씀 다 하시느만. 빨갱이들이 조선 사람들한테 총질하는 걸 꼭 본 사람츠름 야기하시는구면."

순배 영감은 길게 한숨을 내쉬고 나서 스스로 묵묵히 잔을 채웠다. 황인술이 변쌍출에게 눈짓을 끔벅해 보였다.

"이런 내가 또 실언을 했구먼. 형님, 형님 들으라고 한 말은 아닝께 너무 섭섭해 하지 말아유. 난 그저 생각나는 대로 한 말잉께…… 그랑께 머셔……?"

변쌍출이 뒤늦게 자신이 순배 영감의 가슴을 찌르는 말을 했다는 걸 알아차리고 너스레를 떨었다.

"참말로 모르시고 하시는 말씀유? 아니믄 심심하싱께 기냥 해 보시는 말씀유?"

박태수가 나도 알고 있는 것을 모르고 있느냐는 얼굴로 물었다.

"모릉께 하는 말 아니냐."

"참말로 모르시고 하시는 말씀유?"

황인술이 재차 물었다.

"그릏다니께."

"그람 치안국장 자리를 누가 발령 낸대유?"

박태수가 물었다.

"그야, 대통령이 내든지 내무부장관이 내든지 하겠지."

"내무부 장관은 누가 발령을 낸대유?"

황인술이 마치 박태수와 번갈아 가며 질문하기로 작정한 사람처럼 물었다.

"구장은 시방 내가 늙은이라고 사람을 헛것 취급하능구먼. 그람 그 머셔…… 시방 구장 말은 이 박사 그 냥반이 부통령인 장면이를 제거해 버리라고 지시를 했다는 거여? 형님도 그렇게 생각해유?"

"난 시방 무슨 말들을 주고받는지 도통 모르겠네."

순배 영감은 변쌍출의 말에 죽은 자식 형제의 얼굴이 처연하게 떠올랐었다. 그러나 깊게 생각해 봤자 죽은 아들 형제가 돌아오지도 않을 거라고 생각하며 담담한 표정으로 대답했다.

"결론적으로다 요약적으로 말한다믄 말유, 지 생각에는 만약 이종원 치안국장이 배후 인물이 맞다믄 자유당 정권 하에서는 더 이상 수사를 할 수 읎을규. 검찰청에서 암만 칼을 빼들고 수사를 한다고 하드래도 이종원이가 나는 암것도 모른다 하믄 끝나는 거쥬 머."

"허긴 그려유. 명백한 증거가 읎는 한 치안국장을 잡아 처넣을 수도 읎는 일이고…… 설령 명백한 증거가 나온다고 해도 그건 내가 한 짓이 아니라고 고개를 흔들믄 워쩌겠슈. 우리 같은 사람은 검사 앞에 붙들려 갈 이유도 읎겠지만, 만에 하나 검사 앞에 앉는다면 그것만으로도 사지가 떨려서 말도 지대로 안 나올 규. 그치만 그 냥반들이야 외려 큰소리를 칠 거유. 그런 걸 보믄 사람은 정치를 해야 지대로 대우받으며 세상을 살아갈 수 있는 거 가튜. 하다못해 국회의원 질이라도 해 먹어야 큰소리치고 살지. 이병호가 암만 돈이 많고 땅이 많아도 권력이 읎으믄 밭에 뿌려도 곡식이 나지 않는 빈 쭉정이나 마찬가지유."

"춘섭이는 배부른 소리 하고 있구먼. 아! 이 세상에 돈이 최고여. 돈만 있으믄 죽은 사람 살리는 거 빼놓고 못 할 짓이 머가 있었어? 당장 오씨도 돈만 있어 봐. 츠녀들도 시집오겠다고 줄을 슬 겨."

장기팔이 황인술의 빈 잔에 술을 채워 주면서 말했다.

"난 암만 돈이 많아도 혼자 사는 기 젤 편해유."

"형님은 이병호만큼 돈이 많아도 참말로 혼자 살 겨. 내가 그건 잘 알지. 그래도 태수가 젤 쏠쏠했지? 나무 장사로 번 돈만 해도 논 두 마지기 값은 너끈히 벌었을 껴."

황인술이 얼른 술잔을 비우고 나서, 막걸리 주전자를 들어서 장기팔에게 술을 따라 주며 말했다.

"자네도 요새 태수 때문에 편하게 나무 장사하고 있잖여."

"히히, 그건 맞는 말씀유. 그래서 이웃사촌이 좋다는 말도 있잖유."

김춘섭은 변쌍출의 말에 뒷머리를 긁적이면서 민망하게 웃었다.

"지가 보기에도 작년보담 더 벌었으믄 더 벌었지 못 벌지는 않았을 뀨. 좌우지간 저놈 때문에 나 같은 놈은 맥이 팍팍 빠진다니께……"

박태수가 뭐라고 말을 하기 전에 김춘섭이 기분 좋은 표정이면서도 불만이라는 목소리로 말했다.

"춘셉이 자네도 면장님한티 소 한 마리하고 달구지 한 대 내달라고 하믄 되잖여."

장기팔이 신문지로 만 담배를 피우느라 연기를 무럭무럭 내뿜으면서 강 건너 불구경하는 목소리로 말했다.

방 천장에는 안개처럼 담배 연기가 뿌옇게 고여 있으나 어느 누구하나 방문을 열어 놓으라는 사람이 없었다. 상 위에는 소금에 절여 전을 부친 배추전이며 고구마전, 파전, 그리고 김장 김치가 안주로 올라 있다. 막걸리 두 되가 들어가는 주전자는 여기저기로 돌아다니며 빈 잔을 채우고 있다.

"아따, 형님은 농사를 안 지응께 이병호 승질을 모르시능개비구먼. 소가 백 마리 있어 봐유. 나 같은 놈한테 외상으로 소를 주나……."

김춘섭은 지난봄 보리타작 이전부터 둥구나무 거리에 있는 논을 도지로 얻을 욕심으로 공을 들였다. 가을 추수가 끝나고 나서야 올해 또 속았다는 생각에 면장님이라는 존칭은 아주 생략해 버리고 이를 갈았다.

"춘섭이는 명년부터 면장님하고 아주 인연을 끊을 작정인 모냥이구면. 동네 개새끼 부르듯 면장님을 부르는 걸 봉께."

장기팔이 말 너무 함부로 하지 말라는 얼굴로 말했다.

"솔직히 맘먹고 목수 뒷모도를 일 년만 따라댕기면 반 목수는 될 수 있슈. 하지만 여핀네가 모산을 떠날 생각이믄 자기 목심부터 끊어 놓고 가라고 엄살을 떠는 통에 맨날 이러고 있지……."

"춘섭이가 먼 일이 있었는지 모르겄지만, 아주 모질게 맘을 먹고 있었능개비구면."

순배 영감이 변쌍출이 들으라는 듯한 목소리로 말했다.

"춘섭이 저놈이 속읎이 지껄이는 말을 믿으시는구먼. 태수라고 면장님이 소하고 달구지를 그냥 줬겠슈? 나도 들은 야긴데, 장리 이자를 붙여서 내줬담서?"

변쌍출이 막걸리를 몇 모금 마신 잔을 내려놓으며 박태수에게 물었다.

"그려유. 면장님이 하시는 말씀이 내 평생 소를 외상으로 달라는 사람은 츰 봤다. 내가 비록 배운 것이 부족해서 면장질밖에 해 먹은 것이 읎지만, 조선 시대에도 그런 적은 읎던 거 같다. 그랑게 이자를 을매나 받아야 하는 것은 순전히 상식과 이치에 맞게 정하는 것이 옳을 거 같다. 소라는 놈은 해마다 같은 양의 곡식이 소출되는 논밭 전지와는 분명히 다르다. 부리는 사람이 을매나 부지런히 부리느냐에 따라서 을매든지 소출을 늘릴 수 있다. 그릏다고 피차 모르는 사이도 아닌데 터무니읎는 돈을 받을 수도 읎고 해서 딱 장리 이자만 받아야겄다. 그라시믄서 '요새 쟁기질할 만한 소 한 마리가 을매여? 내가 알기루는 십만 환은 줘야 할껴.' 하고 말씀하시잖유. 지가 요새 소 끔이 십만 원 정도 할 거라고 말했쥬. 그랬드니 '십만 환이믄 쌀이 몇 가매여?'라고 묻지 않겠슈? 그래서 요새 학산장에서 만팔천 환씩 하는 거 같드라. 십만 환이믄 여섯 가마니에서 및 말 빠질 거다. 근데 쌀값은 왜 물으시냐고 물어봤쥬. 그랬드니 '소를 외상으로 달라고 하지 않았남?'이라고 하시드라 이거유. 그 말을 듣고 낭께 '아하! 면장님이 소 값을 쌀로 받을라고 하시능가보다.'라는 생각이 들어서, 지는 '요새 소 끔으로 쳐서 가실에 이자를 쳐서 현금으로 갚을 계획이유.'라고 말씀을 드렸쥬. 그랬드니 면장님이 대뜸 '자네는 위째 자네 경우만 생각하고, 내 경우는 생각을 안 하나? 내가 오늘 당장이라도 소거간꾼을 불러서 소를 팔면 내 손에 얼매를 쥔다고 생각하냐?'고 하시잖유. '그야 십만 환이쥬.'라고 했더니, '그람 가실에 소 값이 떨어져서 오만 환을 한다고 치면, 그때는 얼매를 받겄냐?'라고 하시더라구유. 그래서 '그람 시방 면장님께서 하시고 싶은 말씀은 소 값은 변동이 많응께, 변동이 읎는 쌀로 받으시겄다 이 말씀이신가유?'하고 물었지유. 그랬드니 '젊은 사람잉께 척 하믄 삼척이구먼. 그래야 공평하다는 생각이 드는데 자네 생각은 워쩌?'라고 하시잖유. 면장님이 그릏게 물으실 때는 솔직히 손털고 일어나고 싶었슈. 하지만 가만히 생각해 봉께 쌀을 팔아서 돈으로 주나, 돈을 쌀로 쳐서 주나 마찬가지라는 생각이 들드만유. 그래서 '면장님 생각이 옳으신 것 같구만유. 지가 올 가실 타작을 한 담에 요새 시세로 맞춰서 쌀을 드리겄슈.'라고 말씀을 드렸쥬. 그랬드니 면장님이 가도 안 맥히신다는 얼굴로 작년에 쌀 한 가마니에 을매씩 했냐고 물으시데유……."

"작년에는 만 육천 환 했을 껴. 그 앞전 해는 만 사천 환인가 했을 끼구"

박태수의 말을 재미있다는 얼굴로 듣고 있던 황인술이 끼어들었다.

"내 참! 그 냥반 우리 같은 이들은 인간 취급도 안 하면서 세상을 손바닥 위에 놓고 앉아 계시구먼. 우리 같은 이는 요새 쌀값이 얼맨지도 모르는데, 그 냥반은 내년 쌀값이 워치게 될 거라는 점까지 꿰차고 있었다는 야기 아녀?"

변쌍출이 막걸리 잔을 기울이다 말고 놀랐다는 얼굴로 말했다.

"두 분 다 면장님 머리 따라가실라믄 안직 멀었슈. 면장님 말씀은 그기 아뉴."

"그기 아니믄, 이거라는 거여?"

"오씨는 오나가나 실없는 소리를 지껄이고 있구만. 가실 시세로 쌀을 달라는 것도 아니믄, 워치게 달라는 거여?"

오씨의 말이 끝나자마자 변쌍출이 박태수에게 물었다.

"옳거니, 정부 고시가라는 것이 항상 시중가보다 삼 할 정도 밑도는 시셍께, 어뜬 말이 나올지 알겄구먼."

박태수가 하는 말을 가만히 듣고 있던 순배 영감이 '그러면 그렇지.' 하는 얼굴로 말했다.

"그랑께 그 머여……. 정부 고시가로 치자면, 을매를 더 줘야 한다는 거여? 내가 알기루는 요새 정부 고시가격이 만 사천 환인가 하는 걸로 알고 있는데. 만 사천 환이믄 십만 환으로 및 가마니를 살 수 있는 거여?"

"춘셉이는 장작 지고 학산만 달릴 줄 알았지 산술은 영 깡통이구먼. 만 사천 환씩 치믄 얼릉 계산해도 일곱 가마니로 치믄 되겄구먼. 태수, 내 계산이 틀렀능가?"

황인술이 손가락을 집어 가며 계산을 한 후에 박태수에게 물었다.

"구장님 계산 하나는 똑 소리 나누만유. 딱 일곱 가마니에다 한 말 더 치면 되드만유."

"그래서 구장이지 달리 구장인가……. 그래서 워티게 됐다는 거여?"

변쌍출이 박태수에게 궁금하다는 얼굴로 재촉을 했다.

"쌀 일곱 가마니 값을 처달라는 거겠지 머."

윤길동이 변쌍출과 다르게 더 이상 들어 볼 필요도 없다는 얼굴로 말하고 술잔을 끌어당겼다.

"내 생각이 틀리지 않는다믄 일곱 가마니만 달라고 하지는 않을 거

가텨."

순배 영감이 곰방대에 담배를 비벼 넣으면서 박태수를 바라보며 말했다.

"맞아유. 일곱 가마니에다 외상잉게 장리 이자를 쳐주는 것이 당연하지 않느냐고 말씀하시드만유."

"허! 금방 열 가마니가웃이 됐구먼."

"팔봉이 아부지 말대루라믄 고맙다고 절을 할 일이쥬."

"머가 또 있다는 거여?"

변쌍출이 갈수록 태산이라는 얼굴로 물었다.

"소 값은 열 가마니가웃으로 정했슈. 근데 달구지가 남았쥬. 달구지는 못 받아도 시 가마니를 쳐달라고 하드만유. 그라다 갑자기 뭔 생각이 들었는지 계산하기 좋게 달구지는 그냥 주는 셈 치고 장리는 안 받겄다…… 그랑께 나투리는 빼 버리고 딱 열네 가마니를 갚으면 소하고 달구지는 태수 니 꺼가 된다고 말씀을 하잖유."

"열네 가마니를 쳐도 싸구먼. 시방 열 마지기를 부치고 있응께 한 마지기에 쌀 네 가마니를 건진다 해도 총 마흔 가마니잖여. 도조를 내고 나도 스무 가마니는 남응께, 열네 가마니를 갚아도 여섯 가마니가 남잖여."

"시훈이 아부지는 계산 빨라서 좋겄슈. 명년 삼월이믄 상규 중핵교 가유. 상규 중학교 입학금이 사만 환 돈이나 되는데, 교복 값하며 책값을 더하믄 육만 환 돈이 있어야 하잖유. 육만 환이믄 짝게 잡아도 쌀 시가마니 값이잖유. 시훈이 아부지 말씀대로 열니 가마니를 주고 나면 여섯 가마니 남는다고 쳐유. 여섯 가마니서 시 가마니 빼믄 달랑 시 가마니

남는데, 농지세는 뭘로 낸데유? 비료 대금은 안 갚아유? 또 일 년 동안 뭘 먹고 살아유. 차 띠고 포 띠고 나믄 적자유. 그래서 열네 가마니를 이 년 동안 분할해서 한 해에 일곱 가마니씩 두 번에 나눠서 갚으믄 안 되냐고 물었쥬. 그랬드니 '올 가실에 일곱 가마니를 갚고 나믄 일곱 가마니가 남잖여. 당장 가실에 일곱 가마니를 장리로 내놓으면 후년 가실에 및 가마니를 갚아야 하는 거여?'라고 물으시잖유. 그래서 지가 '그야, 열 가마니가웃 아니겠슈.'라고 대답했쥬."

"결론적으로 말하믄 소 한 마리에 달구지를 끼워 살라믄 열일곱 가마니가웃을 내라는 말이구먼."

순배 영감이 '내 그럴 줄 알았다.'는 표정으로 말을 하고 나서 빈 잔을 변쌍출 앞에 내밀었다.

"맞아유. 틀린 점이 있다믄 아부지를 봐서 가웃은 빼 버리고 내년에는 딱 여덟 가마니만 내라고 하드만유."

"허! 쌀 열일곱 가마니를 돈으로 치믄 얼매여. 난 계산이 어두워서 잘 모르겠지만, 한 가마니에 만 환씩만 잡아도 십칠만 환. 나투리 팔천 환을 열 번만 해도 팔만 환 아녀. 그래도 팔천 환짜리가 일곱 가마니가 남잖여."

"창세 형님은 먼 계산을 그렇게 복잡하게 한댜. 만 팔천 환씩 스무 가마니에서 시 가마니 빠지잖여. 그람 십팔 곱하기 이면 이일은 이, 이팔이 십육…… 삼십육만 환이잖여. 거기서 시 가마니 값을 빼야 항께…… 삼일은 삼, 삼팔 이십사 해서 오만사천 환이잖여. 나투리 사천 환은 빼더라도 삼십육만 환에서 오만 환을 빼믄 삼십일만 환 돈이구먼."

"구장 계산이 맞다고 치믄, 그 머셔…… 십만 환짜리 소를 그 시 배가격인 삼십일만 환에 샀다믄 문제가 있능 거 아녀?"

장기팔이 삼십일만 환을 벌라믄 대관절 군복을 몇 천 벌이나 염색을 해야 하는 겨 하는 생각에 입이 딱 벌어진다는 얼굴로 말했다.

"외상이믄 소도 잡아먹는다는 말이 워칙게 생겨난 말인지 여기서 알 겠구먼."

변쌍출은 삼십만 돈이면 서울에 집 한 채는 살 수 있는 돈이라는 생각에 고개를 잘래잘래 흔든다.

"배보다 배꼽이 크다는 말이 따로 읎구먼."

윤길동도 박태수가 소를 외상으로 샀다는 소문을 들었을 때 시세보다 비싸게 샀다는 말을 듣지 않은 것은 아니다. 그러나 무려 세 배 이상을 줬다는 말을 듣고 나니까, 해도 너무했다는 생각이 들어서 어이없다는 얼굴로 말했다.

"그 애비에 그 자식이라는 말이 따로 없구먼. 일정 때 이복만이 주특기가 뭐유? 장리쌀 한 가마니 내주고, 삼 년만 있으믄 땅문서 내놓게 만드는 것이 주특기 아뉴. 이병호가 즈 애비한테 그 수법벢에 더 배왔겄슈."

이병호한테 아직 화가 풀리지 않은 김춘섭이 새삼스러울 것도 없다는 얼굴로 말했다.

"원금에서 감해 주는 것도 아니고, 장리에서……. 그것도 선 장리에서 반 가마니나 빼준다는 걸 봉께 굉장히 인심을 썼구먼."

"원래 태수 아부지가 면장 댁 일이라믄 깜박 죽잖유. 그려서 도장을 찍었남?"

황인술이 변쌍출의 말에 피식 웃으며 뒷말이 궁금하다는 얼굴로 물었다.

"그때는 비록 외상이기는 하지만 소 한 마리가 생긴다는 말에 생각할 여유가 읎잖유. 또 여핀네 말대로 워틱 하든 소를 사야 상규 중핵교도 보내고, 우리 살림이 핀다는 생각에 질게 생각해 보지도 않고 도장을 찍었잖유. 좌우지간 올해 쌀 여덟 가마니를 갚는데 너무 대근해서 피똥 쌀 뻔했슈. 춘셉이도 알겠지만 나락 베고 나서부텀 나무를 하기 시작해서 시방까지 쉰 날이 열흘도 안 될 규. 그것도 부족해서 장날마다 동리 사람들 학산까정 태워다 주고 태워 온 걸로 입에 풀칠함서 허리띠를 졸라 맨 덕분에 갱신히 일곱 가마니는 갚았슈."

"먹고살고 여덟 가마니를 벌었다믄 엄청나구먼. 내 농사 두 마지기를 지어야 한다는 야긴데."

오씨가 앞에 앉아 있는 윤길동을 옆으로 밀어냈다. 변쌍출과 오씨 사이에 무릎을 끼어 넣고 앉아서 젓가락을 들며 말했다.

"내 땅이 있다고 농사를 그냥 짓나? 세금은 안 냐? 당장 농지수득세만 해도 두 마지기가웃이믄 짝게 잡아도 한 섬 반에, 수리조합비며 이런저런 세금을 더하믄 두 섬이 넘어. 난, 태수가 면장하고 각별하게 지내는 사이라서 헐값에 소를 줬는지 알았드니, 그기 아니구먼. 워녕, 면장이 그 비싼 소를……."

변쌍출이 대충 짐작은 하고 있었다는 얼굴로 막걸리 잔을 들며 말했다.

"허허, 팔봉이 아부지는 지가 말할 때는 뒷간에 갔었슈? 지가 내동 장리라고 했잖유. 그 아부지에 그 자식이라는 말이 난 옛날에만 있었는 줄 알았드니 요새도 있었구먼. 태수 소 값 갚을라믄 명년 한 해 가지고는 심들어. 명년에는 큰아들이 중학생이잖여. 농사꾼이 중핵교를 보낼라면 학생 앞으로 세금 한 푼 읎는 땅 두 마지기는 내놔야 한다고 하잖여.”

황인술이 변쌍출의 말을 끊으며 걱정하는 척했다.

“진규는 설 쇠고 오 학년 올라강께 큰돈 들어갈 거는 읎슈. 하지만 시월에 어머 환갑잔치를 해 드려야 할라믄 돼지 한 마리는 못 잡아도 쌀 두 가마니는 쉽게 나갈 거고…… 한 푼이라도 빚을 들 질라믄 당장 명절 끝부터 나무하러 가야 해유. 소라는 거시 등치가 크다고 해서 한 백 년 사는 동물도 아니잖유. 얼릉 송아지라도 나믄 심 좀 피졌는데 위티게 생겨 처먹은 소가 시 번이나 접을 붙였는데, 접붙이는 값만 야금야금 까먹고 송아지는 소식이 읎응께 사람 미치고 팔짝 뛰겄슈.”

“우리 향숙이도 삼월이믄 중핵교에 들어가. 중핵교에서 소사질하는 구상호라는 사람이 나하고 잘 아는 사이잖여. 그 구씨한테 물어봉께, 중핵교 보낼라믄 여간한 살림살이 갖고는 힘들다능 겨. 당장 입학금이며 그런 거는 빼놓더라도 수업료에 기성회비가 삼 개월에 팔천 환 돈이라는 거여. 그걸로 끝나는 기 아니고 지지바라 그른지 가정실습비니 머니 해서 돈 들어가는 기 엄청나. 태수도 아들을 중핵교 갈칠 생각이믄 맘 독하게 먹어야 햐. 나야 자식이라고는 향숙이 달랑 하나라 지둥뿌리를 뽑아 파는 한이 있더라도 상업고등학교는 졸업시킬 생각이지만, 태수 자네는 자식이 하나둘 아니잖여.”

윤길동이 주전자를 흔들어 막걸리를 따르면서 박태수를 이해한다는 얼굴로 말했다.

“태수 혼자만 일하는 것도 아니잖여. 태수 식구도 보통은 넘잖여. 평래 형님도 아직 팔팔하싱께, 태수는 정월 대보름 때까지는 놀아도 돈 값는 데는 지장 없을 껴."

장기팔이 대견하다는 얼굴로 박태수를 바라보고 있다가 한숨 섞인 목소리로 말했다. 갑자기 소식 없는 아들 형제의 얼굴이 떠올라서 콧등이 짠해지는 걸 느꼈다.

"시훈이 아부지는 섣달에 들어온 머슴 주인 여핀네 속곳 걱정하는 야기 일절로 끝내고 슬슬 시작을 해 보쥬. 오늘 이 자리에 모인 까닭은 모두들 알고 계시쥬?"

황인술이 앉은 자리에서 한 뼘 정도 앞으로 내다앉으며 좌중의 분위기를 집중시켰다.

"둥구나무 앞에서 고사 지낼 문제로 상의하러 온 기 아닝가?"

"작년에는 태수가 제관을 했든가? 머여 주전자가 왜 이리 개벼워…… 술이 떨어졌구먼."

모산은 옛날부터 정월 대보름 전날 밤에 둥구나무에 고사를 지냈다. 고사를 주제하는 제관은 항상 묵은해 그믐날 선출하는 것이 관례였다. 순배 영감의 말에 이어서 변쌍출이 주전자를 들어 보였다.

"거기, 뉘여. 금순이구먼. 금순아, 여기 술 떨어졌다. 어여 오니라. 어춥다! 날은 굉장하겠는데."

방문 앞에 앉아 있던 김춘섭이 방문을 열었다. 헛간에 달아 놓은 남포등과 정지며 뒷간과 방에 불이 켜져 있어서 마당이 환하다. 새해를 맞는 시간에 들어올지도 모르는 잡귀를 막기 위해서 켜 놓은 것들이다. 여기저기서 불빛이 내려앉고 있는 마당은 차가운 가죽처럼 얼어붙어 있다. 정지에서는 아직도 세찬을 만들고 있는지 찬바람을 타고 불어오는 냄새가 고소하다. 마침 정지에서 나오는 금순이를 향해 빈 주전자를 흔들어 보였다.

"알았슈."

"어따, 금순이도 후년에는 시집가야 하겠구먼. 낼이면 금순이가 및 살이여?"

장기팔이 방문 앞에 서 있는 금순이를 바라보다 황인술에게 물었다.

"오늘 밤이 지나믄 열여섯 살이잖여. 옛날이라믄 몰라도 요새는 스무 살이 넘어 시집을 보내는 추세라서 시집보내기는 이르잖여. 설 쇠고 며칠 쉬었다가 서울로 보내기로 했구먼. 광일이가 일하는 전당포 사장 집에서 식모를 구한다고 해서 거길 보내기로 했구먼. 금순이 동생 광성이는 읎는 집안에서 상규츠름 중학교 보낼 형편은 못 되고 해서 대전에서 양복점을 하는 즈 외삼촌 집에 시다로 보내기로 했고……."

"요새 광일이가 왜 안 보이는가 했더니 서울 올라가 있구먼. 그런 걸 보믄 구장님은 참말로 용햐. 이런 촌구석에 살면서도 읍내나 대전도 아니고, 서울 같은 데 척척 취직을 시키는 걸 보믄."

오씨가 젓가락으로 소금을 찍어 먹으며 한마디 했다.

"구장네 자식은 죄다 기술자로 나설 셈이구먼. 그려, 생각 잘했어. 농사 백날 져 봐야 따신 밥 한 그릇 맘 놓고 못 먹어. 그라고 전당포라믄 그 머여, 금반지나 양복 같은 거를 맥기믄 돈을 빌려 주는 데를 말하는 거 아녀?"

"허! 형님은 나도 모르는 걸 워티게 그리 잘 안대유?"

순배 영감의 말에 변쌍출이 혀를 찼다.

"맞아유. 광일이 하는 말이 완전히 돈 놓고 돈 먹는 데가 거기라고 하대유. 요새 서울서 금반지 한 돈에 사천오백 환 정도 한대유. 근데 거길 가믄 삼 할을 떼고 삼천 환 정도만 내준대유. 그란디 열에 일고여덟 명은 한 달 있다가 금반지를 찾으러 안 온다지 뭐유. 담 추석에 내려올 때는 내가 찰 시계도 한 개 사온다고 하드만유."

"나도 서울 같은 데서 전당포가 잘된다는 말을 들었어. 근데 그것도 기술이 있어야 한다드만. 시계도 미젠지 일본젠지 판별을 해야 하고, 금이나 은이 진짠지 가짠지도 구별할 줄 알아야 하고, 양복을 갖고 오믄 그기 얼매짜린지 보는 눈도 있어야 하고, 구두나 대학교 책 하며 별걸다 알아야 그 장사를 해 먹는댜."

황인술의 말을 가만히 듣고 있던 순배 영감이 아는 척했다.

"광일이도 요새 맨날 그런 거만 배운다고 하드만유. 난중에 돈을 모으믄 저도 영동 같은 디 내려와서 전당포를 하고 싶다고 하기는 하는데, 그놈의 돈이 있어야쥬. 하지만 시방은 월급쟁이로도 얼매든지 먹고살 수 있당께 두고 봐야쥬, 머."

"구장은 좋겠어. 광일이가 어릴 때는 엄지손가락이 읎어서 저놈이 커서 머가 될라나 걱정했었는데, 시방 봉께 여간 잘된 일이 아녀. 엄지손가락이 읎응께 당장 군대 갈 걱정할 필요도 읎을 거잖여. 딴 아들은 군대 가서 밥도 지때 못 먹어서 피골이 상접하도록 고생을 하고 있다는데, 갸는 돈 벌믄서 좋은 기술 배우고 있잖여."

"아따! 손가락 한 개 읎어서 열 손가락 있는 놈보다 부족한 거 읎슈. 넘보다 지게질을 못 햐, 아니믄 낫질을 못 햐, 밥을 못 먹어…… 외려 사내끼를 꼬기 시작하믄 열손가락 있는 놈보다 두 배는 빨리 꼬는데……."

변쌍출이 빈정거리는 말에 화가 난 황인술이 노골적으로 화는 내지 못하고 벽장문을 노려보며 목소리를 높였다.

"광일이는 설 쉬러 내려온 모냥이구먼."

장기팔은 아들 형제 중에서 장남인 시훈이 얼굴이 떠올랐다. 시훈이도 설을 쇠고 나면 늦어도 칠팔월경에는 입대 영장이 나올 것이다. 군대를 기피하믄 감옥을 간다는데, 대관절 이 자식은 워디서 뭘 해 처먹고 사는 거여. 돈 못 벌어 온다고 괄세할 부모가 있는 것도 아니고, 직장 읎다고 눈치 줄 동리 사람들이 있는 것도 아닌데, 정 내려올 행편이 못 된다믄 편지 한 장이라도 해 주믄 누가 잡아간댜……. 장기팔은 시훈이놈 얼굴이 삼삼하게 떠올라서 부럽다는 듯한 얼굴로 황인술을 바라보며 힘없이 중얼거렸다.

"그저께 내려왔슈. 기차 자리가 읎어서 짐칸에 올라가서 마루 밑에 엎드려 있는 괭이츠름 엎드려서 왔대유. 한두 시간도 아니고 기차가 연착이 돼서 열 시간을 말유. 시훈이하고 경훈이는 슬에도 안 내려왔남유?"

황인술은 장기팔의 풀기 없는 말에 금방 기분이 풀렸다. 장기팔의 아들 형제는 작년 추석에도 내려오지 않았다. 장기팔의 아내 날망집은 이건 분명히 어떤 사고가 난 것이 틀림없다며, 추석이고 뭐고 다 집어치우고 당장 서울로 올라가 보자고 대성통곡을 했었다. 오늘 낮에도 아내 광일네가 보니까 우물가에서 눈물 반 콧물 반 범벅이 된 얼굴로 배추를 씻고 있었다고 했다. 오늘 밤 늦게라도 아들 형제가 내려오지 않으면 장기팔의 집은 설이 아니라 초상집 분위기가 될 것이라는 생각에 막걸리를 따라 주며 물었다.

"내려오는 건 둘째 문제고 워디서 무얼 하는지 소식이나 들었으믄 좋겄어. 어뜬 사람 말 들으믄 남대문서 짐 나르는 걸 봤다고도 하고, 또 어뜬 사람 말 들으믄 남산 밑에서 뻔디기를 파는 걸 봤다고도 하고……. 그 넓다는 서울 바닥에서 용케도 봤다는 사람은 많은데 편지 한 장 읎 응께, 여핀네가 오늘도 진종일 온 집안 구석에 눈물을 뿌리고 댕기고 있 구먼……."

장기팔은 방문이 열리는 인기척에 슬그머니 입을 다물었다.

"시훈이 아부지 자식들이야 무소식이 희소식이라고 날이라도 내려올 지 모르잖아유. 하지만 우리 철용이도 보통 문제가 아뉴. 그랑께 구장님 이 광일이한티 우리 철용이 좀 있을 데가 읎는지 쫌 알아 달라고 해 봐 유. 농사꺼리가 많다면이야 걱정할 이유도 읎슈. 도지를 부치고 있는 땅 이 손바닥만 해서 나 혼자서도 설렁설렁 건달 농사를 져도 넘 못지않게 질 수 있슈. 거기다가 철용이까지 매달리믄 이건 농사짓는 기 아니고 부 자지간에 놀자는 수작이나 머가 틀리겄슈. 그렇다고 중핵교를 보낼 행 핀은 못 되고, 워디 아는 데가 있어서 내보낼 수가 있나, 빽이 좋아서 취 직을 시킬 수가 있나, 자갈논이라도 팔아서 장사를 시킬 수가 있나……. 핵교 졸업하믄 집구석에서 나무나 할 팔자로 돌아설 것이 뻔항께 시방 부텀 아주 미쳐 버리겄는 모냥유."

아들 형제 소식을 몰라 애를 태우고 있는 장기팔 심정도 아프겠지만, 나도 급해 죽겠다는 얼굴로 김춘섭이 말했다.

"그랴. 내가 광일이한티 말을 해 보긴 하겠지만 너무 기대는 하지 마. 사람 일이라는 거시 워치게 될지도 모릉께."

"서울에 가믄 한동리 사람들도 동기간이나 마찬가지여. 이럴 때 돕고 살믄 난중에 반드시 그 보답을 받게 될 거여. 그랑께 구장이 심 좀 써 봐. 하다못해 워디서 잔심부름이나 하는 데만 백혀 있어도 춘셉이는 밥

숟가락 하나 더는 셈이잖여. 그기 워디여……."

김춘섭과 황인술이 하는 말을 가만히 듣고 있던 순배 영감이 넌지시 말했다.

"당연하쥬. 좌우지간 사람은 나서 서울로 보내고, 말은 제주도로 보내라고 했슈. 하지만 소도 비빌 언덕이 있어야 비빈다고, 서울에 사는 사람 중에 아는 사람이라고는 이승만 대통령하고 이기붕뻮에 모릉께 워디 살겄슈."

순배 영감의 말을 고맙게 받아들인 김춘섭이 거들었다.

"허! 그렇게 엄청난 빽이 있음서 왜 여즉 취직을 못 시켰댜? 나 같으믄 하다못해 면사무소 급사라도 집어늫겄네."

박태수가 웃는 얼굴로 하는 말에 모두들 '맞는 말일세. 맞는 말이고 말고 영동군에서 김춘섭이 빽이 최고구먼.'이라며 웃음을 터뜨렸다.

"배추적 좀 더 갖고 왔슈."

금순이 찬바람을 등에 지고 술 주전자와 배추부침 접시를 방 안에 들여놓았다.

"본론으로 들어가 보기로 하쥬. 작년에는 태수가 제주를 했응께 이븐에는 누가 했으문 좋겄는지 야기 좀 해 봐유. 내 생각에는 길동이가 했으문 좋겄는디, 여러분들도 한 명씩 추천을 해 봐유."

방문 옆 벽에는 어느 집이나 마찬가지로 국회의원이 나누어 준 1957년 새 달력이 붙어 있다. 일 년 열두 달이 모두 표기되어 있는 신문지 한 장 크기의 달력 가운데는 국회의원 사진이 차지하고 앉아 있다. 황인술이 달력을 바라보며 말했다. 달력의 2월 13일에는 연필로 X표가 그어져 있다. 음력으로 정월 대보름에서 하루가 빠지는 날인 1월 14일이다.

황인술이 달력을 바라보다 윤길동에게 시선을 돌렸다.

"난 심들어유. 지난 십일월에 옥천에 사시는 작은숙부가 돌아가셨잖유. 그랑께 딴 사람이 했으믄 좋겄슈."

제주가 되면 부정을 탄다고 해서, 지난 일 년 동안 초상집에 다녀온 사람은 자격이 없다. 아내가 출산을 했거나, 출산을 한 집에 다녀온 적도 없어야 한다. 또한 걸어 다니지 못하는 아이가 있는 집안 가장도 자격이 없다. 윤길동은 황인술의 말이 끝나자마자 손사래를 쳤다.

"그걸 생각하지 못했구먼. 기팔이 자네는 친척이 별로 읎응께, 올해 초상난 집에 들른 일이 읎겄구먼?"

윤길동을 바라보고 있던 순배 영감이 장기팔에게 고개를 돌렸다.

"지야 초상집에 간 일은 읎지, 먹고사는 일이 염색하는 일이다 보니 장날마다 한두 사람씩은 초상당한 사람을 만나는 편유. 그랑께 제주는 춘셉이가 한븐 해 보는 기 좋을 거 가튜."

"지는 태수 앞 전해에 했잖유. 그랑께 구장님이 수고 좀 해 줘유."

"허! 구장직도 감투라고 우리 집에 부고장이 한 장 도막에 및 장씩 날아오는지 알고나 하는 소리여? 뒷간 베름빡에 꽂아 둔 부고장을 오늘 세어 봉께 칠십 및 장이나 되더라 이거여. 명색이 구장이라고 부고를 보냈는데 영 모르는 척할 수는 읎고, 두 번에 한 븐씩 갔다 왔다 해도 서른다섯 븐 이상은 갔다는 야기가 되잖여. 좋아유! 죄다 이유가 있응께, 구장의 재량으로 뽑을 수백에 읎겄구먼유. 여러분 생각은 워뉴?"

부고장이 집안으로 들어오면 부정을 탄다고 해서 뒷간 벽 판자 틈에 꽂아 두거나, 따로 통을 마련해서 보관하는 것이 풍습이다. 황인술이 '난 자격이 없다.'는 얼굴로 좌중을 돌아다보며 말했다.

"그려, 암만해도 우리들보담은 구장이 집집마다 살림살이가 워치게 돌아가는지 사정을 잘 알고 있응게 한번 뽑아 봐."

유독 양쪽 광대뼈에만 불그죽죽하게 노을이 묻어 있는 순배 영감이 '오랜만에 술 한잔 잘했다.'는 얼굴로 턱을 문지르며 황인술을 바라본다.

"이븐에는 심이 좀 들기는 하지만 팔봉이 아부지가 수고 좀 해 줘야 겄구먼유."

"그랴, 나이 들어서 동리를 위해 일할 수 있다는 것만 해도 복 받을 일여. 그렇게 알고 구장이 날 아침 일찍 팔봉이 애비 삽짝에 금줄을 쳐. 그래야 동리 사람들이 팔봉이 애비가 제주인 줄 알 팅게. 자네도 영광으로 알고 있어. 고사를 지낼 때까지는 이 동리서 젤로 깨끗하게 지내야 할 몸잉게."

순배 영감이 변쌍출에게 술잔을 내밀며 술 주전자를 찾았다. 김춘섭이 얼른 제 옆에 있던 술 주전자를 순배 영감에게 내민다.

"형님 말씀을 듣고 봉게 제주를 하는 것도 영광이구만유. 그랍시다 머. 지가 고사는 챗임질 모냥잉게 막걸리나 들쥬."

"날 떡국 드실 때 고기 자시면 안 되는 거 알고 있쥬?"

제주로 선정이 되면 고기 음식을 먹거나 부부관계를 해서도 안 된다. 황인술은 변쌍출이 부부관계를 할 리는 없을 테고, 내일이 설이라 고기를 입에 댈지도 모른다는 생각에 다짐받는 목소리로 물었다.

"고사를 지내고 나믄 돼지고기는 실큰 먹을 틴데, 날 하루를 못 참을 까."

모산에서는 설 기간 동안 고기를 입에 못 대는 제주에게는 돼지를 잡아서 앞다리를 통째로 주는 전통이 있다. 다들 살아가는 것이 그만그만

311

해서 잔치 때를 제외하고는 고기 맛을 보는 경우가 드문데다 그동안 수고를 했다는 뜻이 담겨 있는 선물이다. 변쌍출은 빈 잔을 순배 영감에게 내밀며 벌써부터 입맛이 당긴다는 얼굴로 입술을 짭짭거렸다.

"제주는 정했응께, 비용을 얼매씩 갹출을 해야 하는가가 남았구만유. 올해는 돼지 백오십 근짜리 한 마리 값이 얼맨지 모르겠지만, 작년츠름 돈 걱정은 안해도 되겠슈. 부면장님이 돼지는 내신다고 했응께."

방 안에 있는 사람들은 모두 황인술의 말이 믿어지지 않는다는 얼굴로 서로의 얼굴을 바라본다.

"머여, 면장 출마라도 하는가? 아니지……. 면장 임기는 많이 남아 있는데?"

제주로 선출된 변쌍출이 별일도 다 있다는 얼굴로 황인술에게 물었다.

"그건 자시 모르겠고, 고사 때 돼지 걱정은 하지 말라는 말을 한 것은 틀림읎슈. 그렇게 올해는 집집마다 쌀 두 되씩만 내믄 고사는 푸짐하게 지낼 거 가튜."

"세상 오래 안 살아도 별일이 다 생기는구면. 위짠 일로 부면장이 돼지를 낸다. 백오십 근짜리를 살라믄 못 줘도 쌀 두 가마니 값은 쳐줘야 할 낀데. 아들 낳은 턱으로 돼지를 내놓으시는 건가?"

"내 말이 바로 그 말여. 당장 돼지 한 마리를 낸다고 큰소리를 쳤으믄 면장님하고도 말이 오갔다는 야긴데. 면장님 승질에 아무런 이유도 읎이 돼지 한 마리를 내놓지는 않을 꺼잖여."

"허허, 걱정도 팔자구면. 설마 돼지 한 마리를 내놓고선 난중에 돈 내놓으라고 할까……. 공짜로 주는 돼진게 고사나 잘 지내믄 우리 할 일은 끝낭 겨."

오씨가 김춘섭과 박태수의 말을 끊으며 별걱정도 다 한다는 얼굴로 말했다.

"형님 맘 한븐 편해서 좋겄네. 하지만 시방은 형님 말대로 고사나 잘 지내는 수벆에 읎슈. 부면장님이 돼지 한 마리를 내놓는다고 할 때, 지 가 한두 번 물어봤겄슈? 돼지를 내놓으시는 건 동리를 대표해서 쌍수를 들어 환영할 일이지만, 대관절 이유가 머냐고 말유? 그랑께 그냥 내놓고 싶어서 내놓는 거 라믄서, 만약 자꾸 물어보믄 돼지를 안 내놓겄다고 하 시지 뭐유. 그런 판국이니 더 이상 물어볼 수가 읎드라구유. 그라고 가 만히 생각해 봉께 시간이 지나믄 우리가 알고 싶지 않아도 자연적으로 알게 될 날이 올 거 가튜. 그랑께 그 문제는 그릏게만 알고 있으믄 되겄 슈."

황인술은 며칠 전에 면사무소에 들렀다가 이동하가 잠깐 보자는 말에 면장실로 불려 들어갔었다. 그 자리에서 이동하는 내후년 오월에 있을 국회의원 선거에 출마할 예정이라는 말을 들었다.

'구……국회의원이라믄?'

재수가 좋은 놈은 엎어져도 돈을 줍는다고 했다. 이놈의 집구석은 대 관절 산소를 얼매나 잘 썼길래 국회의원 자리까지 넘보냐는 생각에 화 도 나고 부럽기도 하고, 세상이 너무 불공평하다는 생각에 속이 뒤틀리 는 것 같아서 말이 나오지 않았다.

'좌우지간에 내가 국회의원이 되믄 광일이 그놈은 면사무소에 취직시 켜 줄 모냥잉께, 구장님이 화끈하게 밀어줘.'

'참말유? 우리 광일이를 면사무소에 취직시켜 준다는 말이, 그 머셔…

… 참말유?'

‘국회의원이 될라믄 자유당 공천을 받아야 할 거고, 영동군 자유당 총책이 된다는 말인데, 그까짓 면사무소 임시 직원이 대수겄어.'

‘암만유. 시방도 부면장님이 우리 동리 분이라는 것 자체도 엄청난 영광인데, 국회의원이 되신다믄 모산 사람들 죄다 앞장서서 선거운동을 하고도 남쥬.'

마음속으로는 ‘할애비한테 속은 것도 부족해서 자식한테 속고, 손자한테 또 속는 거는 아니겄지.' 하는 생각이 들었지만, 입 밖으로 나오는 말은 황송해서 견딜 수 없다는 말뿐이었다.

"그려, 구장이 어련히 알아서 물어봤겄어? 그랑께 오씨나 구장 말대로 그 문제는 우리가 알고 싶지 않아도 차차 알게 될 낑게 이쯤에서 그만 일어나는 것이 좋겠네. 구장네도 식구들찌리 할 일이 있을 거잖여."

"집에 가믄 밤에 야광 귀신이 신발 흠치갈 줄 모릉께 베름빡에다 체 걸어 놓는 거 잊지들 말고"

변쌍출이 군용 털모자를 머리에 뒤집어쓸 준비를 하며 말했다.

설날 밤에 야광(夜光)이라는 귀신이 인가에 들어와 사람들의 신을 신어 본 다음, 자기 발에 맞으면 신고 간다는 속설이 있다. 만약 신발을 잃어버리면 신 임자는 그해 내내 운수가 나쁘다고 한다. 그래서 아이들과 어른들이 모두 신을 방 안에 들여놓는다. 또 작은 설날 밤에는 모두 불을 끄고 일찍 자는데, 야광귀를 막기 위해 대문 위에다 체를 걸어 둔다. 그 이유는 야광귀가 신발을 흠치러 와서 체의 구멍을 세어보다가, 구멍이 너무 많으니까 세다가 헷갈려서 다시 세고, 또 세기를 반복하다가 자기 발에 맞는 신을 신어 보는 것도 잊어버려서, 새벽닭이 울면 물러가게 하기 위해서라고 한다.

"늙은이 신발을 훔쳐가 봤자지 머……. 자, 어여 그만 일어나지."

초저녁잠이 많은 순배 영감이 길게 하품을 하며 일어섰다.

"집집마다 집에 돌아가시믄 할 일이 있으실 팅께 더 노시다 가라고 잡을 수도 읎구만유."

집주인인 황인술이 일어서자 모두들 알맞게 취기가 오른 얼굴로 일어섰다. 방문 앞에 앉아 있던 김춘섭이 먼저 나가서 고무신을 꿰어 신었다. 댓돌 위에 있던 고무신이 얼음장처럼 차갑다.

둥구나무에 고사를 지내는 날이 하루 앞으로 다가왔다.

변쌍출은 그동안 고기는 일체 입에 대지 않았을 정도에서 그치는 것이 아니라, 고기 굽는 냄새 근처에도 가지 않았다. 농촌에 살다 보면 '인정상'이라는 틀을 벗어날 수가 없다. 행여 장날 장터에 나갔다가 아는 사람이 초상을 당했다는 말을 듣게 되면, 인정상 찾아가 보지 않을 수가 없다. 고사를 핑계로 찾아가 보지 않았다가는 훗날 유가족을 만나게 되면 민망해서 얼굴을 마주 볼 수가 없을 뿐 아니라, 괜히 죄를 지은 것처럼 얼굴을 피하게 되는 수도 있다. 그런 꼴을 애초에 차단시킬 작정으로 학산장을 보러가지도 않았다. 동네 사랑방에도 출입을 삼갔고, 골목에서 이웃들을 만나면 일상적인 안부 인사만 하고 집에 바쁜 일이 있는 사람처럼 서둘러 집으로 향했다.

양력으로는 2월 중순이다. 햇볕이 잘 드는 양지쪽 밭둑 검불 속에서는 쑥이며 벌금자리에 냉이싹이 파랗게 돋아나고 있지만 바람은 매웠다. 코끝을 스쳐가는 바람이 매운데도 부지런한 이들은 논둑에 들불을 놓기도 하고, 겨울 동안 묵혔던 헛간의 재를 마늘밭에 뿌리기도 했다.

변쌍출은 정지에서 찬물로 목욕을 하고 깨끗하게 빨아서 다림질까지
해 놓은 바지저고리에 두루마기까지 입었다.

"학산 댕겨 올 팅께 그리 알고 있어."

변쌍출은 고사를 지낼 제물을 마련하기 위해 새벽같이 길을 재촉했
다. 변쌍출의 아내 하 보살 혼자 제물을 마련해야 하는 신성한 몸이라
서, 마당 밖까지 나가지 않고 마당 안에서 남편을 배웅했다.

학산 삼거리를 지나면 건어물 가게가 몇 개 있다. 아직 이른 시간이라
서 문을 연 가게는 한 곳도 없었다. 학산에는 특별한 일이 없는 한 일부
러 과일을 사다 먹는 집안이 드문 탓에 영동읍내와 다르게 과일만 전문
으로 파는 가게가 없었다. 건어물 가게에서 제물용으로 파는 사과와 배
나 곶감이 전부다. 변쌍출은 몇 군데의 건어물 가게 중에서 집안 내력을
잘 알고 있는 곳으로 갔다. 집안 내력을 모르는 집은 명절 끝에 상을 당
했거나 출산을 했을지도 모른다는 염려에서였다.

다른 사람의 손을 타지 않은 과일이며 건어물을 사기 위해 새벽같이
나온 변쌍출은 사과와 배는 돈을 따지지 않고 흠집이 없거나 색깔이 잘
나온 최상급의 상품만 골라서 샀다. 그다음에는 건어물을 살 차례다. 마
른 문어며, 가오리, 북어, 대구포는 크기나 가격을 따지지 않았다. 전시
를 해 놓은 것은 이 사람 저 사람들이 만졌을지도 모른다는 생각에 개
봉하지 않았던 상자나 포대 안에 들어 있던 것 들 중에서 크고 상처가
없는 것들로 골라서 샀다.

변쌍출은 제물을 구하고 나서야 점심때가 지났다는 것을 알았다. 식
당에 가면 필연적으로 고기를 손질한 도마를 사용한 음식을 먹게 된다

는 생각에 주린 배를 쓰다듬으며 집으로 갔다.

집에 도착해서 제사 당일 날 쓸 제물은 깨끗한 문종이로 잘 싸서 사랑방 시렁 위에 잘 모셔 두었다.

드디어 고사를 지내는 날의 해가 밝았다.

모산 사람들은 6·25 때 제사를 지내지 않아서 순배 영감의 자식 형제와 이병호의 부모가 참혹하게 죽었을 거라고 믿고 있었다. 전쟁이 끝나고 고사를 다시 지내기 시작하면서는 6·25 전보다 고사 날을 더 신성하게 여기고, 가능하면 지난해보다 풍성한 음식을 장만하려고 노력했다. 그래야 순배 영감 자식 형제와 이병호 부모에 대해 미안하고 죄스러운 마음이 어느 정도 가시는 것 같은 기분이 들어서였다. 그래서 6·25 전과 다르게 고사 날에는, 개를 기르는 집에서는 개가 골목을 돌아다니며 부정한 것을 물어 올지도 모른다는 생각에 아침부터 묶어 두었다. 옷도 모두 빨래를 한 깨끗한 옷으로 갈아입고 이웃들과 말을 할 때도 큰소리가 나오지 않도록 조용조용히 했다. 면소재지에 나갈 일이 있어도 꼭 나가야 할 일이 아닌 이상은 다음 날로 미루고 차분한 마음으로 해가 지길 기다렸다.

황인술은 새해 들어서 초상집에 간 적이 없는 남정네들을 동원해서 황토를 파다가 둥구나무 주변에 고르게 깔았다. 새끼 꼬는 솜씨가 좋은 박태수에게는 왼새끼를 꼬게 해서 둥구나무 허리에 두르는 것으로 일차적인 준비를 끝냈다.

그동안 변쌍출의 아내 하보살 혼자서 시루에 떡을 찌고 제물로 사용할 고사리를 삶고, 무나물이며 배추나물을 만들고 건어물은 알맞게 데쳤다. 전을 부치는 데 사용할 쪽파며 무와 배추도 상태가 좋은 것만 골라서 가마솥 뚜껑에다 푸짐하게 부쳤다.

해가 넘어가면서 둥근 달이 불쑥 솟아올랐다. 내일이 보름이라서 한껏 부풀은 달빛이 푸른색으로 둥구나무를 비췄다. 붉은 황토바닥에는 둥구나무 가지가 달그림자를 그려 놓았다. 달그림자가 내려앉은 너럭바위 위에 고사상이 마련되었다.

고사를 지낼 때는 시루떡을 동이째 놓은 곳이 많다. 박태수가 시루떡을 지게에 지고 걸었다. 김춘섭은 고사가 끝나면 먹을 삶은 돼지고기를 담은 함지박을 졌다. 큼지막하게 조각을 내서 삶은 돼지고기는 금방 끓고 있는 가마솥에서 꺼낸 탓에 바람이 찬데도 김이 모락모락 피어오르고 있다.

고사를 지낼 때 사용할 돼지머리는 황인술이 따로 들고 갔다. 고사에는 돼지머리가 반드시 있어야 한다. 옛날 하늘나라에 살고 있는 옥황상제 밑에 '업' 장군과 '복' 장군이 있었다. 두 장군은 서로 경쟁 관계에 있는 사이로, 옥황상제는 그들이 서로를 시기하고 다투는 것을 매우 싫어했다. 그래서 두 사람에게 탑을 쌓게 하여, 그들 중 먼저 탑을 쌓은 사람을 가까이하겠다고 약속했다.

곧 탑 쌓기가 시작되었다. 그러나 업 장군이 잔꾀를 부려 복 장군보다 빨리 탑을 쌓았다. 옥황상제는 업 장군이 잔꾀를 부린 것을 알아 버렸다. 옥황상제는 복 장군을 돼지로 환생하게 하여 사람들이 옥황상제께 소원을 빌 때 중개 역할을 할 수 있도록 권한을 주었다고 한다. 이때부터 돼지가 고사상에서는 가장 귀한 대접을 받게 되었다고 한다.

순배 영감과 변쌍출의 지휘 아래 박태수와 김춘섭을 중심으로 고사상을 차리기 시작했다.

먼저 한지를 너럭바위 위에 깔았다. 제일 먼저 팥을 입힌 시루떡을 시루째 맨 앞에 놓았다. 떡시루 위에는 타래실을 칭칭 감은 북어를 올려놓았다. 돼지머리를 중심으로 하여 각종 건어물과 양념을 하지 않고 살짝 데치기만 한 도라지와 고사리를 담아서 내놓았다. 고사 때 삼색 나물은 도라지와 고사리와 함께 시금치다. 그러나 시금치를 구할 수가 없어서 콩나물을 삶았다. 과일 등은 위아래를 칼로 쳐서 반듯하게 차려 놓았다. 전은 수북이 쌓아 올리고, 대추며 밤도 올려놓았다. 막걸리는 한 말짜리가 들어가는 물동이에 담아서 너럭바위 아래 내려놓았다. 어린아이 팔뚝만한 커다란 양초 두 자루에 불을 붙이고, 향로에 향을 살리는 것으로 본격적인 고사가 시작됐다.

"팔봉이 아부지가 먼첨 절을 두 번 하셔유."

집사 역할을 맡은 박태수가 변쌍출에게 말했다. 변쌍출은 경건한 얼굴로 절을 두 번 했다. 산 사람에게는 절을 한 번 하고, 제사상 앞에서는 절을 두 번 한다. 그 이유는 생은 양수(陽數)라서 홀수로 친다. 죽음은 음수(陰數)라서 짝수이기 때문에 두 번 절을 하는 것이다. 세 번 절을 하는 경우는 부처님 앞에서 절을 할 때이다. 그 이유는 삼보(三寶)에 대한 예를 올리는 것이기 때문이다. 불가에서 삼보란 부처님과 부처님의 가르침 그리고 부처님이 계시는 절이 있는 것을 말한다. 바로 이 삼보가 있음으로 해서 불교가 있다는 것을 뜻하는 것이다. 그래서 절에 가서 보면 불당에는 상·중·하 세 단이 있다. 상단에는 부처님·보살님을, 중단에는 경전과 제물을, 하단에는 영가 위패를 모신다. 이렇듯 각 단마다 모시는 대상은 다르지만, 절은 세 번 올린다.

변쌍출이 절을 두 번 하고 나자, 박태수가 술잔을 공손하게 두 손으로 받쳐서 내밀었다. 변쌍출이 반 무릎을 꿇은 자세로 술잔을 받았다. 박태수가 잔이 넘치지 않도록 얌전하게 술을 따랐다. 변쌍출은 술잔을 들어 향로 위에서 세 번 왼쪽으로 돌린 다음, 퇴주 그릇에 비웠다.

"자, 다들 절을 두 번씩 하셔유."

달빛은 대낮처럼 밝은데, 바람은 얼음장처럼 차가웠다. 변쌍출의 뒤에서 장승처럼 서 있던 사람들이 박태수의 지시에 따라 일제히 절을 두 번씩 했다.

"인제 팔봉이 아부지가 두 번 절 하실 차례유."

변쌍출은 박태수의 말이 떨어지자마자 손끝이 얼어서 감각이 없었지만 내색을 하지 않고 천천히 절을 두 번 했다.

박태수가 다시 변쌍출에게 술을 따랐다. 변쌍출은 첫 잔을 올리고 나서 박태수가 축문 읽기를 기다렸다.

"유세차······단기 사천이백구십년 정유년 정월 열나흘 비봉산 아래 모산 동리 사람들은 영험하신 신령님께 비나이다. 우리 동리를 지켜 주시고 모든 생육들을 지켜 주신 신령님께 고하나이다. 열심히 농사를 짓고 하늘의 뜻대로 살고 있는 우리 동리 사람들이 올해 한 해도 아무런 해가 없이 살아가게 해 주시고, 농사는 태풍 없이 풍년을 이루어서 올 겨울에는 양식 걱정 없이 한 해를 보낼 수 있도록 신령님께서 도와주시기를 진심으로 비나이다. 끝으로 우리 동리 사람들이 성심성의껏 한 집안도 빼뜨리지 않고 정성껏 차린 음식을 많이많이 드시고 가시면서, 나쁜 기운은 하나도 남기지 말고 몽땅 가져가시기를 신령님께 비나이다. 단기 사천이백구십년 정월 열나흘 모산 동리를 대표해서 변쌍출 올림."

박태수가 축문 읽기를 끝내고 난 후에 변쌍출이 다시 두 번 절을 하고 나서 술잔을 올렸다.

"자! 날씨도 보통이 아닝께 어여 끝내 주. 다들 두 번씩 절을 하셔유."

박태수도 이빨 부딪치는 소리가 날 정도로 추웠다. 허연 입김을 달빛에 날리며 뒤로 물러서서 절 할 준비를 하면서 큰 소리로 말했다.

고사는 늘 그래왔던 것처럼 변쌍출이 음복을 하는 것으로 간단하게 끝이 났다.

"자, 인제 신령님께 소원을 빌 사람이 계시면 한 분씩 나오셔서 술잔을 올리고 절을 하셔유."

"나이로 치자면 내가 연장이지만, 학산면을 책음지고 있는 부면장의 책임이 막중항께 먼저 절을 하는 거시 좋겠구먼."

제주 다음은 동네의 연장자인 순배 영감이 먼저 술을 따르고 소원을 빌 차례다. 그러나 순배 영감은 돼지를 기부한 이동하를 무시할 수가 없어서 빈말이지만 양보를 했다.

"원측은 영감님 차례지만……."

이동하는 순배 영감의 말을 기다렸다는 얼굴로 돗자리 앞으로 갔다. 구두를 벗고 돗자리 위로 조심스럽게 올라가서 무릎을 꿇고 술잔을 두 손으로 들었다. 뒤에서 순배 영감이 쓴웃음을 짓든 말든 박태수가 따라 준 술을 고사상 위에 올려놓고 반듯하게 섰다.

'비나이다, 비나이다. 내년에 어떠한 일이 있드라도 꼭 자유당에서 공천을 받아서 국회의원에 당선되게 해 주길 바랍니다. 만약 미천한 지가 국회의원이 되기만 한다믄, 해마다 틀림읎이 돼지를 잡아서 올리겠나이다. 비나이다, 비나이다. 우리 어린 승우는 승철이츠름 속 썩이지 않고 건강하게 자라서 잘 먹고 잘사는 부자가 되도록 보살펴 주시기를 기원

하나이다.'

고사를 지내기 전만 해도 빌고 싶은 소원이 열 가지는 넘었다. 그러나 막상 고사상 앞에서는 그 많은 소원이 기억나지 않았다. 출세하고 싶은 욕망과 자식…… 그것도 들레의 몸에서 나온 승철이보다 옥천댁의 몸에서 낳은 승우에 대한 소원밖에 생각나지 않았다. 그렇다고 동네 사람들이 등 뒤에서 오들오들 떨고 있는데, 기억 속에 숨어 있는 소원이 생각날 때까지 마냥 서 있을 수만 없어서 넙죽 절을 했다.

"부면장님, 한 번 더 하셔유."

이동하가 절을 달랑 한 번만 하고 돌아설 기미를 보이자 박태수가 귓속말로 속삭였다.

"크음!"

이동하는 뒷덜미가 뜨끔거리는 것을 감추려고 잔기침을 한 후에 다시 절을 했다.

"부디, 올해도 작년츠름만 살게 해 주면 원도 읎구만유."

이동하가 물러난 다음에 순배 영감부터 절을 했다. 순배 영감이 물러난 후에는 누구 먼저라고 할 것 없이 작년이나, 그 앞 전해처럼 박평래며 장기팔 순으로 조용히 절을 하기 시작했다.

냉기를 품은 바람은 수시로 둥구나무 가지를 흔들어서 엄숙한 얼굴로 서 있는 사람들의 얼굴을 사정없이 후려 갈겼다. 그래도 자신이 소원을 빌 순서가 될 때까지 순서를 기다리는 사람들은 누구 하나도 경박스럽게 발을 동동 구르거나, '어 춥다! 추웅께 빨리빨리 서둘러.'라고 재촉하지 않았다. 싸리나무로 얼굴을 후려갈기듯 찬바람이 불어오든 말든, 장갑을 끼지 않은 손바닥이 얼음장이 되든 말든, 콧등이 빨갛게 얼든 말든 장승처럼 움직이지 않고 경건한 얼굴로 자신들의 차례가 오길 기다렸다.

동네 아이들은 어른들이 엄숙한 모습으로 절하는 모습을 지켜보며 어서 어른이 되길 빌었다. 어른이 되어야 고사상 앞에서 절을 할 수 있는 자격이 생길 거라는 생각에서였다. 하지만 염불보다 잿밥에 눈이 먼다고, 맨발에 고무신을 신은 발이 시려서 남모르게 동동 구르며 어서 빨리 고사가 끝나기를 기다리는 아이들도 있었다. 그중 몇몇은 상 위에 차려진 떡과 과일, 전, 함지박에 담긴 돼지고기에 코를 박고 있었다.

"해룡이도 소원 좀 빌어 봐."

남정네들이 모두 절을 끝내고 난 뒤였다. 사람들은 이제 차려진 음식이랑 막걸리를 푸짐하게 먹는 일밖에 남지 않았다는 것이 즐거웠다. 수시로 불어오는 찬바람 속에서 벙글벙글 웃기도 하고, 두런두런 이야기도 하면서 술렁거리고 있는 틈에 누군가가 불쑥 큰 소리로 말했다.

"그려, 올해는 장가를 가야지. 장가가게 해달라고 소원을 빌어 봐."

"어떤 색씨가 해룡이한티 시집올지는 모르겄지만, 시상에서 젤 편할 꺼. 생전 예핀네를 혼을 낼 줄을 아나, 밥을 늦게 준다고 승질 낼 줄을 아나, 술을 먹었다고 생전 술주정을 하나, 신랑감으로는 더 없이 좋지 머."

해룡이가 절을 하고 싶은지 고사상 옆에서 손가락을 빨고 있는 모습을 보고 여기저기서 한마디씩 던졌다.

"그려, 해룡이도 올해 스물두 살이잖여. 절을 못 할 것도 읎지. 어여 절을 햐. 올해는 꼭 장가가게 해달라고 소원을 빌어 보란 말여."

해룡이가 실실 웃으며 해룡네의 눈치를 살폈다. 해룡네는 깜박 잊고 있었다는 얼굴로 해룡이의 손을 잡아끌어서 신발을 벗고 고사상 앞에서게 했다.

해룡이는 히죽히죽 웃으며 고사상 앞에서 무릎을 꿇고 앉았다. 박태수가 웃는 얼굴로 술을 퇴주잔에 비워 버리고, 두 손에 빈 잔을 들려 주었다.

바람이 불었다. 촛불이 흔들거리면서 고사상 앞에 앉아 있는 해룡의 얼굴에 나뭇가지가 그림자를 만들어 놓았다.

골목 어귀를 막고 있는 아이들 중에 윤길동의 딸 향숙이도 섞여 있었다. 향숙이는 고사상 앞에서 한쪽 어깨를 비스듬하게 하고 내려앉은 자세로 서 있는 해룡이를 무심코 바라보았다.

'어메! 저기 머여?'

해룡의 몸에서 달빛에 내뿜는 푸른 담배 연기 같은 것이 빠져나오는 것이 보였다. 그것은 짙은 안개처럼 보이기도 했고, 실바람이 부는 날 굴뚝에서 평화스럽게 피어오르는 연기처럼 보이기도 했다.

'저……저기 머여?'

해룡의 몸에서 빠져나온 푸른 연기가 빠르게 허공중에 원을 그리며 회오리바람처럼 하늘로 치솟아 올랐다. 향숙은 둥구나무 꼭대기까지 치솟아 오른 연기가 마치 가오리연처럼 긴 꼬리를 날리며 자신에게 달려드는 것을 느끼며 주춤 뒷걸음을 쳤다. 아직 잠을 잘 시간도 아니고, 날씨가 차가워서 졸리지도 않는다. 그런데도 맥없이 하품이 나왔다. 부끄러운 줄도 모르고 입이 찢어질 정도로 크게 벌리는 순간, 푸른색 연기가 입 안으로 빨려 들어왔다.

'어머, 이를 어째! 천지가 고요해지는가 했더니 사람들이 서 있는 모습이 검은색 그림자처럼 보이는 것 같아.'

순간 숨이 턱 막혔다. 이어서 입 안이 하얗게 마르는 느낌 속에서 어깨가 부르르 떨렸다.

'어머! 나 왜 이라능 겨?'

장마 때 황톳물이 방천을 집어삼킬 것처럼, 넘실거리는 또랑가에 서 있을 때처럼 머리가 아득해졌다. 비틀거리는 순간, 하얀 빛 덩어리가 가슴을 뜨겁게 덮혀 주는 것 같았다. 언제 달려왔는지 가슴에 안긴 해룡이 해죽 웃으며 혀로 얼굴을 핥았다. 순간 온몸이 짜릿해지는가 싶더니 가랑이 사이로 뜨끈한 액체 같은 것이 흘러내리는 것이 느껴졌다. 너무 부끄러워서 얼굴을 들 수가 없었다. 어서 집으로 가야 된다고 생각하며 뒷걸음을 쳤다. 그러나 뒷걸음을 친다는 것이 주춤 물러선 것에 불과했다. 따뜻한 봄바람 같은 기운이 얼굴을 감싸는 느낌이 들면서 다리의 힘이 하얗게 빠져나갔다.

"저……저 뉘여!"

향숙이 스르르 주저앉는 모습을 보고 누군가가 짤막하게 외쳤다.

"햐……향숙이 아녀?"

"머시라! 향숙이라니?"

누군가가 외치는 말에 모리댁이 깜짝 놀란 얼굴로 돌아섰다. 둥구나무 달그림자를 벗어난 지점에 누군가 누워 있는 모습이 보였다. 어른들과 아이들이 쓰러진 사람을 향해 빠르게 달려갔다.

"향숙아! 향숙아! 야가 왜 이라는 겨! 정신 차려 봐라. 향숙아!"

모리댁보다 먼저 달려간 윤길동이 쓰러진 향숙을 껴안고 다급하게 외쳤다.

"뭐햐! 빨리 지……집으로 데리고 가야쥬! 집으로……."

"그……그렇구먼. 향숙아! 향숙아! 눈……눈 좀 떠봐. 응? 눈 좀 떠 보란 말여!"

윤길동은 모리댁이 등을 떠밀며 외치는 말을 들으면서 향숙을 양팔로 든 다음 벌떡 일어섰다. 윤길동이 얼른 향숙을 모리댁의 등에 업혀 주었다. 모리댁이 막 돌아서는데, 향숙이 '어머……'라고 희미하게 부르는 소리가 들리는 것 같아서 우뚝 멈췄다.

"향숙아! 정신이 드능 겨?"

"응……."

"참말이냐?"

"괜찮응께 어여 내려줘."

"그……그래."

모리댁은 꿈을 꾸는 기분 속에서 향숙이를 내려놓았다. 사람들이 금 방 모리댁과 향숙이를 둘러싸면서 괜찮으냐고 한마디씩 던졌다.

"괘……괜찮아유. 진짜로 괜찮다니께유……."

향숙은 거짓말처럼 몸이 가볍다고 느끼면서 주변을 둘러보았다. 동네 사람들이 겹겹이 둘러싸고 있는 것을 보고, 모리댁에게 찰싹 붙으며 말 꼬리를 흐렸다.

'으메, 이기 머여.'

향숙이를 업었던 모리댁은 달빛 아래로 보이는 손바닥에 빨간 피가 묻어 있는 것을 보았다. 순간 집히는 것이 있어서 향숙의 가랑이를 만져 보았다. 바지를 입은 가랑이 사이가 어두워서 보이지는 않지만, 손바닥 에 와 닿는 감촉이 직감적으로 무엇을 뜻하는지 알 수 있었다.

'이기, 초경을 했구먼.'이라는 생각이 숨을 턱 막히게 만들었다. 얼른 주변을 에워싸고 있는 사람들의 눈치를 살폈다. 다행이여! 사람들은 향숙이 왜 쓰러졌는지를 모르고 있는 것처럼 보였다.

"향숙아, 어여 집에 가자. 비켜유. 비켜."

올해 열네 살의 향숙은 나이에 비해 성숙하고 예쁘다. 공부도 잘하는 편이고, 금지옥엽같이 키워 온 딸자식이다. 오늘처럼 신성한 날, 더구나 고사를 지내고 아직 음복도 하지 않은 상황에서 초경을 했다는 소문이 돌기라도 한다면……. 그럴 리야 없겠지만 올 여름 동네에 염병이 돌기라도 하거나, 줄초상이라도 난다면 그 책임을 모조리 향숙이 뒤집어쓰는 수밖에 없을 것이다.

'안 되야! 안 되는 겨.'

모리댁은 향숙의 손을 잡고서 에워싼 사람을 밀쳐내며 미친것처럼 집으로 향했다.

"길동이 딸내미 팽소 행동이 어뜬가?"

고사상에는 아직도 촛불이 빛을 밝히고 있었다. 경황이 없어서 그 누구도 음복을 하지 않은 상황이었다. 사람들이 향숙이 때문에 웅성거리든 말든 제 할 일을 다한 해룡이가 막 신발을 꿰어 신고 있었다. 몇몇 남정네들은 행여 고사상을 누가 채가기라도 할까 봐서 그러는지, 고사상을 에워싼 채 한 발자국도 움직이지 않고 병정처럼 서 있었다.

그들 곁으로 천천히 다가간 순배 영감이 뒤따라온 변쌍출에게 나직한 목소리로 물었다.

"먼 말이데유?"

"내가 알기루는 얌전하고 착한 아 같던데……."

"행실이야 착하고 얌전하기로 소문이 났쥬. 근데 왜유?"

"자네 행여 부정 탈 짓을 한 거는 없겄지?"

"부정 탈 짓이라뉴? 설마, 저 길동이 딸내미가 나 때문에?"

"자네야 제주를 한두 번 해 본 것도 아닝께 각별하게 몸을 건사했겄지. 그렇다믄 누가?"

"형님, 명 짧은 놈은 속 답답해서 심장마비 일으키겄슈. 대관절 먼 말을 하고 싶은 규?"

변쌍출은 답답한 표정으로 말을 하면서도 음복을 하라며 순배 영감에게 술을 따라 주었다.

"암만해도 살(煞)을 맞은 거 가텨……."

"설마……."

변쌍출은 순배 영감의 말에 깜짝 놀라면서도 목소리를 죽이며 둥구나무를 바라본다. 만약 윤길동의 딸이 살을 맞았다면 제관에게도 책임이 있다. 제주의 몸이 신성하지 못했을 경우, 독한 귀신이 나와서 약한 사람을 골라서 나쁜 기(氣)를 쏠 수도 있기 때문이다.

"물론 자네는 잘했겄지. 하지만 나쁜 마음을 먹은 사람이 어딘가 안 좋은 부적을 숨겨 놓았을지도 모를 일이잖여."

"그……그려, 난 암만 생각해도 잘못한 기 없어유. 그랑께 형님 말씀이……."

"그만햐. 좋은 것도 아닌데, 이른 날 괜히 동리 사람들 맘 상하게 할 필요는 읎응께."

순배 영감은 윤길동이 겨우 안심을 했다는 얼굴로 걸어오는 모습을 보고 변쌍출의 옆구리를 쿡 찔렀다.

"길동이 많이 놀랐겄구먼. 즈녁에 뭘 잘못 먹은 기 아녀?"

이동하가 평소 그답지 않게 윤길동에게 술을 권하며 걱정했다는 얼굴로 물었다.

"글씨유. 즈녁에는 이따 고사 음식 먹는다고 별로 먹지도 않은 거 같은디……."

"자, 자! 길동이 딸내미는 괜찮데유. 괜찮다고 했응께 어여 음복들 하고 한잔씩 합시다. 부면장님, 부면장님도 얼릉 일루 오셔유. 이 술을 마셔야 올해 재수가 좋은 벱잉께 반드시 한잔하셔야 해유. 거기 뉘여, 춘섭이하고 창세 형님은 얼른 돼지괴기부텀 짤라 봐. 그라고 해룡네는 집에 가서 술 주전자 좀 더 갖고 와야 쓰것어. 그짝에서 어정거리고 있는 이가 뉘여? 병태 형님이구먼, 병태 형님 늦게까지 먹고 마실라믄 장작불 좀 피워야 되지 않겠슈? 우리 집 뒷간 옆에 준비해 둔 장작이 있응께 그걸 갖다가 저짝에다 불 좀 피워유."

윤길동의 우울한 목소리와 다르게, 황인술은 갑자기 신이 난 사람처럼 설치기 시작했다. 사람들도 웅성거리면서, 지금부터 시작될 술잔치를 위해 부산하게 움직이기 시작했다. 어느 틈엔가 부챗살처럼 퍼진 둥구나무가 만월이 다 되어 가는 하얀 달덩어리를 가슴에 품고 있었다.

"윤길동 딸내미가 팽소 지랄병이 있남?"

이동하는 황인술이 따라 준 음복잔을 방정맞을 정도로 홀짝 비워 버렸다. 그리고는 황인술의 옷깃을 잡아당기며 한쪽으로 걸어가서 귓속말로 물었다.

"지랄병이라뇨?"

"아까, 자세히 보지는 않았지만 멀쩡히 서 있던 아가 왜 병든 달구새끼마냥 맥없이 픽 자빠졌을까?"

오늘은 모산 동네의 고사 날이기도 하지만, 이동하 개인으로는 내년 5월에 있을 국회의원 선거 출정식이기도 하다. 그래서 돼지 한 마리를 기꺼이 희사하기도 했다. 이런 날 윤길동의 딸내미가 초를 친 것 같은 기분이 들어서 기분이 안 좋았다.

"그건 몰라유. 하지만 지랄병이라면, 그 머유…… 간질병인지 하는 그걸 말씀하시나 본데, 그런 거는 읎슈. 날이 하도 추웅게 지지바가 잠시 동태가 됐었나 보쥬 머. 그건 그렇고 부면장님한테 디릴 말씀이 있슈."

황인술은 향숙이 왜 쓰러졌는지 이유를 알지 못했다. 하지만 오늘처럼 엄숙해야 할 날 지랄병 운운하는 이동하의 방정맞은 행동에 뭐라고 제동은 걸지 못하고, 좋은 것이 좋다는 얼굴로 말했다.

"뭔데?"

"오늘 같은 날 이런 말을 하기는 머 하지만, 부면장님 뵙기가 원체 심이 등게 말씀을 딜릴 수밖에 읎구만유."

"뭐유? 뭔데 그릏게 뜸을 들이능 겨?"

이동하가 담배 연기를 날리며 작은 목소리로 물었다.

"내년에 국회의원에 당선이 되시믄 반드시 우리 광일이를 면사무소 임시 직원으로 취직시켜 줄 거쥬……"

황인술은 각서를 써 달라는 말을 하고 싶었다. 그러나 차마 입이 떨어지지 않았다. 고사상 근처에 서 있는 사람들의 눈치를 살피면서 다짐을 받는 듯한 목소리로 말했다.

"난 한 입으로 두말하는 사람이 아뉴. 만에 하나 내가 국회의원 선거에서 낙선되는 한이 있드래도, 자유당 총책 자리는 잡고 있을 팅게……."

이동하는 말을 하다 말고 입을 꾹 다물었다.

'이놈의 방정맞은 입 좀 봐. 출정식을 하는 오늘 같은 날, 방정맞게 국회의원 선거에서 떨어질지도 모른다는 말이 왜 튀어나오능 겨. 아녀, 방정맞기는…… 생각하기 나름이지. 돈, 돈이 있으믄 자유당 공천은 따 놓은 것이나 마찬가지고, 자유당 공천을 받으믄 국회의원은 당선된 것이나 마찬가지잖여.'

그러나 이동하는 이내 생각을 다져 먹고, 황인술의 손을 힘주어 잡았다.

— 1부 2권에 계속 —

대하장편소설 **금강** 제1권

초판 1쇄 발행 2014년 1월 15일

지 은 이 한만수

펴 낸 이 최종숙
펴 낸 곳 글누림출판사

책임편집 이태곤
편   집 권분옥 이소희 박선주
디 자 인 이홍주 안혜진
마 케 팅 박태훈 안현진
관   리 이덕성

주   소 서울시 서초구 동광로46길 6-6(반포4동 577-25) 문창빌딩 2층(우137-807)
전   화 02-3409-2055(대표), 2058(영업), 2060(편집)
팩   스 02-3409-2059
전자메일 nurim3888@hanmail.net
홈페이지 www.geulnurim.co.kr
등록번호 제303-2005-000038호(2005.10.5)

정   가 13,000원
ISBN 978-89-6327-238-2 04810
        978-89-6327-237-5(전15권)

표지 디자인 · 디자인밥 출력/인쇄 · 성환C&P 제책 · 동신제책사 용지 · 에스에이치페이퍼

* 이 도서의 국립중앙도서관 출판시도서목록(CIP)은 서지정보유통지원시스템 홈페이지(http://seoji.nl.go.kr)와
  국가자료공동목록시스템(http://www.nl.go.kr/kolisnet)에서 이용하실 수 있습니다.(CIP제어번호: CIP2013029355)